HEYNE BÜCHER

SCIENCE FICTION

Herausgegeben
von Wolfgang Jeschke

Von Alan Dean Foster erschienen in der Reihe
HEYNE SCIENCE FICTION & FANTASY:

Die Eissegler-Trilogie:

* Die Eissegler von Tran-ky-ky · 06/3591
* Die Moulokin-Mission · 06/3777
* Die Fahrt der Slanderscree · 06/4618

* Das Tar-Aiym Krang · 06/3640
* Die denkenden Wälder · 06/3660; auch als 06/4729

Alien · 06/3722
* Der Waisenstern · 06/3723
* Der Kollapsar · 06/3736

Kampf der Titanen · 06/3813
Outland · 06/3841
* Cachalot · 06/4002
* Meine galaktischen Freunde · 06/4049
* Auch keine Tränen aus Kristall · 06/4160

* Homanx Eins · 06/4220

Drei Romane in Kassette zum Sonderpreis
* Das Tar-Aiym Krang
* Der Waisenstern
* Der Kollapsar

Flinx · 06/4219
Flinx' Abenteuer · 06/4948
Sonderausgabe der Romane
Flinx · Das Tar-Aiym Krang · Der Waisenstern · Der Kollapsar

Der Bannsänger-Zyklus:

Bannsänger · 06/4276
Die Stunde des Tors · 06/4277
Der Tag der Dissonanz · 06/4278
Der Augenblick des Magiers · 06/4279
Die Pfade des Wanderers · 06/4508
Die Zeit der Heimkehr · 06/4509

Colligatarch · 06/4338
* Die Reise zur Stadt der Toten · 06/4308

El Magico · 06/4355
Das dunkle Land · 06/4407
Pfade des Ruhms · 06/4533
Afrikas dunkles Herz · 06/4559
* Prisma · 06/4626
* Long Tunnel · 06/4657

Der Cyberweg · 06/5022

In der ALLGEMEINEN REIHE:

Das Ding aus einer anderen Welt · 01/6107
Krull · 01/6286
Starman · 01/6369
Pale Rider. Der namenlose Reiter · 01/6596
Aliens · 01/6839
Spacecop L. A. 1991 · 01/7727

Die mit * gekennzeichneten Romane und Erzählungen spielen
in Alan Dean Fosters Homanx Commonwealth.

ALAN DEAN FOSTER

DER CYBERWEG

Roman

Aus dem Amerikanischen übersetzt
von
HILDE LINNERT

Deutsche Erstausgabe

WILHELM HEYNE VERLAG
MÜNCHEN

HEYNE SCIENCE FICTION & FANTASY
Band 06/5022

Titel der amerikanischen Originalausgabe
CYBER WAY
Deutsche Übersetzung von Hilde Linnert
Das Umschlagbild malte Karel Thole

2. Auflage

Redaktion: Wolfgang Jeschke

Erstveröffentlichung bei Ace Books/The Berkley Publishing Group, New York

Printed in Germany 1994
Umschlaggestaltung: Atelier Ingrid Schütz, München
Technische Betreuung: Manfred Spinola
Satz: Schaber Satz- und Datentechnik, Wels
Druck und Bindung: Elsnerdruck, Berlin

ISBN 3-453-06603-0

Wenn man ein echter Sucher nach der Wahrheit sein will, ist es notwendig, daß man, so weit es möglich ist, wenigstens einmal im Leben alles in Zweifel stellt.

— René Descartes:
PRINZIPIEN DER PHILOSOPHIE, 1644

Dieses Buch ist dem Nachwuchs der Dineh gewidmet, den ich kennengelernt habe; ich hoffe, daß es ihnen Spaß machen wird, ihre Vergangenheit aus der Perspektive der Zukunft zu sehen.

Dieses Buch ist dem Ältesten der Elder gewidmet.

Dem meine Achtung gehört.

Prescott, Arizona, Mai 1989

1.
KAPITEL

Das polarisierte, mundgeblasene Glas der Fensterscheibe verwandelte Greater Tampa in ein Goldfischglas. Es war ein Anblick, der Kettrick stets aufs Neue gefiel, und warum auch nicht? Er hatte schwer gearbeitet, um hierher zu gelangen.

Theoretisch konnte er gar nicht dort sitzen, wo er sich befand. Die Ingenieure hatten jahrelang behauptet, daß jedes Gebäude, das mehr als fünfunddreißig Stockwerke hoch und weniger als einen Kilometer vom Strand entfernt war, irgendwann in dem salzigen Matsch versinken würde, aus dem die Küste Floridas besteht. Das mundgeblasene Glas, das sein Büro umschloß, lag im fünfzigsten Stock. Soviel zur Technik. Es gab hier genügend soliden Untergrund, so wie es immer solide Möglichkeiten für Geschäfte gab. Das war einer der vielen Grundsätze seines Vaters gewesen. Niemand verstand es besser als der Alte, ein Geschäft an Land zu ziehen. Die Bauarbeiten überließ er seinem Sohn.

Wenn Kettrick an seinen Vater dachte, dann immer voll Zärtlichkeit. Der alte Mann hatte tapfer gegen sein schwaches Herz gekämpft, das ihn früh umgebracht hatte, so daß die Firma an seinen Sohn überging. Kettrick hatte darauf gebaut, genau wie er dieses unmögliche Gebäude auf dem ungeeigneten Boden erbaut hatte.

Vom fünfzigsten Stockwerk aus konnte man weit auf den Golf hinausblicken. Das träge, blaue Wasser erstreckte sich wie ein Laken aus geglättetem Himmel nach Westen, bis es mit dem blaßweißen Horizont verschmolz. Auf der Landseite lag der Industriekorridor, der nach Nordosten auf Orlando zukroch; er war von Grüngürteln umgeben und begrenzt, die der Tierwelt

Zuflucht und den Arbeitern Erholung boten, und denjenigen, die die Fabriken errichtet hatten, ein gutes Gewissen verschafften. Irgendwo im Süden lagen die Everglades, die trotz der Verschmutzung noch immer am Leben waren. Die Natur konnte ein zähes, altes Luder sein.

Kettrick hatte Bilder vom einstigen Florida gesehen. Flache, zweidimensionale Bilder auf Papier, alte Videobänder, die für die Mollyspeicherung adaptiert worden waren. Zypressen und Kiefern, Sumpf und Schlamm. Komisch, wie gut sich die Tiere angepaßt hatten. Blaureiher, Silberreiher, Alligatoren und Waschbären gediehen in den Parks der Städte genauso gut wie in den Glades. Im Innenhof eben dieses Gebäudes hatten sich drei Alligatoren niedergelassen, die nie den Wunsch zu haben schienen weiterzuziehen.

Der Mensch paßt sich der Welt an und die Welt paßt sich dem Menschen an. Das einzige, woran sich der Mensch nicht anpassen kann, ist offenbar er selbst, und deshalb hatte Kettrick den Sicherheitsschalter in dem Augenblick betätigt, in dem sein unangemeldeter Besucher aufgetaucht war. Er schätzte ihn ab und entspannte sich dann, weil er keine Waffe sah und keine Bedrohung fühlte. Der Sicherheitsdienst würde sofort eintreffen. Hätte er sich wirklich Sorgen gemacht, so hätte er statt auf den orangefarbenen auf den roten Knopf gedrückt, der als Einlegearbeit in seinem Schreibtisch getarnt war. Versteckte Düsen hätten den Eindringling mit einer Schale aus schnell trocknendem Schaum überzogen, die ihn bewegungsunfähig gemacht hätte.

Kettrick wußte, daß er nicht auf diese Maßnahmen zurückgreifen mußte, weil er den Eindringling erkannte. Er gelobte sich stumm, daß er diesem sonderbaren Individuum gegenüber zum letzten Mal nachsichtig sein würde. Sogar die traditionelle Höflichkeit der Kettricks hatte ihre Grenzen, und diese waren soeben überschritten worden.

Er hatte keinen Grund, nervös zu sein. Sein Besucher war kein Psychopath. Nur ein Besessener.

Der Mann betrachtete die Tür, durch die er eingetreten war, als wisse er, daß seine Zeit begrenzt war. Bevor er etwas sagte, wandte er sich dem mundgeblasenen Glasfenster hinter dem Schreibtisch zu und betrachtete das Panorama.

»Wie ich sehe, sind Sie ein Bewunderer der natürlichen Ordnung. Deshalb frage ich mich neuerlich, warum Sie mir das Bild nicht verkaufen wollen.«

»Ich liebe die Schönheit, und das hat mich in erster Linie zu dem Bild hingezogen«, erwiderte Kettrick. »Warum sollte ich es Ihnen überlassen? Wir haben das Ganze schon durchgekaut. Ich hatte doch eindeutig erklärt, daß ich nie etwas aus meiner Sammlung verkaufe. Das habe ich Ihnen beim letzten Mal klar und deutlich gesagt.«

»Ich mußte es noch einmal von Ihnen hören. Es gibt immer ein erstes Mal. Ich muß das Bild haben.«

Da Kettrick seinen Besucher nicht hereingebeten hatte, forderte er ihn auch nicht auf, Platz zu nehmen. Er ließ ihn stehen, weil er überzeugt war, daß der Mann keine unmittelbare Bedrohung darstellte. Kettrick grinste. Sein Schwiegersohn, der riesige weiße Junge, den seine Tochter geheiratet hatte, war hingegen sehr wohl eine bedrohliche Persönlichkeit. Das mußte Cody auch sein, weil er von Beruf Reserve-Abwehrspieler bei den Bucs war. Das lästige Individuum, das in seinem Büro stand, war nur etwas mehr als durchschnittsgroß und schlank. Keine beeindruckende Erscheinung. Die glatten, schwarzen Haare waren sogar für einen Indianer außergewöhnlich dunkel. Der Industrielle hätte gern gewußt, ob Indianer braun werden können. Die Kleidung des Eindringlings war einfach und praktisch.

Was einem vor allem auffiel, waren die Obsidian-Augen. Man bemerkte sie, weil sie einen nicht bemerkten. Sie schienen auf einen Punkt hinter Kettrick gerichtet zu sein, obwohl ihn der Mann direkt ansah. Merkwürdig. Sein Besucher war auch nicht aufgeregt, dazu drückte er sich viel zu klar aus. Die Hornhaut trübte sich nicht verräterisch, die Finger zitterten nicht nervös. Dabei fiel ihm auf, wie seltsam die Hände dieses Menschen aussahen. Die Finger waren hinauf- und vorgekrümmt wie Haken. Oder wie Krallen.

Er konnte sich irren, doch obwohl Kettrick kein Fachmann war, erkannte er einen Süchtigen, wenn er ihm gegenüberstand. Die Freunde seines Schwiegersohns deuteten immer wieder an, daß sie es begrüßen würden, wenn er ihnen die neuesten, exklusivsten Steroide verschaffte. Und das nur deshalb, weil zu seinen verschiedenen Unternehmen auch eine kleine Drugstore-Kette gehörte.

Natürlich lehnte er alle diese Ansinnen ab, ganz gleich, wie versteckt sie vorgebracht wurden. Wenn eine einzige solche Affäre in die Medien geriet, konnte sie seinen Geschäften schaden, ganz zu schweigen von seiner gesellschaftlichen Stellung in der Gemeinde, auf die er sehr stolz war. Er hatte nicht vor, irgend etwas aufs Spiel zu setzen, nur um einem Freund seines Schwiegersohns einen Gefallen zu erweisen, oder um das Team zu verbessern, für das er ohnehin alljährlich viel zu viel Geld für Eintrittskarten ausgab. Natürlich auf Firmenkosten, aber trotzdem ...

Es war ein seltsames Gesicht, nicht nur wegen der Augen. Von der Seite gesehen wirkte es hart, wie ein Stück dunkler Marmor, dessen rauhe Kanten man abgeschlagen, aber noch nicht glattpoliert hat. Hohe Backenknochen, keine weichen, gerundeten Züge — das Ergebnis war ein ständig fragender Ausdruck. Von der Nasenwurzel verliefen Falten zur glatten Stirn. Die Krähenfüße an den Augenwinkeln sahen aus, als hätte man sie von jemand viel Älterem transplantiert. Was manche vielleicht für Arroganz hielten, war in Wirklichkeit Zerstreutheit. Als wäre der Fremde so sehr mit seinen Gedanken beschäftigt, daß er nicht einmal dem Gespräch, das er begonnen hatte, viel Aufmerksamkeit schenkte.

Ein einzelner Ohrring aus Silber und Blau, so rein wie der Golf vor dem Fenster, lenkte die Aufmerksamkeit auf ein Ohr. Er hatte bis jetzt kein einziges Mal gelächelt. Kettrick musterte das seltsame Gesicht und fand, daß Lächeln nicht zu ihm paßte. Im Gegensatz zu den dunklen Haaren waren seine Augenbrauen überraschend hell — beinahe unsichtbar. Die wenigen dünnen Haare lagen dicht an der Haut an. Er hielt sich ein wenig vorgebeugt, als bereite ihm seine Wirbelsäule Schmerzen. Doch nach einer Weile wurde Kettrick klar, daß sein Besucher körperlich vollkommen gesund war. Es war einfach die ihm angeborene Haltung.

Die ganze Zeit über blieben die Finger beider Hände hinauf- und vorgekrümmt. Kettrick wartete beinahe darauf, daß sich der Fremde auf Hände und Füße niederließ und sich ihm so näherte. Er war geistesabwesend, aber gespannt.

Falls Kettrick den Fremden falsch einschätzte und dieser plötzlich auf ihn losging, gab es noch immer den roten Knopf. Kettricks Finger trommelten neben der vorgetäuschten Einlegearbeit auf den Schreibtisch.

Was konnte er außer einem wirklich seltsamen Kauz noch sein? Ein Sammler wie Kettrick? Sammler waren oft Fanatiker.

Wo, zum Teufel, blieb eigentlich der Sicherheitsdienst?

»Sie haben sich eine Menge Mühe gemacht, um sich den Zugang zu diesem Raum zu erzwingen und das gleiche zu hören, das ich Ihnen am Telefon gesagt habe. Also noch einmal: Das Bild ist unverkäuflich.«

»Sie wollen mit mir nicht einmal über den Preis sprechen?«

Kettrick zeigte mit einer großartigen Geste auf seine Umgebung. »Sie haben vermutlich inzwischen eine Vorstellung davon, wer ich bin. Was immer Sie mir bieten würden, ich brauche es nicht, und ich muß hinzufügen, daß Sie nicht so aussehen, als könnten Sie viel bieten. Wenn es Ihnen ein Trost ist — der Betrag würde keine Rolle spielen. Ich verkaufe kein einziges Stück aus meiner Sammlung.«

Der Besucher antwortete zunächst nicht und die Obsidian-Augen starrten Kettrick nur an. Der Industrielle fühlte sich unbehaglich, achtete jedoch darauf, es nicht zu zeigen.

»Angenommen, ich wäre der reichste Mann der Welt«, sagte der Besucher plötzlich. »Angenommen, ich könnte Ihnen alles und jedes bieten, von dem Sie je geträumt haben.«

Kettrick lächelte herablassend. »Aber ich habe schon alles, was ich mir je gewünscht habe. Eine prachtvolle Familie, Enkel, sogar einen mäßig berühmten Schwiegersohn. Ich lebe draußen im Golf in einem imposanten Haus, das sich halb über und halb in dem kristallklaren Wasser befindet. Die Geschäfte gehen gut, das wirtschaftliche Klima wird im nächsten Jahr sogar noch besser werden. Ich leite eine der wenigen Gesellschaften in Florida, die sich nicht in einem Zollkrieg mit der EG befinden, und wir haben mit der Westafrikanischen Wirtschaftsunion einen Handelsvertrag auf Gegenseitigkeit abgeschlossen. Ich mag sogar meine Arbeit. Warum sollte ich mich also für Geld von etwas trennen, das ich liebe?«

Kettrick sah, wie sich die Finger an der rechten Hand des Besuchers bogen. Er konnte also mehr Körperteile bewegen als nur Mund und Beine.

»Ich verstehe. Ich werde Sie nicht mehr damit belästigen, daß ich das Bild kaufen will. Es ist klar, daß ich Sie nicht dazu überreden kann. Ich werde mich ohne das Bild behelfen, wenn Sie mir eine Kopie von ihm überlassen. Hologramm, Video, Farb-, Schnappschuß, alles ist mir recht.«

Kettrick verlor allmählich die Geduld. Auf ihn wartete

Arbeit. »Wenn Sie nur zum Zeitvertreib sammeln, müßten Sie wissen, daß ich das nicht zulassen kann. Wenn es nur an mir läge, würde ich sagen, na gut, holen Sie es sich. Aber dann würde meine Versicherung den Vertrag kündigen. Reproduktionen sind aufgrund der Klauseln verboten. Das hat nichts mit Ihnen persönlich zu tun, aber sobald jemand Reproduktionen der in seinem Besitz befindlichen Gegenstände in der Öffentlichkeit ausstellt, können potentielle Diebe herausbekommen, ob er etwas besitzt, das wert ist, gestohlen zu werden. Sie können dann auf Bestellung stehlen. Die Museen stehen alljährlich vor diesem Problem. Meine Sammlung ist mein persönlicher Besitz und wird nicht öffentlich ausgestellt.« Er beugte sich neugierig vor. »Es wäre mir sehr viel Geld wert zu wissen, wie Sie gerade von diesem Stück erfahren haben.«

»Das spielt keine Rolle«, antwortete der Besucher ruhig.

»Für mich spielt es eine Rolle.«

»Lassen Sie mich eine Kopie von dem Bild machen, wenn ich es Ihnen verrate?«

Kettrick schüttelte den Kopf. Schade. Der Kerl schien intelligent zu sein. Er hatte nur einen sehr schwachen Punkt, und zwar das Bild.

Der andere war noch nicht fertig. »Es gehört zu mir. Es ist ein Teil meines, nicht Ihres Erbes. Sie wissen nicht, was Sie besitzen.«

»O doch. Ich besitze ein schönes, besonderes, Ihnen zufolge einmaliges Werk der primitiven Kunst. Es paßt sehr gut zu meiner übrigen Sammlung. Und daß es kein Teil meines persönlichen ethnischen Erbes ist — meine Sammlung enthält primitive Kunst aus allen Teilen der Welt. Ich besitze afrikanische und frühe schwarzamerikanische Kunst, ja, aber auch Werke aus China, Tibet und dem größten Teil des Südpazifik. Ich bin davon überzeugt, daß es in öffentlichen Sammlungen Hunderte, ja Tausende Reproduktionen dieser Kunstsparte gibt, die Sie erwerben können. Warum begnügen Sie sich nicht mit einigen davon?«

»Weil dieses Bild einmalig ist.«

»Das behaupten *Sie;* das heißt, ich muß Ihnen aufs Wort glauben. Aber auch das spielt keine Rolle. Das Bild bleibt in meiner Sammlung, bis ich beschließe, sie als Schenkung zu stiften oder auf Reisen zu schicken. Dann, und nur dann, können Sie es so oft kopieren, wie Sie wollen — gemeinsam mit allen, die es ebenfalls tun.«

»Das nützt mir nichts. Ich brauche das Bild jetzt.«

»In diesem Fall kann ich Ihnen nicht helfen.«

»Ich habe Ihnen gesagt, daß es mit meiner Religion zu tun hat.«

»Auch da muß ich Ihnen aufs Wort glauben. Außerdem sind Sie nicht Mitglied einer offiziellen Delegation, die das Bild zurückholen will. Sie sind eine Einzelperson, die aus eigenem Antrieb handelt und ihre eigenen Gründe dafür hat. Sie könnten genauso gut ein Sammler sein, der eine Kopie meines Gemäldes zu seinem persönlichen Gebrauch haben will. Was glauben Sie eigentlich, mit wem Sie es hier zu tun haben, mein Freund? Wir befinden uns nicht im Geschäftsviertel. Wir sind keine Dealer, die auf der Straße Drogenformeln austauschen.«

Der Besucher verlagerte sein Gewicht, sah Kettrick aber weiterhin unverwandt an. »Ich richte diese Bitte jetzt zum vierten Mal an Sie. Beim vierten Mal können Sie sie mir nicht abschlagen.«

Kettrick konnte nicht anders, er mußte laut lachen. »Das ist vielleicht bei Ihnen so Brauch, aber nicht bei mir. Ich bin Ihnen gegenüber zu nichts verpflichtet. Sie können so oft darum bitten, wie Sie wollen. Es wird Ihnen nichts nützen. Ist vier für Sie eine besondere Zahl?« Es war nicht notwendig, daß der Besucher darauf antwortete.

»Dann ist es in diesem Fall auch für mich eine besondere Zahl, weil es das letzte Mal ist, daß ich mit Ihnen spreche.«

Die drei Männer vom Sicherheitsdienst waren so geräuschlos eingetreten, daß Kettrick sie kaum bemerkt hatte. Falls der Besucher sie gesehen hatte, zeigte er es nicht.

»Zufällig bin ich ein sehr beschäftigter Mensch«, erklärte Kettrick. »Sie werden das Klischee entschuldigen, denn in meinem Fall trifft es tatsächlich zu. Deshalb wiederhole ich es zum letzten Mal. Ich habe Ihnen mehr Zeit zur Verfügung gestellt, als ich vorhatte. Sie haben Sie sowohl am Telefon als auch persönlich aufgebraucht. Es ist klar, daß Sie sich große Mühe gegeben haben, deshalb entscheide ich im Zweifelsfall für Sie und nehme an, daß Sie Sammler oder Kunstliebhaber wie ich und kein Dieb sind.

Wenn Sie noch einmal hier eindringen, wie Sie es gerade getan haben, lasse ich Sie festnehmen. Die Gefängnisse in der Bucht sind genauso modern wie an anderen Orten — aber manchmal bricht die Luftreinigungsanlage zusammen, und obwohl es beinahe Frühling ist, würden Sie sich dann unbehaglich fühlen. Außerdem ist Florida eine Art Schlagnetz für die Ostküste, ein Netz, das sich von St. Pete bis Miami erstreckt, und wir fangen mit ihm allen möglichen karibischen Dreck. Eine Menge Irrer, die dank Abkürzungen chemischer Kombinationen high sind und mit denen Sie bestimmt nichts zu tun haben wollen. Typen, die brasilianische und peruanische Babies verhökern. Importeure von Schnüffeldrogen. Es ist großartig, mit solchen Kerlen in einer Zelle zu sitzen.

Befolgen Sie meinen Rat und kehren Sie dorthin zurück, von wo Sie gekommen sind. Konzentrieren Sie Ihre Energie auf ein anderes Kunstwerk.«

»Das kann ich nicht«, antwortete der Besucher leise. »Das Unternehmen, auf das ich mich eingelassen habe, erfordert Präzision und Timing. Ich brauche genau dieses Stück oder eine Kopie von ihm, und ich kann nicht mehr warten.«

»Das ist jammerschade.« Kettrick machte eine Handbewegung und zwei Männer des Sicherheitsdienstes traten vor, bis der Fremde zwischen ihnen stand. Einer von ihnen legte ihm seine große Hand auf die Schulter. Er beachtete sie nicht.

»Dann werde ich einen Weg finden müssen, um Ihre Unnachgiebigkeit zu umgehen.«

»Das klingt einigermaßen vernünftig.« Der Industrielle nickte lächelnd.

Der Sicherheitsdienst begleitete den Fremden aus Kettricks Büro hinaus. Von hinten sah der Besucher wie ein Splitter aus schwarzem Eichenholz aus, der in einer Masse aus weißem Fleisch steckt. Kettrick tat der Kerl leid. Unter anderen Umständen hätten sie einen angenehmen Abend miteinander verbringen und über frühamerikanische Kunst sprechen können. Er wäre natürlich nicht übertrieben freundlich gewesen — zurückhaltend, ohne direkt unhöflich zu sein.

Nein, die Einstellung des Fremden hätte ein gemeinsames Abendessen unmöglich gemacht. Er hätte Sarah nicht gefallen. Sie zog Menschen vor, die ihren Gesprächspartnern in die Augen sehen. Sie würde sich bestimmt nie mit jemandem anfreunden, der in Tagträume versank, während man versuchte, ein Gespräch mit ihm zu führen.

Die Behauptung, daß man eine Bitte nicht zum vierten Mal abschlagen kann, war vielleicht für einen Anthropologen interessant. Kettrick bedeutete sie nichts. Das war eine der Annehmlichkeiten, wenn man ein wohlhabender Sammler war. Man konnte tun, als verfüge man über umfassendes Wissen, ohne es tatsächlich zu erwerben, weil alle Freunde unendlich weniger über das Sachgebiet wußten als man selbst.

2. Kapitel

Moody verließ seinen Wagen nur ungern. Im Polizeiwagen fühlte er sich sicher und vor einer unerbittlich feindlichen Welt geschützt, war in gepanzertes Flexan und Karbonat eingeschlossen, wurde durch eine Klimaanlage, den Lunch, den Getränkeautomaten und zahlreiche andere Annehmlichkeiten verwöhnt, die das Finanzministerium aus den Steuerzahlern herauspreßte, indem es ihnen einredete, daß sie für das Funktionieren der Polizei unerläßlich waren. So bedauerlich es war, mußte er hin und wieder sein Büro verlassen und in das Auto steigen; gelegentlich kam es auch vor, daß er aus dem Wagen klettern und in der wirklichen Welt arbeiten mußte. Für Moody gab es zwei wirkliche Welten: Die eine, in der er arbeitete, und die andere, in die er so oft wie möglich entfloh. Sie hatten nur eines gemeinsam: Sie befanden sich auf dem gleichen Planeten.

Man mußte den Wagen verlassen, um ausgeflippte Irre einzufangen, oder um Zeugen zu verhören, oder um versteckte Buchten nach Schmugglern abzusuchen, die Drogen aus Kuba oder Nicaragua hereinbringen wollten. Die Schmuggler sorgten wenigstens für ein bißchen Spannung im Leben, obwohl auch das sich beruhigt hatte, seit Haiti zum US-Territorium geworden war und den Drogenfahndern eine ideale Basis lieferte, von der aus sie die Flüge aus Südamerika überwachen konnten. Einem Gerücht zufolge verwendeten die Schmuggler dressierte Delphine, um das Zeug in die Bucht zu bringen. Die Schweinehunde gaben nie auf. Man geriet beinahe in Versuchung, ihre Ausdauer und ihren Einfallsreichtum zu bewundern, bis man zum ersten Mal einen Elfjährigen sah, der sich im Heroinrausch mit einem blutigen Messer in der Hand über seine sechs Jahre alte, tote Schwester beugte; in seinen Augen lag der typische glasige, tierische Blick und auf seinem Gesicht das entsetzliche, leere Grinsen. Nach zwei solchen Erlebnissen war das letzte Restchen Bewunderung für die Schmuggler tot.

Moody hatte mehr als zwei solche Erlebnisse hinter sich.

Niemand, nicht einmal die Sondereinheit, hatte bis jetzt einen Delphin gefangen, der Drogen beförderte. Das hieß nicht, daß es sie nicht gab, sondern nur, daß man sie nicht erwischt hatte. Konnte man einen Delphin womöglich rauschgiftsüchtig machen? Moody traute es den verdammten Schmugglern zu.

Hier war es ganz anders als in Mississippi. Der Fluß war in so mancher Hinsicht um vieles angenehmer als Florida: ruhiger, freundlicher, sanfter und entspannter. Man zuckte nicht zusammen, wenn jemand, der einem auf der Straße entgegenkam, in sein Jacket griff. Aber es war auch verdammt langweilig, erinnerte er sich. Deshalb war er, nachdem er die Abschlußprüfung an der Academy bestanden hatte, mit seiner ersten Frau nach Greater Tampa übersiedelt. Seine Einschätzung seiner beruflichen Aussichten in West Florida war durch rasche Beförderungen bestätigt worden. Seine Ehe ging in Brüche, er heiratete zum zweiten Mal, auch diese Ehe ging in Brüche und mit ihr die körperliche Kondition, die er in der Academy erreicht hatte.

Jedes Jahr, wenn die routinemäßigen Untersuchungen durchgeführt wurden, gelang es ihm, genügend Kilos zu verlieren, um gerade noch durchzukommen, worauf er durch die großzügige Konsumation von Bier rasch zu der rundlichen Form zurückkehrte, an die sich seine Kollegen gewöhnt hatten.

Ein weiterer Grund für seine Übersiedlung nach Florida war der unverständliche Wunsch nach Aufregung und technischer Perfektion gewesen. Er war bitter enttäuscht, als er entdeckte, daß dies in einem übervölkerten städtischen Umfeld nur beschönigende Ausdrücke für entartete Formen des Verbrechens waren. Er blieb trotzdem.

Er hätte sich zu einer Dienststelle in Mississippi melden können, wäre aber dort nie so rasch und regelmäßig befördert worden, einfach weil es in diesem Staat weniger Menschen gab, die man überwachen mußte. Trotzdem war er überrascht, als man ihn zum Detektiv beförderte. Sein Background und sein Mangel an Persönlichkeit sprachen gegen ihn, ganz zu schweigen von der Tatsache, daß er kein Arschkriecher war wie die Hälfte der jungen Beamten in der Dienststelle.

Doch er verfügte über die eigensinnige Hartnäckigkeit eines Kampfstiers und war davon überzeugt, daß kein Fall unlösbar, kein Verbrechen so verworren war, daß man es nicht aufklären konnte. Wo andere aufgaben, machte er weiter. Wenn man in einige solchen Fällen einige Male recht behält, fällt das auch desinteressierten Vorgesetzten auf. Offenbar war das der Fall gewesen. Seine Arbeitsweise hätte bei einem Einsatzteam ein Hindernis dargestellt, war jedoch bei einem Detektiv eine positive Eigenschaft.

Auch nach seiner unerwarteten Beförderung übertrug man ihm nur selten aufsehenerregende Fälle. Das war Moody nur recht. Er hatte es nicht gern, wenn sein Foto im Fernsehen erschien, weil er überhaupt nicht fotogen war. Wenn ihm jemand ein Mikrophon vor das Gesicht hielt, war er hilflos und unfähig, sich auszudrücken. Wenn er nicht auf die Straße hinaus mußte, genoß er es tatsächlich, an seinem Schreibtisch zu sitzen, mit seinem Schreibtischspinner auf die Mollys zuzugreifen und die mühsame, langweilige, schmutzige Polizeiarbeit zu machen, die in den Nachrichten nie erwähnt wird. Er verabscheute Publicity. Wenn ein Fernsehreporter in der Polizeiwache erschien und Fragen über einen Fall stellte, mit dem Moody zufällig befaßt war, trieb dieser immer einen Kollegen auf, der an seiner Stelle ins Scheinwerferlicht trat. Kein Wunder, daß ihn seine Kollegen liebten.

Ein Polizist, dem die Mollyarbeit Spaß machte, war ein unschätzbarer Bestandteil jeder Polizeidienststelle. Moody wußte, daß jede Abteilung im Land ihn gern aufgenommen hätte. Vielleicht war er deshalb so unerwartet befördert worden. Spielte keine Rolle. Er fühlte sich in Greater Tampa wohl, war einfach ein guter, alter Südstaatler, der vielleicht ein bißchen intelligenter war als seine Freunde zu Hause und ein bißchen weniger intelligent als einige Männer und Frauen, mit denen er täglich zusammenarbeitete.

Was immer sie privat von ihm hielten — keiner stellte ihn in der Öffentlichkeit bloß. Denn wenn man sich über Vernon Moody lustig machte und dann seine Hilfe in Anspruch nehmen wollte, weigerte er sich vielleicht, sich an den Schreibtisch zu setzen und wochenlang die mühsamen, aber bei jedem Fall unerläßlichen Nachforschungen anzustellen. Moodys Arbeit hatte wahrscheinlich zu mehr Beförderungen geführt als jeder andere Faktor in der Dienststelle. Wenn also einer von Moodys Kollegen über seinen Background oder über seinen Umfang lachte, dann tat er es wohlweislich hinter seinem Rücken.

Doch das taten nur die Unsicheren. Die Mehrheit achtete Moody und seine Fähigkeiten. Er verkehrte gern, aber unauffällig in Gesellschaft, und hatte sich ein paar Freunde gemacht — ruhige Typen wie er. Er war nicht der einzige in der Dienststelle, der sich damit begnügte, seine Freizeit bei einigen Gläsern Bier, einem Ballspiel, Angelausflügen in die Glades oder in Gesellschaft von Frauen zu verbringen, die nicht viel jünger waren als er. In einer Dienststelle, in der es vor ehrgeizigen Hasen wimmelte, war das Vorhandensein von einem oder zwei glücklichen Delphinen mehr als willkommen. Dazu trug auch bei, daß Moody nicht bedrohlich aussah. Er wirkte dick, langsam und dumm. Schmuggler und Drogensüchtige hatten zu ihrer Bestürzung feststellen müssen, daß im Fall des Detektivs das Aussehen gründlich täuschte.

Obwohl er auf der Straße sehr nützlich war, zog er es eindeutig vor, an seinem Schreibtisch zu sitzen, die Mollysphären seiner Dienststelle zu durchforsten, Nachforschungen anzustellen und Berichte vorzubereiten. Man mußte kein Geistesriese sein, um einen Spinner zu verwenden. Nur ausdauernd und bereit, Anweisungen zu befolgen. Die Fähigkeit, Anweisungen zu befolgen, hatte ihn aus seiner armseligen Existenz in Mississippi befreit und ihn zum Detektiv in der größten Polizeieinheit Floridas gemacht. Er genoß die Achtung seiner Kollegen, die Bewunderung seiner Freunde in Mississippi, ein anständiges Einkommen, die Aussicht auf eine schöne Pension, vorausgesetzt, daß ihm kein unbekannter Irrer auf einer dreckigen Seitenstraße im Geschäftsviertel eine Kugel in den Bauch jagte.

Doch all das konnte ihm jetzt nicht helfen. Auf Steel Key waren keine Fahrzeuge erlaubt, nicht einmal die der städtischen Behörden. Der Anruf, der hereingekommen war, erforderte, daß er sein Büro verließ. Und jetzt war er gezwungen, auch noch auf seinen geliebten Wagen zu verzichten.

Früher einmal hatte es zwischen Honeymoon Key und dem Anclote Refuge keine Barriereinseln gegeben. Dann hatte man das Wasser des Golfs gezwungen, für Steel, Steadman, Briarwood und Cypress Keys Platz zu machen. Lauter künstliche Inselchen, die auf aus dem Boden des Golfs gebaggerten Steinen erbaut und mit Vitaminen und Mineralstoffen verstärkt worden waren. Ganz zu schweigen von Polybeton und Titan. Fruchtbare, vom Festland importierte Erde verschaffte einer kleinen Armee von Gärtnern Dauerjobs, und Sand von den Bahamas säumte jede Insel wie Vanillecreme auf einem Hochzeitskuchen.

Zu den künstlichen Inseln führten keine Brücken. Die Verbindung zum Festland und zueinander bestand aus einer Röhre, die von Steel bis südlich von Tarpon Springs reichte. Obwohl die Röhre zerbrechlich wirkte, war sie in Wirklichkeit wesentlich stabiler und sicherer als jeder Straßendamm. Wenn ein Hurrikan drohte, zog Moody es vor, ihn auf dem künstlichen Briarwood statt auf dem organischen Caladesi zu überstehen. Letzteres bestand ausschließlich aus natürlichem Material, und ganz gleich, was die Öko-Ingenieure sagten, ihm waren jederzeit Titan oder pulverisierte Korallen lieber.

Für den März war es ungewöhnlich heiß und feucht, und Moody schwitzte von dem Augenblick an, in dem er den Wagen verließ. Einer der Vorteile eines Detektivs besteht darin, daß er bei der Arbeit Zivilkleidung tragen kann; doch die besonders leichten Stoffe, die er auswählte, konnten auch nur ein bestimmtes Quantum Körperfeuchtigkeit verdunsten lassen. Es war schon schlimm genug, daß er mit der Gestalt eines Zeppelins geschlagen war, aber warum mußte der liebe Gott die Heimsuchung der Dicken dadurch verschärfen, daß er sie dreimal soviel schwitzen ließ wie alle anderen Menschen?

Er wußte, daß er trotzdem besser dran war als viele andere. Von seinem Bierbauch abgesehen wirkte er nicht fett, sondern nur groß und kräftig. Man hatte ihm gesagt, daß er den Bauch loswerden könnte, indem er das Bier aufgab. Aber das Bier aufzugeben hätte bedeutet, daß er ein großes Stück von dem aufgab, was Vernon Moody ausmachte. Ihm hätten sogar die vertrauten Witze gefehlt, die in der Polizeiwache über ihn gemacht wurden. Außerdem hätte es bedeutet, daß er aufhören mußte zu angeln. Ein Mann konnte eher ohne Köder als ohne Bier angeln.

Er unterdrückte seinen Ärger, während er darauf wartete, daß das Netz der Röhre seinen Polizeiausweis überprüfte. Vom Sicherheitsstandpunkt aus war das

Netz alles andere als vollkommen — jeder Beliebige konnte mit einem Boot an den makellos gepflegten Stränden landen. Aber es hinderte die kleinen Diebe daran, Kontakt mit den reichen, angesehenen Dieben aufzunehmen.

Er stieg dankbar in den mit einer Klimaanlage ausgestatteten Waggon der Röhre, tippte sein Ziel ein und lehnte sich in den gepolsterten Sitz zurück, während der Magnetgleiter auf der Küstenverbindungsstrecke beschleunigte. Als er sich Steel Key näherte, wurde er langsamer, bog auf einen Nebenanschluß ein und setzte Moody schließlich vor einer der modernen Villen mit Meerblick ab. Da keine der künstlichen Inseln mehr als zwei Grundstücke umfaßte, hatten die Bauherrn die Wahl zwischen dem Blick auf das Meer oder das Festland. Natürlich war ›Grundstück‹ ein dehnbarer Begriff, wenn die Rede von Besitzen auf den künstlichen Inseln war.

Der Gleiter bog ab und hielt; ein schmaler, gewundener Gehweg führte zur Mitte der Insel. Es gab auch eine gepflasterte, leicht erhöhte Straße für Leute, die Rad fahren oder ein elektrisch angetriebenes Skateboard benützen wollten. Motorisierte Fahrzeuge waren nicht zugelassen, damit sie nicht die Ruhe der Leute störten, die ungeheure Beträge dafür bezahlt hatten, daß sie solche Geräusche auf dem Festland zurückließen.

Es wird ein heißer Sommer, dachte er, als er aus dem Magnetgleiter stieg und zum gegenüberliegenden Tor ging. Er ärgerte sich sogar über den kurzen Kontakt mit dem Klima von Zentralflorida.

Obwohl keine Autos vorhanden waren, gab es jede Menge Betriebsamkeit. Aasgeier aus dem Büro des Coroners bearbeiteten die vom Wein überwachsenen Mauern und die Blumenbeete. Einer von ihnen musterte aufmerksam den Stamm einer transplantierten Kokospalme, die dicht neben der undurchsichtigen blaugrünen Glasmauer wuchs, die den Kettrickbesitz umgab.

Sie suchten Absatzabdrücke oder Hinweise auf einen Einbruch. Wahrscheinlich war es ein Einbruch gewesen, überlegte Moody. Das traf oft dann zu, wenn es um Mord ging, obwohl man nie sicher sein konnte. Vielleicht war der Mörder mit einem Fallschirm oder einem Hängegleiter eingetroffen oder war mit einer Tauchausrüstung an Land gegangen. Oder er hatte sich wie ein Ziesel durch den Boden gewühlt.

Sie mußten ziemlich sicher sein, daß es sich um Mord handelte, sonst hätten sie Moody nicht zugezogen.

Der Polizist, der am Tor Wache hielt, erkannte ihn und ließ ihn durch. Er durchquerte einen makellos instandgehaltenen tropischen Garten, durch den ein Weg aus Korallenschotter zum Haus führte. Ein fliegender Nebelmacher trieb auf einer seiner Runden vorbei und befeuchtete einen dicken Klumpen von leuchtend purpurroten Orchideen und scharf riechenden Bourgainvilleas. Moody war nicht beeindruckt. Das elegante Tampa stank nach Tropen. Der einmalige, selbstfliegende Sprayer war nur deshalb vorhanden, weil es teure, private Entsalzungsanlagen gab. Moody studierte im Gehen die Liste auf seinem Taschenspinner. Es war die Standardausgabe, metallgrau mit einem Zehn-Quadratzentimeter-Bildschirm; die Schalter waren abgenützt und infolge des Hautöls glatt. Es gab eine Menge Background über Kettrick, und Moody hatte nicht genügend Zeit gehabt, das Ganze im Büro durchzulesen. Bis jetzt war die interessanteste Information, die auf dem Bildschirm aufgetaucht war, die Tatsache, daß Kettricks Schwiegersohn bei den Bucs spielte. Diese Woche befand sich das Team im kühlen, trockenen Nordwesten und bereitete sich auf das Spiel gegen die Portland Axe vor.

Das Gerät teilte ihm mit, daß sich Kettricks Tochter bei ihrem Mann befand. Man hatte sie zweifellos bereits über den Tod ihres Vaters unterrichtet.

In der hastig zusammengestellten Familienakte gab

es keinen Hinweis darauf, daß es sich um eine Familienangelegenheit handelte, worüber Moody froh war. Er war ein Anhänger der Bucs, und sie hatten an und für sich zu wenige gute Abwehrspieler.

Obwohl das Netz viele Informationen über Kettrick enthielt, konnte es über den Mord nur wenig mehr als den geschätzten Zeitpunkt des Todes angeben. Das Team des Coroners rätselte noch. Moody wußte, daß Polizisten vor gar nicht so langer Zeit noch gezwungen gewesen waren, stunden- wenn nicht tagelang darauf zu warten, daß die Informationen auf den neuesten Stand gebracht wurden. Das war, bevor die Techniker der Polizei gelernt hatten, gute Netze zu bauen, bevor es die Spinner gegeben hatte, mit denen man Zugriff auf diese Netze hatte. Wunderbare Erfindungen. Sie brachten nicht nur die Informationen auf den neuesten Stand, sondern man konnte, falls man von dem täglichen Trott genug hatte, unauffällig auf einen Fernsehsender oder auf ein Computerspiel umschalten.

Das Haus war voller Fachleute, von denen einige Moody erkannten und ihre Arbeit unterbrachen, um seine Anwesenheit mit einem Blick oder einem Knurren zur Kenntnis zu nehmen. Ihre Zahl war ein Hinweis auf die Bedeutung des Toten, nicht auf das Bestreben der Dienststelle, gründliche Arbeit zu leisten. Rechts von ihm scharten sich einige Männer um eine weinende Frau. Moody ging zu ihnen hinüber.

Sehr reiche Leute besitzen eine Fähigkeit, die es ihnen ermöglicht, Tränenströme zu vergießen und trotzdem Haltung zu bewahren. Mrs. Leona Kettrick hatte einen gelassenen Nervenzusammenbruch und tupfte ihre Augen regelmäßig mit einem gut saugfähigen, aber dennoch künstlerisch gestalteten Taschentuch ab. Sie war Mitte bis Ende vierzig, gut gekleidet und eher gut aussehend als hübsch. Sie war zweifellos attraktiver, wenn sie nicht weinte. Sie sah wie jemand aus, der zu lange am Rand eines Nervenzusammenbruchs gestanden hat und sich jetzt mit Hilfe von Würde und Pillen über die Runden bringt.

Moody stellte sich schweigend dazu, konnte alle Köpfe überblicken und ließ Berkowitz die Fragen stellen. Der Kollege führte Befragungen dieser Art wesentlich besser durch als Moody. Dieser stellte keine Fragen, sondern trennte das Wesentliche vom Schluchzen und stellte fest, daß sich Mrs. Kettrick in irgendeiner gesellschaftlichen Funktion auf Jekyll Island an der südgeorgischen Küste aufgehalten hatte. Sie war erst an diesem Morgen zurückgekommen, hatte die Leiche ihres Mannes entdeckt und sofort die Polizei verständigt.

Aus dem Ton von Berkowitz' Fragen schloß Moody, daß sie für die Abteilung nur ein nebensächlicher Verdächtiger war. Falls sich bei weiteren Untersuchungen herausstellte, daß diese Annahme falsch war und sie in irgendeiner Weise für das Geschehene verantwortlich war, dann spielte sie ihren Kummer ausgezeichnet. Es fiel ihr schwer, die Beherrschung zu bewahren und den Detektiven auf ihre Fragen zusammenhängende Antworten zu geben. Während der beinahe zwanzig Jahre im Polizeidienst hatte Moody tatsächlich mit einigen Ehepaaren zu tun gehabt, die ihren Partner noch immer liebten. Bei ihr handelte es sich vielleicht nur um eine reife schauspielerische Leistung. Er hoffte, daß dem nicht so war.

Die beiden Techniker aus dem Büro des Coroners mußten Moody nicht Platz machen. Er schaffte sich selbst Platz. Obwohl er so groß war, fiel es ihm nicht schwer, sich vorsichtig in den Kreis hineinzuschieben, der die verzweifelte Witwe umgab. Das bot ihm die Möglichkeit, sie genau zu beobachten, Einzelheiten wahrzunehmen. Einzelheiten waren Moodys Stärke. Sie waren für seine Arbeitsweise kennzeichnend.

Er notierte sie sich im Geist, um sie später in eine offizielle Akte aufzunehmen: Teurer Modeschmuck, maßgeschneiderte Reisekleidung, kein sichtbarer Hinweis auf die Verwendung von Pharmazeutika, verräterische Spuren von Kollagen-Injektionen in Stirn und Hals. Sie war bestimmt eine sehr attraktive junge Frau gewesen und kämpfte mit der Zähigkeit eines Tabellenletzten, der gegen den voraussichtlichen Tabellenersten mindestens ein Unentschieden erreichen will, gegen die mittleren Jahre. Moody fragte sich nicht zum ersten Mal, warum ausgerechnet die genetisch Bevorzugten in so großem Maß kosmetische Operationen vornehmen ließen. Sie hatten in ihrer Jugend als schön gegolten und empfanden vielleicht deshalb den Verlust dieser Schönheit stärker als jene, die sich nie an die bewundernden Blicke der Masse gewöhnt hatten.

Da Moody nie besonders gut ausgesehen hatte, war es ihm gleichgültig, wie er alterte. Er beobachtete die gut aussehenden Angehörigen der Polizei, die attraktiven Männer mit den gemeißelten Gesichtern und den athletischen Körpern, die aussichtslose Schlachten gegen die immer höher werdenden Stirnen und die schlaffen Bäuche lieferten, und er beneidete sie nicht. Es war keineswegs schlecht, wenn man mit sich selbst zufrieden war.

Er setzte seinen mitfühlenden Gesichtsausdruck auf, ein Halbmondlächeln, durch das er wie ein gelassener Buddha oder wie ein bartloser Weihnachtsmann aussah. Er ähnelte dann einem großen, rührenden Jagdhund und wirkte weniger massiv; sein Umfang schüchterte manche Menschen ein. Mrs. Kettrick bemerkte ihn, hörte aber nicht auf zu weinen.

Die Techniker des Coroners verschwanden. Berkowitz setzte den üblichen ›Hoffentlich-haben-Sie-mehr-Glück-als-ich‹-Gesichtsausdruck auf und schlenderte davon, um sich einer hübschen Mitarbeiterin des Gerichtsmediziners zu widmen.

»Ich möchte Ihnen mein aufrichtiges Beileid aussprechen, Mrs. Kettrick.«

Sie versuchte nicht einmal, ihm zu antworten.

»Ich bin Detektiv Moody. Ich weiß, daß der heutige Vormittag für Sie die Hölle war, aber ich muß Ihnen einige Fragen stellen. Ich sollte eigentlich keine Rücksicht darauf nehmen, aber wenn Sie glauben, daß Sie im Augenblick keine zusätzlichen Belastungen ertragen, können wir die Fragen auf später verschieben. Ihnen ist jedoch sicherlich bewußt, daß wir umso früher erfolgversprechende Fährten aufnehmen können, je mehr Informationen wir besitzen oder je früher wir sie dem Netz zur Analyse eingeben.«

Sie blickte ihn noch immer nicht an, nickte aber und putzte sich dezent die Nase. Moody sah ihr fasziniert zu. Es war das erste Mal, daß er sah, wie sich jemand die Nase mit einem Stück Leinwand putzte, von dem dreißig Zentimeter sechzig Dollar kosteten.

»Wie lange waren Sie von zu Hause abwesend?«

»Zwei Wochen. Freunde der Familie — ihre Tochter heiratet im Jekyll Island Club. Ich half bei den Vorbereitungen. Ich soll ... ich sollte nächste Woche zur Zeremonie wiederkommen.« Sie schwenkte ihr Taschentuch gleichgültig, während sie sprach.

Sie hatte sich fest in der Hand. So fest, daß sie einen Mörder für ihren Mann angeheuert hatte? Diese Überlegung war unvermeidlich und verfrüht.

Motiv? Bis jetzt war keines aufgetaucht. Sicherlich nicht Geld. Warum sollte sie morden, um etwas zu bekommen, das sie bereits besaß? Doch die Menschen konnten Netze weben, die genauso kompliziert waren wie die der Computertechniker.

»Können Sie sich vorstellen, Mrs. Kettrick, daß jemand einen Grund hat, ihren Mann zu töten?«

»Ihn zu töten?« Sie entnahm dem endlosen Vorrat in ihrer Handtasche ein frisches Taschentuch. »Ich kenne einige Dutzend Konkurrenten, die sich wahrscheinlich wünschen, er solle tot umfallen, die ihn aber nicht hätten ermorden lassen. Natürlich kann man heutzutage bei niemandem sicher sein, nicht wahr?«

Das kann man tatsächlich nicht, dachte er. Laut antwortete er tröstend: »Ein Mensch in der Position Ihres Mannes macht sich automatisch Feinde. Was wir wissen müssen, ist, ob ihm jemand offen gedroht hat.«

»Falls es jemand tat, hat er es mir gegenüber nie erwähnt. Elroy hat seine geschäftlichen Probleme nicht mit nach Hause gebracht, darin war er sehr geschickt. Ich weiß, daß es für ihn hart war, und ich habe ihn deshalb geachtet und bewundert. Er bot uns ein normales Familienleben. Er war ein sehr guter Mensch, Detektiv. Er arbeitete hart und kümmerte sich um seine Angestellten. Wissen Sie, daß er vergangene Weihnachten alle Distriktmanager und ihre Frauen hierher bestellte? Sie glaubten, daß es um geschäftliche Angelegenheiten ging.« Sie preßte die Lippen zusammen, um ihre Gefühle unter Kontrolle zu halten.

»Er hatte ein Flugzeug gechartert und flog mit der ganzen Gruppe nach Havanna. Auf eine Woche, im besten Hotel, auf Kosten der Gesellschaft. Zusätzlich zu ihrem normalen Urlaub.«

Moody lächelte sanft. »Klingt nach einem Mann, für den ich gern gearbeitet hätte.«

»Elroy war wohlgemerkt kein Heiliger. Er konnte hart sein. Aber er war anständig und fair. Ich will damit sagen, daß er wahrscheinlich nicht mehr oder weniger Feinde hatte als jeder andere Mann in seiner Stellung.«

»Wie war er als Privatmensch?«

Während er ihre Antworten hörte, warf er gelegentlich einen Blick auf seinen Spinner. Nicht, um sich davon zu überzeugen, daß er alles aufzeichnete; diese Funktion war praktisch pannensicher. Er beobachtete die Anzeige auf dem Stimmenanalysator. Der kleine Spion blieb hartnäckig auf Grün und das hieß, daß sie die Wahrheit sagte. Obwohl das Gerät vor Gericht nicht zugelassen war, half es bei der Analyse am Schauplatz des Verbrechens. Gelegentlich konnte eine gewisse Unsicherheit bei einem Verdächtigen äußerst aufschlußreich sein.

Moody gehörte nicht zu den altmodischen Polizisten, die sich auf ihren Instinkt und die persönliche Beobachtung verlassen. Er war gern bereit, jeden Ausrüstungsgegenstand, den die Forschungsabteilung der Polizei neu herausbrachte, zu erproben. Alles, was die Arbeit erleichterte, erleichterte ihm sein Leben, und er war, weiß Gott, dafür, es leichter zu haben. Erfahrene Polizisten behaupten, daß sie in bezug auf Verbrechen einen sechsten Sinn besitzen. Moody zog das Netz vor.

Sein Spinner verriet ihm, daß er mit einer wirklich leidenden, verzweifelten Witwe sprach, und nicht mit einer West-Florida-Ausgabe von Lady Macbeth. Das bestätigte seinen ursprünglichen Eindruck. Trotzdem schloß er sie nicht aus dem Kreis der Verdächtigen aus. Moody schloß jemanden erst dann als Verdächtigen aus, wenn ein Fall abgeschlossen war. Und sogar dann gab es Fälle, bei denen er zögerte.

Er befragte sie noch eine Weile und verabschiedete sich dann. Spätere Befragungen würden weitere Informationen erbringen, die er dann in Ruhe im Büro studieren konnte. Wenn der erste Schock abgeklungen war, erinnerte sie sich vielleicht an nützliche Details, die vorher in ihrer emotionellen Verzweiflung untergegangen waren.

Zuerst mußte man die Teile des Puzzles sammeln. Erst dann konnte man beginnen, sie zusammenzusetzen. Er schlenderte davon, um weitere Teile zu finden.

»Hi, Nance«, sagte er zu der zierlichen Gestalt, die die andere Seite des Wohnzimmers bearbeitete. Sie drehte sich um und grinste ihn an.

»Hi, schöner Mann. Ich habe mich schon gefragt, wann du auftauchen wirst.«

Er wußte nicht, warum er sich in Nancy Welles' Gesellschaft so wohl fühlte. Vielleicht, weil sie die einzige Frau bei der Polizei war, die seine Vorliebe für das Angeln teilte. Oder vielleicht war es ihr Sinn für Humor. Den besaßen zwar die meisten Polizisten, aber für gewöhnlich war es kein freundlicher Humor. Außer bei Nancy.

»Du bist gerade erst gekommen«, sagte sie.

»Woher weißt du das?«

Sie zeigte an ihm vorbei. »Ich habe gesehen, wie du mit der Witwe gesprochen hast. Das ist immer das erste, was du tust. Ich kenne deinen Stil.«

»Tatsächlich?«

»Ja.«

»Und was haben wir?« Im Büro würden sie Zeit genug haben, einander freundschaftlich zu necken.

»Nicht viel.«

»Motiv?«

»Die ersten psychologischen Untersuchungen deuten auf ein persönliches Motiv hin. Das muß sich nicht unbedingt auf die Ehefrau beziehen. Vielleicht ein unzufriedener Angestellter. Zu diesem Zeitpunkt sind das aber nur müßige Spekulationen.«

Ich könnte wetten, daß es kein Distriktmanager war, dachte Moody. Laut sagte er: »Ich habe gerade ihre Stimme überprüft.«

Nancy nickte. »Das haben alle getan. Es sieht so aus, als wäre sie schuldlos. Falls sie etwas verbirgt, dann macht sie es meisterhaft. Und was das Jekyll-Alibi betrifft, das hält ebenfalls. Zweihundert Zeugen.«

»Aber sie hat die Leiche gefunden und die Polizei verständigt.«

»Heute früh war Kettrick seit etwa dreißig Stunden tot. Sie ist erst vor zwei Stunden angekommen. Die Flughafenshuttle und alles Übrige stimmen.«

»Hat Kettrick Affären gehabt?«

»Er war doch ein Mann, oder?«

»Du bist bösartig, Nance.«

»Keineswegs, ich kenne nur die Männer. Aber es liegen keine ehemaligen Mätressen herum, wenn du das meinst. Auch keine Hinweise darauf, daß er irgendwo ein zweites Leben geführt hätte. Nur die Haushälterin hat daran glauben müssen.«

Ja, die Haushälterin, dachte Moody. Derjenige, der Kettrick tötete, hatte sich auch die Zeit genommen, den einzigen Zeugen zu beseitigen.

»Das bringt uns also wieder zur Theorie des unzufriedenen Angestellten zurück.«

»Irgendwo muß man anfangen«, erwiderte sie. »Vielleicht hat oben in North Dakota eine Tochtergesellschaft, die einer von Kettricks Gesellschaften gehört, vor zehn Jahren einen Angestellten gefeuert, und der hat diese zehn Jahre damit verbracht, sich seine Rache zurechtzulegen. Kettrick hat vielleicht den Kerl, der ihn auslöschte, nicht einmal gekannt, obwohl die Beweisstücke jetzt auf das Gegenteil deuten.«

»Wieso?«

»Kein Hinweis auf einen Einbruch und kaum Kampfspuren.«

»Was ist mit der Haushälterin?«

»Im gleichen Raum wie Kettrick.« Nancy sah auf ihrem Taschenspinner nach. »Anna Hernandez, achtundfünfzig, unverheiratet, war seit sechs Jahren und sieben Monaten bei der Familie. Besaß Schlüssel zu jedem Schloß im Gebäude, benützte den Magnetgleiter für die Einkäufe, schlief in einem Zimmer im Erdgeschoß an der Vorderseite des Hauses. Sie hat Pech gehabt.«

»Wie wurde sie getötet? Auf die gleiche Art wie Kettrick?«

»Sieht so aus.«

»Hat der Coroner schon etwas Genaueres dazu gesagt?«

»Nicht daß ich wüßte.« Welles runzelte die Stirn. »Ich möchte wissen, warum sie so lange brauchen. Sie sprechen über eine Pistole, sind aber nicht wirklich sicher.«

»Welche Marke?«

»Frag sie selbst. Ich bin nur ein unbedeutender Sergeant. Mir erzählen sie überhaupt nichts.«

Sie führte ihn durch einen Korridor an anderen in ihre Arbeit vertieften Angehörigen der Abteilung vorbei.

»Ich habe nur einen kurzen Blick auf die Leiche werfen können, bevor sich die Jungs vom Gerichtsmedizinischen auf sie gestürzt und jeden hinausgescheucht haben, der das Losungswort nicht kannte. Falls eine Pistole verwendet wurde, war es ein seltsames kleines Ding.«

»Wie kommst du darauf?«

»Ich wurde als eine der ersten angerufen und war sehr rasch hier. Es gibt nirgends Blut, Vernon. Er liegt einfach tot mitten im Zimmer, das alte Mädchen in der Nähe auf irgendwelchen Stufen, und beide sind so sauber wie die Musterstücke eines Einbalsamierers.«

»Warum glauben sie dann, daß die beiden erschossen wurden?«

»Weil jeder der beiden armen Lieblinge zwei Löcher aufweist. Kettrick im Hals, die Haushälterin mitten im Rücken. Und kein Blut. Die Löcher bringen einen auch nicht weiter. Keine lebenswichtigen Organe sind durchbohrt, die Einschußöffnung ist anscheinend vollkommen kauterisiert, aber trotzdem sind beide tot.«

»Sind die Hauptschlagader und die wichtigsten Arterien intakt?«

»Ja. Der Coroner hat von einem Trauma gesprochen. Was für ein Trauma, zum Teufel? Keine Spuren von einem tätlichen Angriff, von einem stumpfen Gegenstand, überhaupt keine Spuren auf den beiden Leichen.«

Moody warf einen Blick auf den langen Korridor. »Wohin führst du mich?«

»In meinen geheimen Orgienraum, wohin sonst?« fragte sie verächtlich. »Offenbar war dieser Kettrick ein anerkannter Sammler von primitiver Kunst. Für mich sieht das alles wie der Trödel aus, der bei den Privatversteigerungen am Tag der Arbeit drüben in Clearwater auf dem Rasen liegt. Aber das Zeug besitzt offenbar für gewisse Leute einen Wert, denn es ist ganz allein in einem Raum untergebracht, der ein Tresorraum sein könnte. Hurrikan- und hochwassersichere Wände, eine eigene Klimaanlage, alles, was gut und teuer ist. Und dazu die Sicherungseinrichtungen. Klasse. Ich würde keinen Cent für das beste Stück der Sammlung ausgeben, aber Nickerson aus deinem Büro — ja, er ist auch hier — behauptet, daß alles von Museumsqualität ist. Aus all dem schließe ich, daß es sich um das Zeug handelt, das die Reichen als Investition kaufen. Du kannst es dir selbst ansehen.«

Der große Raum war von weichem, hellem Licht durchflutet, das aus unauffälligen Quellen hoch oben in der Decke kam. Schaukästen und Schränke aus gehärtetem Glas waren an die neutral grau gehaltenen Wände angeschraubt. Auf an den Boden angeschweißten Postamenten standen Skulpturen aus Holz, Knochen und Ton. Einige der Stücke besaßen eine seltsame Anziehungskraft. Einige wenige waren hübsch. Viele empfand Moody als ausgesprochen häßlich.

Welles zeigte auf Nickerson, zwickte Moody in den Hintern, zwinkerte ihm zu und verließ ihn. Moody sah ihr nach, dann drehte er sich um und betrat den Tresorraum.

Er kannte Nickerson gut. Sie hatten bei mehreren Fällen zusammengearbeitet, obwohl sich Moody dabei hauptsächlich in der Polizeiwache aufgehalten hatte, während sein jüngerer Kollege in den eleganten Bezirken an der Küste tätig war. Moody beneidete den jüngeren Detektiv weder um seine rasche Beförderung noch um seinen Bekanntheitsgrad. Jeder Katze ihr Sandkistchen. In einem Sündenpfuhl am Strand verschmolz der schlanke Nickerson mit der Menge, während Moody auffiel wie ein gestrandeter Wal. Vielleicht schlief Nickerson öfter mit einer Frau, aber er verdiente nicht mehr als Moody und man zollte ihm auch nicht mehr Respekt. Nickerson konnte natürlich nichts für sein gutes Aussehen. Er war auch kein Poseur. Jeder Polizist im Gebiet von Greater Tampa Bay kannte Moodys Ruf, also auch Nickerson. Er schätzte den Rat und die Meinung des kräftigen Mannes und machte sich nicht über ihn lustig.

»Was hältst du von diesem Zeug, Vernon?« fragte er anstelle einer Begrüßung.

Moody sah sich im Museum um. Man konnte es nicht anders bezeichnen; es war ein Museum.

»Nicht mein Geschmack. Du weißt ja, wie es mit der Kunst ist. Das Zeug hier steht an dem einem und die Gemälde des heiligen Elvis auf schwarzem Samt stehen an dem anderen Ende.« Er hob die Hand und wackelte mit den Fingern. »Das Zeug, das ich mag, liegt irgendwo in der Mitte.«

»Ich weiß, was du meinst. Willst du das neueste Exponat sehen?«

Im Hintergrund des Raums tastete jemand von der Gerichtsmedizin Kettricks Leiche mit dem Scanner ab. Der Industrielle war groß gewesen, älter als Moody und wies sehr viel weniger überschüssiges Fett auf. Eins achtzig bis eins neunzig, schätzte der Detektiv. Fünfundneunzig bis hundert Kilo. Jemand, der trotz seines Alters mit einem Angreifer fertigwerden konnte. Das hatte ihn genausowenig gerettet wie die unglückselige Haushälterin. Mrs. Kettrick konnte von Glück sagen, daß sie sich am Dienstag in Georgia aufgehalten hatte. Andernfalls hätte dieser Raum nicht für zwei, sondern für drei Leichen als Leichenschauhaus gedient.

Er blieb nicht lange dort. Im Bericht des Coroners würde alles stehen, was er wissen mußte.

Doch die Wand hinter der Leiche weckte sein Interesse. Helle Lampen beleuchteten jeden Quadratzentimeter. Hier war vor kurzem etwas zur Schau gestellt worden. Jetzt befanden sich nur noch vier verchromte Bolzen an der Wand, an denen gezackte Bruchstücke von zerbrochenem Plexan hingen.

Am Fuß der Wand lag ein Haufen aus durchsichtigen, mit Holzstückchen und farbigem Sand vermischten Bruchstücken. Moody kniete nieder, hob eine Handvoll Sand hoch und ließ die leuchtend bunten Körner durch seine Finger rieseln. Alles, was er fand, waren Sand und Sägemehl. Das Zeug roch trocken und dumpf. Er blickte zu Nickerson auf.

»Was, zum Teufel, ist das?«

»Du meinst, was es war.« Der Jüngere musterte den Haufen nachdenklich. »Irgendein großes Bild. Wir haben die Witwe danach gefragt.«

Moody erhob sich. »Sie war imstande, euch zu sagen, was fehlte und was nicht?«

»Nein, aber sie wußte, wo ihr Mann den Katalog seiner Sammlung aufbewahrte. Er war nicht schwer zu finden.« Nickerson deutete mit einer Handbewegung auf den restlichen Raum. »Sonst fehlt nichts. Und auch dieses Bild fehlt eigentlich nicht, es ist nur zerstört worden.«

Moody musterte den Haufen und brummte. »Pulverisiert wäre der genauere Ausdruck. Ihr sprecht alle von einem Bild. Was ist mit dem Sand?«

»Es war ein Sandbild.«

»Du meinst eine Malerei auf Sand?«

»Das habe ich auch gedacht.« Nickerson fuhr sich verlegen über die Haare. »Zuerst wird der Sand gefärbt und dann auf einen Untergrund aufgetragen. In diesem Fall war es ein Untergrund aus Holz. Noch dazu aus billigem Holz.«

»Großartig. Wir suchen also einen mordlustigen Kritiker.«

»Findest du nicht, Vernon, daß es einfach wie Vandalismus aussieht? Ich meine, daß derjenige, der dieses Kunstwerk zerschlagen hat, sichergehen wollte, daß niemand es wieder zusammenstellen kann.«

»Okay, wir suchen also einen ernsten, mordlustigen Kritiker.« Der Detektiv schüttelte langsam den Kopf. »Jemand schlüpft hier herein, ermordet Kettrick, tötet seine Haushälterin, weil sie ein Zeuge ist, nimmt nichts mit. Er oder sie tut nur eines: Ein primitives Kunstwerk zerstören. Wenn das Ding so schauerlich war wie das übrige Zeug in diesem Raum, dann war es kaum einen billigen Totschlag wert, geschweige denn einen Doppelmord.«

Nickerson nickte. »Das ist alles, was wir haben. Kannst du etwas damit anfangen?«

»Auf Anhieb?« fragte Moody, ohne zu zögern.

»Auf Anhieb.«

»Ein Verrückter, aber ein Verrückter mit einer bestimmten Absicht.«

»Wieso mit einer Absicht?«

»Weil ihn nur dieses eine Stück interessierte. Ein richtiger Psychopath hätte mehr zertrümmert. Da er ein einziges Stück vernichtete, ist es klar, daß er nur hergekommen ist, um eben das zu tun. Er wußte schon, bevor er herkam, was er tun wollte, wußte, worauf er aus war.« Moody musterte den Trümmerhaufen nachdenklich. »Derjenige, der das getan hat, ließ sich Zeit, um es gründlich zu machen. Ein Motiv, mit dem man nicht viel anfangen kann.«

»Wem sagst du das?«

»Hat Mrs. Kettrick vielleicht erwähnt, daß es Leute gibt, die krankhafte Angst vor Sandbildern haben?«

Nickerson schüttelte den Kopf. »Auch sie versteht es nicht.« Er starrte die Leiche an und sah zu, wie der Gerichtsmediziner arbeitete.

Moody wußte, daß sein jüngerer Kollege keine Psychofälle mochte. Drogenhändler waren ihm lieber. Was sie taten, hatte Hand und Fuß. Käufer, Verkäufer und Verbraucher paßten nahtlos zusammen. Ein Fall wie dieser, der um so sinnloser wirkte, je länger man über ihn nachdachte, brachte ihn aus der Fassung. Das bedeutete, daß er Moody die ganze Kleinarbeit überlassen würde, was dem Älteren nur recht war. Psychofälle störten ihn nicht. Es steckte immer eine Logik dahinter, nur war sie krankhaft.

Nickerson sprach weiter. »Mrs. Kettrick hat erwähnt, daß sie diesen Raum kaum jemals betrat. Sie hat für dieses Zeug nicht viel übrig; es war die Leidenschaft ihres Mannes. Wenn er ein neues Stück erworben hatte, zeigte er es ihr. Sie nahm es lächelnd zur Kenntnis und vergaß es wieder. Es war nicht ihr Stil.«

»Darüber sind wir uns alle einig.« Moody zeigte auf die leere Wand. »Sie konnte also nichts über dieses Stück erzählen?«

»Nur daß es ein großes Bild war, das aus einer Menge kleiner Bilder bestand; sehr geordnet, sehr geometrisch.«

»Großartig. Das Bild war das Motiv, und wir wissen nicht einmal, wie es ausgesehen hat. All das Zeug muß doch versichert sein.«

»Ich habe schon mit dem hiesigen Vertreter der Versicherungsgesellschaft gesprochen. Es ist tatsächlich alles hoch versichert, aber als wir Kettricks Datei sehen wollten, konnten sie sie nicht finden. Sie ist anscheinend kürzlich gelöscht worden. Ist das nicht interessant?«

Moodys Augenbrauen gingen in die Höhe. »Eindeutig kein Wahnsinniger«, stellte er zögernd fest. »Verrückte können nicht das Sicherheitssystem einer Versicherung knacken.«

»Ja, aber sie töten auch nicht Menschen, die Kunstwerke besitzen, die ihnen nicht gefallen.« Nickerson lächelte. »Zum Glück wissen wir, wie das verdammte Ding ausgesehen hat.«

Moody blickte ihn überrascht an. »Wieso?«

»Kettrick besaß eine altmodische Kamera für Einzelaufnahmen. Wissen Sie noch? Damit druckte man zweidimensionale Bilder auf ein Stück Papier. Kettrick hatte eine eigene Akte angelegt; ein Schnappschuß von jedem

Stück.« Er griff in seine Jackentasche und entnahm ihr ein kleines, quadratisches, hartes Stück Papier.

Moody betrachtete das Bild. Es zeigte ein etwa zwei Meter großes Gemälde, das aus in leuchtenden Farben gehaltenen, ausgeklügelten Zeichen und Mustern bestand. Einige erinnerten an stark stilisierte menschliche Wesen, andere wieder an Pflanzen; doch größtenteils hatte er nie etwas Ähnliches gesehen. Es war ungeheuer kompliziert und so genau geordnet, als wäre es mit Hilfe eines Cadcam-Programms angelegt worden. Gefärbter Sand auf Holz. Ästhetisch bedeutete es Moody überhaupt nichts; seine Vorstellung von schöner Kunst war ein wohlgeformtes Bierglas, aber ihn beeindruckte, wie viel Zeit und Mühe für die Komposition aufgewendet worden war.

Sie sah keineswegs so aus, als wäre sie es wert, daß ihretwegen zwei Menschen getötet wurden. Nach zwanzig Jahren Polizeiarbeit fand Moody allerdings, daß nichts einen Mord wert war.

»Also ein Sandbild?«

»Ja.« Nickerson stupste das Foto an. »Auf der Rückseite befindet sich eine kurze, beschreibende Information. Ich habe sie aus Kettricks Katalog, aber sie bringt nicht viel.«

Moody drehte das Foto um. »Hier steht Navaho. Die leben irgendwo im Westen?«

Nickerson zuckte die Achseln. »Ich habe angenommen, daß Sie sich damit befassen wollen.« Mit anderen Worten, er erblickte hier keine Möglichkeit, ins Fernsehen zu kommen, und kümmerte sich nicht weiter darum, es sei denn, daß sich die Situation änderte.

»Telefon?«

Nickerson deutete mit dem Daumen über seine Schulter. »Hinten im Korridor.« Moody nickte und drehte sich um, um zu gehen, blieb jedoch stehen und betrachtete die Leiche der unglückseligen Haushälterin. Sie lag in der Nähe des Eingangs auf dem Bauch — der

Mörder hatte sie umgelegt, als sie versuchte zu fliehen. Das Gesicht des Detektivs wurde hart. Für Leute, die unschuldige Menschen töteten, deren einziges Verbrechen darin bestand, sich im falschen Augenblick am falschen Ort zu befinden, hatte er weder Mitgefühl noch Verständnis. Man mußte schon ein erstklassiger, kaltschnäuziger Schweinehunde sein, um eine alte Frau in den Rücken zu schießen. Falls sie erschossen worden war.

Er beugte sich hinunter; die Löcher oberhalb ihres Herzens waren deutlich zu sehen. Zwei Stück, sieben Zentimeter voneinander entfernt. Keine Spur von Blut, genau wie Welles gesagt hatte. Tot durch ein Trauma, das durch eine invasive Anwesenheit verursacht worden war. Aber was für eine Anwesenheit, wenn es sich nicht um Kugeln aus Metall handelte?

Der Coroner würde es ihn wissen lassen. Er konnte nicht die Arbeit aller anderen mitübernehmen.

Er fand das Telefon, löste den Spinner von seinem Gürtel und schloß ihn an. Die Mollyservice-Dienststelle fand das Museum der Indianer in New York, das Museum des Südwestens in Albuquerque, das Heard-Museum in Phönix, das Museum von, das Museum von ...

Er entschied sich für das Museum für amerikanische Eingeborenenkunst in Fort Worth, wartete auf das Freizeichen und gab dann seine Fragen ein. Zwei Minuten später begannen die Antworten, langsam über seinen Bildschirm zu wandern. Als er fand, was er suchte, gab er AUFZEICHNEN ein, wartete weitere zwei Minuten und legte auf.

Die Dienststelle zog allmählich ab. Die Techniker von der Gerichtsmedizin hatten jeden Raum im Haus nach Haaren, Kopfschuppen, Fingerabdrücken, Hautstückchen, Blut, Schweiß, Tränen und überhaupt allem abgesucht, das ihnen vielleicht helfen würde, den Mörder zu identifizieren. Moody fand Nickerson, der darauf wartete, daß die Toilette frei wurde.

»Arizona«, teilte er ihm mit. »Auch Teile von New Mexico, Colorado und Utah. Dort findet man Navahos, die Sandbilder anfertigen.«

Nickerson bemühte sich, interessiert zu klingen. »Und was schließen wir daraus, Vernon? Ein Navaho, der einen Groll hegt?«

»Wir wissen nicht, daß es ein Navaho war. Wir wissen nur, daß es mit einem Werk der Navaho-Kunst zu tun hat.«

Die Polizeiarbeit bringt das Nächstliegende viel öfter an den Tag, als die Allgemeinheit annimmt. Sobald sie begannen, Kettricks Büropersonal zu befragen, fanden sie innerhalb kürzester Zeit einen Hauptverdächtigen, obwohl sie von Null ausgegangen waren. Jemand, der die Sicherheitsmaßnahmen konsequent umging und Kettrick anrief, dann in sein Büro einbrach und ihn direkt stellte, war in Moodys Augen ein sehr brauchbarer Verdächtiger. Daß ihn mehrere Augenzeugen eindeutig als Indianer beschrieben, war für die Dienststelle ein schlüssiger Beweis. Es erforderte keinen großen Gedankensprung, um im Hinblick auf die weiteren Untersuchungen anzunehmen, daß er ein Navaho war.

Zugleich mit ihrem Verdächtigen bekamen sie auch ein Motiv geliefert, weil Kettricks Sekretärin gehört hatte, wie die beiden Männer wegen des Sandbildes stritten. Der Detektiv verstand allerdings noch immer nicht, wieso das Kunstwerk einen Mord wert war.

Sobald Moody an seinen Schreibtisch zurückkehrte, fertigte er als erstes mehrere Kopien des kostbaren Fotos an. Zwei davon kamen in den Beweismaterial-Tresor unterhalb der Polizeizentrale, wo sie zwischen schweren Waffen und Ampullen mit sich selbst injizierenden Pharmazeutika sehr fehl am Platz wirkten. Als er am Abend nach Hause kam, schob er eine dritte Kopie unter die Matratze seines Bettes. Erst dann erlaubte er sich, sich zu entspannen.

Für den Mordverdächtigten existierten keine Kopien

des Sandbildes. Er hatte die Datei der Versicherungsgesellschaft gelöscht und das Original vernichtet. Wenn sie Glück hatten, wurde er dadurch unvorsichtig.

Was für Moody überhaupt keinen Sinn ergab und worüber er sich nach wie vor den Kopf zerbrach, war die Frage, warum ein Mörder alles Mögliche unternahm, um die Identität eines Gemäldes, aber nicht die eigene zu verbergen.

3. Kapitel

Am folgenden Morgen waren die Gerichtsmediziner zu einer vorläufigen Entscheidung über die Todesursache im Fall Kettrick gelangt. Nancy Welles erzählte es Moody, bevor er Gelegenheit gehabt hatte, den Bericht selbst zu lesen.

Sie befanden sich in der Kantine, und sie entdeckte ihn bei einem der Automaten.

»Hi, Nance.«

»Vernon. Sie haben anscheinend herausgefunden, wie Kettrick und seine Haushälterin gestorben sind. Aber sie wissen nicht, was den Tod verursacht hat.« Moody wartete, während sie sich von einem Automaten Kaffee holte.

»Tod durch elektrischen Strom«, erklärte sie.

»Jetzt mach mal Pause, Nance. Sie wissen wie, aber nicht was?«

Sie nickte, während sie künstliche Milch und künstlichen Süßstoff in den fragwürdigen Kaffee tat. »Erinnerst du dich an die Wunden? Wie die Einschußlöcher von Kugeln, aber ohne Kugeln? Und jetzt wird im Bericht des Coroners festgestellt, daß sie mit elektrischem Strom getötet wurden, daß die Gerichtsmedizinische aber nicht weiß, wie es gemacht wurde. Du hättest die Gesichter in dem Raum sehen sollen.«

»Ich kann sie mir vorstellen. Jede Menge Theorien?«

»Theorien schon, aber ich weiß nicht, ob jede Menge. Die vorherrschende Meinung besagt, daß man mit einer Art geladener organischer Teilchen auf sie geschossen hat, vielleicht mit einer Gelatine, die so hart auf den Körper auftraf, daß sie eindringen konnte. Erinnere dich daran, daß die Löcher nicht wirklich tief waren. Die sofortige Kauterisierung und die fehlenden Blutungen lassen sich durch die hohe Spannung erklären. Die Spannung erklärt jedoch nicht, warum es zwei Schüsse waren, die sich auf beiden Leichen in der gleichen Entfernung voneinander befinden. Es sei denn, daß eine doppelläufige Waffe verwendet wurde.«

Moody öffnete seine Schachtel mit Plätzchen. »Vielleicht enthielt eine Kapsel eine positive Ladung und die andere eine negative, und sie reagierten nur tödlich, wenn es zu einem Kontakt kam.«

Welles' Gesicht leuchtete auf. »Das ist eine Theorie, die ich bis jetzt noch nicht gehört habe. Ich könnte wetten, daß der Coroner noch nicht einmal daran gedacht hat.« Sie sah ihn bewundernd an.

»Es ist nur eine Idee«, murmelte er abwehrend. »Es wäre vernünftig, wenn man bei der Konstruktion einer solchen Waffe dafür sorgt, daß es erst beim Kontakt zu einer Entladung kommt.«

»Warum kommt es nicht innerhalb der Waffe zur Entladung?«

»Vielleicht sind die Läufe isoliert. Verdammt, ich weiß es nicht. Ich weiß auch nicht, wer bereit ist, zwei Menschen zu töten, damit er ein Kunstwerk zerstören kann.«

»Man hält es für möglich, daß es sich um einen fanatischen Sammler handelt. Um jemanden, der das ausschließliche Eigentum an einem Gegenstand anstrebt, damit er sagen kann, daß sich das einzige existierende Exemplar in seinem Besitz befindet. Auch wenn es nur eine Kopie ist. Es wäre ziemlich schwierig, ein Bild, das auf eine zwei mal zwei Meter große Holzplatte aufgezogen ist, in einem Magnetgleiter von hier fortzuschaffen. Mit einem Holo wäre es einfacher. Denk darüber nach. Ich muß an meinen Schreibtisch zurück.«

Moody dachte darüber nach, gelangte jedoch zu keinem Ergebnis. Die hypothetische Waffe klang wahrscheinlicher als das hypothetische Motiv. Keine Geschosse, die man zu einer Pistole eines bestimmten Kalibers zurückverfolgen konnte, kein Gift, das man zu einer Apotheke zurückverfolgen konnte, keine schmutzigen scharfen Klingen. Ein Stromstoß hinterließ keine Visitenkarte.

Moody hatte nicht viel für seinen Chef übrig. Obwohl er gern mit Maschinen arbeitete, befand er sich auch gern in Gesellschaft anderer menschlicher Wesen. Im Gegensatz zu Feldstein. Moody war davon überzeugt, daß der Chef, wenn man ihm die Möglichkeit dazu gab, die Dienststelle ganz ohne Menschen führen würde. Nur Wandschirme, Mollytafeln, Memos und Anweisungen.

Doch da die Wissenschaft des Gesetzvollzugs noch nicht so weit fortgeschritten war, mußte Feldstein noch immer menschliche Wesen einsetzen. Das schloß auch Leute wie Vernon Moody ein, mit dem der in New York ausgebildete Feldstein wenig gemeinsam hatte. Moody war davon überzeugt, daß der Mann es nie in seinem Leben mit einem mit allen Wassern gewaschenen Ganoven oder einem Nachtmörder zu tun gehabt hatte.

Dazu kam, daß Feldstein mit Ausnahme der beiden Polizistinnen der kleinste Beamte in der Abteilung war. Trotz dieses Handicaps war er zum Leiter der größten Polizeidienststelle im Staat Florida ernannt worden. Die Detektive fragten sich oft, wie es dazu gekommen war. Naturkatastrophen galten als eine Möglichkeit.

Moody dachte nicht so oft darüber nach wie einige seiner Freunde, weil er so gut wie überhaupt keinen Kontakt mit dem Büro des Chefs hatte. Feldstein suchte auch nicht von sich aus die Gesellschaft seiner Beamten, sondern zog die Abgeschlossenheit seines Büros mit den Mollytafeln und den Vorec-Schaltkreisen vor. Sie reagierten im Gegensatz zu seinen oft widerspenstigen Beamten prompt und gehorsam auf seine Anfragen und Befehle.

Feldstein war keineswegs feindselig. Er war sogar

freundlich, wenn man ihn im Korridor oder in der Kantine traf. Wenn er nicht bereit gewesen wäre, mit anderen zusammenzuarbeiten, hätte er die Jahre als Streifenpolizist und Detektiv nie überlebt. Er wußte, was es hieß, auf Streife zu gehen, wußte, wie man auf der Straße Witze reißt und wie man durchgreift. Es ging nicht darum, daß er unfähig war, mit anderen zusammenzuarbeiten. Er zog einfach vor, es nicht zu tun.

Moody bog auf dem Weg zum Allerheiligsten des Chefs um eine Ecke. Vielleicht hielt es Feldstein für keine gute Idee, Freundschaft mit Leuten zu schließen, die möglicherweise am nächsten Morgen als Leichen in der Bucht trieben. Das konnte Moody verstehen. Wenn er Chef wäre, würde er vielleicht genauso denken. Er würde allerdings nie Chef werden. Das störte ihn nicht. Er fühlte sich in der Position, die er erreicht hatte, sehr wohl.

Der Sicherheitsdienst ließ ihn durch einen Verwaltungscheckpoint zu Feldsteins Büro durch. Es war nicht groß, aber der Ausblick auf die Bucht war schön. Die Wände waren mit Behältern für Mollys und Chips bedeckt und machten Feldstein den Lebensraum streitig. Feldsteins Intellekt war das einzige, das die sich verändernden Dateien in Schach hielt, wie ein mit Napalm ausgerüsteter Skifahrer, der in Colorado in eine Lawine gerät. Jedesmal, wenn die Dateien reduziert wurden, sorgte die antisoziale Bevölkerung von Westflorida dafür, daß sie ihren früheren Umfang wiedererlangten. Trotz aller Mühe würde Feldstein nie fähig sein, sie auf einen handlichen Umfang zu schrumpfen, ebensowenig, wie sie ihn nie überwältigen würden. Es war eine immerwährende Pattstellung.

Moody bemühte sich, bei der Sache zu sein. Es fiel ihm nicht leicht, weil man durch das große Fenster an der hinteren Wand des Büros deutlich die silbern glänzende Bucht sah. Dabei mußte er an das Angeln denken, und das machte es ihm schwer, sich auf seine Arbeit zu konzentrieren. Sieh nicht auf die Bucht, hieß es im Büro, und sieh Korporal Laney nicht beim Bearbeiten zu, dann kommst du mit deiner Arbeit voran.

Als Moody hineinkam, saß Feldstein an seinem Schreibtisch und arbeitete. Der Detektiv hatte nie erlebt, daß Feldstein nicht arbeitete. Er war ein kleiner, dunkler Mann, Sohn eines kleinen, dunklen Mannes, Enkel eines kleinen, dunklen Mannes, der eine Sippe von erfolgreichen kleinen, dunklen Männern fortsetzte, die via New York, Osteuropa und den Nahen Osten nach Florida gelangt waren. Er war das Endprodukt einer tausendjährigen Reihe von kleinen, dunklen Männern, die ursprünglich aus Samaria stammten, wo — Moody zweifelte nicht daran — Feldsteins dutzendfach entfernter Vorfahre als pflichtgetreuer Polizist oder Steuereintreiber oder Buchhalter im Dienst Salomons oder einer minderen Leuchte gestanden hatte.

»Guten Morgen, Chef.«

Feldstein blickte widerstrebend von einem der drei Bildschirme auf, die wie flache Pilze aus seinem Schreibtisch wuchsen.

»Vernon.« Das war Feldsteins einzige Konzession an Lässigkeit. Der Chef kannte jeden im Gebäude, vielleicht jeden in der ganzen Einheit mit seinem Vornamen. Vielleicht sogar die Hausmeister der Nachtschicht. »Wie lang bearbeiten Sie schon den Fall Kettrick?«

»Seit ungefähr drei Wochen, Sir.«

»Haben Sie bereits etwas?«

»Sie meinen Ergebnisse?« Der Chef hatte ihn nicht aufgefordert, sich zu setzen, was Moody nur recht war. Es bedeutete, daß es ein kurzes Gespräch sein würde. »Nicht mehr, als wir schon am zweiten Tag hatten. Wir haben eine Verfahrensweise, ein mögliches Motiv und eine gute Beschreibung des Hauptverdächtigen, aber wir haben es noch nicht geschafft, ihn zur Strecke zu bringen. Wir werden es schaffen. Die Phantombilder sind im ganzen Staat verteilt worden, vor allem im Südwesten.«

Feldstein faltete die Hände auf dem Schreibtisch. Das war ein schlechtes Zeichen. Es bedeutete, daß der Chef nachgedacht hatte. »Ich habe es selbst ein- oder zweimal tun müssen und weiß, wie frustrierend es ist, eine Untersuchung in einer Entfernung von beinahe viertausend Kilometern von dem Gebiet durchzuführen, in dem sich der Hauptverdächtige wahrscheinlich aufhält. Deshalb schicke ich Sie nach Arizona, damit Sie dort daran arbeiten. Wir brauchen jemanden am Ort der Handlung.«

In Moodys Geist erstarrte ein Bild wie geronnene Milch. Die Vision von einer endlosen, baumlosen Weite, von trockener, kräfteraubender Hitze; von Staub, Kakteenstacheln, giftigen Reptilien und Insekten. Natürlich gab es letztere auch in Florida, aber sie blieben unten in den Glades, wo sie hingehörten.

»Wenn es Ihnen nichts ausmacht, Sir, möchte ich lieber hierbleiben.«

Feldstein wandte sich einem seiner Monitore zu und sein Ton war genauso kühl und korrekt wie die Information auf dem Bildschirm.

»Den größten Teil der Arbeit wird die dortige Polizei machen. Sie werden als Unterstützung und Informationsquelle fungieren und uns auf dem laufenden halten.« Er blickte vom Bildschirm auf. »Außerdem fordern die Medien und die Stadtväter von mir, daß wir endlich Fortschritte machen. Wir können unten am Hafen fünf Morde im Tag haben, und niemand zuckt auch nur mit einer Wimper, aber wenn jemand wie Kettrick umgelegt wird, beginnen die wichtigen Leute zu zittern. Sie wissen, wie das läuft. Sehen Sie nicht so niedergeschlagen aus. Betrachten Sie es als Arbeitsurlaub.«

»Ich mag die Wüste nicht, Chef. Ich mag das flache Land. Ich mag Ebenen und offenes Wasser. Jede Menge offenes Wasser. Dort draußen gibt es überall nur Sand.«

»Gewöhnen Sie sich an den Gedanken. Stellen Sie es

sich als besonders breiten Strand vor, wenn Ihnen das hilft, aber Sie fahren.«

»Warum schicken Sie nicht jemand anderen?« Er sprach, ohne zu überlegen. »Warum schicken Sie nicht den hochgewachsenen, gut aussehenden jungen Detektiv, der ein so guter Public Relations-Mann ist? Wie hieß er noch? Nackerman? Nickerson? Er war vor mir auf dem Schauplatz.«

»Wir sprechen von übergreifender juristischer Zusammenarbeit, Vernon. Für einen solchen Auftrag ist Nickerson ein bißchen zu aggressiv, ein bißchen zu bestrebt, für sich Reklame zu machen, statt sich um die Arbeit zu kümmern. Sie verstehen es, mit Menschen zu arbeiten, ohne ihnen zu drohen.«

Moody wußte, daß er den Auftrag nur loswerden konnte, wenn er einen stichhaltigen Grund fand, warum er nicht nach Arizona wollte, aber ihm fiel keiner ein, so sehr er sich auch den Kopf zerbrach. Persönliche Abneigung genügte nicht. Und trotz seines Widerwillens fühlte er sich geschmeichelt. Feldstein schickte ihn hin, weil er der beste Mann für diesen Job war. Oder aber vielleicht, weil er annahm, daß der dicke Detektiv niemandem fehlen würde.

»Gibt es wirklich niemanden, der an meiner Stelle hinfahren kann, Sir?« Er war ein halbherziger letzter Versuch, aber er mußte es probieren.

»Natürlich gibt es andere Leute, die ich schicken kann, aber es gibt keinen anderen, den ich schicken will. Sie fahren, Vernon, weil ich weiß, daß Sie dort draußen zurechtkommen werden, und weil ich weiß, daß Sie nichts übersehen werden, und weil ich weiß, daß Sie die Zeit der Dienststelle nicht vergeuden werden, indem Sie nachts auf Brautschau gehen.«

So bin ich wirklich, dachte Moody resigniert. Der gute alte Moody, der typische langweilige Polizist. Nicht notwendigerweise der Intelligenteste, nicht der Nächstliegende, aber der Zuverlässigste.

»Es wird nicht so schlimm werden, Vernon.« Feldstein versuchte, Mitgefühl zu zeigen. »Jeder braucht von Zeit zu Zeit einen Tapetenwechsel.«

Aber ich mag die Tapeten hier, verdammt. Laut sagte er: »Wenn Sie fest entschlossen sind, Sir, dann stehle ich uns beiden nur die Zeit, indem ich hier herumstehe.« Er drehte sich um und ging, blieb aber an der Tür noch einmal stehen. »Bekomme ich Reisespesen?«

Feldstein grinste breit. Er hatte strahlend weiße Zähne. Bei den seltenen Gelegenheiten, bei denen man sie zu sehen bekam, verliehen sie seinem für gewöhnlich mürrischen Gesicht beinahe etwas Fröhliches. Als wäre ihm diese Tatsche bewußt, preßte er plötzlich die Lippen zusammen.

»Volle Reisespesen und Zeitausgleich, aber ich will, daß Sie rasch an Ort und Stelle sind. Keine Magnetgleiter. Nehmen Sie ein Shuttle.«

»Dagegen habe ich nichts einzuwenden, Sir.« Das stimmte. Moody hatte keine Lust, stundenlang in einem Transkontinental-Magnetgleiter zu sitzen. »Wo werde ich wohnen?«

»Einigen Sie sich mit der Buchhaltung auf einen Tagessatz und sehen Sie sich selbst nach etwas um. Sie haben bis jetzt noch nie einen Auftrag außerhalb des Golfgebiets durchführen müssen, nicht wahr?«

»Ich war noch nicht einmal aus dem Süden fort, Sir. Ich hatte keinen Grund dazu. Mir gefällt es hier. Ich gehöre nicht zu den Typen, die sich nach fernen Ländern sehnen.«

»Es wird Ihnen gut tun«, behauptete Feldstein nicht sehr überzeugend. »Es erweitert Ihren Horizont.«

Moody wollte nicht, daß sein Horizont erweitert wurde, aber da der Chef sich außergewöhnlich bemühte, verständnisvoll zu sein, wäre es undiplomatisch gewesen, ihm zu widersprechen.

»Also Arizona. Vielleicht gibt es dort irgendwo einen See.«

»Nicht in der Gegend, in die Sie fahren. Und eigentlich fahren Sie nicht nach Arizona. Sie werden dem Navaho Department für die öffentliche Sicherheit der Navahonation zugeteilt. Das sind die Leute, mit denen Sie zusammenarbeiten werden, nicht die Polizei von Arizona.«

Von mir aus, dachte Moody, während er das Büro des Chefs verließ; Polizisten sind Polizisten. Solange er unter seinen neuen Kollegen einen oder zwei fand, mit denen er auf ein Bier gehen konnte, würde er mit ihnen zurechtkommen, ganz gleich, ob sie vom Hindukusch oder aus dem großen Afrikanischen Graben kamen. Und falls sie sich an die allgemein gültigen Vorschriften hielten, um so besser. Diese Gedanken munterten ihn ein wenig auf, aber nicht sehr.

4. Kapitel

Zu der Zeit, in der das Shuttle die Grenze zwischen Texas und New Mexiko überflog, war die Luft unglaublich durchsichtig geworden und man sah scheinbar unendlich weit. So blieb es auch, als das Shuttle den Abstieg aus einer Höhe von zwanzigtausend Metern begann und wie eine amputierte Pfeilspitze auf die rotbraune Bratpfanne namens Nordarizona zufiel.

Moody unterbrach endlich seine Lektüre, blickte zum Fenster hinaus und war über den Anblick, der sich ihm bot, entsetzt. Die fruchtbare Landschaft Floridas, die beruhigenden Häuser und Apartmentblocks, das blasse, schillernde Blau des Golfs waren verschwunden. Unter ihnen lagen übergeschnappte Erdfarben: Rot, Dunkelbraun, schmutziges Rosa und Hellbraun breiteten sich von Horizont zu Horizont aus wie eine Hure aus Kalkutta. Er suchte vergeblich den charakteristischen Einschnitt des Grand Canyon, bis ihm einfiel, daß er viel zu weit im Nordwesten lag, als daß man ihn von der jetzigen Position und Höhe des Shuttle aus sehen konnte.

Im Vergleich zum übervölkerten Mittelflorida war die unfruchtbare Leere des Gebiets betäubend. Als die Gebäude rund um den Klagetoh International Airport in Sicht kamen, begann er ruhiger zu atmen, wie ein Ertrinkender, der endlich Land erblickt. Anlagen der Schwer- und Leichtindustrie klebten zu beiden Seiten an der Autobahn 40 wie Blattläuse am Stengel einer Rose.

Es war eine Erleichterung, als er das Shuttle verlassen und das vor Menschen wimmelnde Flughafengebäude betreten konnte, das erfreulich geräumig, modern und voller Farben und Leben war. Männer und Frauen aus der ganzen Welt schwärmten wie Elementarteilchen durch die Korridore, stießen gegeneinander und murmelten in einem halben Dutzend Sprachen Entschuldigungen.

Was sie in diesen früher isolierten Teil von Nordamerika brachte, war die Erzeugung von Hochtechnologie, die in den letzten hundert Jahren explosiv zugenommen und das Navahopi-Reservat radikal verändert hatte. Als erste waren die Koreaner eingetroffen; sie wollten den Japanern zuvorkommen, die auf ihrer endlosen Suche nach Facharbeitern und vorteilhaften Steuergesetzen nicht viel später anlangten. Dann waren eiligst die Taiwanesen, die Malaysier, die Thais, die Inder, die Brasilianer und die südamerikanische Gemeinschaft beinahe gleichzeitig angerückt. Die EG hatte das Potential des Reservats zu langsam erfaßt und bemühte sich jetzt sehr, aufzuholen. Das Shuttle war voll Deutscher, Italiener und Türken gewesen.

»Wenn Ihnen das da arg vorkommt, sollten Sie Phoenix sehen. Die brauchen seit fünfzig Jahren einen neuen Flughafen.«

Moody stand einem freundlich lächelnden Mann gegenüber, der um zehn Jahre jünger war als er. Der Fremde trug ein langärmeliges Baumwollhemd und sorgfältig gebügelte braune Jeans. Und Cowboystiefel, als brauche Moody einen Beweis dafür, daß er sich nicht mehr in Mittelflorida befand. Obwohl der Mann vermutlich Mitte dreißig war, wirkte er wesentlich jünger. Er war knapp überdurchschnittlich groß und schlank, so daß er neben Moody beinahe verschwand. So ging es übrigens vielen Leuten. Seine Haut war so glatt und makellos wie die eines Models. Das angedeutete Lächeln — seine Mundwinkel bogen sich leicht nach oben, so daß die Backenknochen noch stärker hervortraten, als es ohnehin der Fall war — war anscheinend der einzige Gesichtsausdruck, über den er verfügte. Er streckte die Hand aus.

»*Ya-ta-hey.* Ich bin Sergeant Paul Ooljee, Navaho-Dienststelle für öffentliche Sicherheit.«

Moody ergriff die dargebotene Hand. »Vernon Moody, Detektiv, Polizeidienststelle Greater Tampa.«

Der Sergeant hielt Moodys Hand lange fest. Seine schlanken Finger waren wie Stahl und Moody spürte den Druck des Daumens auf seinem Handrücken. Zweifellos hatte das etwas zu bedeuten. Hoffentlich mußte er nicht so lange hierbleiben, bis er alle Bräuche der Einheimischen kannte.

»Wenn Sie mir Ihre Theorie verraten, verrate ich Ihnen die meine.« Das Lächeln blieb.

»Ich habe bis jetzt noch keine.« Moody hielt sich neben dem Sergeant und überließ ihm die Führung. »Vergessen wir die Titel, wie soll ich Sie nennen?«

»Paul wäre genau richtig. Ich könnte Ihnen auch meinen anderen Namen nennen, aber den werden Sie wahrscheinlich nicht aussprechen können. Wenn Ihnen Ooljee Schwierigkeiten bereitet, können Sie mich Moon nennen, denn das heißt es. Oder Sie können mich Verrückter nennen, wie es einige meiner Freunde tun. Vor allem meine Schwiegermutter. Sie können auch ›mein Freund‹ sagen. So werde ich Sie nennen.«

»Wir haben uns gerade erst kennengelernt.« Ooljee bog um eine Ecke und Moody beschleunigte seine Gangart, um mit ihm Schritt zu halten. Sie befanden sich jetzt in einem dem Flughafenpersonal vorbehaltenen Korridor und hatten das Menschengewühl hinter sich.

»Es ist nur zweckmäßig. Wenn jemand nicht sagt, wie er heißt, von wo er kommt, von wo sein Clan stammt, macht er sich verdächtig. In der Navahosprache fragt man richtiger ›Was ist diese Person?‹, statt ›Wer ist diese Person?‹. Da ich aber Ihrem Gesichtsausdruck entnehme, daß meine Erklärungen Sie nur verwirren, können wir einander eine Zeitlang Ooljee und Moody nennen. Vorausgesetzt, die Förmlichkeit stört Sie nicht, mein Freund«, fügte er nachdenklich hinzu.

»Wenn Sie sich für die Übersetzung entscheiden, wäre es natürlich lustiger. Die Leute würden uns sehen und sagen: ›Da kommen Moon und Moody‹.«

»Ooljee ist schon in Ordnung.« Er hatte erwartet, daß die Einheimischen ruhig, sogar schweigsam sein würden, und der erste, den er kennenlernte, brachte es nicht fertig, den Mund zu halten.

Sie gingen unter dem Gebläse einer Videokamera durch und Moodys Nase wurde einen Augenblick lang von dem verführerischen Duft von Jasmin überflutet. Er ging weiter, ohne der Verführung nachzugeben, stehenzubleiben und sich die Reklamesendung anzusehen.

Der Fahrstuhl brachte sie ins Erdgeschoß.

»Sie wissen, warum ich hier bin, oder sind Sie nur gekommen, um mich abzuholen und in die Stadt zu bringen?«

»Ich weiß, warum Sie hier sind. Wir werden zusammenarbeiten. Ich befasse mich seit einigen Wochen mit diesem Fall und habe täglich mit Ihrem Büro, doch nicht mit Ihnen persönlich, in Verbindung gestanden. Tampa und Ganado haben tagelang Mollys ausgetauscht, so daß ich mit den unglückseligen Einzelheiten des Mordes vertraut bin.«

»Woran haben Sie gearbeitet, bevor man Sie auf den Fall Kettrick ansetzte?«

»An einem Mordfall hier. Und ich wurde nicht auf den Fall Kettrick ›angesetzt‹, sondern habe mich freiwillig gemeldet. Eine faszinierende Geschichte.« Der Lift wurde langsamer. »Wir sind da.«

Moody folgte ihm auf einen überdachten Parkplatz. Und da erwischte es ihn. Die Luft. Etwas stimmte mit ihr nicht. Den Mangel an Sauerstoff hatte er erwartet und war auf ihn gefaßt. Klagetoh lag zweitausend Meter hoch. Aber die Trockenheit war ein Schock. Er atmete etwas Kühles ein, das keine Spur von Feuchtigkeit enthielt; Sauerstoff und Stickstoff, so rein wie die Symbole auf der Tabelle des periodischen Systems. Ihm schwindelte; er blieb stehen und versuchte, zu Atem zu kommen; er war davon überzeugt, daß sich die Pflanzen in den Blumentöpfen entlang des Weges hungrig zu ihm beugten und im Begriff standen, seine flüssigkeitsreiche Gestalt mit zu Injektionsnadeln umfunktionierten Luftwurzeln anzuzapfen, um das Wasser aus seinem Körper zu saugen.

»He, Moody, geht es Ihnen gut?« Ooljee musterte ihn besorgt.

»Geben Sie mir nur eine Minute Zeit.« Der Detektiv richtete sich auf und atmete tief durch. Der Schwindel verging.

Er griff nach seinem Gepäck und setzte sich wieder in Bewegung. Ooljee sprach nicht über den Zwischenfall, wurde aber langsamer.

»Ich bin froh, daß jemand den Fall interessant findet«, keuchte Moody. »Zu Hause sind alle schrecklich nervös. In der letzten Zeit haben wir so gut wie keine Fortschritte gemacht.«

»Hoffentlich können wir Ihnen von Nutzen sein.«

»Ja. Sagen Sie, warum bezeichnen Ihre Freunde Sie als verrückt?«

»Jeder in meinem Clan glaubt, daß ich heute schon Fabriksdirektor wäre, wenn ich statt zur Polizei in die Wirtschaft gegangen wäre. Ihnen ist es gleichgültig, daß ich die Polizeiarbeit mag. Sie paßt zu meinem Wesen. Was wissen Sie über Navaho-Sandbilder?«

»Ich weiß, daß ein Mensch ihretwegen getötet wurde. Das ist so ziemlich alles. In meiner Dienststelle muß man nicht Anthropologie studieren, um zum Detektiv befördert zu werden.«

»Es sind eben verschiedene Dienststellen. Wir könnten uns hier einen Augenblick ausruhen. Das hilft manchmal, wenn man direkt vom Meeresniveau heraufkommt.«

Moody zögerte, befragte sein Herz und seine Lunge und richtete sich nach ihrer Antwort. Er stellte sein Gepäck neben einer Bank ab und lehnte sein Gewicht dankbar an die Hartholzbretter. Ooljee blieb stehen.

»Sie werden in der ganzen Stadt, vor allem aber in den Hotels und den Souvenirläden Sandbilder sehen. Es ist ein großer Geschäftszweig. Manche werden noch immer aus gefärbtem Sand angefertigt, während andere einfach auf Leinwand oder Bretter gemalt sind.« Seine Augen funkelten. »Sie müssen aber wissen, daß jedes einzelne von ihnen falsch ist.«

»Falsch? Wieso falsch?«

»Die Farben, die Haltung einer Gestalt, wohin sie sieht, die Anordnung von Pflanzen oder Mustern — mindestens eines davon ist falsch, aber meist sind es alle. Niemand würde ein richtiges Sandbild anfertigen und es einem Touristen verkaufen, weil der Zauber entfesselt werden könnte.«

Jetzt weiß ich, warum sie dich verrückt nennen, dachte Moody amüsiert; er vermutete, daß der andere ihn geschickt auf den Arm nahm. »Sie wollen mir doch nicht einreden, daß irgendwer hier noch an das Zeug glaubt?«

»Natürlich nicht«, erwiderte Ooljee übertrieben nachdrücklich. »Wenn jemand das täte, würde man ihn für einen unbußfertigen Primitiven, einen Atavisten, einen Verteidiger des alten Aberglaubens halten.«

»Warum macht man sich dann die Mühe, die Bilder zu verändern, die an die Touristen verkauft werden?«

»Viele Bewohner dieses Gebiets, vor allem die älteren, neigen insgeheim zu einer Art agnostischer Einstellung. Sie sind vielleicht zu neunundneunzig Prozent sicher, daß es keine Magie gibt; aber das noch vorhandene eine Prozent kann das Leben unnötig komplizieren. Deshalb wird Ihnen jeder, der Sandbilder en gros herstellt, erklären, daß das Ganze Unsinn ist, aber gleichzeitig darauf achten, daß zumindest ein kleiner Teil jedes fertigen Bildes falsch ist.

Das fällt ihnen nicht schwer, weil nur ein ausgebildeter *hat-athli*, ein Medizinmann, weiß, wie man eine richtige Medizin-Malerei anfertigt, und die Medizinmänner stellen nichts her, um es den Touristen zu verkaufen. Deshalb müssen Sie sich keine Sorgen machen, wenn Sie ein Sandbild kaufen. Es wird keine echte Magie besitzen.«

»Das ist eine große Erleichterung«, erklärte Moody. »Jetzt kann ich mich furchtlos dem Leben stellen.«

»Halten Sie an Ihrer beruhigenden Skepsis fest. Wir werden sie vielleicht noch brauchen. Vergessen Sie nicht, daß jemand — und ich bin ebenfalls der Ansicht Ihrer Dienststelle, daß es sich sehr wahrscheinlich um einen Navaho handelt — wegen eines Sandbildes zwei Menschen getötet und das Sicherheitssystem einer großen, multinationalen Versicherungsgesellschaft durchbrochen hat.«

»Und Sie haben noch keinen Tatverdächtigen?«

»Leider nicht. Aber wir werden ihn finden. Ihr Phantombild ist sehr deutlich, und wir besitzen noch weitere Hinweise. Zum Beispiel hat die Sekretärin des Mordopfers gehört, wie der Eindringling betonte, daß er zum vierten Mal um die Überlassung des Sandbildes bitte. In unserer Kultur muß eine Bitte, die zum vierten Mal geäußert wird, erfüllt werden. Ich halte es für unwahrscheinlich, daß ein Nicht-Navaho es auf diese Tour versucht.«

»Haben Sie eine Ahnung, warum er das Bild zerstört hat, nachdem er sich solche Mühe gegeben hatte, es zu bekommen? Meine Theorie besagt, daß er der einzige sein wollte, der diesen Entwurf besitzt, oder so ähnlich.«

Ooljee nickte. »Das ist eine Möglichkeit. Wenn wir ihn finden, werden wir ihn fragen.«

»Und ob wir das tun werden.«

»Es besteht die Möglichkeit, daß er ein Sioux oder ein Kiowa ist oder jemand aus einem anderen Stamm, der sich als Navaho ausgibt, um seine wahren Motive zu verschleiern, aber ich halte das nicht für wahrscheinlich.

Ich kann mir nicht vorstellen, daß sich jemand von einem anderen Stamm so sehr für ein Sandbild interessiert.«

Ooljee zögerte zum ersten Mal, bevor er weitersprach. »Wenn es Ihnen nichts ausmacht, mein Freund, dann verraten Sie mir, warum Sie hier sind?«

»Meine Dienststelle wollte einen ihrer Angehörigen auf dem Schauplatz haben. Ich war nicht vorsichtig genug und wurde prompt dazu verdonnert.«

»Ich verstehe. Man hat mir den Grund nicht mitgeteilt, und ich war neugierig.«

»Das wäre jeder. Hören Sie, ich will niemandem zu nahe treten. Es geht nicht darum, daß wir kein Vertrauen zu Ihnen haben. Es war nicht meine Idee. Ich werde versuchen, Ihnen nicht in die Quere zu kommen.«

»Das wäre nett. Fühlen Sie sich schon besser?«

»Ja.« Moody erhob sich. Das Schwindelgefühl war vergangen. »Gehen wir. Aber langsam, ja?« Er bückte sich nach seinem Gepäck.

5. KAPITEL

Moody entdeckte auf den Fahrzeugen, die länger als zwei Tage auf dem Parkplatz standen, eine dünne Schicht, die wie Rost aussah, sich aber bei näherer Untersuchung als rostfarbener Staub entpuppte. Er wischte mit der Hand über einen Wagen und der rieb den Staub zwischen den Fingern; er vermutete, daß auch dies zu den Dingen gehörte, die er in der nächsten Zeit wider Willen näher kennenlernen würde.

Ooljee führte ihn zu einem stämmigen, nicht aerodynamischen Fahrzeug mit übergroßen Reifen. Das normalerweise ungeschützte Heck war durch ein ausgezogenes Faltdach geschützt. Der Sergeant sperrte das Vehikel elektronisch auf und öffnete die hintere Tür, so daß sein Begleiter das Gepäck hineinlegen konnte. Dann kletterten sie in die Fahrerkabine.

Moody sah zu, wie Ooljee die Zündkombination eingab und darauf wartete, daß die Kontrollanzeige aufleuchtete. Er wartete nicht, bis der Motor warm war, sondern fuhr sofort aus dem offiziellen Parkplatz hinaus und auf die Auffahrt zu. Auf dem Bildschirm ging die Straßenkartenbeleuchtung an. Moody erkannte das negative Muster und erkundigte sich bei Ooljee danach.

»Ich bin in Klagetoh nicht zum Streifendienst zugelassen, deshalb geben sie mir keine Straßen-Software.«

Das Ausfahrtstor ließ sie passieren. Ooljee meisterte das aus dem Flughafen hinausführende Labyrinth geschickt, umging die Stadt und fuhr zur Interstate-Autobahn.

Sobald sie den Berufsverkehr hinter sich hatten, gab Ooljee dem Armaturenbrett ihr Ziel ein. Die bordeigene Navigationsanlage bestätigte die Eingabe, und sie begannen zu beschleunigen. Ooljee ließ das Lenkrad los und entspannte sich. Unter ihren Füßen folgte der ROM-Laser dem auf den Beton aufgetragenen Leitstreifen und koordinierte Geschwindigkeit und Richtung mit allen vor und hinter ihnen befindlichen Fahrzeugen. Wenn Ooljee die Eingabe nicht manuell veränderte, würden sie den Rest der Strecke nach Ganado mit automatischer Steuerung zurücklegen.

»Arbeiten Sie immer mit einem Kombi?« erkundigte sich Moody.

»Alte Traditionen lassen sich nur schwer ändern. Das ist das Standardtransportmittel, wenn wir in Zivil arbeiten. Ein Straßenkreuzer der Dienststelle käme Ihnen bekannter vor, aber er hätte einen Vierradantrieb mit Steuerung. In den letzten hundert Jahren sind die Straßen im Reservat wesentlich besser geworden, doch es gibt noch eine Menge Stellen, die ein normales Fahrzeug in Schrott verwandeln würden. Auch das ist Tradition. Wie die Sandbilder.« Er blickte nach rechts, wo ein Privatfahrzeug neben der Straße festsaß.

»Familienpanne. Die Hilfe wird bald eintreffen. Die Tradition hat es mir auch ermöglicht, den Kettrick-Fall zu bekommen. Für viele Leute in der Dienststelle besteht die Tradition darin zu wissen, wer vor zwei Jahren die Ligameisterschaft gewonnen hat. Ich hingegen habe mich immer für die alte Lebensweise interessiert.«

Er drückte auf etwas und ein versperrtes Abteil im Armaturenbrett klappte auf. Er kramte in einem sehr unordentlichen, aber raumsparend zusammengepferchten Haufen von Papieren, Disketten und Mollyschachteln, bis er ein Farbfax fand. Moody erkannte das Kettrickgemälde.

»Seit Ihre Dienststelle uns kontaktiert und um Informationen gebeten hat, habe ich sehr viel mit diesem Fax gearbeitet. Ich habe es bereits durch die Dateien im Museum von Nordarizona, dem Navaho-Museum in Window Rock und der Universität von Neumexiko in Gallup laufen lassen. Es gibt hunderte Sandbilder, mein Freund, jedes unterscheidet sich deutlich von den anderen, und dieses hier paßt zu keinem von ihnen. Es gibt einzelne Elemente, die mit anderen übereinstimmen, aber sie sind seltsam gezeichnet und ergeben in dem Kontext, in dem sie aufscheinen, keinen historischen Sinn. Es ist sehr merkwürdig. Ich habe an allen drei Orten mit den Spezialisten darüber gesprochen, und sie sind sich darüber einig, daß sie noch nie etwas Derartiges gesehen haben.

Natürlich bin ich nur ein Polizist und sie sind nur Akademiker. Wir sind davon überzeugt, daß nur ein Hatathli mit viel Erfahrung und einer sehr lebhaften Phantasie etwas damit anfangen könnte. Seine Auslegung wäre vielleicht nicht genau, aber sicherlich unterhaltsam.«

Moody rückte sich in seinem Sitz zurecht, der abgenützt, aber bequem war. »Das heißt also, daß niemand eine Ahnung hat, was es bedeutet.«

»Das hat man mir jedenfalls gesagt.« Der Motor summte, als das Fahrzeug zu klettern begann. Ooljee fuhr mit dem Finger über das Fax. »In diesem Gemälde gibt es Gestalten, Formen und Muster, die vollkommen untraditionell sind, wie manche behaupten. Andere Sachverständige sind nicht so sicher. Das heißt nicht, daß die Muster keine Bedeutung haben; nur ist es mir bis jetzt nicht gelungen, jemanden zu finden, der mir sagt, was sie bedeuten.«

Moody schob die Unterlippe vor. »Das Bild hat ganz sicher für den Hurensohn, der Kettrick und seine Haushälterin ermordete, eine Bedeutung gehabt.«

»Zu dieser Ansicht neige ich ebenfalls. Ich halte jedenfalls nichts von der Theorie, daß wir es mit einem verrückten Sammler zu tun haben.«

»Und warum nicht?«

»Weil ich mir nicht vorstellen kann, daß ein Sammler, auch wenn er noch so verrückt ist, etwas zerstört, um das er sich zuerst so bemüht hat. Ich glaube, daß der Mörder eher die Substanz des Sandbildes als das Original haben wollte.« Er sah nachdenklich vor sich hin. »Wenn wir ihn erwischen, werde ich ihn vor allem danach fragen.«

»Fragen Sie, soviel Sie wollen. Ich begnüge mich damit, ihn einzubuchten.«

Ooljee warf seinem Kollegen einen Blick zu. »Ihre Interessen laufen parallel zu den meinen, decken sich aber nicht immer mit ihnen. Das ist verständlich.«

Er wandte sich wieder nach vorn und versank in Gedanken.

Das ließ Moody Zeit, die Gegend zu betrachten, durch die sie fuhren. Im Süden verliefen parallel zur Autobahn die vier wichtigsten Ost-West-Magnetgleitröhren, die Fracht und gelegentlich Personenwaggons zwischen Los Angeles und Albuquerque oder dem Montezuma-Strip beförderten.

Kurze Zeit später fuhr der Kombi eine Ausfahrt hinunter und bog auf die nach Norden führende Bundesstraße 191 ein. Ein leuchtender Wegweiser flog vorbei. METROPOLITAN GANADO — 65 KILOMETER

»Ist das Ihr Standort?« erkundigte sich Moody.

Der Sergeant nickte. »Window Rock ist noch immer die Hauptstadt, aber Ganado ist das kommerzielle Zentrum des Reservats. Seit über einem Jahrhundert. Sie werden sehr bald Hochhäuser sehen.« Sie befanden sich bereits zwischen weitläufigen Montagehallen und Produktionsstätten. »Nehmen Sie es nicht persönlich«, sagte Moody, als sie Kilometer um Kilometer an gesichtslosen Industrieanlagen vorüberfuhren, zwischen denen Wohnheime und Versorgungsbetriebe lagen, »aber das kann doch nicht alles Ihren Leuten gehören.«

»Nein, aber wir sind an den meisten von ihnen beteiligt. Wir sind nicht zahlreich genug, um die Nachfrage nach ausgebildeten Technikern, ganz zu schweigen von ungelernten Arbeitern zu befriedigen. Im Reservat leben und arbeiten eine Menge Hispanier und Philippinos. Natürlich auch Anglos. Und seit dem großen Vulkanausbruch, der 65 Managua ausradierte, auch Nicarags. Die Asiaten haben großteils die Verwaltungsposten besetzt.« Er umfaßte die gesamte überbevölkerte Gegend mit einer weit ausholenden Handbewegung.

»Die meisten Unternehmen hier sind Dreier-Joint-Ventures zwischen Navahopis, Anglos und Orientalen. Ist es dort, wo Sie herkommen, nicht genauso?«

Moody schüttelte den Kopf. »Greater Tampa ist noch immer in erster Linie eine Stadt für Pensionäre und ein Erholungsgebiet. Wir haben zwar eine Menge Industrie, aber nicht sehr viel Hochtechnologie. Feuchtigkeit ist für Elektronik nicht gut.«

»Dieses Problem haben wir hier nicht.«

Sie fuhren schweigend weiter, nur Ooljee kontaktierte gelegentlich sein Büro. Erst viel später wagte er die nächste Frage: »Ich nehme an, daß zur ungefähren Mordzeit keiner der Nachbarn aus dem Haus des Opfers Gesang gehört hat?«

Moody war perplex. »Gesang? Warum? Glauben Sie, daß unser Wahnsinniger ein Typ ist, der einen Mord feiert?«

»Nicht genau. Aber wir gehen von der Voraussetzung aus, daß unser Verdächtiger ein Navaho ist oder zumindest die Bräuche der Navahos genau kennt. Ein Hatathli singt immer, wenn er ein Sandbild zerstört. Es würde die Liste der Verdächtigen wesentlich einschränken.«

Moody konnte es nicht verhindern, daß seine Stimme gereizt klang. »Nein. Soviel ich weiß, hat niemand Gesang gehört.«

Die Sandbilder gingen ihm allmählich auf die Nerven. Er befand sich noch nicht einmal eine Stunde im Südwesten und wünschte sich schon wieder fort. Medizinmänner und Gesänge! Wenn das jemals nach Tampa durchsickerte, würde er die Witze jahrelang zu hören bekommen.

Er versuchte, sich auf die Gegend zu konzentrieren. Sie war beeindruckend, aber für seinen Geschmack viel zu weitläufig und öde. Er zog friedlichere Horizonte vor, die durch das unregelmäßige Grün tropischer Bäume weicher wirkten und in denen das Sonnenlicht auf stehenden Gewässern glitzerte; für die endlosen Mesas, die wie Rostadern den harten, blauen Himmel durchzogen, hatte er nicht viel übrig. Es war schön, natürlich, aber er fand die Gegend unbelebt. Und der Mangel an Luftfeuchtigkeit verursachte ihm Juckreiz.

Er war nur als Verbindungsmann hier, rief er sich ins Gedächtnis; er sollte so viel Hilfe gewähren, wie ihm möglich war, und Tampa über alle hier gemachten Fortschritte berichten, die es laut Ooljee praktisch nicht gab. Er konnte sich von diesem Hatathli-Unsinn distanzieren und sich auf die übliche Vorgangsweise der Polizei beschränken. Falls, sagte er sich plötzlich, Ooljee sich nicht einfach über ihn lustig machte und sich mit seinen Freunden in der Polizeiwache einige gute Gags auf seine Kosten leisten wollte. Klar, das war es! Er sah es deutlich vor sich: der bleichgesichtige Neuling aus Florida befragte Navahos ernsthaft nach Sandbildern und Medizinmännern. Er lachte heimlich. Ooljee war gut und sein Gast hatte sich beinahe hereinlegen lassen. Beinahe.

Schön, zu jedem Spiel gehören zwei. Moody würde lächeln, nicken und scheinbar alles ernst nehmen, aber wenn es soweit war, würde *er* die Pointen bringen. Ooljee war ein guter Kerl und ein guter Polizist. Er wollte nur ein bißchen Spaß haben.

Gerade als Moody sich das alles zurechtgelegt hatte, versuchte es der Sergeant mit einer neuen Masche.

»Ich habe viel Zeit und Gedankenakrobatik in die Suche nach dem Motiv investiert.«

»Da sind Sie nicht der einzige, Sportsfreund«, erwiderte er sarkastisch.

»Das Sandbild enthält offensichtlich die Lösung.

Aber wir wissen zu wenig darüber. Meiner Meinung nach brauchte derjenige, der das Bild oder eine Kopie von ihm haben wollte, es aus einem ganz bestimmten Grund, und nicht, um eine Sammlung zu vervollständigen. Vielleicht wurde dieses spezielle Sandbild in der Vergangenheit gegen einen Mörder oder gegen seine Familie oder einen seiner Freunde verwendet. Oder es wurde gegen einen Fremden verwendet, der den Mörder anheuerte.

Indem er das Sandbild der Tradition gemäß zerstörte, hat er vielleicht die Bedrohung beseitigt, die es für jemanden darstellt. Sie würden es als Exorzismus bezeichnen!«

Du meine Güte, dachte Moody. Und ich hatte gerade geglaubt, daß sich der gesunde Menschenverstand wieder durchsetzt.

»Wenn dieser Typ mit einer bis jetzt noch unbekannten Methode Menschen durch einen elektrischen Stromstoß töten kann, warum muß er dann einen Haufen gefärbten Sand zerstören? Sie wollen mir doch nicht einreden, daß wir es mit so etwas wie Voodoo zu tun haben, oder?«

»Es bietet eine rationale Erklärung für eine scheinbar irrationale Tat«, meinte Ooljee. »Das zugrundeliegende Prinzip ist das gleiche. Um auf einen anderen einzuwirken, muß dieser Mensch nur glauben, daß man auf ihn einwirken kann.«

»Allmählich wirkt es auf mich ein«, knurrte Moody.

»Aber es liefert uns ein Motiv.«

Moody sah ihn scharf an. »Sie glauben doch nicht wirklich an diesen Unsinn?«

Der Sergeant wich der Frage aus. »Wichtig ist, daß jemand anderer vielleicht daran glaubt. Menschen, die glauben, sind zu allem fähig.«

»Wir stehen also wieder dort, von wo wir ausgegangen sind. Der Kerl ist verrückt.«

»Menschen haben aus seltsameren Gründen getötet:

Weil es ihnen ihr Gott oder ihr Teufel befahl, oder einfach, weil jemand schielte und weil ihnen seine Nase nicht gefiel.«

Darauf wußte Moody keine Antwort. Er hatte es auf Tampas schäbigen Straßen zu oft erlebt.

»Es spielt keine Rolle«, fuhr Ooljee fort, »daß wir es mit einem Haufen gefärbtem Sand und pulverisiertem Masonit zu tun haben. Wichtig ist, daß derjenige, der den Schaden angerichtet hat, vielleicht glaubt, daß von dem Sandbild tatsächlich Macht ausgeht. Damit haben wir einen neuen Gesichtspunkt, von dem aus wir suchen können. Es gibt Möglichkeiten, solche Kriterien zu überprüfen. Man kann nicht so gründlich oder effizient vorgehen, wie ich es gern täte, aber wir hätten wenigstens einen Ausgangspunkt.«

»In Ordnung.« Moody entspannte sich ein wenig. Er war erleichtert, weil sich herausgestellt hatte, daß Ooljee von Anfang an ein ernstzunehmendes Ziel angesteuert hatte.

Moody wußte von Ganado nur, daß es ein Handelszentrum eines großen Gebietes war, in dem Hochtechnologie erzeugt wurde. Doch als die ersten Hochhäuser in Sicht kamen, wurde ihm klar, daß er einen großen Teil seiner Vorurteile aufgeben mußte.

Aus massiven Bürogebäuden, die anscheinend an einem anderen Ort zusammengestellt und dann auf das wüstenartige Hochplateau versetzt worden waren, wuchsen phantastische Türme. Man konnte keines der Gebäude als alt bezeichnen, denn alle waren im Verlauf des vergangenen Jahrhunderts errichtet worden. Die Architektur ahmte die zerklüfteten Kuppen und Naturdenkmäler nach, die Moody aus der Luft gesehen hatte, und schien ein Teil der Landschaft zu sein, als hätte man Steilabbrüche und Tafelland ausgehöhlt und mit Glas, Plexan und ähnlichen Materialien überzogen. Oberhalb des Straßenniveaus verbanden klimatisierte Gehsteige wie schwebende Arterien aus gesponnenem

Kunststoff und Metallglas die wichtigsten Gebäude miteinander.

Im Geschäftsviertel verdeckten die hohen Gebäude die Sonne. Überall wurde gebaut. Moody stand vor Ankündigungen und Reklametafeln in einem Dutzend Sprachen. Er hätte genausogut in Manhattan sein können. Nur hielten sich die Gebäude hier an einen kleineren Maßstab.

Die merkwürdigen Schnörksel und Bogen auf manchen Tafeln, die Moody für die Schriftzeichen einer ihm unbekannten Sprache des Nahen Ostens gehalten hatte, waren laut Ooljee Teile der Navahoschrift.

»Bis zu Beginn des zwanzigstens Jahrhunderts gab es keine Navahoschrift.« Der Sergeant überholte einen langsamen Lieferwagen. »Die Schrift sieht zwar verwirrend aus, aber im Vergleich zur Grammatik ist sie einfach. Sie sollten erst sehen, wie die Hopischrift aussieht.« Er gab eine nasale Mischung aus Konsonanten und Kehllauten von sich.

»Für etwas, das so schwer zu schreiben ist, klingt es schön. Es erinnert sehr an Gesang. Die Chinesen verstehen es.«

Während Moody versuchte, den linguistischen Ausführungen seines Begleiters zu folgen, beobachtete er die schwebende, akrobatische Laserreklame. Das Geschäftsviertel von Ganado war ein vielfarbiges, blitzendes Labyrinth aus Holos und kaltem Neon, aus Plasma-Skulpturen, die winkten und tanzten und müde Reisende anlockten. Sie erregten und mißhandelten die Sinne abwechselnd nicht nur auf Englisch, Hopi, Navaho und Zuni, sondern auch auf Japanisch, Mandarin, Thai, Bahasa Indonesia, Malayisch, Tagalog und dem unvermeidlichen Spanisch der Südamerikanischen Gemeinschaft.

»Wie viele dieser Sprachen verstehen Sie?« fragte Moody verwirrt; die unerwartet weltstädtische Umgebung überwältigte ihn.

»Ein bißchen Spanisch. Ein wenig Japanisch und Thai. Einige Worte Malayisch, sowie Englisch und Navaho. Nicht so viel Hopi, wie ich verstehen sollte. Sie sollten den Slang einiger unserer hiesigen Straßengangs hören. Früher besprühten sie die Wände mit Farben. Der Grafittientferner von Proctor & Gamble wurde damit fertig. Jetzt markieren sie ihre Territorien anders.

In gewissen Stadtteilen löst man im Vorübergehen unweigerlich immer wieder eine an einem der Simse angebrachte Tonbandaufzeichnung aus. Das stört die normalen Bürger nicht besonders, weil es für sie nur sinnloses Geplapper ist, aber ich habe gesehen, wie es die Mitglieder anderer Gangs in Raserei versetzt hat.

Nehmen Sie alle Sprachen, die ich Ihnen aufgezählt habe, vermischen Sie sie mit Straßenslang als Katalysator, und das Ergebnis können wir nur mit Hilfe einer Übersetzungsmolly übertragen. Das erleichtert die Straßenarbeit keineswegs.«

»Wie steht es hier mit dem Problem der Gangs?«

»Nicht schlimmer als in anderen Städten der gleichen Größenordnung, obwohl es immer Schwierigkeiten geben muß, wenn so viel Geld und Unterhaltungsmöglichkeiten an einem Ort konzentriert sind. Es gibt hier sehr viele reiche und sehr viele arme Leute. Einige der jungen Armen schließen sich an Gangs an, wie sie es immer getan haben. Sie handeln mit Drogen, Waffen, Industriespionage und Informationen, also genau so, wie sich Gangs seit Anbeginn aller Zeiten verhalten. Man hat mir gesagt, daß es hier ein bißchen intensiver ist als in anderen Städten. Wir haben Probleme mit kultureller und steuerlicher Entrechtung, die es nur bei uns gibt.

Uns kommt zugute, daß sich jede Hochtechnologiefirma der Welt hier ansiedeln möchte. Es hat eine Weile gedauert, bis sie merkten, daß die Bewohner des Four-Corners-Gebiets die besten Hochtechnologiearbeiter des Planeten sind. Es gibt hier Unternehmen, die tatsächlich fehlerlose Produkte herstellen. Wenn man diese menschlichen Fähigkeiten mit den einmaligen Steuervorteilen verbindet, die Multis in dem Reservat genießen, ist diese Kombination für viele Gesellschaften unwiderstehlich. Unsere Straßengangs und unsere Probleme spiegeln diesen Zustrom von Geld und äußeren Einflüssen wider.«

Moody stellte fest, daß dies auch auf das Völkergemisch auf den Gehsteigen zutraf. Zwischen den Indianern, Asiaten und Hispaniern stellten die Anglos deutlich eine Minderheit dar, genau wie in gewissen Teilen von Tampa. Das störte ihn nicht. Er hatte sein Leben lang zu einer Minderheit gehört. Dicke Menschen bilden auf der ganzen Welt eine eigene, nicht anerkannte Minderheit.

Er mußte zugeben, daß eine solche Stadt für die Polizei einen harten Brocken darstellte, denn man braucht für alle möglichen Sprachen und Kulturen Spezialisten. Tampas Bevölkerungsgemisch aus Anglos, Schwarzen und Hispaniern war viel unkomplizierter, während Granado eine brodelnde südwestliche Bouillabaisse war.

»Ihre Leute sind aber nicht auf Montagearbeiten beschränkt, oder?«

»Keineswegs. Wir besitzen Anteile als Einzelpersonen und durch die Unternehmen des Rats. Sie merken es übrigens, wenn ein Gebäude Navahos gehört. Ganz gleich, ob es sich um ein Wohn-, Büro-, ein Geschäftshochhaus oder ein Privathaus handelt — der Eingang zeigt immer nach Osten.« Er zögerte. »Entschuldigen Sie. Sie sind gerade erst aus dem Flugzeug gestiegen und ich überhäufe Sie mit Informationen.«

»Das geht schon in Ordnung.«

»Sie werden ohnehin nicht viele Hopis kennenlernen, also machen Sie sich deshalb keine Sorgen. Sie besitzen drüben in Seba Delkai ein eigenes Handelszentrum. Die Zunis halten sich größtenteils in New Mexico auf. Sollten Sie jedoch mit einem Navaho Schwierigkeiten bekommen, dann lächeln Sie einfach und sagen *›doo ahashyaa da‹*.«

»Du ä haschii da«, versuchte Moody. Ooljee wiederholte den Satz überdeutlich, bis er sicher war, daß Moody ihn halbwegs richtig aussprach.

»Und was sage ich damit?« erkundigte sich Moody.

»Sie teilen den Leuten mit, daß Sie hier fremd sind, daß man Sie nicht fürchten muß und daß Sie Hilfe brauchen. Ich versichere Ihnen, daß die Menschen sofort hilfsbereit sein werden. Nur wenige Anglos versuchen, Navaho zu lernen. Dieser Satz wird jeden, den Sie kennenlernen, für Sie einnehmen. Es ist eine nützliche Begrüßungsformel, aber nicht leicht zu übersetzen. Genau wie *yatahey,* der Navaho-Ausdruck für Schalom.«

»Wie war das noch?«

»Vergessen Sie es. Bleiben Sie bei *doo ahashyaa da,* und alles wird okay sein, ganz gleich, wen Sie kennenlernen.«

»Mit Ausnahme des Kerls, hinter dem wir her sind.«

»Ja. Der wird wahrscheinlich niemandem freundlich entgegenkommen. Ich möchte wissen, ob wir es mit einem Geisteskranken zu tun haben.«

»Das bezweifle ich. Ein Verrückter wäre nicht imstande, seine Spuren so gut zu verwischen.«

»Nicht unbedingt. Ein normaler Mensch verhält sich irgendwie vorhersehbar. Ein Verrückter nicht. Deshalb könnte es schwieriger sein, ihn aufzuspüren.«

»Es sei denn, ein weiterer Sammler von Sandbildern wird aus dem Weg geräumt.« Moody zeigte zum Fenster hinaus. »Ich habe in einigen Auslagen Sandbilder gesehen.«

Ooljee nickte. »Das Geschäftsviertel ist auch das Zentrum der großen Tourismus- und Souvenirläden. Es wäre ungewöhnlich, wenn Sie bis jetzt noch keine Sandbilder gesehen hätten.«

»Und niemand verwendet die Muster für andere Zwecke? Zum Beispiel für Reklame?«

»O nein. Das wäre so, als würde man aus der amerikanischen Fahne Unterwäsche schneidern. Es wäre ein Blickfang, aber für viele irritierend und für manche empörend. Interessanterweise würden nicht einmal die Leute, die behaupten, daß sie vollkommen modern sind und nicht an die alten Überlieferungen glauben, so etwas tun. Es könnte ihr Geschäft zugrunde richten oder ihr Gebäude könnte einstürzen. Der einprozentige Unsicherheitsfaktor, wissen Sie noch?

Aber hier ist etwas, das für Sie ebenfalls interessant sein könnte.«

Ooljee schaltete den Laser-Leitstrahl ab, übernahm wieder die Kontrolle über den Wagen, bog nach links ab und fuhr einen Hang hinunter, der zu einem natürlichen Becken im Plateau führte. Alte Bäume säumten einen träge fließenden Bach. Das Gebiet war zu einem Park umgestaltet worden, wobei man die hohen Bäume und eine Gruppe alter Gebäude erhalten hatte. Die Felsen waren zu angenehmen Formen und Bänken behauen worden, auf denen alte Leute und junge Paare saßen.

»Das ist vom alten Ganado übrig. So sah die ganze Gegend einmal aus. Nur an dieser Stelle gibt es Silikon- und Gallium-Arsen-Vorkommen. Das Zeug verwendet ohnehin kaum noch jemand. Der Park idealisiert die Landschaft ein bißchen, aber ich habe alte, zweidimensionale Fotos von dem Gebiet gesehen. Die Simulation stimmt.« Er zeigte nach links auf einen Hügel, auf dem schimmernde Türme standen.

»Sie haben sogar die alte Hubbell-Handelsniederlassung gerettet. Sie steht in der Halle der neuen Handelsniederlassung am Betatkin-Boulevard.« Er betrachtete den gemächlichen Bach, die Paare, die an seinen unauffälligen Ufern entlanggingen. »Haben Sie schon eine Unterkunft?«

Moody schüttelte den Kopf. »Meine Dienststelle hat mir gesagt, ich soll mir etwas Angenehmes suchen.«

»Ich verstehe. Dann werden Sie natürlich bei mir wohnen.«

»Kommt nicht in die Tüte. Vor allem haben Sie vermutlich kein Bett, in das ich hineinpasse.«

»Wir werden bestimmt etwas zusammenstoppeln, vorausgesetzt, es macht Ihnen nichts aus, leicht in der Diagonale zu schlafen.«

»Und zweitens werde ich keinesfalls Ihnen oder Ihrer Frau zur Last fallen.«

»Sind Sie ein lärmender Mensch?«

»Ich spiele nachts nicht mit der elektrischen Eisenbahn, falls Sie so etwas meinen. Aber darum geht es nicht. Es geht darum ...«

»Es geht darum, mein Freund, daß es unhöflich von Ihnen wäre, meine Gastfreundschaft zurückzuweisen. Vielleicht kann ich Sie anders herum überzeugen. Wie werden Sie für Ihre Unterkunft bezahlen? Verwenden Sie eine Scheckkarte der Dienststelle?«

»Ich bezahle mit einer Karte, aber ...«

»Die nur für den Dienstgebrauch ist?«

»Natürlich.«

»Dann erhalten Sie einen Tagessatz, der Ihre täglichen Ausgaben decken soll, solange Sie mit uns zusammenarbeiten. Einen Tagessatz, den Sie zusätzlich zu Ihrem Gehalt bekommen, unabhängig davon, wofür Sie ihn verwenden. Wenn Sie sich für eine teure Unterkunft entscheiden, müssen Sie die Differenz aus Ihrer Tasche bezahlen. Aber wenn Sie billig leben, haben Sie einen Überschuß, den Sie nach Gutdünken ausgeben können. So arbeiten wir hier.«

»In Tampa ist es genauso«, gab Moody zu.

»Das bedeutet, daß Ihnen das Geld, das Sie normalerweise für Unterkunft und Verpflegung ausgeben, bleibt, wenn Sie bei uns wohnen. Das würde doch ein gewisser Ausgleich dafür sein, daß man Sie in ein Gebiet geschickt hat, das Sie so überhaupt nicht mögen.«

»Ich habe nie gesagt, daß es mir hier nicht gefällt. Ich bin ja gerade erst angekommen.«

»Ihr Gesichtsausdruck spricht Bände, auch wenn Ihr Mund geschlossen bleibt.«

»Was ist das?« Moody ärgerte sich, weil er so leicht zu durchschauen war. »Ein altes Navaho-Sprichwort?«

»Nein. Ich habe den Satz aus einer italienischen Show, die vergangene Woche von der RAI ausgestrahlt wurde. Was sagen Sie jetzt?«

Moody wollte die Woche nicht damit beginnen, den Mann, mit dem er zusammenarbeiten würde, vor den Kopf zu stoßen. Gleichzeitig empfand er die Vorstellung, in einer engen, überfüllten Wohnung mit Kleinkindern — Ooljee hatte doch vorhin etwas von Kindern gesagt? — zu leben, keineswegs als attraktiv. Aber er sah keine Möglichkeit, das Angebot abzulehnen.

»Ich werde es versuchen«, gab er zögernd nach, »aber das mit dem Essen kommt nicht in Frage. Ich werde meine Mahlzeiten bezahlen, sonst sind Sie in einer Woche bankrott.«

»In Ordnung«, grinste Ooljee. »Aber ich warne Sie. Meine Frau kocht gern. Sie ist ein experimentierfreudiger Gourmet und wird begeistert sein, wenn sie ein neues Opf ... einen neuen Gast hat, am dem sie ihre neuesten Rezepte ausprobieren kann. Was Sie mit Ihrem Geld anfangen, ist Ihre Sache. Der Polizeidienst als Hauptberuf bietet nur wenige Vergnügungen, und diese sollte man genießen, wann immer es möglich ist.«

Sie blieben noch eine Weile im Wagen sitzen und genossen den Park. Dann kurbelte Ooljee die Fensterscheibe hinauf und programmierte die Automatik neu. Der Motor kam langsam auf Touren, während der Laserstrahl mit dem Navigationsstreifen in der Pflasterung des Parkplatzes Informationen austauschte. Der Kombi setzte zurück, wendete und machte sich auf den Weg.

Nachdem dieses Problem geregelt war, konnte sich Moody den exotischen Aspekten der Stadt Ganado widmen. Besonders interessierte ihn die Kleidung der Jugendlichen, eine schöpferische Kombination von allem, was Asien und Amerika zu bieten hatten. Im Tampa hätte es deplaziert gewirkt. Hier paßte alles zusammen.

Er bat Ooljee, langsamer zu fahren, damit er eine außergewöhnlich attraktive Frau beobachten konnte. Ihre schwarzen Haare krönten zwei blond gefärbte, aerodynamisch gestylte Locken, die emporstiegen, nach außen abbogen und seitlich vom Kopf wegstanden. In den obsidianschwarzen Strähnen schimmerte Silberdraht. Ihre Bekleidung bestand aus einer roten Lederjacke und einem roten Rock, die mit Knöpfen und geschnitzten Fetischen, Stückchen und Fragmenten von aufgeklaubten Bestandteilen übersät waren, reflektierenden Plastikstiefeln und einem falschen Zopf aus geflochtenem Silber.

Ooljee beobachtete seinen Kollegen beim Beobachten. »Die Frisur ist die traditionelle Hopi-Haartracht. Das übrige ist nicht traditionell.«

»Wie bringen sie die Haare dazu, so zu halten?« Moody bestaunte die Aufmachung, die allen Regeln der Schwerkraft widersprach.

»Es ist eine alte Technik, obwohl das Mädchen wahrscheinlich eine Navaho ist. In den letzten fünfzig Jahren wurden eine Menge Mischehen geschlossen. Es hätten noch mehr sein können, aber alte Feindschaften sind zählebig.«

»Wem sagen Sie das. Ich stamme aus dem Süden.«

Sie wandten sich nach Westen, ließen das glitzernde, blitzende Zentrum der Stadt hinter sich und gelangten in ein Gebiet mit Einfamilienhäusern, Apartmentgebäuden und Versorgungsbetrieben. Auf den nicht verbauten Flächen wuchsen Zedern und Zwergkiefern.

»Sie haben aber kaum einen Südstaatenakzent, mein Freund.«

»In den Städten Floridas verschwindet der Akzent rasch.« Moody rückte sich zurecht. »Es ist anders, wenn man auf dem Land, auf dem Familienbesitz lebt. In Georgia und Mississippi findet man den Akzent noch, aber Florida ist voller Leute aus allen möglichen Gegenden. In dieser Hinsicht ähnelt es Los Angeles sehr. Ich kenne Kubaner, bei denen man glaubt, daß sie aus Chicago und nicht aus Havanna stammen.«

»Hier und unten im Strip sind die Traditionen stärker«, erwiderte Ooljee. »Sie haben wahrscheinlich vom Strip gehört. Stellen Sie sich einen ganzen Haufen Ganados vor, die an der Grenze entlang verteilt sind. Der richtige Ort, wenn jemand untertauchen will. Deshalb konzentrieren wir unsere Suche auch auf den Strip. Unser Verdächtiger steckt in einem echten Dilemma. Er könnte zum Beispiel nach Portland fahren, wo er zwar auch auffallen würde, wo die Suche nach ihm aber nicht so intensiv betrieben wird, oder aber er kann dort bleiben, wo er in der Masse verschwindet und kann versuchen, sich zu verbergen. Ich glaube, daß er sich irgendwo in der Gegend herumtreibt.« Ein entgegenkommender Lastwagen schaltete das Fernlicht zu spät ab und das Gesicht des Sergeant lag im grellen Scheinwerferlicht.

»Sie sind nicht verheiratet?«

»Ich war es.« Sie fuhren an einem hell beleuchteten, rund um die Uhr geöffneten Supermarkt vorbei und Moody schaute zum Fenster hinaus. »Zweimal. Es ist nicht leicht, mit einem Polizisten verheiratet zu sein.«

»Meine Frau und ich haben damit keine Schwierigkeiten. Ich versuche, meine Arbeit nicht nach Hause mitzunehmen, und das hilft wahrscheinlich. Sie sehen gesund aus. Keine schweren Verletzungen während eines Einsatzes?«

»Man hat ein paarmal auf mich geschossen. Bis jetzt habe ich Glück gehabt. Ich führe für den Rest der Dienststelle sehr viele Nachforschungen durch. Nach einiger Zeit bekommt man heraus, was man wirklich gut kann und bleibt dabei. Laut meinem Persönlichkeits-

und meinem Leistungsdiagramm eigne ich mich nicht dafür, in dunklen Nebenstraßen hinter schießwütigen Verrückten herzulaufen.«

»Für mich ist klar, daß Sie Ihre Arbeit gut machen, sonst hätte man Sie nicht hierhergeschickt. Sie sind wahrscheinlich ein ausgezeichneter Beobachter und verstehen es, einzelne Elemente miteinander zu verknüpfen. Zum Beispiel Sandbilder.«

»Keine persönlichen Anspielungen«, antwortete Moody scharf. »Und obwohl das Sandbild für den Fall wesentlich ist, wäre ich Ihnen dankbar, wenn Sie nicht immer wieder darauf zu sprechen kämen.«

Ooljee sah ihn erstaunt an. »Warum nicht?«

»Weil ich nicht abergläubisch bin und es allmählich satt habe. Ich weiß nicht, wann Sie mich auf den Arm nehmen und wann Sie es ernst meinen, und ich fühle mich dabei unbehaglich. Ich bin ein rationaler Empiriker oder wie immer man heutzutage die Leute nennt, die an den gesunden Menschenverstand glauben. Gönnen Sie mir also eine Atempause.«

»Okay«, antwortete Ooljee und fügte sehr leise hinzu: »Aber es ist wesentlich, wenn man unseren Verdächtigen und überhaupt die ganze Geschichte verstehen will.«

6. Kapitel

Ooljee wohnte weit draußen im westlichen Teil der Stadt in einer riesigen Anlage aus dreißigstöckigen, vielseitigen Hochhäusern. Zwischen der Anlage und ihrem einen Kilometer entfernten Nachbarn im Süden lagen Parks und Versorgungsbetriebe. Die in den Parks stehenden Bäume und Sandsteinskulpturen waren Moody fremd. Die Bäume und Büsche stellten ihre ausgetrockneten grünen Blätter herausfordernd zur Schau. Der Eingang zu jedem Hochhaus zeigte nach Osten.

Als das Gebäude Fahrzeug und Fahrer erkannte, piepste eine Anzeige auf dem Armaturenbrett des Kombis. Das schwere Tor ging in die Höhe, so daß sie in die unterirdische Garage hinein konnten.

Als der Sergeant die Rampe hinunterfuhr und das Tor sich hinter ihnen schloß, meinte Moody: »Sollten Sie nicht Ihre Frau anrufen und ihr mitteilen, daß Sie einen Gast mitbringen?«

»Sie weiß, daß wir Besuch bekommen. Sie wäre nur überrascht gewesen, wenn Sie nicht bei uns wohnten.«

Sie legten mit dem Lift neun Zehntel der Gesamthöhe des Bauwerks zurück und traten auf einen kreisförmigen Vorraum hinaus. Ooljee marschierte zu einer Tür, die bereits aufging. Eine kleine, untersetzte Frau mit einem Lächeln wie ein auf dem Kopf stehender Regenbogen trat zur Seite, um sie einzulassen.

Sie hieß Lisa. Die vierarmige, vierbeinige, wütende Kugel in der Mitte des Wohnzimmers wurde in die beiden Hälften getrennt, aus denen sie bestand, und entpuppte sich als Blue und Sun. Die Jungen hielten nur so lange still, bis sie ihren Vater umarmt hatten, und flüchteten dann in die Geborgenheit ihres Zimmers.

Der Boden war mit einem Gewebe bedeckt, das sich wie ein Teppich anfühlte, aber wie gestampfter Lehmboden aussah, eine Glanzleistung des Erzeugers, die ungefähr der Mühe entsprach, einen Kaninchenmantel auf Nerz zu färben. Es gab Sofas und Stühle aus roh zugeschnittenem echtem Holz, Decken und Drucke an den Wänden, Keramik und Regale voll holographischer Bilderbücher. Die Küche war das genaue Gegenteil, ein technischer Schock: nur glänzender schwarzer Kunststoff und Messing.

Moody reagierte besorgt, als Ooljee ihm erklärte, daß er das Zimmer der Jungen bekommen würde.

»Und wo werden die beiden schlafen?« Er zeigte auf die lange Couch im Wohnzimmer. »Kann sie in ein Bett verwandelt werden?«

»Nein.« Ooljee wandte sich der durchscheinenden, geschwungenen Tür an der Rückseite des Wohnzimmers zu. »Draußen auf der Veranda. Sie werden selig sein.«

Moody folgte ihm zur Tür. Die geräumige Terrasse bildete einen gewissen Ausgleich für die kleine Wohnung. Die Terrasse oberhalb von ihr schützte sie vor den Elementen; die halbkreisförmigen Veranden aus Polybeton sahen wie riesige Pokerchips aus, die man in die Seiten des Gebäudes gesteckt hatte. Die Aussicht war atemberaubend; man sah eine ferne, rote Linie — den Steilabbruch der Salahkai Mesa, und dahinter noch weiter entfernte Berge. Ein großartiger Anblick, der aber nicht so beeindruckend war, daß Moody darüber das Blaßblau des Golfs vergaß.

Einer der Jungen zupfte an Moodys Hose. Er bestand aus schwarzen Augen, glattem, schwarzem Haar und jugendlicher Energie. Moody wußte nicht, was er sagen sollte, hielt es für eine gute Gelegenheit, sein frisch erworbenes Wissen anzuwenden, lächelte den Jungen an und sagte: *»Doo ahashyaa da.«*

Der Junge drückte sich kichernd die Hand auf den

Mund und betrachtete den massigen Besucher mit großen Augen. Sein älterer Bruder lachte. Die beiden begannen, eifrig miteinander zu tuscheln und zogen sich in ihr Zimmer zurück.

Moody war zufrieden. Er beherrschte jetzt zwei Navaho-Ausdrücke: Yatahey und den, den er gerade angewendet hatte.

Ooljee sprach mit seiner Frau. Moody war sich selbst überlassen und ging auf die Terrasse hinaus. Da er auf der westlichen Seite des westlichsten Hochhauses der Anlage stand, war keines der anderen Gebäude sichtbar. Nichts beeinträchtigte die Aussicht. Im Süden befand sich eine weitere Anlage aus glitzernden Türmen — elektrische Halsketten, die man in die Erde gesteckt hatte.

Es wurde spät. Auch in anderen Wohnungen ging das Licht an. Vielleicht saß ihr Mörder in einer von ihnen und überdachte in aller Ruhe die Ergebnisse seiner Tätigkeit. Moody kehrte ins Wohnzimmer zurück und lauschte dem häuslichen Geplauder in der Küche. Ein melodisches Gemisch aus Englisch und Navaho. Einige Möbelstücke sahen alt aus, aber die modernen Erzeugungsmethoden konnten alles nachahmen, auch das Alter. Die Decken an den Wänden interessierten ihn. Die Muster waren nicht besonders kompliziert und die Farben nicht ausgesprochen leuchtend, aber die Entwürfe waren stark und wirkten so solid, wie er es noch nie erlebt hatte. Wenn er sie betrachtete, hatte er das Gefühl, daß er unerwartet einen alten Freund wiedersah.

Die Wohnung war nicht groß, und irgendwann stand er wieder auf dem Balkon und bewunderte den Sonnenuntergang. Wenn er die Augen fast ganz zusammenkniff, konnte er sich einreden, daß er auf das Meer hinaussah. Eine Stimme erschreckte ihn. Er hatte Ooljee nicht kommen gehört.

»Wenn Sie Sonnenuntergänge lieben, sollten Sie im Sommer hierher kommen, nach einem Monsungewitter.

Sie würden nicht glauben, wie viele Schattierungen von Gold ein einziger Himmel enthalten kann.«

Moody lehnte sich an das dünne, starre Geländer, das die Terrasse einschloß. »Ich habe nicht gewußt, daß sich die Indianer noch immer anschleichen können.«

»Darüber weiß ich nicht Bescheid, aber gute Polizisten können es.« Ooljee deutete mit einer Kopfbewegung auf den Sonnenuntergang. »Was halten Sie davon?«

»Er ist anders als die Sonnenuntergänge dort, wo ich herkomme.«

»Und entspricht eigentlich nicht Ihrem Geschmack. Ich verstehe. Man braucht Zeit, bis man dieses Land schätzen lernt. Alle leuchtenden Farben befinden sich am Himmel.«

»Wahrscheinlich hängt es davon ab, womit man aufwächst.«

»Ich glaube, daß den Leuten vor allem die Leere zu schaffen macht, ganz besonders den Leuten aus dem Osten.«

»Ja. Die einzigen leeren Gebiete, die es in Florida noch gibt, findet man in den Parks.«

»Man hat hier dafür gesorgt, daß ein größtmöglicher Teil des Reservats im Urzustand erhalten blieb. Die moderne Zivilisation ist komisch, finden Sie nicht? Sobald sie einen gewissen Standard an leiblichem Wohl erreicht, beginnt sie, riesige Beträge dafür auszugeben, daß die Reste des urspünglichen Habitats wiederhergestellt werden. In dieser Hinsicht haben wir Glück gehabt. In Orten wie Kayenta, Klagetoh und Ganado fand die Entwicklung in großem Maßstab statt, aber wenn Sie von hier nach Westen oder nach Norden fahren, werden Sie feststellen, daß das Land noch ziemlich genau so aussieht wie zu der Zeit, als die Anasazi sich vor tausenden Jahren hier niederließen.

In den Randgebieten hat man an Orten wie Flagstaff und Gallup die Entwicklung viel weniger unter Kontrolle gehabt. Trotz der typischen urbanen Schwierigkeiten in Ganado würden Ihnen diese beiden Städte bei weitem nicht so gut gefallen.

Man kann hier noch immer hinausfahren, durch die Berge wandern und zurecht annehmen, daß man vielleicht der erste Mensch ist, der den Fuß auf genau diesen Fleck Land setzt. Oder man findet etwas: Ein Stück Keramik, eine alte Pfeilspitze, den Teil einer Halskette, Glas, Perlen, vielleicht sogar eine kleine, übersehene Wohnhöhle in einem Felsen. Der Naturschutz sowie tausende Amateurarchäologen haben dieses Gebiet durchkämmt, aber es gibt noch immer Stellen, die seit über tausend Jahren kein Mensch betreten hat.«

»Ich will nur etwas Bestimmtes finden.« Bei Moody setzte die Reaktion auf die Zeitverschiebung durch den Flug von einem Ozean zum anderen ein, und die poetischen Ausführungen seines Kollegen interessierten ihn überhaupt nicht. »Unseren Mörder.«

Ooljee seufzte. »Sie sind genauso hartnäckig wie direkt, Vernon. Mit etwas Glück werden wir ihn bald stellen. Dann können Sie in Ihr geliebtes Florida zurückfliegen. Hoffentlich verlangt man nicht von mir, daß ich Sie begleite.«

»Sie mögen offenes Wasser nicht?«

»Nicht, wenn es voller Salz ist. Süßwasser hingegen — leider habe ich nicht genügend Zeit, um mit Ihnen nach Powell hinaufzufahren.«

»Ich bin nicht auf Urlaub hier.« Moody klopfte auf den an seinem Gürtel befestigten Spinner. Dann fiel ihm auf, daß er sich nicht gerade wie ein höflicher Gast benahm, und fügte hinzu: »Sie haben von hier oben eine verdammt gute Aussicht.«

»Wir mögen die Wohnung«, meinte Ooljee einfach. »Ich hätte auch gern ein Sommerhäuschen, aber es kommt immer etwas Wichtiges dazwischen. Die Jungs verschlingen eine Menge Geld, und ich meine das nicht nur wörtlich.«

»Das kann ich mir denken.« Aus dem Zimmer der Jungen ertönte Geschrei und Gebrüll. »Werden sie denn nie müde?«

»Nie. Manchmal glaube ich, daß sie im Schlaf weiterspielen. Ich nehme übrigens an, daß Sie allmählich Appetit bekommen.«

»Ich hatte schon Appetit, als ich aus der Shuttle stieg.«

»Wir werden Sie vielleicht nicht ganz vollstopfen können, aber ich glaube nicht, daß Sie hungrig vom Tisch aufstehen werden. Mögen Sie die chinesische Küche?«

»Solange das Essen nicht nur aus Gemüse oder solchem Zeug besteht.«

»Ich mag Ihre Ehrlichkeit. Lisa denkt genauso. Machen Sie sich keine Sorgen. Es gibt immer Pasta oder Kartoffeln und als Nachspeise Röstbrot.«

»Brot als Nachspeise?«

Ooljee lächelte. »Mit Honig und Schlagsahne. Ich glaube nicht, daß Sie enttäuscht sein werden. Es gibt auch Eiscreme. Haben Sie schon mal Cashew-Eiscreme gegessen?«

»Nicht daß ich wüßte.« Moody lief bereits das Wasser im Mund zusammen.

»Sie wird ebenfalls mit Honig zubereitet und wird an Ihren Rippen kleben bleiben. Sie klebt jedenfalls an allem, was sie findet. Jedesmal, wenn Lisa dieses Eis zubereitet, müssen wir sehr genau auf die Jungs achtgeben. Trotzdem bleibt uns nie etwas anderes übrig, als sie in die Badewanne zu stecken, um sie voneinander zu lösen.«

Das Essen war üppig und köstlich, und obwohl sich Moody vorgenommen hatte, Maß zu halten, aß er zuviel. Das Ergebnis war zunächst Befriedigung, der jedoch wilde Träume folgten.

In den Träumen kamen Kettrick und seine Haushälterin vor. Sie umkreisten einander viel zu eng wie eine obszön verschlungene Absurdität, vor allem, wenn man Kettricks Gewohnheiten kannte. Doch Träume wären keine Träume, wenn sie immer rational wären.

An die Stelle der beiden Gestalten traten die grimmigen, grinsenden Gesichter, die das private Museum für primitive Kunst des Industriellen bevölkerten; Geister und Gespenster aus jenen Teilen der Welt, in denen die Vergangenheit noch immer lebendig ist und die Mythen noch ihre frühere Macht besitzen. Mitten unter ihnen trieb eine gesichtslose Gestalt, deren Arme biegsame Stahlstangen waren, an deren Ende zinkenartige Finger saßen. Die Finger sprühten Funken, und alles, was sie berührten, brach in Flammen aus.

Skulpturen vom Sepikfluß brannten und schrumpften zusammen. Masken aus Südostasien explodierten zu glühender Asche. Afrikanische Fetische verwandelten sich in flammende Fackeln. Der Brand verschlang halb vergessene Geschichten und ungelöste Geheimnisse. Träume brannten wie Seidenpapier, die Flammen verwandelten sich in Asche, die Asche in Rauch, der Rauch in den schwachen Duft von heißen Kohlen, bis jeder Anschein von Realität verschwunden war.

Kettrick und die Haushälterin brannten und schrumpften ebenfalls. Erst als alles zu Asche und Holzkohle geworden war, trat die gesichtslose Gestalt vor und schlang die Arme um das Sandbild, das wie ein Heiligenbild unberührt und unveränderlich im Zentrum der Zerstörung stand. Als ihre Finger die Malerei berührten, erwachten die Gestalten zu greulichem Leben. Symbole, Stabgestalten von Männern und Frauen, überstilisierte Geschöpfe, flach und leuchtend farbig, sprangen vom Holz herunter. Sie wurden von Blitzen, Regen und Regenbogen begleitet, einer Menge Regenbogen, die sich wanden und ringelten wie Schlangen.

Sie umschlangen die gesichtslose Gestalt, verschmolzen zu einem Tornado, der die Form einer Doppelspirale hatte und sich zusammenzog und verengte, bis die Gestalt explodierte und nur Strähnen hinterließ, die ziellos in alle Richtungen davonflogen.

Obwohl die Wohnung kühl und angenehm war, klebte Moody vor Schweiß, als er aufwachte. Die verblassenden Bilder hafteten zäh an seiner Netzhaut: Ein hyperatmosphärisches Shuttle, eine dunkle Gestalt, die sich hoch über einen Korb erhob, ein Adler, der eine einzelne Felsnadel aus Sandstein begutachtete. Alles schwebte, so wie Kinder vom Schweben träumen.

Moody rollte aus dem Bett und suchte seine Hose, ohne sich um das Hemd zu kümmern. Der Bauch hing ihm über den Gürtel, als er auf Zehenspitzen ins Wohnzimmer schlich. Es war still und leer und die Erdfarben schliefen in dem Mondlicht, das zur Terrassentür hereindrang.

Er betrachtete eine Keramik, eine Skulptur: Kühle, beruhigende Fragmente der Mutter Erde, die dreißig Stockwerke durch die Luft hochgetragen worden waren, um die Himmelsbewohner daran zu erinnern, daß unter ihren Füßen die reale Welt existierte.

Draußen auf der Terrasse schliefen Ooljees Söhne in ihren Schlafsäcken; ihre inneren Motore liefen im Leerlauf. Er brauchte einen Augenblick, um zu begreifen, daß sie sich tatsächlich nicht bewegten. In dem sanft leuchtenden Mondlicht sahen sie wie ganz andere Wesen aus; die flinken, schwarzen Augen waren geschlossen, die winzigen Fäuste lagen auf den halb geöffneten Lippen. Als er sie weiter anblickte, verwandelten sie sich allmählich in die jungen Männer, die sie einmal sein würden.

»Ich kann auch nicht schlafen.«

Moody blickte zurück. Ooljee stand in Unterhosen im Schatten und betrachtete seine Söhne.

»Sie haben sich zum zweiten Mal an mich angeschlichen«, flüsterte Moody. »Das mag ich nicht.«

»Für einen großen, alten Südstaatler sind Sie auch

ganz schön leise. Ich habe nicht gehört, wie Sie aufgestanden sind.«

»Warum sind Sie dann herausgekommen?«

»Wie gesagt, ich konnte auch nicht schlafen. Vielleicht zu viel Röstbrot. Vielleicht zu viele Gedanken.«

Moody beschloß, nicht von seinen beunruhigenden Träumen zu erzählen. Sein Gastgeber sprach vielleicht nur, weil er seinem Kollegen helfen wollte, sich zu entspannen. Weil ihm nichts Besseres einfiel, wiederholte er den Satz, den man ihn gelehrt hatte.

»Doo ahashyaa da.«

»Das stimmt sicherlich.« Ooljee blickte in das Wohnzimmer zurück, in dem gedämpfte Farben und traditionelle Muster die alles vereinheitlichende Technologie daran hinderten, hier einzudringen. »Vielleicht sind neue Informationen hereingekommen, seit ich das letzte Mal nachgesehen habe. Wollen Sie eine Rundfahrt unternehmen? Die Polizeistation besuchen?«

»Ich möchte die Leute von der Nachtschicht nicht stören«, protestierte Moody. »Sie sind vielleicht mit etwas beschäftigt.«

»Womit? Mit einem kleinen Kartenspiel? Ganado ist groß und geschäftig, aber wir sind hier nicht in Tampa. Wenn Sie lieber wieder ins Bett gehen wollen, ist es auch in Ordnung.«

Moody mußte nicht lang überlegen. »Das möchte ich eigentlich nicht. Wenn ich einmal wach bin, bleibe ich wach. Ich ziehe mir nur ein Hemd über und spritze mir etwas Wasser ins Gesicht.«

»Gut. Wir machen eine Rundfahrt. Es gibt in der Stadt noch vieles, das Sie nicht gesehen haben.«

Sie landeten in einem jener Viertel, die es in jeder Großstadt gibt; ein Viertel, in dem billige Wohnungen, Fabriken, Handelsbüros und schäbige Unterhaltungslokale zusammentreffen. Das Zentrum all dieser Aktivitäten war — nicht überraschend — eine größere Universität.

»Der eigentliche Campus befindet sich etwa anderthalb Kilometer von hier in der Keet Seel Street.« Ooljee zeigte zu seinem Fenster hinaus. »Dort oben gibt es eine Menge reicher junger Leute, während sich eine Menge armer junger Leute in den Randgebieten herumtreibt und darauf aus ist, Action in Gang zu setzen. Eine wirklich interessante Mischung.«

Ooljee übertrieb. Es gab hier vieles, das genauso war wie in ähnlichen Vierteln von Tampa und St. Pete, obwohl hier die ethnische Suppe viel exotischer war. Moody erkannte die identischen In-Lokale der Jugendlichen, bemerkte das gleiche verstohlene Flüstern, während Ideen, Pläne, Waren, Drogen und Informationen getauscht wurden. Ein großer Teil der hispanischen Abzeichen und Posen war ihm vertraut. Die indianischen und asiatischen Einflüsse hingegen waren ihm vollkommen fremd.

Im Tampa würde man bestimmt nie jemanden sehen, der ein Stirnband und eine fransenbesetzte, mit Regenbogenfiguren geschmückte blaue Jacke trug; laut Ooljee hießen die Regenbogenfiguren *Na'a-tse-elit.* Von den Figuren tropfte Blut, eine äußerst untraditionelle Darstellung. Der Gürtel der Jacke war mit Silber und Türkisen besetzt, und die beige Hose steckte in Stiefeln aus Wasserbüffelleder, die mit unentzifferbaren asiatischen Schriftzeichen verziert waren.

Am stärksten beeindruckte Moody, daß die Einheimischen — ob sie nun Navahos, Hopis, Zunis, Hualapais oder Apachen waren — besser zu den Asiaten paßten als zu den Anglos und Hispaniern.

Als sie an einem unauffälligen Gebäude vorbeikamen, fuhr Ooljee langsamer. Eine Doppeltür aus schwarzem Kunststoff glänzte in einer Nische unterhalb des Straßenniveaus. Leuchtendrote und -blaue, durch einen schmalen gelben Streifen voneinander getrennte Regenbogensymbole bewachten beide Seiten des Eingangs und auch den Türsturz oberhalb der Tür. An den beiden oberen Ecken des Portals befand sich jeweils ein stark stilisiertes Paar von Neonvögeln.

»Goldener Adler und schwarzer Habicht«, teilte Ooljee seinem Begleiter mit. »Wächtersymbole, die Sandbildern entnommen sind, genau wie die Regenbogen. Für gewöhnlich werden Adler und Habichte nicht als Wächter verwendet. Das geschieht nur dann, wenn die Menschen versuchen, alte Traditionen an moderne Verwendungszwecke anzupassen. In Sandbildern sieht man auch keine Adler, die sich paaren.«

Das Neonlicht oberhalb des Eingangs bestätigte flakkernd Ooljees Bemerkung.

»Shima Club. Jede Frau, die alt genug ist, Ihre Mutter zu sein, ist eine Shima. Es gibt in der Gegend schlechtere Kneipen. Hier können besser situierte Einheimische und junge Leute aus der Stadt mit den Kindern der unterprivilegierten Fließbandarbeiter und des Bewachungspersonals zusammenkommen. Für gewöhnlich kommt es pro Abend zu zwei Raufereien, aber es ist nie etwas Ernstes, es sei denn, es sind Drogen im Spiel. Vor einigen Monaten mußte ich auf der Straße eine heftige Auseinandersetzung beilegen. Es ging um eine wirklich attraktive Frau. Mein Partner und ich trieben uns noch eine Weile herum, um ihren Anblick zu genießen. Während sie sich für unsere Hilfe bedankte und sich von uns verabschiedete, rutschte ein halbes Pfund selbst-injizierender *Frisson*-Ampullen aus ihrem Kleid. Sie waren an ihrem Büstenhalter befestigt gewesen. Das Zeug stammt von der Elfenbeinküste und verbrennt einem das Gehirn. Sie war also doch nicht ganz so attraktiv.«

»Ich habe geglaubt, daß Sie in der Mordabteilung arbeiten.«

»Das stimmt, aber unsere Dienststelle verlangt, daß jeder einmal im Monat Straßendienst macht. Damit wir damit in Berührung bleiben, heißt es in den Vorschriften. Es macht mir nichts aus.« Er rollte sein Fenster hinauf, um die lautstarke Musik auszuschließen, die aus dem Club drang, als eine der Doppeltüren aufging und eine Gruppe von Gästen herauskam. Die Musiker drinnen hämmerten die Töne heraus wie ein Heer von Schmieden, die Messer herstellen.

»Ich bin froh, daß Ihre Leute jemanden mit Erfahrung hergeschickt haben. Ich hatte Angst, daß sie einen jungen Draufgänger abstellen würden, der sich einen Namen machen will und den ich trockenlegen muß, wenn es hart auf hart geht.«

Moody erinnerte sich an den jungen Detektiv, mit dem er in Kettricks Haus gesprochen hatte. Nickerson. Den er an seiner Stelle hatte hierherschicken wollen.

»Nein, diese Aufgabe war von Anfang an für mich bestimmt.«

»Daran habe ich keinen Augenblick gezweifelt«, lautete Ooljees kryptische Antwort.

7. Kapitel

In der Polizeiwache, deren Eingang, wie Moody sofort bemerkte, nach Osten zeigte, herrschte relative Ruhe. Ein gleichmäßiger, aber leicht zu handhabender Bach von Betrunkenen, Drogensüchtigen, Einbrechern und lichtscheuem Gesindel strömte durch das vordere Büro, obwohl der Großteil bereits für die Nacht sicher untergebracht war. Es war die ruhige Zeit, in der die Nachtschicht ihr Arbeitstempo drosselte und die Frühschicht noch nicht eingetroffen war.

Die Leute, mit denen Ooljee Begrüßungen austauschte, waren entweder müde oder erleichtert oder wenig mitteilsam, je nachdem, wie ihr Nachtdienst verlaufen war. Moody hatte eine Zeitlang daran gedacht, sich für die Spätschicht einteilen zu lassen. Das Tempo war gemächlicher, die Atmosphäre weniger hektisch als während des Tages, die Hitze nicht so drückend. Von drei bis fünf Uhr morgens schwankte die Action innerhalb der Polizeiwache von lethargisch bis praktisch Null, weil die meisten nächtlichen Gesetzesbrecher ihre Aktivitäten abgeschlossen hatten, und weil jene, die bei Tag arbeiteten, für gewöhnlich lange schliefen.

Aber er mochte den Sonnenschein.

Das Gebäude und die technischen Einrichtungen, die Moody identifizieren konnte, waren wesentlich moderner als der Standard, an den er gewöhnt war. Das war verständlich, weil Ganado eine junge, emporstrebende und Tampa eine ältere ostamerikanische Stadt war. Er stellte interessiert fest, daß es sich zwar um ein Polizeirevier der Navahos handelte, daß das Personal aber nicht nur aus Indianern bestand. Es gab Anglos und Schwarze sowie einige Hispanier. Trotzdem unterschied sich die Atmosphäre von der aller Polizeiwachen, die er bis jetzt kennengelernt hatte.

Ooljee führte ihn in einen der vielen kleinen Räume und schaltete die Abschirmanlage ein. Das kleine Büro wirkte ordentlich und sauber. Überall befanden sich Holos von Ooljees Frau und Kindern. Moody musterte den Raum automatisch, um Informationen zu sammeln. Es war gut, wenn man alles über den Menschen wußte, mit dem man zusammenarbeitete, vor allem, wenn die Möglichkeit bestand, daß man während dieser Arbeit unter Beschuß geriet.

Außer den Familienfotos gab es einige zur Schau gestellte Auszeichnungen, einige sportliche Trophäen, sowie vergrößerte Holos von beeindruckenden Cañons. Auf dem Schreibtisch lagen mehrere Stöße von Papieren, ein Notizblock, die üblichen Büroutensilien und ein Bürospinner. Zwei große Kakteen verliehen dem Raum etwas Farbe. Erst als Moody sie sich genauer ansah, merkte er, daß es sich um geschickte Imitationen handelte. Das kleine rosa Kissen einer Pflanze auf dem Schreibtisch hingegen war echt. Die beiden Stühle waren im Gegensatz zu den Standardstühlen in Tampa gut gepolsterte, neue Modelle. An der Wand hinter dem Schreibtisch hing der obligate Zenat-Monitor, ein neun mal sechs großes Kompaktmodell.

»Jetzt sehen wir einmal nach, ob etwas Neues hereingekommen ist.« Ooljee setzte sich an den Schreibtisch und schaltete den Spinner ein. Der Zenat erwachte zum Leben und auf ihm erschien das geometrische Muster, das seine Einsatzbereitschaft anzeigte. Moody setzte sich auf den freien Stuhl.

Er sah kommentarlos zu, wie Ooljee die Kettrickdatei abrief und in ihr herumsuchte. Moody fand mühelos die Informationen heraus, die das Büro in Tampa geliefert hatte.

Erst nach zehn Minuten erinnerte sich Ooljee an den Automaten, der oberhalb des einzigen Aktenschranks hing. Moody verstand ohne Worte, was sein Kollege wollte. Er mußte allerdings fragen, ob der Sergeant seinen Kaffee schwarz oder mit Sahne und Zucker wollte.

»Ein Päckchen Nucane.« Ooljee blickte nicht von seiner Arbeit auf.

Moody tat den Süßstoff in Ooljees Tasse. »Wieso denn Ersatz? Sie sind doch nicht übergewichtig. Dafür bin ich zuständig.«

»Zu hoher Blutdruck. Liegt in der Familie. Manchmal laufe ich auch nur auf Hochtouren, ohne daß der Blutdruck steigt.«

»Das hätte ich mir denken können, nachdem ich Ihre Kinder gesehen habe.« Moody wandte seine Aufmerksamkeit wieder dem Monitor zu und trank dabei seinen Kaffee. Er schmeckte wunderbar aromatisch und frisch. In Tampa mußte man dazu seinen Schreibtisch verlassen und sich mit dem begnügen, was der allgemeine Automat zu bieten hatte. Bei der nächsten Gewerkschaftssitzung würde er vorschlagen, daß auch bei ihnen in jedem Büro ein Kaffeeautomat angebracht wurde. Er war davon überzeugt, daß alle dafür sein würden.

Seine Tasse war noch halb voll, als Ooljee die Hände hinter dem Kopf verschränkte und sich zurücklehnte. »Die gleiche alte Scheiße. Ich habe ohnehin nichts anderes erwartet.«

»Hoffnung macht ungeduldig«, meinte Moody. »Ich hatte auf einige Hinweise gehofft.«

»Die haben wir ohnehin bekommen«, antwortete Ooljee rasch. »Das Phantombild des Verdächtigen hat zu zahlreichen Anrufen geführt. Aber keiner hat uns weitergeholfen. Entweder erkennt niemand unseren Mann, oder sie erkennen ihn, sprechen aber nicht. Oder aber er versteckt sich irgendwo unten im Strip.«

»Verdammt. Inzwischen kann er schon eine kosmetische Operation hinter sich haben. Oder er hat seine Hautfarbe chemisch gebleicht.«

Ooljee lächelte. »Nicht einmal ein Mörder würde so tief sinken. Ich möchte etwas anderes versuchen.

Mein Lieutenant besteht darauf, daß ich jemanden suche, der dem Phantombild ähnlich sieht. Das haben wir jetzt wochenlang ergebnislos getan und mir reicht es.«

Moody verdrehte die Augen. »Lassen Sie mich raten: Sie wollen mit dem Sandbild arbeiten.«

»Sie sind scharfsinnig, aber diesmal war es nicht schwer, weil ich seit Sie da sind von nichts anderem rede. Da meine Vorgesetzten darauf bestehen, daß ich mein Gehalt verdiene, indem ich jemand Bestimmten suche, möchte ich diese Anordnung mit meinen eigenen Interessen verbinden. Vor allem, da ich jetzt einen unvoreingenommenen Zeugen habe, der bestätigen kann, daß ich meine Befehle ausführe.«

»He, lassen Sie mich aus dem Spiel.«

»Bekommen Sie nicht gleich Verfolgungswahn. Ich würde Sie nie in eine unangenehme Lage bringen.«

»Was Sie nicht sagen.«

Ooljee ließ nicht locker. »Es wird Ihnen gut tun. Es ist viel interessanter, Museen, Geschenkläden und Handelsniederlassungen aufzusuchen, statt auf der Straße mit unfreundlichen Menschen zu sprechen.«

»Sie haben noch immer Handelsniederlassungen?«

»Klar. Wir sind auf der Fahrt hierher an einer vorbeigekommen. Das Fünfzig-Stockwerk-Hochhaus gleich neben dem Park im Geschäftsviertel. Ich habe Sie darauf aufmerksam gemacht, wissen Sie noch?« Er blickte zum Fenster hinaus. Die Frühlingssonne weckte allmählich die Stadt. »Ich habe einige Listen, mit denen wir arbeiten können. Falls inzwischen jemand gefunden wird, der zu dem Phantombild paßt, werden wir verständigt. Außerdem gibt es keinen Grund, warum wir hier sitzen und die Abteilung überwachen sollen, wenn wir im Freien sein und das schöne Wetter genießen können.«

»Sie bezeichnen diesen trockenen Kühlschrank als schönes Wetter? Jedesmal, wenn die Temperatur unter fünfundzwanzig Grad sinkt, werde ich nervös und bekomme eine Gänsehaut. Und es ist zu trocken.«

»Auch wenn Sie es nicht glauben, auch hier regnet es. Ich werde einen Regenzauber veranstalten lassen, damit Sie ein bißchen Niederschlag bekommen.«

»Tun Sie das. Und wenn Sie schon dabei sind, wie wäre es mit einem Zauber, damit wir unseren Mörder fangen?«

»Vielleicht später.« Ooljee verließ das Büro tiefernst gemeinsam mit Moody, aber diesmal fiel dieser nicht darauf herein.

Als der morgendliche Stoßverkehr das Geschäftsviertel von Ganado überflutete, füllten sich die Straßen schnell. Auf den Gehsteigen und den Stegen über ihren Köpfen erschienen wie durch Zauberei Fußgänger. Dank der für Fahrzeuge der Stadt reservierten Fahrspur überholte der Polizeiwagen einen der dahinkriechenden Pendler nach dem anderen. Ooljee war die neidischen Blicke der im Stau steckenden Autofahrer schon so gewohnt, daß er sie nicht mehr bemerkte.

»Glauben Sie, daß der Kerl noch einmal töten würde?«

Ooljee dachte nach. »Wir können nur raten, denn wir wissen nichts über ihn. Ich habe die Polizeiakten im ganzen Land überprüft und keine Aufzeichnungen über einen ähnlichen Mord gefunden, also haben wir vielleicht Glück. Vielleicht war er ausschließlich auf das Kettrick-Sandbild aus.

Seit ich diese Nachforschungen übernommen habe, halten mich etliche meiner Kollegen für verrückt. Andere behaupten, daß ich einen Vorwand gefunden habe, mich vor wirklicher Arbeit zu drücken, zum Beispiel Hinweisen auf mögliche Verdächtige zu folgen.«

»Aber Ihr Lieutenant hat Ihnen erlaubt, auf Ihre Art weiterzumachen.«

»Lieutenant Yazzie hat etwas für Ahnungen übrig. Er hat Geduld. Aber auch sie hat Grenzen. Wenn ich ihm nicht bald Ergebnisse liefere, wird er nicht zulassen, daß ich bei dieser Methode bleibe.«

Sie verbrachten diesen und den nächsten Tag damit, daß sie von den eleganten Geschäften in den Eingangshallen der großen Hotels, in denen sich ein normal arbeitender Mensch wie Moody nicht einmal die Rahmen, geschweige denn die Gemälde hätte leisten können, bis zu den winzigen Pfandleihen und Trödelläden in den alten Geschäftsgebäuden im Industrieviertel mit den Besitzern und Geschäftsführern von Geschenkläden, Detailgeschäften und Kunstgalerien sprachen.

Moody bekam mehr Silber und Türkise zu sehen, als je zuvor in seinem Leben. Einige Männer trugen genauso viel Schmuck wie ihre Frauen, und an diesen Anblick mußte er sich erst gewöhnen. In Tampa waren die Zuhälter die einzigen Männer, die so herumstolzierten.

Doch nicht nur Armbänder, Ringe und Halsketten wurden aus diesen Rohstoffen angefertigt. Es gab verzierte Gürtel, Hutbänder, Stirnbänder, Stiefelspitzen, Kragenecken, Krawattennadeln und Abzeichen. Je mehr man davon sah, desto selbstverständlicher wurde es.

Ooljee versuchte, Moody zu einem silbernen Uhrenarmband mit Korallen, Türkisen und künstlichen Bärenkrallen anstelle seines Kunststoffbands zu überreden. Moody geriet zwar in Versuchung, lehnte aber trotzdem ab. Das Uhrband war schön und der Preis stimmte, aber er konnte sich nur zu gut die Reaktion vorstellen, wenn er damit nach Tampa zurückkehrte.

Die Schmuckstücke bestanden nicht nur aus Türkisen und Silber. Gold, Platin sowie exotischere Metalle und Steine wurden ebenfalls verarbeitet. Selbst die kleinsten Geschäfte quollen vor Waren über.

»Wer kauft dieses Zeug?« fragte Moody schließlich.

»Touristen, Geschäftsreisende, die etwas echt Amerikanisches nach Hause bringen wollen. Aber wir kaufen und verkaufen auch untereinander. Die wirklich teuren Gegenstände werden als ›Altes Pfand‹ bezeichnet. Manches davon wurde tatsächlich aus alten Münzen angefertigt; Zehn-Cent- und Fünf-Cent-Münzen wurden bevorzugt. Es ist schwer, ein gutes, echtes altes Pfand zu finden. Die Menschen müssen nicht wie früher den Familienschatz versetzen, um Rechnungen zu bezahlen. Obwohl das vollkommen in Ordnung ist. Es war eine absolut anerkannte Praxis, um zu Bargeld zu gelangen oder Waren zu bezahlen.

Haben Sie sich übrigens die Sandbilder angesehen?«

»Ich versuche es, aber für mich sehen alle gleich aus«, antwortete Moody mürrisch.

»Das kann ich nicht glauben.« Ooljee zeigte deutlich, wie enttäuscht er war. »Sie sind ein viel zu scharfer Beobachter, als daß Ihnen die Unterschiede nicht aufgefallen wären.«

Moody zögerte. »Na ja, vielleicht die gängigen Muster — lassen Sie mir Zeit, Paul. Es ist, als würde ich eine fremde Sprache lernen.«

Wieder ein Geschäft, wieder blieben sie stehen. Das Schaufenster war wie unzählige andere nichtssagend. Über der Tür hing das übliche Leuchtstoffschild KAUFE und VERKAUFE. Die Türkis- und Silbergegenstände in den Auslagen neben dem schmalen Eingang waren überlegter angeordnet als in den meisten anderen Geschäften. Der Gestalter des Schaufensters hatte versucht, die Qualität hervorzuheben, statt so viele billige Ringe und Armbänder wie möglich in dem zur Verfügung stehenden Raum unterzubringen.

Im Geschäft war die Beleuchtung genauso gedämpft wie die Atmosphäre. Es gab Trommeln und Keramik, Skulpturen und Teppiche. Letztere waren wahrscheinlich echt, denn im Gegensatz zu den Hunderten Teppichen, die Moody in den letzten Tagen gesehen hatte, hingen an diesen keine Karten, auf denen im Kleinstdruck erklärt wurde, daß sie zwar von Indianern hergestellt, aber nur Navaho-inspiriert waren. Das bedeutete laut Ooljee, daß sie nicht im Reservat, sondern in Mexico gewebt worden waren, und zwar von fleißigen Zapoteken, die an mechanischen Webstühlen saßen.

Der Besitzer des Geschäfts war klein, weiß und aktiv. Er kam ihnen so geschmeidig entgegen, als bewege er sich auf supergleitenden Schlittschuhen.

Die Wand hinter ihm hing voller Bilder. Zumindest voller Drucke. Bilder von dem modernen und dem alten Ganado, von dem Cañon de Chelley und dem Monument Valley, dem Grand Cañon und den San Francisco Peaks, von verschiedenen Wohnhöhlen und indianischen Zeremonien. Dazwischen hingen weitere Teppiche, die meist kleiner und beschädigt waren. Laut Ooljee waren alle mit selbst hergestellten pflanzlichen Farben gefärbt. Es war ein Laden für ernsthafte Händler und Sammler, nicht für die gelegentlich vorbeikommenden Touristen, die auffallende Kinkerlitzchen als Reiseandenken suchten. Je tiefer man in das Geschäft eindrang, desto besser wurde die Qualität der Waren.

Ooljee zeigte seinen Ausweis in der glänzenden Lexanhülle vor. Der Besitzer blinzelte, sah besorgt zu Moody hinüber und musterte dann Ooljee, als wäre er eine Schachtel mit Schmuck zweifelhafter Herkunft, den ihm jemand verkaufen wollte.

»Ich bin kein Hehler, Sergeant.«

»In dieser Stadt gelangt jeder früher oder später in den Besitz gestohlener Waren«, erwiderte Ooljee freundlich, »aber deshalb sind wir nicht hier.«

Der Besitzer entspannte sich, obwohl seine Stimme noch immer leicht beunruhigt klang. »Wollen Sie kaufen? Vielleicht Geburtstagsgeschenke oder etwas für eine Dame?«

»Es wäre ein Geschenk für uns, wenn Sie uns helfen könnten.« Ooljee grub in seiner Jackentasche, entnahm ihr das inzwischen schon sehr zerknitterte sechzehn mal zwanzig große Fax des Kettrick-Sandbildes und schob es dem Ladenbesitzer zu, der es neugierig betrachtete.

»Haben Sie eine Ahnung, von welchem Weg das stammt?«

»Ach, Sie wollen einen Rat? Warum fragen Sie nicht ein Museum statt mir?«

»Das haben wir schon versucht.« Ooljee klopfte mit dem Finger auf das Fax.

»Die Leute, mit denen ich gesprochen habe, behaupten, daß sie noch nie so etwas Ähnliches gesehen haben.«

»Tatsächlich?« Der jetzt sichtlich beruhigte Mann strahlte auf. Er kniff die Augen zusammen und musterte das Fax, wobei ihm das Implantat in seinem rechten Auge Schwierigkeiten bereitete. Nach einem Augenblick zog er sich zurück und seine Besucher warteten geduldig, während er das störende Implantat entfernte und durch eine Juwelierlupe ersetzte.

»So ist es schon besser«, murmelte er halb zu sich, halb zu den Besuchern. Er untersuchte das Fax genau.

»Können Sie überhaupt etwas darüber sagen?« fragte Ooljee. »Wenn Sie nicht wissen, von welchem Weg es stammt, dann kennen Sie vielleicht den Stil oder wissen, wie alt es sein könnte? Was es bedeutet? Was immer wir durch Sie erfahren, hilft uns weiter.«

Der Besitzer blickte von dem Bild auf. »Ich hatte eigentlich gehofft, daß Sie mir etwas sagen können. Auch ich habe noch nie etwas Ähnliches gesehen.« Er beugte sich über das Bild, schloß das linke Auge und arbeitete mit der Lupe, die er in sein rechtes Auge eingesetzt hatte. »Die Reproduktion ist nicht sehr gut.«

»Tut uns leid«, entschuldigte sich Moody. »Das Original war relativ groß. Es wäre einigermaßen schwierig, eine Reproduktion in natürlicher Größe herumzuschleppen.«

»Diese Muster hier«, murmelte der Ladenbesitzer und zeichnete mit dem Finger einzelne Teile des Bildes nach, »und dieser Teil da oben — die kenne ich überhaupt nicht.«

»Machen Sie sich nichts daraus«, meinte Ooljee. »Sie befinden sich in guter Gesellschaft. Bis jetzt hat sie niemand gekannt.« Er griff nach dem Fax.

Der alte Mann winkte ab. »Warten Sie einen Augenblick. Seien Sie nicht so ungeduldig. Ihr Polizisten seid immer so ungeduldig.«

Jetzt macht es ihm Spaß, dachte Moody. *Wir haben ihn herausgefordert.*

Während der Ladenbesitzer prüfte, verglich und vor sich hinmurmelte, betrachtete der Detektiv die Drucke und Malereien an den Wänden und bemühte sich, eine Beziehung zu der kolossalen Landschaft, den abgrundtiefen Cañons und dem ungeheuren Himmel herzustellen. In diesem Teil der Welt war anscheinend alles in einem größeren, gröberen Maßstab geschaffen worden, als hätte die Natur ihre feinen Werkzeuge und die kleinen Pinsel beiseitegelegt und sich mit schweren Maschinen an die Arbeit gemacht. In diesem Land waren die freien Räume so groß, daß Mysterien und Legenden sehr leicht entstehen konnten. In keinem Bild kam viel frisches Grün vor. In diesem Winkel des Universums war Grün keine wichtige Farbe.

Der alte Mann unterbrach endlich seine Untersuchung. »Wo haben Sie das gefunden?«

»Das brauchen Sie nicht zu wissen, es sei denn, Sie überzeugen uns davon, daß es an dem, was Sie uns erzählen können, etwas ändern würde.«

Der Ladenbesitzer zögerte, kaute auf seiner Unterlippe und betrachtete das Fax aus größerer Entfernung. »Es ist sehr eigenartig. Es enthält viele Elemente, die mir bekannt, aber seltsam angeordnet sind, und es gibt sehr viele Motive, die ich noch nie gesehen habe.« Er klopfte wieder mit dem Finger auf das Fax.

»Diese Sequenz ist der Rote-Ameisen-Weg, aber vollkommen verändert. Und das hier oben ist eindeutig der

Nachtweg. Doch alles ist gänzlich durcheinander. Es ergibt keinen Sinn. Es gibt hier nicht nur Teile von Wegen, die nicht im gleichen Gemälde aufscheinen dürfen, sondern es gibt auch Figuren und Symbole, die überhaupt nichts bedeuten. Jedenfalls nicht für mich, und ich bin seit vierzig Jahren in dem Geschäft.« Er fuhr mit dem Finger am Rand des Fax' entlang.

»Nehmen wir etwas Einfaches, zum Beispiel das Muster des einschließenden Schutzes. Ich verstehe diese Auslegung von gekrümmten Blitzen nicht, und die eigentümlichen Wächter an der Ostöffnung erkenne ich überhaupt nicht. Es ist zu andersartig, um der Tradition zu entsprechen, es ist jedoch zu gut wiedergegeben, um sinnlos zu sein. Aber dieser Teil hier ...« — sein Finger wanderte zum linken oberen Teil des Fax' —, »da habe ich wahrscheinlich schon etwas Ähnliches zu Gesicht bekommen. Es ist nicht Teil der heute üblichen Zeremonien, aber Sie sehen selbst, wie charakteristisch es ist. Deshalb erinnere ich mich daran. Weil das Muster so charakteristisch ist.«

Ooljee richtete sich auf. Moody schlenderte von der anderen Seite des Geschäfts herbei.

»Man sieht hier bei uns nur wenige Werke dieser Art. Die meisten Experimente mit traditionellen Formen werden unten in Scottsdale und Tucson gemacht, wo sich die radikalen Künstler am liebsten aufhalten. Ganado ist ihnen zu solid, zu altmodisch. Ich handle für gewöhnlich nicht mit modernen Arbeiten, aber man bekommt sie unwillkürlich zu sehen. Gelegentlich trifft man dabei auf etwas, das im Gedächtnis haften bleibt.«

»Sie sprechen von Künstlern.« Moody lehnte sich an den Ladentisch. »Soll das heißen, daß Sie wissen, wer dieses Sandbild angefertigt hat?«

»Ich kann nur raten.« Er bückte sich, suchte in einer Schublade und holte einen zwanzig mal zwanzig großen Spinner heraus, den er auf den Ladentisch stellte. Es handelte sich um ein zerbeultes, altes, nicht mollykompatibles Stück. Seine Finger bewegten sich quälend langsam über die Tasten.

Eine Ewigkeit später tauchte aus dem einzigen Drukkerschlitz eine Kopie auf. Er riß sie ab. »Das ist eine Adresse — sozusagen.« Moody griff nach ihr. »Nein, warten Sie.« Aus dem Schlitz tuckerte weiteres Papier. »Hinweise, die ich mir notiert habe. Ich war vor einiger Zeit auf Einkaufstour. Ich befasse mich nicht mehr oft mit Sandbildern. Ein Großteil des neueren Zeugs ist Trödel und ein zu großer Teil der guten alten Arbeiten hängen in Museen und privaten Sammlungen. Es ist schade um die Zeit, die ich dafür investieren müßte. Aber daran erinnere ich mich. Es war so andersartig.« Er zeigte auf das Fax.

»Es ist nicht ganz das, was Sie suchen, aber vielleicht hilft es Ihnen weiter.«

»*Y adil.* Wir können jeden Hinweis brauchen.« Bevor Ooljee den Ausdruck einsteckte, überflog er ihn. »Ein Ort im Reservat«, teilte er Moody mit und wandte sich dann wieder dem Geschäftsmann zu. »Herzlichen Dank.«

»Gern geschehen.« Der Besitzer begleitete sie zur Tür. »Wenn sich herausstellt, daß ich Ihnen geholfen habe, würden Sie dann auch etwas für mich tun?«

Der Sergeant zögerte. »Mein Budget sieht nicht vor ...«

»Nein, nicht das, das will ich nicht.« Der Blick des alten Mannes war noch immer auf das Fax gerichtet, das Ooljee in der Hand hielt. »Ich war mein ganzes Leben in dieser Branche tätig und habe nie so etwas wie Ihr Bild gesehen. Wenn Sie herausbekommen, worum es sich handelt, das heißt, von welchem Weg es stammt, würden Sie dann auf dem Heimweg hereinschauen und es mir sagen? Ich habe geglaubt, daß ich alle Wege kenne, die heute noch benützt werden, oder zumindest alle, die in feststehenden Sandbildern dargestellt werden. Wenn ich etwas nicht auf Anhieb erkenne, kann ich immer nachschlagen. Aber dieses Bild ist nicht von einem Künstler geschaffen, der experimentiert, der alte Themen und neue Ideen kombiniert. Es ist zu einheitlich. In ihm ist ein Zusammenhang vorhanden, wenn Sie verstehen, was ich meine. Derjenige, der es angefertigt hat, hatte ein Gesamtbild vor Augen, und ich möchte unbedingt wissen, worauf er hinauswollte.«

»Das möchten wir auch«, erklärte Moody.

»Wenn wir etwas herausbekommen, lassen wir es Sie ganz bestimmt wissen«, versprach Ooljee.

»Danke.« Der alte Mann rieb sich lächelnd das Kinn. »Ich weiß es zu schätzen.«

Als sie in den Polizeiwagen stiegen und sich in den nach Westen flutenden Verkehr einreihten, blickte ihnen der Geschäftsbesitzer noch immer neugierig und nachdenklich nach; er sah jetzt irgendwie jünger aus.

Sie schauten in der Polizeistation vorbei, wo Ooljee und sein Vorgesetzter einen kurzen rituellen Streit darüber austrugen, ob die Vermutungen des Sergeant stichhaltig waren. Moody vertrieb sich die Zeit damit, die Männer an den Spinnern bei ihrer Schreibtischarbeit zu beobachten, bis Ooljee wieder auftauchte und seinen Partner feierlich zu sich winkte. Nach einer kurzen Fahrt erreichten sie Ooljees Wohnblock, und dieser erklärte seiner Frau und den Kindern, daß er einige Tage lang dienstlich unterwegs sein würde. Moody überhörte höflich die darauf folgende häusliche Szene und packte inzwischen seine Habseligkeiten.

Als sie wieder unterwegs waren, umgingen sie die Hauptverkehrsstraßen, was bedeutete, daß Ooljee selbst fahren mußte, bis sie den Stadtverkehr hinter sich hatten. Erst dann schaltete er die automatische Lenkung wieder ein. Ganados Türme und Industrieanlagen verschwanden allmählich. Sie fuhren beinahe genau nach Norden.

»Wir sind nach Chinle unterwegs«, erklärte Ooljee. »Es ist noch eine kleine Stadt, eine Touristenstadt. Dort werden wir uns nach dem Namen erkundigen, den uns der Geschäftsmann genannt hat.« Dann versank er in Stillschweigen, als schwimme er in einem Meer innerer Betrachtung.

»Ich möchte etwas wissen.« Moody sprach nur, um sich von der öden, ungeheuren Landschaft zu erholen. »Was sind diese ›Wege‹, von denen immer wieder die Rede ist?«

»Wege sind Zeremonien.« Ooljee verstellte seinen Sitz, um seinen Reisegefährten anzusehen. »Laut der Weltanschauung der Navahos befindet sich das Universum in ständigem, labilem Gleichgewicht zwischen den Mächten des Guten und den Mächten des Bösen. Wenn Sie eine wissenschaftliche Beschreibung vorziehen, zwischen den Mächten der Ordnung und den Mächten des Chaos. Die Ähnlichkeiten mit der allgemeinen Relativitätstheorie sind faszinierend, zum Beispiel ...«

Moody unterbrach ihn. »Schenken Sie sich das. Ich habe schon kapiert.«

Ooljee schob die Lippen vor. »Die Wege werden benützt, um Menschen bei Krankheiten, bei persönlichen Problemen, bei allen Arten von Schwierigkeiten und Unannehmlichkeiten zu helfen. Heute noch gehen viele Leute, vor allem die älteren, ins Krankenhaus oder zu einem Arzt, um sich behandeln zu lassen, und suchen nachher den Hatathli auf.«

»Nehmen Sie es mir nicht übel, aber für mich klingt es einfach wie Hexerei.«

»Wir stechen keine Nadeln in Puppen. Für mich sind jene Leute echte Hexenmeister, die ihren Lebensunterhalt damit verdienen, indem sie das Steigen oder Fallen des Nasdaq-Index voraussagen. Solche Tätigkeiten. Oder die Leute, die herausfinden, warum der neue Mitarbeiter befördert wird und man selbst nicht.«

Chinle war nur wenige Meilen von Ganado, aber sehr weit von der heutigen Zeit entfernt. Die Stadt wirkte an sich modern. Die Polizeistation, die Ooljee aufsuchte, war ein modernes, einstöckiges Gebäude aus Polybeton und Bronzeglas. Es stand am Rand eines breiten, flachen Cañons wie ein prähistorischer Grasfresser, aus dessen Rücken ein dichtes Fell von Antennen sproß.

Moody wartete, während Ooljee mit seinen Kollegen plauderte. Seit sie das kommerziell-industrielle Zentrum von Ganado verlassen hatten, sah man viel weniger Nicht-Navahos und er kam sich auffälliger denn je vor.

Außerhalb von Chinle verschwand die moderne Welt.

»Die Leute, die wir suchen, wohnen unten im Cañon im Nationalpark. Jetzt werden Sie begreifen, warum der Kombi mit Vierradantrieb und -lenkung das bevorzugte Transportmittel im Reservat ist.«

Sie verließen die Stadt nach Osten; Ooljee bog nach kurzer Zeit von der Hauptstraße ab und folgte einem Sandweg, der neben einem breiten, trägen Bach verlief. Die Wände des Cañons wuchsen so rasch in die Höhe, daß schon nach wenigen Meilen die Kämme der glatten, rostroten Wälle scheinbar bis zu den Wolken reichten.

Moody verrenkte sich den Hals, um alles zu sehen. Sie fuhren zwischen dreihundert Meter hohen Felswänden dahin; der Kombi rumpelte über eine Straße, die ihr Vorhandensein offensichtlich einer Laune der Natur verdankte. Jedes rasche, plötzliche Hochwasser in dem trügerisch schläfrigen Bach würde jeden mitreißen, der das Pech hatte, sich in diesem Augenblick im Cañon zu befinden.

Er hatte das Gefühl, daß er durch die labyrinthischen Korridore einer ungeheuren, vorsintflutlichen Festung fuhr, die uneinnehmbar und unnahbar war, außer für jene, die ihre geheimen Durchlässe und Losungsworte kannten.

»Cañon de Chelley.« Ooljee konzentrierte sich auf den Weg. In Sand und Kies gab es keinen Laserstreifen. »Wir sprechen ihn Dehschey aus. Das ist eine Geschichte für sich. Der Cañon ist ein Naturschutzgebiet. Trotzdem wohnen hier noch Menschen. Alte Besitzansprüche, alte Lebensweise. Ihre Auswirkung auf die Umwelt ist genauso minimal wie eh und je. Hier gibt es keine Drogen, keine Popmusik.« Er grinste. »Die Leute werden von Schaffleisch high.«

Moody starrte weiterhin die schroffen Wälle an, die über ihm emporragten und war froh, daß er sich unten am Fluß und nicht oben am Rand befand. Er mochte Höhen nicht. Hier unten gab es wenigstens Vegetation, grünes Leben. Im Vergleich zu den Bäumen bei ihm zu Hause war der Wald hier blaß und bescheiden, aber es waren wenigstens echte Bäume, nicht geschickte Nachahmungen wie Ocotillo und Paloverde.

Sie überquerten den Fluß; der Lieferwagen spritzte und mahlte sich durch das Flußbett, denn Ooljee fuhr einen Nebencañon hinauf, der schmäler, aber genauso spektakulär war wie der Hauptgraben. Bald darauf mußten sie anhalten, weil vor ihnen eine Lawine von Schafen die sandige Fahrspur überquerte.

Sie wurde von einem mittelgroßen, beeindruckend selbstsicheren Schäferhund gelenkt, der nur kurz den Blick von seinen Schutzbefohlenen abwandte und den wartenden Lieferwagen zur Kenntnis nahm. Moody betrachtete den Hund bewundernd. Er leistete bessere Arbeit als manche seiner Kollegen, die auf der Polizeiakademie gelernt hatten, wie man Menschenmassen unter Kontrolle hält.

»Jedem der Schafe hat man einen kleinen Sender in die Flanke eingepflanzt«, erklärte ihm Ooljee. »Er verrät dem Hirten oder dem Besitzer, wieviel ein bestimmtes Tier gerade wiegt, wie hoch seine Körpertemperatur ist, wie seine inneren Systeme funktionieren, ob es trächtig ist oder nicht und noch vieles mehr. Der Sender funktioniert auch als Empfänger.

Beobachten Sie den Hund.« Moody versuchte, den schwarz-weißen, unermüdlichen Streifen in dem Wald aus Beinen nicht aus den Augen zu verlieren. »Er trägt bestimmt ein Halsband mit einem Sender, der seinem Herrn jederzeit verrät, wo sich der Hund befindet. Der Besitzer kann sein Tier über den eingebauten Empfänger dirigieren, der auch eine schwache, den Schafen sehr unangenehme Frequenz ausstrahlt. Dadurch fällt es dem Hund sehr leicht, die Herde in eine bestimmte Richtung zu lenken. Er muß nicht bellen oder sich auf seinen ursprünglichen Raubtierinstinkt verlassen. Er muß nur einem Schaf nahekommen, und das Tier reagiert, indem es sich abwendet. Das ist sehr effizient. Da der Hirte über das Halsband mit dem Hund kommunizieren kann, muß er nicht mehr schreien.«

Als die wollige Schar beinahe vorüber war, tauchte ein Junge auf einem geräuschgedämpften Motorrad auf, der ihnen zuwinkte. Moody fiel auf, daß aus seinem Stirnband eine fünf Zentimeter lange Antenne herausragte, und daß er an dem rechten Handgelenk ein Kontrollgerät befestigt hatte. Moody sah dem Jungen nach, bis er und seine Herde in dem Gestrüpp an der anderen Seite des Cañons verschwunden waren. Der Kombi setzte sich wieder in Bewegung.

»Wäre es nicht einfacher, ein ferngesteuertes Kontrollfahrzeug zu verwenden?«

»Vielleicht, aber innerhalb eines begrenzten Gebiets ist ein Hund die bessere Lösung. Er ist auch eine viel angenehmere Gesellschaft für den Hirten. Dazu kommt noch etwas. Nicht alle Leute im Reservat arbeiten an Computern oder am Fließband oder reparieren Maschinen. Manche Familien ziehen die alten Methoden vor. Die Frauen weben noch immer Teppiche auf Handwebstühlen, obwohl viele von ihnen Computerterminals benützen, um mit dem Muster zu experimentieren. Andere sind Schafhirten. Es gibt noch immer Leute, die Mais und Bohnen, Kürbisse und Tabak anpflanzen. Der im Reservat geerntete Mais schmeckt anders als der Mais, der in Nebraska und Indiana in die Konservenbüchsen getan wird.

Ich muß dafür sorgen, daß Sie die einheimische Küche näher kennenlernen. Sie haben bereits Röstbrot gegessen. Mögen Sie Tortillas?«

»Ich komme aus Südflorida«, erinnerte ihn Moody.

Ooljee nickte. »Blaue Maistortillas mit Tomatillosauce. Ich könnte wetten, daß sie in Südflorida nichts Derartiges bekommen.«

Wenn man über Essen sprach, wurde Moody automatisch hungrig, aber er erwähnte es nicht, weil er den Verdacht hatte, daß es auf dem Grund des Cañons nicht allzuviele Restaurants gab. Schnellimbisse wurden normalerweise nicht an Staubstraßen errichtet. Und es konnte nicht mehr weit bis zu ihrem Ziel sein, weil der Nebencañon, durch den sie fuhren, immer enger wurde. Es war, als würden sie durch einen Riß im Planeten fahren. Die Luft war kühl und ruhig. Das Sonnenlicht gelangte nur gelegentlich für kurze Zeit so tief hinunter. Moody war sehr froh darüber, daß er nicht unter Platzangst litt.

8.
KAPITEL

Fünf Minuten später bogen sie um eine Kurve im Cañon und Moody erblickte ihr Ziel.

Das vielseitige, mit einer Kuppel versehene Gebäude war wesentlich kleiner als ein durchschnittlicher Wohnwagen. Es bestand aus Schlamm oder Adobe, und das Dach endete in einer kleinen Spitze. Moody fand, daß es am ehesten einer mongolischen Jurte ähnelte, die er nur deshalb kannte, weil er einmal, als ein Spiel, das ihn interessierte, verschoben wurde, eine Sendung von National Geographic gesehen hatte.

Ein Hund, dessen Abstammung nicht eindeutig feststellbar war, schlief in einem Sonnenfleck vor dem Gebäude.

»Es sieht nicht aus, als wäre jemand zu Hause.«

»Vielleicht kommt es daher, daß dies nicht das Zuhause ist.« Ooljee stützte beide Hände auf das Lenkrad und beugte sich vor. »Das da ist ein altes Hogan. Sie wären erstaunt, wie warm es im Winter und wie kühl es im Sommer ist. Wenn man auf gestampfter Erde schläft, gelangt man mit einer ganzen Skala von Gefühlen in Berührung, die man nicht empfindet, wenn man auf einer Wasser- oder Schaummatratze oder einem Luftkissen schläft. Sie sollten es einmal versuchen.«

»Nicht in Florida«, widersprach Moody. »Dort gibt es zu vieles, das kriecht und krabbelt.«

Ooljee fuhr am Hogan und am lethargischen Hund vorbei und überquerte den kleinen Bach, der viel zu dünn aussah, um den mächtigen Cañon geschaffen zu haben. Er floß ruhig und ohne Hast, und beeilte sich nicht, um dem Meer näherzukommen.

Das zweite Hogan sah beinahe genauso aus wie das

erste, nur war es viel größer, hatte einen ersten Stock und war aus vorfabrizierten Kunststoffwänden erbaut, die mit Schaum gefüllt und isoliert waren. Kupferfarbene polarisierte Fenster betrachteten die Umgebung, während vom höchsten Punkt des Daches eine große Parabolantenne nach Süden schaute. Obwohl der Cañon in Nordsüdrichtung verlief, war Moody klar, daß der Empfang begrenzt sein mußte.

Ein Großteil des Daches war mit sonnenorientierten Hochleistungs-Solarzellen belegt. Ein großes, rechteckiges Gebäude mit wenigen Fenstern beherrschte den Hof hinter dem Hogan. Moody stellte erfreut fest, daß die Eingänge zu beiden Gebäuden nach Osten zeigten und fühlte sich allmählich immer weniger als Eindringling.

Neben dem Bach stand eine große, abstrakte Plastik, die, wie sich bei näherer Betrachtung herausstellte, eine praktische Funktion erfüllte. Metallstützen in leuchtenden Farben trugen ein Dach aus künstlichen Ästen. Ihre Schattierungen reichten von tiefem Purpurrot über leuchtendes Blau bis zu Hellrosa und veränderten sich innerhalb des Metalls unmerklich. Die Stützen wirkten zu dünn für ihre Last.

»Das ist ein Sommerdach«, erklärte Ooljee, »oder eigentlich eine moderne Variante des traditionellen Sommerdachs, dessen Äste jedes Jahr erneuert werden müssen. Dieses hier ist praktischer, aber mir gefällt Holz besser.«

Er wußte jedoch nicht, um welches Metall es sich bei den Stützen handelte. Sie erfuhren später, daß es eloxiertes Titan war.

Als Ooljee vor dem Gebäude parkte, tauchten zwei weitere Hunde auf, um sie zu begrüßen. Unter den Vorfahren des einen befand sich vielleicht ein echter Schäferhund, aber Moody war seiner Sache nicht sicher. Beide Hunde waren freundlich und neugierig.

Moody überließ es Ooljee, auf die Klingel zu drücken, und sah sich inzwischen vergeblich nach einer Sicherheitsanlage wie einem Scanner oder einem Wärmedetektor um. Entweder war sie geschickt versteckt oder es gab sie nicht. Wahrscheinlich war sie hier nicht erforderlich. Sie befanden sich nicht in Tampa. Außerdem stand jedem, der versuchte, hier etwas zu stehlen, nur ein einziger Fluchtweg offen, der ganz leicht abzuriegeln war.

Allerdings sah der Mann, der die Tür öffnete, nicht so aus, als brauche er Hilfe, wenn er mit einem Eindringling fertigwerden mußte. Er war größer als Moody und genauso schwer, obwohl bei ihm das Gewicht viel ästhetischer verteilt war. Er sah aus wie einer der besseren Abwehrspieler bei den Bucs. Er hatte tatsächlich Fußball gespielt, stellte sich heraus, allerdings nur im College.

Er plauderte eine Weile mit Ooljee, dann kam er heraus und begrüßte Moody mit dem offenen, herzlichen Lächeln, dem dieser seit seiner Abreise aus Mississippi nur noch selten begegnet war. Er fühlte sich sofort zu Hause.

»*Yinishye* Bill Laughter.« Er schien Anfang oder Mitte dreißig zu sein. Sein Händedruck war genauso solid wie der ganze Mann, obwohl Moody wieder den ungewöhnlichen Druck des Zeigefingers auf seinem Handrücken spürte.

»Vernon Moody. Ich bin ...«

»Paul hat es mir erzählt.« Er bedeutete ihnen, ihm zu folgen. »Kommen Sie nach hinten. Ich würde Sie durch das Haus führen, aber Marilee ist einkaufen und mein Vater sieht sich das Spiel an.«

Sie gingen um das Gebäude herum und genossen immer wieder den Blick auf den Bach und die hochragenden Wände des Cañons. Alle drei Hunde begleiteten sie; einer schnüffelte an Moodys Fersen, die anderen beiden liefen voraus.

Das große, scheunenartige Gebäude hinter dem Haus entpuppte sich als industrielle Werkstatt. Moody hatte

Wagen oder Lastwagen, vielleicht sogar einen Hubschrauber oder landwirtschaftliche Geräte erwartet, aber kein künstlerisches Fließband. An einer Wand standen mit farbigem Sand gefüllte Kunststoffbehälter. Die Mitte des Raumes nahmen lange Tische und Bänke ein, neben denen flache Bretter aus erstklassigen Harthölzern, Metallplatten und Rollen von Flexifan aufgestapelt waren.

Ein Teil des Raumes war dem Schweißen vorbehalten; dort gab es einen eigenen Stapelplatz für Alteisen sowie Eloxiergeräte; eine Töpferecke mit Ton, einer elektronisch gesteuerten Drehscheibe und einem Brennofen war ebenfalls vorhanden. Ein großer, kommerzieller Laserschneider beherrschte wie das verlorengegangene Stück eines Artilleriegeschützes einen Tisch im Hintergrund.

Fertige Sandbilder und Rahmen waren ordentlich in Gestellen gestapelt. Laughter besaß sogar eine eigene Verpackungs- und Versiegelungsmaschine sowie Verpackungsmaterial. Die Bilder waren von sehr unterschiedlicher Größe, von nur wenigen Quadratzentimeter kleinen Miniaturen bis zu zweieinhalb mal drei Meter großen Riesenschinken, die an einer Wand lehnten. Bevor Moody fragen konnte, erkundigte sich Ooljee nach ihnen.

»Sie sind für das neue Flughafengebäude am Internationalen Flughafen Casa Grande bestimmt.« Laughter war sichtlich auf seine Arbeit stolz. »Man wird sie nur aus einiger Entfernung sehen können, deshalb die ungewöhnlichen Proportionen. Wie Sie sehen, sind alle Muster und Yeis übergroß dargestellt.«

»Was ist ein *Yei?*« fragte Moody.

»Ein Geist. Ein Gott. Eine Person. Es hängt davon ab. *Yei-bei-chei*. Kurz gesagt *Yei*.«

Die beiden jungen Männer, die im Hintergrund der Werkstatt arbeiteten, beachteten die beiden Besucher kaum.

»Lehrlinge. Meine Assistenten«, erklärte Laughter.

Moody sah zu, wie einer der beiden eine selbstklebende Basis für ein etwa fünfunddreißig Quadratzentimeter großes, dünnes Metallstück zurechtmachte. Sein Kollege setzte sich eine Schutzmaske auf, wandte sich dann nach links und griff nach einem Schlauch mit Stutzen. Er versprühte ein durchsichtiges Fixativ über vier fertige Sandbilder und das Gerät zischte dabei wie eine erboste Schlange.

»Sie nehmen mir einen großen Teil der Routinearbeit ab.« Laughter musterte die fertigen Stücke kritisch. »Dadurch kann ich mich auf die Entwürfe konzentrieren.«

Moody war noch immer über den Umfang der Arbeit und die Massenproduktion verblüfft. Er empfand es nicht als Kunst. Aber was verstand er schon davon?

»Sie malen nicht. Sie verwenden Sand.«

»Die Farbe ist nur ein Medium. Genau wie der Sand.« Laughter zeigte auf eine normale Staffelei, auf der ein halbfertiges Sandbild stand.

»Früher mußte man den Sand schnell auftragen, weil das Klebemittel rasch fest wurde. Dadurch schluderte man manchmal. Das hier ist viel besser. Ich benütze einen löslichen, elastischen, durchsichtigen Kleber. Man kann das ganze Brett damit überziehen und an jedem Teilabschnitt arbeiten, ohne daß man befürchten muß, daß der Rest inzwischen austrocknet. Am nächsten Tag besprüht man den Teil, an dem man arbeiten will, mit dem Lösungsmittel, und er wird wieder weich. Er wird erst hart, wenn man ihn mit dem Fixativ besprüht. Und was den Malpinsel betrifft ...« Er griff hinter eine nahe Werkbank.

Moody zuckte instinktiv zusammen, als Laughter etwas hervorholte, das wie eine Pistole aussah. Industriell gesehen war es auch eine. Statt einen starken Strahl aus feinem Sand zu erzeugen, mit dem man alte Farbe und Lack entfernte, war Laughters Sandstrahlgebläse so ausgerüstet, daß es Sand auftrug. Die Breite und Geschwindigkeit des Sandstrahls konnte elektronisch gesteuert werden. Dank eines eingebauten Schalters konnte der angeschlossene Staubsauger den farbigen Sand aus jedem der in der Nähe stehenden Behälter holen. Das Gerät war eine Sonderanfertigung: eine Kompaktkreuzung zwischen einem Sandstrahlgebläse und einer Spritzpistole.

Laughter streifte sich eine Schutzbrille über und demonstrierte, wie das Ganze funktionierte, indem er das im Entstehen begriffene Sandbild ergänzte. Er führte den Stutzen über der behandelten Oberfläche hin und her, worauf in der rechten unteren Ecke des Bretts drei weiße Adlerfedern mit schwarzen Spitzen erschienen.

»Mit unserer Ausrüstung kann man ziemlich rasch arbeiten«, erklärte er, während er das Gerät abschaltete und ein anderes, von dem System unabhängiges Aggregat zur Hand nahm. Sie sahen zu, wie er sorgfältig Fixativ auf die Federn sprühte, die er gerade geschaffen hatte, so daß sie am Brett festklebten.

Moody interessierte die Technik mehr als die Technologie. »Auf dem Brett gibt es nichts, keine Zeichnungen, keine Umrisse. Zeichnen Sie Ihre Muster nicht, bevor Sie anfangen?«

Laughter schob sich die Brille auf die Stirn hinauf. »Das brauche ich nicht. Ich habe mit acht Jahren begonnen, bei meinem Vater zu lernen. Die Muster, die wir verwenden, haben sich mir für immer eingeprägt.« Er klopfte sich mit dem Finger auf die Stirn. »Ein guter Hatathli bewahrt seine Muster hier auf. Aber ich bin natürlich kein Hatathli. Ich bin nur ein Maler. Trotzdem weiß ich, was ich nicht malen soll.«

Als sie die Werkstatt verließen, blieb Moody an seiner Seite. »Paul hat mir davon erzählt.«

Laughter lächelte. »Dann wissen Sie, daß kein kommerzielles, fixiertes, dauerhaftes Sandbild die getreue Wiedergabe eines Medizinbildes ist, ganz gleich, wie präzise es ausgeführt ist. Wenn es eine genaue Kopie wäre, könnte sie sich nachteilig auf den Maler oder den Käufer oder die Harmonie des Universums auswirken. Wenn ich eine solche Reproduktion herstelle und der Käufer kommt zu Schaden, könnte man mich deshalb verklagen. Vielleicht nicht bei einem Gerichtshof in Florida, aber hier im Reservat ist manches anders.

Außerdem würde ein kommerzieller Sandmaler so etwas prinzipiell nie tun, weil das Unglück statt des Kunden ihm zustoßen könnte.«

Moody begann, über das Kettrick-Bild nachzudenken. Konnte es sich um die Unglück bringende Ausnahme, die genaue Reproduktion handeln, von der Laughter mit solcher Sicherheit behauptete, daß kein Sandmaler sie je herstellen würde? Hatte es etwas mit der fixen Idee des Mörders zu tun? Elroy Kettrick war jedenfalls zweifellos zu Schaden gekommen.

Du warst zu lange in der Sonne, ermahnte er sich. *Du mußt dich mehr in den Gebäuden aufhalten.*

Genau dorthin brachte sie Laughter. Sie wandten sich nach rechts, betraten das Haupthaus und gelangten in eine hohe Küche. Die breiten, getönten Fenster gingen auf den gemächlich dahinrieselnden Bach hinaus. Die Geräte waren modern, aber so gebaut, daß sie mit Gleichstrom betrieben werden konnten. Das fand Moody sehr vernünftig. Die Solarenergie war immer effizienter, wenn sie direkt verwendet werden konnte, statt zuerst einen Umformer zu durchlaufen.

Der Maler kochte Kaffee; als er fertig war, setzten er und Ooljee ihr Gespräch fort.

Der sich selbst überlassene Moody musterte seine Umgebung. Es gab hier weniger heimelige, althergebrachte Gegenstände als in der Wohnung seines Partners, vielleicht deshalb, weil die beeindruckende Umgebung des Hauses zu sehr von künstlerischen Gegenständen ablenken würde.

Ooljee zog das Fax heraus und zeigte es Laughter.

Dieser runzelte ungläubig die Stirn. »*Deswegen* hat jemand jemanden umgebracht?«

»Wir nehmen an, daß er wegen einer Kopie umgebracht wurde. Oder vielleicht nur, damit der Mörder Gelegenheit bekam, es sich anzusehen. Wir wissen nicht sicher, ob eine Kopie angefertigt wurde. Wir wissen nur sicher, daß das Original vernichtet wurde.«

Laughter betrachtete das Fax genau, aber nicht besonders interessiert, wie ein Experte für Schmetterlinge, der ein schön gemustertes, aber nicht einmaliges Exemplar untersucht.

»Man hat uns in Ganado gesagt, daß diese oder eine ähnliche Malerei vielleicht hier hergestellt wurde.« Ooljee ließ den Maler nicht aus den Augen.

»Nicht von mir.« Laughter schüttelte den Kopf. »Ich habe ganz bestimmt niemals etwas Derartiges gesehen.«

Moody saß im Geist schon wieder im Kombi. Diese Antwort hatten sie in der Stadt bereits von hundert Leuten bekommen.

Laughter war aber noch nicht fertig. »Fragen wir meinen Vater. Er wird bestimmt nicht zu sehr brüllen, wenn wir bei ihm hineinplatzen.«

»Sie haben gesagt, daß Sie von ihm malen gelernt haben«, sagte Moody. »Malt er noch immer?«

Laughter führte sie durch das Haus. »Manchmal, wenn er Lust dazu hat oder wenn er sich langweilt. Das meiste überläßt er mir. Er befaßt sich lieber mit der finanziellen Seite unseres Geschäfts.«

Das Zimmer des Vaters war ein kühles, vertieft angelegtes Oval, das von einem riesigen Kamin beherrscht wurde. Ein zwei Quadratmeter großer Zenat-Farbbildschirm füllte eine Nische in der gekrümmten Wand aus. Die übergroßen Sofas und die Möbel aus entrindetem Holz wiesen die bereits vertraute erdfarbene Polsterung auf. Schwarze San-Idelefonso-Keramik glänzte neben komplizierten Skulpturen aus Titan. Man konnte also nicht nur mit Kunst und Tradition, sondern auch mit Sandbildern Geld machen.

Der Mann, der sich von dem Sofa vor dem Bildschirm erhob, war ebenso groß wie Bill Laughter, aber viel schlanker. Er sah aus, als hätte die Zeit sein überschüssiges Fett abgetragen, so wie der Wind die Sandsteinmonumente des Cañons geformt hatte.

Moody warf einen Blick auf den Zenat, den Vater Laughter rücksichtsvoll leiser gestellt hatte, als sie hereinkamen. Tucson spielte in der Columbiahalle gegen Dallas und führte 49 zu 6. Gut. Das Spiel interessierte ihn nicht, und der eindeutige Spielstand erlaubte ihm, sich voll auf das bevorstehende Gespräch zu konzentrieren.

Ooljee erläuterte wieder einmal den Grund für ihren Besuch und wartete dann, während beide Laughter das Fax betrachteten und sich berieten. Sohn Laughter stellte Fragen, und Vater Laughter nickte und gab auf Navaho Kommentare ab. Die ersten Worte, die er auf Englisch sprach, ließen den Detektiv das Fußballmatch vollkommen vergessen.

»Ja, ich glaube, daß ich es schon gesehen habe. Oder etwas sehr Ähnliches.«

»Wo?« fragte Ooljee rasch, als könne sich die Antwort fortstehlen, wenn er nicht schnell genug sprach.

»Es könnte eines der Stücke meines Vaters sein. Ich kann mich natürlich auch irren.«

In seiner Aufregung sprach Moody ohne zu überlegen, ein Fehler, den er nicht oft beging. »Wo ist er? Können wir ihn danach fragen?«

»Mein Vater ist vor vielen Jahren gestorben.« Laughter senior ließ Moody höflicherweise keine Zeit, sich zu entschuldigen. »Er hat mich unterrichtet, so wie ich Bill unterrichtet habe.«

»Dann haben wir keine Chance mehr.«

»Nicht unbedingt«, widersprach Laughter senior lächelnd. »Ich mußte für den Tag bereit sein, an dem er nicht mehr da sein würde, um mir zu helfen. Deshalb habe ich alles, was er mich lehren konnte, aufgezeichnet. Kommen Sie ins Büro und wir werden nachsehen, was wir finden. Vorausgesetzt, daß ich mich nicht irre und daß tatsächlich etwas vorhanden ist, das wir finden können.«

Der an das Zimmer des Vaters anstoßende Raum war lang und schmal. Der Zenat an einer Schmalseite war ein streng zweckmäßiges Gerät von der Industrieabteilung der Firma Zenith T & T. Red Laughter nahm einen abgenützten taktilen 3,4 Black-Widow-Spinner von seinem Schreibtisch und zielte mit ihm auf die Mollybox unterhalb des Fensters.

Sobald die Mollybox eingeschaltet war, fluteten Bilder über den Zenat und die Fenster verdunkelten sich automatisch. Laughter seniors Finger glitten über den Spinner. Auf dem Monitor erschien ein Sandbild nach dem anderen. Einige waren aus einem ungünstigen Blickwinkel aufgenommen, andere waren so unscharf, daß der Fehler nicht zu beheben war.

»Viele von ihnen habe ich mit einer alten, zweidimensionalen Kamera gemacht, die ich in der Hand hielt; ich habe sie oft erst viel später in meine Ablage übernommen. Als ich lernte und meinem Vater half, konnte wir uns kein so teures Gerät wie einen Mollyspeicher leisten, und von Holographie verstand ich nichts. Das hier war das Beste, das ich machen konnte.«

»Es gereicht Ihnen zur Ehre, daß Sie so vorausschauend waren«, meinte Ooljee.

»Die Ehre gebührt nicht mir. Es war die Idee meiner Großmutter. Erst als ich viel älter war, erkannte ich, wie wichtig es war, daß ich diese Muster und Techniken aufbewahrt hatte. Erst dann wurde mir klar, wie tief ich in ihrer Schuld stand. Sie war auf die Arbeiten meines Vaters sehr stolz und wollte nicht, daß sie verlorengingen. Ich weiß noch, wie die beiden deshalb stritten. Mein Vater wollte kein Geld für Filme und das Entwickeln ausgeben. Er wollte, daß ich alles auswendig lernte, wie er es von seinem Vater gelernt hatte. Er wollte, daß ich wie er ein Hatathli wurde.« Red Laughter blickte zu Moody hinüber, der ehrfurchtsvoll zuhörte.

»Mein Vater war ein echter Hatathli, einer der besten. Er fand, daß die Malereien nur als Medizin hergestellt werden dürfen. Er verdiente seinen Lebensunterhalt nicht, indem er Bilder erzeugte, um sie in den Souvenirläden zu verkaufen, sondern indem er als traditioneller Medizinmann wirkte.« Laughter hielt den Bildschirm bei einem besonders komplizierten Werk an.

»Sehen Sie sich das an; die Einzelheiten, die schmalen Ränder und die geraden Linien. Das alles wurde auf dem gestampften Fußboden eines alten Hogan aus dem Gedächtnis geschaffen. Wenn es fertig war und man die Zeremonie abgehalten hatte, zerstörten Vater und seine Assistenten das gesamte Werk vom Ende bis zum Anfang. Für den nächsten Kunden mußte er mit der Malerei wieder von vorn anfangen oder ein ganz anderes Bild schaffen. Ganz von vorn. Eine schreckliche Vergeudung, aber so wurde es gemacht. So wird es noch von den wenigen Männern gemacht, die die Fähigkeit oder die Frechheit besitzen, sich als echte Hatathli zu bezeichnen.« Er nahm die Suche wieder auf.

»Sie machen also keine Medizin-Malereien?« Moody war überrascht, wie natürlich ihm die Frage vorkam.

Laughter sah ihn an, als wäre er verrückt. »Machen Sie Witze? Selbst wenn ich es könnte, hätte ich keine Zeit dafür. Bill und ich verkaufen unsere Arbeiten in die ganze Welt. Das soll nicht heißen, daß wir die Medizin-Sandbilder nicht achten, aber sie können sowohl die Grundlage für die traditionelle Medizin als auch Kunst im eigentlichen Sinn des Wortes sein. Wir entwickeln viele eigene Ideen und bringen sie in jedes Bild ein, obwohl es angenehm ist, wenn man die ursprünglichen Muster als Ausgangspunkt verwenden kann.« Er unterbrach sich plötzlich und starrte den Monitor an.

»Warten Sie einen Augenblick.«

Er ging langsam zurück, bis er das Bild fand, das er suchte. Es war ein sehr großes Sandbild und deshalb war es schwierig, Einzelheiten zu erkennen. Er konzentrierte sich mit Hilfe des Spinners auf bestimmte Abschnitte und vergrößerte sie.

Moody griff nach dem Fax und hielt es so vor sich, daß es sich scheinbar neben dem Monitor befand. Ooljee mußte nicht erst die Kopie sehen.

»Das ist es, oder es ist ihm verdammt ähnlich.« Moody sah Laughter an. »Sie haben gesagt, daß Ihr Vater Bilder nur als Medizin gemacht hat.«

»Und für meine Ablage, weil meine Mutter darauf bestand. Er tat es nur widerstrebend und murrte jedesmal.«

»Er hat nie etwas angefertigt, um es kommerziell zu verwerten?«

»Nicht absichtlich. Aber ...« — Laughter dachte nach — »er gab einige der komplizierten Gemälde auf Holz wieder, damit ich ein besseres Foto von ihnen machen konnte.«

»Was ist aus ihnen geworden?«

Red Laughter blickte durch das verdunkelte Fenster hinaus. »Es gab eine Zeit, zu der wir überhaupt kein Geld besaßen. Ich glaube, daß meine Mutter damals ein paar Gemälde verkaufte. Ich weiß noch, daß es deshalb Streit gab. Sie müssen verstehen — mein Vater war ein Hatathli. Aber die Leute boten ihr eine Menge Geld.« Er wandte sich wieder dem Monitor zu. »Das könnte eines von diesen Bildern sein.« Er vergrößerte den Rand. »Sehen Sie, es ist auf Holz, nicht auf Erde ausgeführt. Ein sehr ungewöhnliches Muster. Sehen wir nach, was der Begleittext besagt. Ich versuchte immer aufzuzeichnen, was mein Vater über das Bild sagte.«

Er betätigte eine Taste auf dem Spinner, und im linken unteren Viertel des Monitors erschien ein Fenster in englischer Sprache, worüber Moody froh war.

»Dieses Sandbild«, stand dort, »stammt von einem Weg, der vergessen wurde. Ich weiß nur noch, daß es ein wichtiger Weg war. Ich lernte ihn von meinem Vater, der ihn von seinem Vater lernte, der ihn von jemandem lernte, dessen wahren Namen ich nicht kenne und den man nur erraten kann. Es ist ein sehr alter Weg, wie so viele der Wege, die die jungen Leute vergessen haben. Ich bewahre ihn hier auf, damit er nicht in Vergessenheit gerät, obwohl er nicht als Medizin verwendet werden kann, weil niemand weiß, zu welcher Zeremonie er gehört.«

»Die Worte meines Großvaters«, erklärte Bill Laughter feierlich.

»Keiner der Museumsexperten oder Akademiker, denen ich das Bild zeigte, hatten eine Ahnung, von welchem Weg es stammt«, sagte Ooljee.

»Dann stammt es wirklich von einem vergessenen Weg.« Bill Laughter sah Moody an. »Selbst der einfachste der traditionellen Wege ist unglaublich kompliziert. Wenn der ortsansässige Hatathli es für angebracht hält, werden Elemente und Muster untereinander ausgetauscht.«

»Nicht alles ist vergessen.« Laughter senior erzeugte mit dem Spinner einen Pfeil und beschrieb mit ihm einen Kreis um einen größeren Teil in dem rechts vom Mittelpunkt befindlichen Ausschnitt des Bildes. »Dieses Stück kenne ich. Die Farben sind seltsam, genau wie ein Teil des Musters, aber man kann doch alles erkennen.«

Moody versuchte, in dem Ausschnitt einen Sinn zu finden, schaffte es aber nicht. »Was ist es?« fragte er schließlich ärgerlich.

»Ein Bild innerhalb eines Bildes, das ›Lumpensammler Wird Von Adlern Und Habichten, Die Von Flugfähigen Schlangen Unterstützt Werden, Durch Das Loch Im Himmel Getragen‹.«

»Ich sehe die Vögel«, bestätigte Moody.

Bill Laughter ergriff den Spinner und zeigte auf eine lange, unglaublich dünne menschliche Gestalt innerhalb des Bildes. »Das in der Mitte ist der Lumpensammler. Die Gestalten zu seinen beiden Seiten sind Schlangen. Sehen Sie hier und hier die Federn, die man ihnen gegeben hat? Das ist die Flugfähigkeit. Bei den Vögeln sind viele Arten dargestellt: große schwarze Habichte; schwarz-weiße Adler; weiße Habichte; große blaue Habichte; gelbschwänzige, kahlköpfige Adler. Sogar die Wächter sind flugfähige Schlangen.

Sehen Sie, wie die Adler zu beiden Seiten der Lumpensammlergestalt durch die Stricke aus Regenbogen und Blitzen miteinander verbunden sind?« Der Pfeil wanderte weiter. »Diese Linien oder diese kleinen Gestalten kenne ich jedoch nicht. Sie gehören nicht in dieses Gemälde. Und die Muster, die diesen Teil mit dem Gesamtwerk verbinden, kenne ich überhaupt nicht. Es könnte sich um persönliche Ausschmückungen handeln, aber bei einem alten Hatathli wie Großvater weiß ich nicht, ob er etwas dafür übrig hatte.«

»Vielleicht war er an dem Tag, an dem er dieses Bild schuf, in einer besonderen künstlerischen Stimmung«, meinte der Detektiv.

»Zur Zeit meines Vaters und sogar davor waren Ausschmückungen allgemein bekannt. Hatathlis können genauso individuell sein wie ihre Medizin.« Red Laughter rieb sich das Kinn. »Es geht nur darum, daß es ihm nicht ähnlich sieht. Ich kann mich nicht daran erinnern, daß er dieses Sandbild anfertigte, aber es befindet sich in der Ablage, also hat er es geschaffen. Wahrscheinlich hat Großmutter das Foto hier eingeordnet. Sie hat mich gelehrt, wie wichtig es ist, die Ablage auf dem laufenden zu halten.«

Laughter junior mischte sich ein. »Der Teil mit dem Lumpensammler ist aus dem Perlengesang, aber den Rest kenne ich überhaupt nicht.«

Moody hatte die Augen zusammengekniffen, betrachtete den Monitor und versuchte angestrengt, in dem Bild einen Sinn zu entdecken. »Wie unterscheiden Sie Schlangen und Blitze voneinander?«

»Das ist manchmal unmöglich. In unserer Mythologie sind sie austauschbar.«

»Und was ist mit dem Loch im Himmel?«

Red Laughter seufzte. »Ich möchte jetzt nicht auf den ganzen Weg eingehen. Er ist sehr kompliziert und enthält mehrere Darstellungen. Früher gehörte ein Feuertanz dazu, aber ...« Er zuckte die Achseln. »Heute bevorzugen die jungen Leute andere Tänze.«

»Wir haben es jedenfalls gefunden«, stellte Ooljee befriedigt fest.

»Gehen wir in die Küche zurück.« Bill Laughter schaltete Zenat und Monitor ab und stellte den Spinner wieder auf den überladenen Schreibtisch.

Ooljee wollte über Sandmalerei sprechen, während Moody vor allem wissen wollte, ob man feststellen konnte, wer das Bild erworben hatte, als es zum ersten Mal verkauft wurde. Daraus ergab sich, daß er mit Laughter junior sprach, während sich Ooljee mit dem Senior unterhielt.

»Was ist das eigentlich für ein altes Gebäude, auf das wir zuerst stießen?« erkundigte er sich.

»Das Haus meines Großvaters. Wir halten es um der Tradition willen instand. Außerdem tut es gut, wenn man gelegentlich hineingeht, sich auf den Boden setzt und überhaupt nichts macht. In dem Haus befinden sich noch einige Sachen von Großvater, und, na ja, es versetzt einen in die Vergangenheit.«

Moody erinnerte sich an das Haus, in dem er aufgewachsen war. Blechdach, eine hölzerne Tür mit Fliegengitter, die ständig instandgesetzt werden mußte, eine Veranda, die langsam zum Golf absackte. Er verstand.

Während er den Kaffee trank, studierte er wieder das Fax. »Wie kommt es, daß Sie und Ihr Vater dieses Muster nicht mehr verwenden? Es ist doch sehr attraktiv.«

»Und viel zu kompliziert, um kosteneffektiv zu sein.« Laughter zeichnete das komplizierte Muster mit dem Finger nach. »Außerdem gibt es keine passende, leicht verständliche Erklärung dafür. Die Touristen brauchen so etwas. Sie mögen es, wenn viele Yeis, Regenbogen und die vier heiligen Pflanzen vorkommen. Keine komplizierten, zusammenhängenden Abstraktionen. Unser Geschäft geht gut. Wir haben keinen Grund, etwas Kompliziertes anzufertigen, wenn wir die aufgewendete Mühe und Zeit nicht hereinbringen. Es ist viel einfacher, immer wieder Mais, Bohnen, Kürbisse und Tabak zu malen und damit gut zu verdienen.

Dad und ich stellen von Zeit zu Zeit etwas anderes her, aber für gewöhnlich erfinden wir es selbst, um einen im voraus bezahlten Auftrag auszuführen. Vergessen Sie nicht, daß der Sand nur das Medium, nicht die Kunst ist. Wir würden jedenfalls nie so etwas Großes aus Spekulation anfertigen.«

Moody sah sich in der Küche um. »Ich habe den Eindruck, daß Sie sich den Zeitaufwand leisten könnten.«

»Klar, könnten wir. Aber wir wollen nicht. Dad hat unten im Dock von Puerto Penasco einen zehn Meter langen zweimotorigen Katamaran liegen. Haben Sie eine Ahnung, wie hoch die Instandhaltungskosten für dieses Hobby sind? Aber Sie kommen ja aus Florida, also wissen Sie es wahrscheinlich. Da bleibt nicht viel Zeit, um den Künstler zu spielen. Wir betreiben hier ein Unternehmen. Das heißt jedoch nicht, daß wir die Tradition nicht hochhalten. Im Gegenteil. Wir erzeugen keine pornographischen Sandbilder wie die im Geschäftsviertel von Ganado oder in Gallup. Dann gibt es Computerspiele, die auf den Geschichten von den Heiligen Wesen beruhen. Auch damit haben wir nichts zu tun. Deshalb sind wir mit unserer Arbeit sehr zufrieden.« Die letzten Worte sagte er beinahe angriffslustig und Moody beeilte sich, ihn zu beruhigen.

»Ich verstehe. Es war nur eine Frage. Wir versuchen, das Motiv für einen Doppelmord zu finden und haben bis jetzt damit nicht viel Glück gehabt. Deshalb müssen wir gelegentlich auch unangenehme Fragen stellen. Wenn zum Beispiel das Kettrick-Bild das einzige seiner Art war, empfand vielleicht jemand von Ihrem Volk das Bedürfnis, es für sich allein zu besitzen?«

Bill Laughter schwenkte grinsend das Fax. »Ein Navaho-Sammler würde darüber lachen, weil es keinen Sinn ergibt. Ein reicher Brasilianer oder ein Asiate würde es allerdings bei sich zu Hause an die Wand hängen, ein Spotlicht darauf richten und glücklich sein. Aber kein Navaho-Sammler würde so etwas tun.«

»Sie würden davor zurückschrecken, weil es nicht der Tradition entspricht? Woher wollen Sie das wissen? Vielleicht hat sich Ihr Großvater geirrt. Vielleicht kennt noch jemand den in diesem Bild beschriebenen Weg.«

»Na und? Er nützt niemandem.«

»Und wenn es eine genaue Reproduktion ist, die ohne die kleinen Veränderungen angefertigt wurde, durch die sie unschädlich wird?« *Eigentlich sollte Ooljee diese Fragen stellen,* dachte er.

»Mein Großvater hätte so etwas nie getan.« Laughter war bis jetzt laut und selbstsicher gewesen, sah aber jetzt plötzlich beunruhigt aus.

»Sie haben gerade gesagt, daß Sie nicht an diesen Zauber glauben.«

»Das weiß ich.« Laughter beugte sich vor und sprach leiser. »Wenn Sie mich geradeheraus fragen, ob ich an einen der alten Wege glaube, würde ich es selbstverständlich verneinen. Aber es kann nie schaden, auf Nummer sicher zu gehen. Es gibt eine Menge Geschichten über seltsame Ereignisse, die sich im Reservat zugetragen haben.

Vielleicht ist der Mann, den Sie suchen, ebenfalls ein

Künstler. Vielleicht arbeitet er für jemanden, der etwas wirklich Einmaliges besitzen will. Nur wäre es dann wesentlich einfacher, einen eigenen Entwurf zu schaffen, als jemanden zu töten, um zu seinem Bild zu gelangen.

Es ist auch möglich, daß dieser Mann ein Hatathli oder ein Möchtegern-Hatathli oder ein Verrückter ist, der sich für einen Hatathli hält und glaubt, daß er Wunder wirken kann, indem er alte Beschwörungen über einem Haufen aus farbigem Sand und Staub murmelt.«

»Menschen, die an das glauben, was sie glauben wollen, sind zu allem fähig«, stellte Moody kühl fest. »Das weiß ich aus Erfahrung.«

»Das sage ich ja. Ich für meine Person glaube an einen positiven Cash-flow. Mein Vater glaubte vielleicht ein bißchen an dieses Zeug. Mein Großvater glaubte fest daran, und er war zu seiner Zeit kein Einzelfall. Wenn der Kerl, hinter dem Sie her sind, glaubt, daß er ein echter Hatathli wird, indem er dieses Bild verwendet ...

Ich würde eines Sandbildes wegen nicht einmal töten, wenn es aus Edelsteinen bestünde. Wir haben sogar solche Bilder gemacht. Rubinstaub für die rote Farbe, Amethyst für Violett, Smaragde für Grün und so weiter. Natürlich ausschließlich für Touristen.

Es geht darum, daß dieses Bild zwar wirklich interessant ist«, er klopfte auf das Fax, »daß ich aber nichts daran sehe, das einen Mord wert ist.«

»Was glauben Sie denn, wie mir zumute ist?« Moody trank seinen Kaffee aus. »Es gibt also keine Möglichkeit festzustellen, ob es sich um ein echtes Medizinbild handelt oder ob es verändert wurde?«

Laughter schüttelte den Kopf. »Wir kennen den Entwurf nicht, woher sollen wir also wissen, ob es verändert wurde oder nicht? Wie schon gesagt, spielt es ohnehin keine Rolle.«

»Das höre ich ununterbrochen von allen möglichen Leuten.«

Laughter musterte seinen Besucher unsicher, weil er nicht wußte, ob es ein Scherz sein sollte. Es tat Moody gut, einmal die Oberhand zu haben.

Schließlich erhob sich Laughter. »Ich muß wieder an die Arbeit.«

Der Detektiv sah ihm nach und schlenderte dann zu seinem Partner hinüber. Laughter senior sagte gerade ernst:

»Haben Sie auch an die Möglichkeit gedacht, daß der Mord vielleicht nichts mit dem Sandbild zu tun hat?«

Ooljee sah ihn erschrocken an.

»Was meinen Sie damit?« mischte sich Moody ein.

»Derjenige, der das Bild zerstört hat, hat vielleicht ein Versprechen eingelöst, das viele Jahre oder sogar Generationen zuvor gegeben wurde. Unter den Navahos gibt es viele alte Fehden, obwohl nur wenige davon mit Blutvergießen enden. Das Ganze hat vielleicht überhaupt nichts mit Ihrem Mr. Kettrick zu tun. Es könnte sich um etwas handeln, das nur den Mörder, den Mann, der ihn anheuerte und eine ganz andere Person betrifft. Ein alter Streit, eine alte Meinungsverschiedenheit. Dieser Kettrick befand sich vielleicht nur zum falschen Zeitpunkt am falschen Ort.«

»Nein«, widersprach Ooljee überzeugt. »Der Mann, der tötete, sprach zu oft zu offen über das Bild. Ich glaube noch immer, daß es für die Lösung unseres Falls wesentlich ist. Wenn es nur eine Möglichkeit gäbe, seine Bedeutung herauszufinden.«

»Ich wünsche Ihnen Glück.« Red Laughter erhob sich. Das Gespräch war zu Ende.

Während er seine Gäste zur Tür begleitete, versuchte er, sie zu trösten. »Ich hoffe, daß mein Sohn und ich Ihnen wenigstens ein Stück weiterhelfen konnten.«

»Wir wissen jetzt zumindest, woher das Bild stammt.« Ooljee blieb im Eingang stehen. »Es wird vielleicht nötig sein, daß wir wieder Zugriff auf ihre Aufzeichnungen nehmen.«

Laughter suchte in seinen Taschen, bis er eine Geschäftskarte fand. »Sie können mich jederzeit anrufen. Ich werde ein Modem für Sie bereitstellen.« Er streckte die Hand aus. »Ich freue mich, Sie kennengelernt zu haben, Mr. Moody. Ich hoffe, daß die weite Reise nicht gänzlich ergebnislos war.«

»Danke«, sagte Moody und fügte sehr deutlich hinzu: *»Doo ahashyaa da.«*

Der Maler runzelte die Stirn und blickte scharf zu Ooljee hinüber, der ihn anlächelte. »Wie ich sehe, haben Sie Unterricht in Navaho genommen. Ich bewundere Sie, weil Sie sich die Mühe machen. Die Sprache ist nicht leicht zu erlernen.«

»Was jetzt?« fragte Moody seinen Kollegen, während der Kombi über den Fahrweg neben dem Hauptbach rumpelte. Die alten Felsen erhoben sich schweigend und abweisend oberhalb von ihnen wie die Ränder einer Wunde in der Erdkugel.

»Jetzt wissen wir, woher das Bild ursprünglich stammt und können möglicherweise die Erstbesitzer aufspüren. Ich werde das Ganze noch einmal von verschiedenen Gesichtspunkten aus überprüfen. Die Hände, durch die das Bild im Lauf der Jahre gegangen ist, führen uns unter Umständen zu den Händen, die gemordet haben. Vielleicht ergibt sich etwas Neues.«

»Das hoffe ich sehr, denn ich habe verdammt genug davon, von Sand, Malerei und Wegen zu sprechen, wenn wir eigentlich einen lebenden Menschen fangen wollen. Sind Sie sicher, daß Sie überall Phantombilder verteilt haben?«

Ooljee erstarrte zum ersten Mal, seit sie einander kennengelernt hatten. »Versuchen Sie nicht, mir zu erklären, wie ich meine Arbeit machen soll, Detektiv.«

»Ich habe nur laut gedacht. Noch etwas.«

»Und zwar?«

»Ich würde vorschlagen, daß Sie den Background der

Laughter überprüfen. Sie waren wirklich freundlich und hilfsbereit, aber ich weiß nicht, ob ich dem Alten abnehmen soll, daß er sich nicht an dieses Bild erinnert. Er hat selbst gesagt, daß es einmalig war und sich von allen unterschied, die er jemals gesehen hatte. Wenn es sich so verhält, warum sollte er es dann vergessen? Wenn es mit einem alten Streit zusammenhängt, betrifft es auch seine Familie. Das wäre ein guter Grund, sich nicht daran zu erinnern.«

»Aber er hat das Bild für uns in seiner Ablage gesucht«, bemerkte Ooljee.

»Das stimmt.«

»Trotzdem kann es nicht schaden, wenn wir es überprüfen. Was werden Sie tun, während ich mich mit den Mollys befasse?«

»Ich werde ganz bestimmt nicht herumsitzen und Ihnen über die Schulter schauen. Vielleicht werde ich durch die Stadt schlendern. Ich will Ihre und die Privatsphäre Ihrer Frau nicht mehr stören als unbedingt notwendig. Und ich möchte die Stadt genauer kennenlernen.«

»Wie Sie wollen.« Ooljee zuckte die Achseln. »Ich werde Sie im Zentrum absetzen. Wenn Sie sich verirren ...«

»Ich kann Ihre Telefonnummer auswendig. Auch Ihre Adresse. Und ich kann immer in die nächste Polizeiwache hineingehen.«

»Das stimmt«, gab der Sergeant erleichtert zu. Er war für Moody verantwortlich.

»Ich besitze eine Kopie des Phantombildes.« Moody klopfte auf den an seinem Gürtel befestigten Spinner. »Da ich Ihre normalen Quellen nicht kenne, werde ich vielleicht einfach Leute auf der Straße ansprechen.«

»Eine gute Idee, denn unsere normalen Quellen nützen uns offenbar nichts.«

Moody lehnte sich zurück und entspannte sich. »Vielleicht habe ich Glück. Nur ein dummer Fischer wechselt nicht den Platz und bleibt an einer Stelle sitzen, an der er noch nie einen Fisch gefangen hat.«

»Ich wünsche Ihnen Glück.« Ooljee meisterte elegant eine niedrige Düne. »Aber es wäre besser, wenn wir wüßten, was wir als Köder verwenden sollen.«

9. Kapitel

Ooljee ließ ihn im Geschäftsviertel vor dem Intercontinental Hotel aussteigen. Moody sah dem Polizeiwagen nach, bis er im Verkehrsgewühl verschwand. Er war zum ersten Mal allein im Zentrum und sah sich zunächst seine Umgebung genau an.

Zu seiner Verblüffung kam er sich beinahe wie zu Hause vor. Der an ihm vorbeiflutende Strom von gutgekleideten Touristen und Büroangestellten unterschied sich bis auf die belebende rassische Verschiedenheit nur wenig von den Fußgängern, auf die er in einer Großstadt im Osten gestoßen wäre. Er rieb sich den Nacken, der deutlich weniger juckte als am Tag seiner Ankunft. Vielleicht akklimatisierte er sich.

Es war spät, und die Hololaser, Neonröhren und in der Luft vorhandenen Elektrophosphoreszenten erwachten allmählich zum Leben und suchten ihre Beute, den Konsumenten. Sobald die Dämmerung der Dunkelheit wich, würden es noch mehr werden, und ihre Botschaften würden hartnäckig die Aufmerksamkeit der Passanten visuell und akustisch auf sich lenken.

Er steckte die Hände in die Jackentaschen, wählte auf gut Glück eine Richtung und ging los. Er versuchte zwar, sich die Straßennamen und die Blocks einzuprägen, überließ sich aber hauptsächlich seinen Beinen und seiner Neugierde.

Die meisten Geschäfte waren lang und schmal, und ihre geringe Breite war ein sicherer Hinweis auf hohe Mieten. Sie verkauften Schmuck, Gemälde, teure Souvenirs und billige Skulpturen, elektronische Spielereien; Modellkleider aus China, Rußland, Japan, Paris; hochqualitative Möbel aus Brasilien und der südamerikanischen Union; Antiquitäten, orientalische Spezialitäten und delikate Konditorwaren. Letztere mied Moody besonders sorgfältig.

Er konnte die indianischen Produkte nicht beurteilen, vermutete aber, daß die Waren in den Auslagen nicht unbedingt authentisch waren. Ganado war kein kulturelles, sondern ein kommerzielles Zentrum. Ethnologen boten sich in Kayenta oder Window Rock bessere Jagdgründe.

Die verwendeten Materialien gehörten zum Feinsten, was man von den Entwürfen nicht sagen konnte. Ein Geschäft stellte im Schaufenster ein prachtvolles Uhrenarmband aus Platin, Türkisen und blauen Saphiren aus. Daß es sich dabei nicht um traditionelle Materialien handelte, störte keinen wohlhabenden Geschäftsmann aus Havana, Shanghai oder Frankfurt. Die fehlende Tradition beeinträchtigte keineswegs die ausgezeichnete Arbeit oder die Schönheit des Produkts.

Moody hatte ungeheure Willenskraft aufgewendet, um die vielen verlockenden Schaufenster der zahlreichen Lebensmittelmärkte zu übersehen, aber als er jetzt die Straße überquerte, zog ihn ein offenes Geschäft an, aus dem halbwegs akzeptable Musik und das kräftige Aroma exotischer Kaffeesorten drangen. Er trat durch den Luftvorhang ein und bestellte eine große Tasse der besten Arusha-Mischung sowie eines der schön geflochtenen indianischen Körbchen, in denen sich Teegebäck türmte und zu denen ein Töpfchen verdickte Sahne serviert wurde.

Er fand einen Tisch am Fenster und genoß die kalorienreichen Köstlichkeiten, während er den ununterbrochenen Strom von Fußgängern auf dem Gehsteig beobachtete. Er blieb sitzen, trank das aromatische, starke Gebräu und aß dazwischen, bis der letzte Rest Sonnenlicht nur noch eine Erinnerung war und die Beleuchtung ausschließlich von Elektronen geliefert wurde, die entschlossene Werbeagenturen ihrem Willen unterworfen hatten, ungefähr so wie Zwergpudel für ältere Frauen mit frustriertem Gefühlsleben gezüchtet wurden.

Je später es wurde, desto mehr änderte sich die Zusammensetzung der Menge — sie wurde immer jünger. Die Geschäftsleute hatten sich in ihre Wohnungen zu den Zenats und Laptops zurückgezogen. Die Leute, die jetzt die Gehsteige bevölkerten, suchten Spannung und Spaß. Einige waren zu bestimmten Zielen unterwegs, während andere einfach auf einen Anreiz warteten, oder zumindest auf eine Unterbrechung ihres eintönigen Lebens.

Er trank des Rest seines Kaffees, aß das letzte Stück Gebäck, überlegte, ob er noch eine Tasse Kaffee bestellen sollte, und fand, daß es ihm ohnehin schon schwerfallen würde einzuschlafen. Der Luftvorhang zischte leise, als er hinausging.

Auf dem Boulevard umgaben ihn blinkende Lichter und hartnäckig flüsternde Stimmen, die in einem Dutzend Sprachen Vorschläge und Einladungen unterbreiteten. Er bahnte sich durch die Menge den Weg in eine Seitenstraße, um dem Gedränge zu entkommen, und folgte dem Duft von Tandoori. Plötzlich blitzte in einer Nische rechts von ihm etwas Dünnes, Glänzendes auf und eine Stimme fuhr ihn an: »Mach mal halt, Fettkloß.«

Er kümmerte sich nicht um die Stimme, aber der Gegenstand gab ihm zu denken. Als sich seine Augen an die Dunkelheit gewöhnten, machte er drei Gestalten aus, die in dem Eingang zu einem verschlossenen Geschäft standen. Einer zielte mit etwas auf ihn. Es konnte ein Messer, es konnte eine Pistole sein. Die untersetzte Gestalt neben dem Kerl mit der Waffe winkte. Ein rotgelbes Massage-Stirnband pulsierte langsam auf seiner Stirn wie eine schläfrige Schlange.

»Hier hinein, *bilagaanna*. Mach schon, wenn du nicht sterben willst.«

Ein Blick zeigte Moody, daß er auf dieser Seite der

Straße allein war. Die drei hatten genau auf einen Passanten wie ihn gewartet, das heißt auf einen in Gedanken versunkenen Idioten. Er hatte sich ungerechtfertigterweise erlaubt, sich zu entspannen. Nur, weil er sich nicht in Tampa befand.

Hinter dem Sprecher und dem Kerl mit der Waffe stand der letzte, größere Straßenräuber. Er war nicht so groß wie Moody und genau wie seine Gefährten enttäuschend jung. Zumindest war keiner von ihnen high. Sie waren nur ein Trio von ängstlichen Jungen, die vielleicht mörderisch, aber unerfahren waren. Gut. Das bedeutete, daß er möglicherweise mit ihnen sprechen konnte.

Während er sich gehorsam in den Schatten schob und dabei so nahe wie möglich bei der Straße blieb, ließ er die auf sein Brustbein gerichtete Metallanze nicht aus den Augen. Der große Junge beobachtete nervös den Gehsteig, während seine Gefährten ihre Beute inspizierten. Inzwischen hatte Moody Zeit, die Waffe zu identifizieren, die weder eine Pistole noch ein Messer war. Er bemerkte die tiefgekühlte Lithiumbatterie an der Spitze und den roh zusammengebastelten Abzug, auf dem der Finger des Schützen lag.

Das selbstgebastelte Gerät konnte für einen harmlosen, dekorativen Spazierstock gehalten werden, bis die Batterie aktiviert wurde. Dann würde die nicht isolierte Spitze wahrscheinlich genügend Strom liefern, um jedes menschliche Wesen umzuwerfen. Es war eine geschickte Methode, die Waffenvorschriften zu umgehen. Wenn es darum ging, Geräte zu erfinden, die schwere körperliche Schäden verursachen konnten, wußte Moody aus Erfahrung, daß die Bürokraten den Straßenpunks nie genügend Phantasie zutrauten. In diesem Fall war nicht der Stab, sondern die Batterie das tödliche Element.

Der Sprecher wurde ungeduldig. »Komm schon, *bilagaanna*. Du kannst mit der Uhr beginnen, dann kommt die Brieftasche dran.«

»Es wird euch nicht nützen.« Moodys Finger glitten langsam zu seiner Jackentasche. Diese Jungen waren nicht nur nervös, sondern auch gefährlich und dumm.

Na ja, vielleicht doch nicht so dumm. Der Sprecher fuhr ihn an:

»Jetzt rühr dich nicht mehr. Ich wollte nur die Richtung wissen, das Suchen besorge ich. Leg die Hände auf den Kopf und verschränke deine fetten Finger.«

Moody gehorchte und rührte sich nicht, als der Junge begann, seine Tasche zu durchsuchen. Er fand die Brieftasche beinahe auf Anhieb. Sobald er zum Polizeiausweis gelangte, würden er und seine Freunde entweder sofort davonrennen oder sofort auf ihn schießen. Wahrscheinlich war die Ladung der Batterie nicht stark genug, um ihn ernsthaft zu verletzen, aber er hatte auch keine Lust, einigen tausend Volt vorübergehend als Unterkunft zu dienen.

»Ich habe dir ja gesagt, daß du deine Zeit vergeudest. Unsere Kreditkarten trage nicht ich bei mir, sondern die befinden sich bei meiner Frau.« Er blickte unvermittelt zur Straße und brüllte, so laut er konnte: »Lauf, Millie!«

Der große Junge im Hintergrund schnappte nach Luft und blickte zur Straße. Seine Gefährten machten es ihm einen Augenblick lang nach. Im gleichen Augenblick packte Moody, der viel schneller war als andere Männer seiner Größe, die keine Berufssportler waren, den Stock genau oberhalb der nicht isolierten Spitze und schwang das linke Bein hoch. Der Punk, der die Waffe festhielt, ließ eilig los und faßte statt dessen nach etwas anderem.

Der große Junge hielt plötzlich ein Messer in der rechten Hand und stürzte sich brüllend auf Moody. Dieser blockte den ungezielten Schlag ab und schlug seinen Angreifer mit dem dicken Ende des Stabs auf den Kopf. Der Stab zersplitterte und zog den Schädel des Punk heftig in Mitleidenschaft. Er begann intensiv zu bluten, wie es bei Kopfverletzungen üblich ist. Der Verletzte stolperte davon und gab vereinzelte Obszönitäten von sich, während ihm das Blut in die Augen floß.

Der Sprecher des Trios hatte ebenfalls ein Messer gezogen und Kampfhaltung eingenommen. Moody entspannte sich bereits. Wenn er sie nicht sehr falsch einschätzte, war der Kampf gelaufen.

»Ich schneide dich in Stücke, *bilagaanna!*«

Moody stellte den Fuß auf seine Brieftasche, die während des Kampfes auf den Boden gefallen war, und schob den zweiten Fuß vor. »Wie du willst. Wenn du Zeit gehabt hättest, dir das anzusehen« — er deutete mit dem Kopf auf seine Brieftasche —, »hättest du erfahren, daß ich nicht aus der Stadt bin, aber daß das keine Rolle spielt, weil Polizisten aus verschiedenen Dienststellen immer zusammenarbeiten.«

In der Nähe fluchte der große Junge auf Japanisch. »Er ist ein verdammter Bulle, Ree! Du hast dir einen Bullen zum Ausnehmen ausgesucht.«

»Halt's Maul, Mann! Mußt du Trottel Namen nennen?«

Moodys Aufmerksamkeit war auf den Jungen gerichtet, dem er den Tritt versetzt hatte. Dieser hatte sich bis jetzt darauf konzentriert zu erbrechen und hatte dem Gespräch keinerlei Aufmerksamkeit geschenkt.

»Nimm deine Frau und verschwinde. Es ist für euch besser, wenn ihr euch eine andere Beschäftigung sucht. Von eurer jetzigen versteht ihr nichts.«

Der Sprecher und sein Gefährte halfen dem dritten Mitglied des vom Pech verfolgten Trios vorsichtig auf die Beine. Moody sah ihnen nach, während sie die Straße hinaufschwankten. Neugierige Fußgänger musterten ihn im Vorübergehen, wendeten den Blick aber schnell ab, wenn er sie ansah.

Er überprüfte den Inhalt seiner Brieftasche, steckte sie wieder ein und vergewisserte sich, daß die Taschendiebsicherung in Ordnung war; dabei machte er sich Vorwürfe, weil er so unvernünftig gewesen war. Ganado war zwar wesentlich kleiner als Tampa, aber es gab hier genauso gefährliche Straßen. Für gewöhnlich genügte seine Größe, um Punks wie die drei abzuschrekken, aber dieser Teil des Landes steckte offenbar voller Widersprüche und plötzlicher Überraschungen.

Er kehrte auf die Hauptstraße zurück, fand eine Telefonzelle und wollte ein Taxi bestellen. Dann erinnerte er sich daran, daß er Ooljees Nummer hatte, und wählte sie. Er wollte nicht, daß der Sergeant sich seinethalben Sorgen machte und auf ihn wartete.

Auf dem Bildschirm oberhalb des Apparats erschien Lisa Ooljees Gesicht. Sie sah beunruhigt, aber nicht besorgt aus.

»Hallo, Mrs. Ooljee.«

»Mr. Moody.« Sie versuchte, an ihm vorbeizusehen. »Ist Paul nicht bei Ihnen?«

»Nein.« Moody runzelte die Stirn. »Ist er noch nicht zu Hause? Er hat mich im Zentrum abgesetzt. Ich habe geglaubt, daß er von dort direkt nach Hause fährt.«

»Wahrscheinlich ist er noch ins Büro gefahren. Das macht er manchmal, nur für einige Minuten, um etwas zu überprüfen, sagt er.« Sie klang müde, als hätte sie das schon oft erlebt.

»Dann rufen Sie ihn dort an.«

»Das habe ich schon versucht. Auf seinem Apparat meldet sich niemand, und niemand hat ihn gesehen. Wenn er wirklich angestrengt arbeitet, verkriecht er sich mit seinen Nachforschungen irgendwo, damit ihn niemand stört. Aber ich möchte es wissen. Vielleicht sollte ich hinunterlaufen und ihn suchen. Darüber ärgert er sich allerdings.« Sie sah Moody in die Augen. »Er geht in dem Fall auf, an dem Sie beide arbeiten. Ich möchte nur wissen, daß er in der Polizeiwache sitzt und nicht irgendwo durch die Straßen wandert. Das hat er schon öfter getan, wenn er in Gedanken versunken ist.«

Genau wie ich, dachte Moody. Er konnte sich schwer vorstellen, wie der immer hellwache Sergeant durch

Seitenstraßen stolperte oder blindlings durch dunkle Gassen ging.

»Machen Sie sich keine Sorgen, Mrs. Ooljee. Ich wollte in die Wohnung kommen, aber jetzt werde ich zur Polizeiwache fahren und mich nach ihm umsehen. Es ist nicht nötig, daß Sie die Jungen allein lassen. Wenn er sich irgendwo eingesperrt hat, trete ich die Tür ein und sage ihm, daß er seinen faulen Hintern zum nächsten Telefon verfrachten und Sie anrufen soll.«

Sie lächelte dankbar. »Das ist sehr freundlich von Ihnen, Mr. Moody. Ich weiß es zu schätzen.« Sie wollte die Verbindung unterbrechen, und er stellte ihr schnell eine letzte Frage.

»Was bedeutet *bilagaanna,* Mrs. Ooljee? Ist es Navaho?«

Sie zögerte. »Könnten Sie das Wort bitte wiederholen?« Moody tat es und bemühte sich, das Wort genauso auszusprechen, wie er es gehört hatte. »Es bedeutet ›weiße Person‹. Warum?«

»Ich versuche nur, meinen Wortschatz zu vergrößern. *Doo ahashyaa da,* gut?«

Sie sah aus, als wolle sie noch etwas sagen, aber er fand, daß er ihr mehr nützte, wenn er jetzt zu Ooljees Polizeiwache hastete und ihn aufspürte. Der Sergeant konnte dann selbst versuchen, seine Frau zu beruhigen.

Er schloß seinen Spinner an den Apparat an, rief auf der örtlichen Frequenz ein Taxi an und wartete, bis es sein Signal automatisch ansteuerte. Der Fahrer bestätigte brummend die Adresse und das Auto setzte sich in Bewegung. Moody hätte einen Polizeiwagen anfordern können, aber er wollte keinen Polizisten von seinem Posten wegholen, nur damit er ihn zum Revier brachte.

Im übrigen hatte es der Fahrer des Taxis überhaupt nicht eilig, Moody quer durch die Stadt zu befördern.

10.
Kapitel

Als er die Polizeiwache erreichte, waren nur noch wenige Menschen unterwegs. Es war spät, kalt und mondlos; nicht die beste Nacht für einen Spaziergang in einer stellenweise gefährlichen Stadt. Nur die glitzernden, pulsierenden, unbarmherzigen Reklamen waren die gleichen wie im Zentrum.

Er verwendete den Besuchercode, den man ihm gegeben hatte, zusammen mit seinem Polizeiausweis und wurde eingelassen. Das müde Personal der Nachtschicht nahm ihn nur kurz zur Kenntnis. Die Polizeiwache war geräumig und geschäftig.

Ooljees Büro war versperrt und leer. Fragen nach dem Aufenthaltsort des Sergeanten stießen auf verständnislose Blicke oder negative Antworten, was allerdings nicht weiter überraschend war: Ooljee gehörte zur Tagschicht. Moody überlegte, ob er wieder bei ihm zu Hause anrufen sollte. Vielleicht war Ooljee schon dort eingelangt. Aber er verwarf die Idee wieder, denn falls er noch immer nicht da war, würde seine Frau sich noch mehr Sorgen machen. Er fragte also weiter, und war bald darüber froh, daß er es getan hatte.

»Er ist unten.« Die junge Hispanierin jonglierte geschickt einen Armvoll Akten. »Wahrscheinlich spielt er wieder mit dem Computer. Er hat es schon früher getan und bleibt manchmal die ganze Nacht hier. Meiner Meinung nach hätte er nicht Polizist, sondern Programmierer oder Hacker werden sollen. Aber er behauptet, daß er lieber mit Menschen arbeitet.«

»Wie komme ich zu ihm?«

Ihre Anweisungen führten ihn zu einem Lift, der ihn in ein sieben Meter unter dem Straßenniveau liegendes

Geschoß brachte. Es war ein seltsames Gefühl für jemanden aus Greater Tampa, wo das Grundwasser nur ungefähr fünf Zentimeter unterhalb der Schuhsohlen lag und daher ein unübersehbarer Mangel an Kellern herrschte. Hier war es vernünftig, die empfindlichste Elektronik und die Kommunikationsanlagen der Dienststelle in der Erde unterzubringen, wo die elektronischen Störungen minimiert und das Klima leichter kontrolliert werden konnten. Die Beleuchtung war gedämpft, und die fluoreszierenden Lampen an der Decke wurden vor ihm automatisch heller, wenn sie seine Anwesenheit spürten. Er fand die Tür, die ihm die Hispanierin beschrieben hatte, und drückte auf den Summer.

Zuerst erfolgte keine Reaktion, aber beim dritten Versuch meldete sich aus dem Lautsprecher eine vertraute Stimme.

»Hauen Sie ab. Ich arbeite.«

Moody beugte sich zum Mikrophon. »Die ganze Welt arbeitet, Paul. Halten Sie Winterschlaf, oder was?«

Eine Pause folgte, dann klickte es, als die Tür von innen entriegelt wurde. »Kommen Sie herein, wenn Sie müssen.«

Der Detektiv trat ein und ging so weit vor, daß sich die Sicherheitsbarriere hinter ihm schließen konnte.

Ooljee saß auf der anderen Seite des Raums in einem Drehstuhl und war von schwach leuchtenden Lampen, Zenat-Bildschirmen in verschiedenen Größen und digitalen Anzeigen umgeben. Auf manchen erschienen Texte, auf anderen Zahlen. Einige wenige brachten nur einfache Diagramme. Ooljees Aufmerksamkeit konzentrierte sich auf einen einzelnen kleinen Monitor direkt vor ihm. Moody ging zu ihm.

»Hören Sie, mein Freund, ich kümmere mich einen Scheißdreck darum, wo Sie Ihre Zeit verbringen, aber Ihre Frau macht sich Sorgen.«

»Lisa ist eine Sorgenmacherin.« Ooljee blickte nicht vom Bildschirm auf. »Einer der Gründe, weshalb wir uns so gut vertragen, ist, daß ich mir zu wenig Sorgen mache.«

»Okay, aber tun Sie mir einen Gefallen, rufen Sie sie von irgendwo an, damit sie weiß, daß Sie nicht tot im Rinnstein liegen.«

»Das weiß sie ohnehin. Sie hat mich nur gern unter Kontrolle.« Er warf einen raschen Blick auf die Uhr. »Aber ich gebe zu, daß ich sie längst hätte anrufen sollen.«

»Wieso hat der Apparat auf Ihrem Schreibtisch die Anrufe Ihrer Frau nicht an Ihren Spinner weitergeleitet?«

»Ich habe ihn abgeschaltet«, murmelte der Sergeant geistesabwesend.

»Ja, sie hat gemeint, daß Sie das vielleicht getan haben.« Moody war jetzt neugierig geworden und beugte sich vor, um den Monitor besser zu sehen.

Er war fünfundvierzig mal fünfundvierzig Zentimeter groß; das einen Zentimeter dicke Schaltbrett war auf einer kurzen, flexiblen Stütze befestigt, die aus dem Schaltpult hervorragte. Ooljee hatte seinen Taschenspinner, das Scorpion-Standardmodell der Polizei, an das Hauptschaltbrett angeschlossen. Eine Hand arbeitete auf der Tastatur, die andere spielte mit einer Maus.

»In was sind Sie so vertieft?« fragte Moody schließlich. »Streng geheime Mollyware?«

»Ich wollte wissen, woher der Sand im Kettrickbild stammt. Wenn der gesamte Sand vom gleichen Ort kam, war er vielleicht ein Hinweis auf den Ursprung der Fehde. Leider ist der Herkunftsort des Sandes überhaupt nicht bemerkenswert. Der schwarze Sand kommt aus dem Gebiet der San Francisco Peaks, der rote aus dem Monument Valley.

Interessant ist der gelbe Sand. Er ist radioaktiv.«

Moody blinzelte. »Wie bitte?«

»Schwach, aber deutlich. Das ist an und für sich nicht ungewöhnlich. Im Reservat wird seit über einem Jahrhundert Uran abgebaut. Eine Zeitlang wurden die Rückstände der Mine zum Hausbau verwendet, bis die Leute die Gefahr erkannten und die Häuser abrissen. Uranhaltiger Sand liefert schöne gelbe Farbe für Sandbilder. Er wird natürlich nicht mehr verwendet, aber es gibt noch alte Sandbilder, die leicht radioaktiv sind. Die Museen schirmen sie ab.

Ich habe der Mollyware befohlen, alle Farben des Bildes bis auf Rot zu eliminieren. Dann Schwarz und so weiter. Die Spielerei ergab nichts Interessantes, bis ich zu Gelb kam. Das ist das Ergebnis.«

Moody hielt den Atem an, als an die Stelle des Bildes ein Haufen ungeordneter dunkelgelber Flecken trat.

»Erwarten Sie eine Reaktion von mir?«

»Es ist nicht sehr beeindruckend, nicht wahr?« Die Augen des Sergeant leuchteten. »Ich habe zuerst genauso reagiert. Auf gut Glück verlangte ich von der Mollysphäre, sie solle das ursprüngliche Muster neu bilden, indem sie immer nur eine Farbe verwendete. Ich erwartete, daß sie das Bild jedesmal reproduzieren würde. Das tat sie auch — bis sie zum Gelb kam. Dann stellte sie eine Frage.«

Moody begriff, daß er etwas sagen mußte, und murmelte:

»Eine Frage?«

»Ja. Sie fragte mich, ›Welches Muster?‹. Hätte ich den Befehl anders eingegeben, so hätte sie nicht auf diese Art reagiert, und wir wären jetzt genauso klug wie zuvor.«

»Und sind wir jetzt klüger?«

»Ich antwortete, sie solle alle Muster herstellen, die sie produzieren kann, und nur die gelben Markierungen als Grundlage verwenden. Das ist das erste Bild.« Auf dem Monitor erschien die perfekte Reproduktion des Kettrick-Bildes.

»Das ist das zweite Bild.« Er betätigte die Maus.

Ein blendender Display füllte den Bildschirm bis zum

Rand; eine überwältigende Mischung von Wirbeln und Linien, von graphisch dargestellten Explosionen und kristallinen Konstruktionen, von Blasen mit stacheligen Häuten und von netzförmig gemusterten Transparentbildern.

»Was, zum Teufel, ist das?« platzte Moody heraus.

»Sehen Sie zu, was geschieht, wenn ich einen Ausschnitt vergrößere.«

Das Mollyauge holte das obere rechte Viertel des phantastischen Bildes heran, das sich veränderte, ohne seine Komplexität zu verlieren. Wieder vergrößerte der Sergeant, diesmal um das Vierfache. Die Veränderung und Vergrößerung reduzierte keineswegs die Zahl der Details auf dem Bildschirm.

Moody schluckte krampfhaft. »Ich will verdammt sein. Fraktale.«

»Ja. Julia-Mengen innerhalb einer Mandelbrot-Menge, wie man sie noch nie gesehen hat. Alle aus den gelben Körnern im Kettrick-Bild extrapoliert. Dem radioaktiven Gelb.«

»Die Tatsache, daß der verwendete Sand radioaktiv war, hat wohl nichts damit zu tun?«

»Vielleicht nicht, aber es ist ein interessanter Zufall, finden Sie nicht? Ich beauftragte das Netz, die Übung mit jeder einzelnen Farbe auf dem Bild zu wiederholen: mit Rot, Schwarz, kurz allen Farben. Es produzierte Zufallsmist. Nur das Gelb erzeugt das da.« Er zeigte auf den Monitor.

»Die Arbeit war so heikel, daß nur eine Molly das zugrundeliegende fraktale Muster aufspüren konnte. Was zu einer weiteren Frage führt: Wenn man einen Spinner und eine Molly braucht, um das Muster in Gelb zu entdecken, wie war dann Großvater Laughter imstande, es in das Bild einzufügen? Doch ganz gleich, wie er es schaffte — woher wußte er, was er tat? Fraktale waren zu seiner Zeit bekannt, aber warum setzte er sie in ein Sandbild ein, noch dazu getarnt?«

Moody hatte dazu nichts zu sagen. Ihm genügte es, wenn er mitkam.

»Mich interessiert vor allem eines, mein Freund: Wenn Großvater Laughter, der ein echter Hatathli war, nur ein Muster reproduzierte, das ihn sein Vater gelehrt hatte, wo und wann entstand dann dieses faszinierende kleine Muster? Darüber sollten wir nachdenken.«

Moody blickte vom Monitor auf. »Zufall.«

»Ein Zufall mit radioaktivem Gelb, der sich bei keiner anderen Farbe wiederholt. Wirklich sehr zufällig. Die Proportionen sind erstaunlich, genau wie das Verhältnis der Mengen zueinander. Sogar ein Nicht-Mathematiker wie ich erkennt das, weil die Mollysphäre sagt, daß es so ist.

Bevor Sie hereinkamen, programmierte ich die Molly darauf, einige dieser Verhältnisse durchzuchecken, um zu sehen, in welcher Beziehung sie zueinander stehen.«

Moody versuchte noch immer zu begreifen, was man ihm erklärte, was er sah. »Und was erwarten Sie sich davon? Weitere Sandbilder?«

»Ich erwarte überhaupt nichts. Aber da wir es mit unmöglichen Zufällen zu tun haben, hielt ich es für vernünftig, weiterzumachen und nachzusehen, ob wir noch etwas finden können. Ich werde nicht die ganze Nacht dafür opfern. Diese Molly entspricht dem Standard eines Geräts der Stadtgemeinde. Sie müßte imstande sein, mehrere Millionen Auflösungsebenen durchzuspielen. Wir werden dabei zumindest einige hübsche Bilder zu sehen bekommen.«

»Dann fangen Sie schon an.« Moody war einerseits gespannt, weil sie etwas entdeckt hatten, das wunderbar war und überhaupt keinen Sinn ergab, anderseits hatte ihn sein nächtlicher Ausflug erschöpft. »Und dann rufen Sie um Himmels willen Ihre Frau an und sagen Sie ihr, daß alles in Ordnung ist.«

»Nur noch fünf oder zehn Minuten«, beruhigte ihn Ooljee. »Wenn nur Veränderungen im Basisschema kommen, mache ich Schluß und wir können nach Hause fahren.«

Moody sah zu, wie die Finger des Sergeant mit Molly und Maus arbeiteten. Die beiden Monitore links von ihm wurden von Zahlen überflutet — digitale Doppelgänger der schnell aufeinanderfolgenden fraktalen Bilder, die den Hauptbildschirm füllten. Er starrte, bis ihm bei den rasch wechselnden Darstellungen schwindelte und er sich abwandte.

Er konnte sich sehr gut vorstellen, was geschehen würde. Die Mollysphäre würde gehorsam versuchen, das fraktale Muster auf eine endliche Ebene zu reduzieren, was unmöglich war. Das würde Ooljee irgendwann langweilen und er würde abschalten. Was Moody vollkommen recht war. Für diese Nacht reichte das Rätsel, wie es einem alten Indianer gelungen war, ein fraktales Muster in einem hundert Jahre alten Sandbild zu verstecken.

»Haben Sie jetzt endlich genug?« fragte er seinen Kollegen eine halbe Stunde später, »oder machen Sie weiter, bis Sie keinen Speicherraum mehr haben?«

»Wenn es zu schlimm wird, schaltet er sich selbst ab.« Ooljee starrte die vorbeihuschenden Bilder auf dem Monitor an. »Hier stimmt etwas nicht.«

»Damit haben Sie recht, aber es hat nichts mit dem zu tun, was uns die Molly mitteilt«, murmelte Moody.

»Sie sollte aufeinanderfolgende Muster durchgehen, und das tut sie nicht. Sie hüpft einfach herum.« Ooljee betätigte seinen Spinner. »Das sieht nicht richtig aus. Sie versucht nicht, das Auflösungsvermögen zu erweitern, sondern reiht spezifische Julia-Mengen aus dem Mandelbrot auf.« Er blickte zu seinem Kollegen hoch. »Ich habe ihr nicht gesagt, daß sie das tun soll.«

»Woher wollen Sie überhaupt wissen, daß sie Ihren Auftrag nicht auf ihre eigene Art ausführt?«

Ooljee zeigte auf einen der weiter entfernten Bildschirme. »Weil die sich natürlich ergebenden Zahlen nicht aufeinanderfolgend erscheinen. Die Zahlen schließen aneinander an, aber offenbar in einer willkürlichen Reihenfolge.«

»In einem Mandelbrot ist nichts willkürlich.« Moody starrte den Monitor an. »Es sieht verdammt so aus, als würde sie etwas aufbauen. Aus der vorhandenen Serie ein ganz neues Muster herausholen.« Er traute seinen Augen und seinem Verstand nicht. »Wenn ich es nicht besser wüßte, würde ich sagen, daß sich die gelbe schematische Darstellung aus dem Kettrick-Bild wie ein Template verhält.«

Ooljee ließ den Monitor nicht aus den Augen. »Je tiefer die Auflösung in das Grundmuster eindringt, desto umfassender wird die Simulation. Jede wirkt wie ein verzerrtes Spiegelbild der anderen.« Er lehnte sich zurück. »Das ist alles sehr faszinierend, aber nicht das, was ich mir erhofft hatte. Und wenn wir weiterhin zulassen, daß sie sich erweitert und im bisherigen Tempo Mollyspeicherplatz besetzt, werden wir sehr bald in der Datenbank der Abteilung Alarm auslösen.« Er drückte auf einige Tasten seines Scorpions.

Nichts geschah. Über die beiden Hilfsmonitore eilten weiterhin Zahlen. Die verwischten Bilder auf dem Hauptmonitor hasteten nach wie vor in die Unendlichkeit.

»Ich muß eine falsche Sequenz eingegeben haben.« Ooljee wiederholte die Eingabe in den Spinner diesmal langsam, aber das Ergebnis war das gleiche. Er beugte sich vor.

»Das ist sehr interessant.« Er sprach ruhig und leise. »Ich bin anscheinend nicht imstande, die Sequenz zu unterbrechen.«

»Schalten Sie die Eingabe ab.«

»Was, glauben Sie, habe ich gerade versucht?«

»Also gut, dann schalten Sie den Sphärenleser ab.«

»Das habe ich ebenfalls versucht.« Er zeigte auf die Anzeige. »Er hat sich ordnungsgemäß abgeschaltet.«

Moody beugte sich über das Schaltpult. Es hatte nichts Exotisches an sich, nichts Radikales in Entwurf oder Aufbau. Es sah ungefähr so aus wie die Molly, mit der er täglich in Tampa arbeitete. Ooljee gab nichts mehr ein und hatte auch den Laser für den Eingabeleser abgeschaltet, der die konzentrischen molekularen Schichten der Mollysphäre so las wie ein gutes Schälmesser eine Zwiebel schält — warum war dann die Auflösungs-Suchsequenz noch immer aktiv?

»Ein Bedienungsfehler«, meinte er schließlich.

Ooljee verzog das Gesicht. »Abschalten ist kein sehr komplizierter Vorgang. Das schafft sogar ein geistig Minderbemittelter.«

»Zugegeben. Dann handelt es sich um ein mechanisches Problem.«

»Das glaube ich auch.« Er richtete sich seufzend auf. »Ich muß die Reparaturabteilung verständigen. Sie werden nicht gerade erfreut sein.«

Als er nach dem Telefon griff, erwachten am anderen Ende des Raums zwei Bildschirme zum Leben. Jeder war an einen Spinner angeschlossen. Aber vor ihnen saß niemand.

»Ich habe sie nicht eingeschaltet.« Ooljee starrte die Einleitungssequenz verständnislos an.

Moody war jetzt weder müde noch gelangweilt. »Wir sollten eine Möglichkeit finden, das Ding abzuschalten. Und zwar schnell!« Er hatte noch nicht ausgesprochen, als zwei weitere Bildschirme weit oben an der Wand aktiv wurden. Ooljee arbeitete verbissen mit seinem Spinner, der Maus und allen erreichbaren Tastaturen, bis er buchstäblich auf sie einschlug.

»Es nützt nichts. Es nützt verdammt nichts. *Y adil.*«

»Das sehe ich.« Moody versuchte, in den Millionen Bildern und Zahlen einen Sinn, irgendeinen Sinn zu finden.

»Es löst noch immer auf und erweitert noch immer.« Ooljee unternahm nichts mehr, sondern blickte nur verwirrt und verständnislos von einem Monitor zum anderen. »Was er tut, betrifft die Hardware. Wir bekommen sowohl aktive Reaktionen als auch Analysen. Das verdammte Sandbild dient als Template — wofür?« Er zeigte auf das nicht mehr so unschuldig aussehende Fax des Kettrick-Bildes, das neben seinem Scorpion auf dem Schaltpult lag. »Wenn es sich um ein Virus handelt, dann richten wir jetzt eine Menge Schaden an.«

»Kommen Sie, Mann!« widersprach Moody. »Die Laughter haben uns erzählt, daß der Entwurf mindestens hundert Jahre alt ist. Damals gab es weder Computer noch Viren und schon gar keine Mollyspeicher.«

Ooljee erhob sich. »Ich muß den zuständigen Techniker im Haus bitten, den Strom abzuschalten. Es ist durchaus möglich, daß wir schon dabei sind, alle Disketten und Mollys der Abteilung abstürzen zu lassen.« Er sah den Detektiv resigniert an. »Sie haben nichts damit zu tun. Ich werde die Folgen auf mich nehmen. Es ist unvermeidlich, daß die Geschichte Folgen hat. Und ich wollte eigentlich nur ein wenig mit dem Bild spielen.«

Das Licht flackerte kurz und erlosch dann. Das galt jedoch nicht für die Bildschirme. Auf jedem Monitor leuchteten Diagramme oder Zahlen, während das sich ändernde Programm sich selbst aufbaute und immer mehr Mollyspeicherraum der Abteilung verwendete. Ein Telefon an der Wand begann, nachdrücklich zu klingeln. Ohne den Blick von dem ersten Monitor abzuwenden, den er aktiviert hatte, hob Ooljee ab. Die Stimme am anderen Ende war so laut und aufgeregt, daß Moody einen Teil der Worte verstand.

»Wer ist dort unten? Hier oben spielt alles verrückt! Wer seid ihr? Wo nehmt ihr eure Befugnis her? Ich will wissen, wer ...«

Ooljee legte ruhig auf und unterbrach damit den Redestrom des Anrufers. »Jemand ist sehr aufgeregt. Wir sollten uns eine Erklärung einfallen lassen.«

»Wie wollen Sie das tun, wenn wir nicht einmal wissen, was geschieht?« Moody sah seinen Kollegen nicht an, während der sprach. Ihn fesselten die blendenden Displays, die jetzt jeden Winkel des Raums füllten, viel zu sehr.

Alle Bildschirme, alle Kontrolluhren, alle Anzeigen der Monitore waren am Leben und leuchteten, bombardierten sie mit Informationen, die keinen Sinn ergaben, und mit chromatischen Schemata, die so farbig waren und sich so schnell veränderten wie eine Ausstellung kinetischer Kunst. Es fehlte nur noch ohrenbetäubende Popmusik. Moodys Ansicht nach hätten sich Gruppen wie das Geschmolzene Skalpell oder die Rauhhälse am besten dafür geeignet und dann hätten sie sogar Eintrittskarten verkaufen können.

An Stelle der Musik gab es ein anhaltendes elektronisches Summen, das gemäß einem bestimmten Muster anschwoll und abklang; dieses Muster war zwar nicht erkennbar, aber offensichtlich alles andere als willkürlich. Ein undeutliches, verschwommenes Flüstern, das aus einer nicht identifizierbaren Quelle stammte, wie Ratten, die durch Rohre laufen.

Ooljee schaltete seinen Spinner ab. Er hatte überhaupt keinen Einfluß auf das selbständig gewordene Programm. Beide Männer bewegten sich rückwärts auf die Tür zu. Moodys Phantasie ging allmählich mit ihm durch. Zwar war dieser Hexenkessel weder leicht noch schnell oder logisch zu erklären, aber es war auch keine Sequenz aus einem Horrorvideo. Ooljee hatte sich mit einer Mandelbrot-Menge befaßt, die von dem Kettrick-Sandbild abgeleitet war, und das hatte unerklärlicherweise eine Art Reproduktionsprogramm innerhalb der Polizei-Mollysphäre ausgelöst. Das war Physik, nicht Fantasy.

Trotzdem war er deutlich erleichtert, als die Tür auf Ooljees Berührung hin aufging. Der Raum hinter ihnen war von einem dröhnenden *whu-whu-whu*-Geräusch erfüllt, einem kehligen elektronischen Hämmern. Es wurde immer wieder durch das erste scharfe Knattern und Zerreißen der überladenen Schaltkreise unterbrochen. Das weinerliche Heulen des Wandtelefons übertönte den Aufruhr.

Plötzlich zeigte Ooljee auf den ursprünglichen Monitor. Während die übrigen Bildschirme vor unverständlichem psychedelischem Gebrabbel überquollen, hatte er zu ruhigem, kühlem Grün gewechselt, einem grünen Feld, auf dem nur zwei flackernde Worte pulsierten:

ICH ARBEITE

Ich arbeite, dachte Moody erstaunt. *Woran arbeitet er?*

Er würde sich nicht ins Bockshorn jagen lassen. Für alles, was hier geschah, gab es eine vernünftige Erklärung. Sobald sie alles abschalten konnten, würden sich die Störungsspezialisten das Mollysphärennetz mit einem Spurensucher vornehmen und genau herausbekommen, was geschehen war.

Das *whu-whu-whu*-Geräusch im Raum wurde jetzt von einem schwachen Rauschen der Luft begleitet, das wie *hahowa hahowa* klang. Es war ein äußerst merkwürdiger elektronischer Kontrapunkt.

Das fand auch Ooljee. »Hören Sie das?« Der Detektiv nickte. »Es ist wirklich seltsam.«

»Warum? Wir haben einen Raum voll visuellem Mist. Warum nicht auch auditivem Mist?«

»Es ist seltsam, weil ich es nicht für Mist halte. Ich weiß vielleicht, was es ist. Zumindest erinnere ich mich daran, daß ich als Kind etwas Ähnliches gehört habe.«

Moody wandte sich ihm zu; er war beunruhigter, als er zugegeben hätte. Das stampfende, pulsierende Geräusch, das den Raum erfüllte, ließ ihn kalt. Er fragte sich, ob sein Kollege begann, die Realität zu extrapolieren, oder, um es anders auszudrücken, ob er allmählich unter dem Druck der Ereignisse, die er unabsichtlich ausgelöst hatte, zerbrach.

»Wir haben uns lang genug in diesem Loch aufgehalten. Die weisen Männer werden damit fertigwerden. Dafür werden sie bezahlt.« Er legte dem Sergeant seine große Hand auf die Schulter und schob ihn zum Fahrstuhl. »Gehen wir Luft schnappen.«

Explosives Knistern übertönte Ooljees geheimnisvolles elektronisches Gemurmel. Moody blickte zurück. Im Raum stiegen die ersten Rauchfäden auf.

»Scheiße. Das hat uns gerade noch gefehlt.«

Sie erreichten den Fahrstuhl und mußten ungeduldig warten, bis er vom Hauptgeschoß herunterkam. Ein kleiner Bildschirm in der Wand neben dem Lift blinkte ihnen Zahlen und Diagramme zu, an deren Stelle abrupt und ohne Vorwarnung Worte traten. Ooljee starrte den Bildschirm seines Spinners verständnislos an. Die Worte wurden hier wiederholt, und wahrscheinlich auch auf jedem Bildschirm und Monitor im Raum. Rings um sie begannen die ersten Rauchsirenen zu heulen.

Mit der fernen Dunkelheit aus dem männlichen Regen über deinem Kopf
Erhebe dich zu uns
Mit dem Zickzackblitz, der hoch über deinem Kopf geschleudert wurde
Erhebe dich zu uns
Mit dem Regenbogen, der hoch über deinem Kopf hängt
Erhebe dich zu uns.

Es flackerte auf dem Wandmonitor, blinkte ihn von Ooljees Bildschirm an. Es ergab in sich und an sich einen Sinn, aber er erfaßte ihn nicht. Als sie den Lift betraten, drang immer lauter werdender, drohend polternder und zischender elektronischer Donner an ihre Ohren. Er verfolgte sie den Schacht hinauf.

Die Tür ging auf und entließ sie ins Hauptgeschoß. Überall heulten Rauchsirenen. Die Menschen rafften Mollysphäre-Reservewürfel, Ausdrucke und persönliche Besitztümer an sich, während sie zu den Ausgängen rannten.

Der benommene Ooljee ließ sich von Moody führen.

Moody bekam von einem vorbeilaufenden Polizisten Anweisungen. Der Mann hatte beide Arme voller Würfel und Schachteln mit Holos.

Der Sergeant sah endlich den Mann an, der ihn weiterschleppte. »Sie haben es doch auch gelesen?«

»Ja, ich habe es gelesen. Was ist es? Eine Mitteilung der Obersten Vierzig?«

»Es ist aus dem Nachtweg. Teil eines langen Gesangs an den Donnervogel. Sie haben vom Donnervogel gehört?«

»Ja, klar.« Moody stürzte sich in einen überfüllten Korridor. Jetzt lag scharfer, die Augen reizender Rauch in der Luft. Die Menschen begannen zu husten. Tief unten brannte etwas.

Die äußeren Sicherheitstüren waren geöffnet worden. Niemand überprüfte jetzt Ausweise. Moody stolperte die Treppe zur Straße hinunter und stürzte beinahe zu Boden, als eine heftige Druckwelle das Gebäude hinter ihnen erschütterte. Eine dünne, orangefarbene Flammenzunge leckte aus einem Fenster neben der Tür. Der Schweiß floß ihm über den Rücken. Einen Augenblick lang glaubte er, daß er das seltsame, elektronische, pulsierende *whu-whu-whu* und den Kontrapunkt des *hahowa hahowa* hörte. Dann begriff er, daß es nur der Nachhall der Geräusche war, die er vorher unten vernommen hatte.

Bis auf die Flammen, die aus den Fenstern der Polizeiwache brachen, und die gleichmütig dahintreibenden Reklame-Hololaser, die die Vorzüge von Zigaretten, Deodorants, Autos und Videoshows verkündeten, war es stockfinster. Das Personal der Nachtschicht und einige neugierige Nachtbummler sammelten sich zu Gruppen, versuchten, einander zu helfen, versuchten zu verstehen, was sich abspielte. Einige wenige standen allein oder zu zweit und glotzten das Gebäude verständnislos an.

Moody drängte sich durch die wachsende Menge. Er

war nicht in der Stimmung, mit irgendwem in irgendeiner Sprache zu reden. Im Augenblick war er vor allem damit beschäftigt, seinen Partner zu beschützen und seinen Geisteszustand zu beurteilen. Niemand stellte sie. Wahrscheinlich wußten höchstens ein oder zwei Leute, daß Ooljee direkten Zugriff auf das Mollynetz des Systems gehabt hatte. Niemand schrie sie an, stehenzubleiben.

Er sah nicht, wie der Blitz in die oberste Parabolantenne auf dem Dach des Polizeireviers einschlug, aber er war sicher, daß das Geräusch die Schreie derjenigen übertönt hatte, die es sahen. Der Blitz zerschmolz die oberen zwei Drittel der großen Antenne; der Rest rauchte wie gebratene Fischgräten. An die Stelle des Donners trat das düstere Geheul der näherkommenden Feuerwehrwagen, als eine Abteilung der Stadt der anderen zur Hilfe eilte. Später, viel später, behaupteten einige wenige Zeugen, daß der Blitz vielfarbig gewesen sei, wie der Splitter eines gezackten Regenbogens, statt einfach strahlend weiß zu leuchten.

Ooljee hatte an seinem Freund vorbeigeschaut und gesehen, wie der Blitz einschlug. Die Farben klangen eine Weile auf seiner Netzhaut nach. Donner und Blitz folterten den Nachthimmel weiterhin, aber das Gebäude wurde nicht wieder getroffen.

11. Kapitel

Die Feuerwehr traf gerade ein, als der Regen einsetzte; gleichmäßig, hart und kalt wie die Tätowierung eines Eismannes. Der erschöpfte Moody sank auf den Gehsteig. Die Tropfen liefen ihm kalt über Nacken und Rükken. Er zog die Jacke über den Kopf, um ihn zu schützen.

Sein Partner saß neben ihm; er hatte die Beine gekreuzt und seine Hände ruhten auf den Schenkeln. Sie beobachteten gemeinsam die flammende, rauchende Szene, während sich Männer in Uniformen, die sich sehr von denen der nächtlichen Flüchtlinge unterschieden, an die Arbeit machten.

Moody war bewußt, daß er zu schnell atmete und daß sein Herz heftig schlug, und er bemühte sich, beides zu beruhigen, indem er sich auf etwas anderes konzentrierte. Er sah seinen Kollegen unsicher an.

»Sie können es wahrscheinlich nicht erklären?«

Der Sergeant brauchte einen Augenblick, bis er reagierte. Erst dann blickte er seinen blasseren, größeren Begleiter durch den strömenden Regen an.

»Wenn Sie eine schrittweise Rekonstruktion der Ereignisse wollen, kann ich Ihnen nicht helfen. Ich kann mir selbst nicht helfen. Wir wissen, daß das Netz der Abteilung eine Art Programm erstellte, das auf einem fraktalen Templat beruhte, das von einem Teil des Kettrick-Bildes abgeleitet war. Weil wir nicht fähig waren, es abzuschalten, wissen wir, daß es ab einem bestimmten Punkt begann, sich selbst in Gang zu halten. Innerhalb der Mollysphäre kam es zu einer Veränderung. Sie schaltete sich auf Selbstverflechtung um oder wie immer Sie den Vorgang nennen wollen.«

Moody nickte langsam. »Und das alles ist offenkundig unmöglich, weil das Werk, das Opa Laughter schuf, aus einer Zeit stammt, in der niemand etwas von solchen Dingen wußte.«

»Richtig.« Ooljee starrte weiterhin das brennende Gebäude an. »Dann haben wir noch das Phänomen der Geräusche, die wir gehört haben.«

»Ja. Sie haben gesagt, daß Sie einige davon erkannten. Für mich war es nur Lärm.«

Der Sergeant nickte. »Ein Lärm wie dieser.« Er wiederholte, was sie gehört hatten, als sie aus dem Raum flohen. Moodys Nackenhaare stellten sich leicht auf.

Die Männer in den gelben Regenmänteln erstickten die Flammen, indem sie ungeheure Mengen von Wasser und Löschschaum in die Polizeiwache schütteten.

»Ich habe nicht viele Zeremonien gesehen«, fuhr Ooljee fort, »aber an diese wenigen erinnere ich mich. Als ich zehn oder elf Jahre alt war, nahm mich mein Vater zu einer Zeremonie mit, die in Tuba City abgehalten wurde. Es gibt einen Geist, der Sprechender Gott heißt. Er soll für die östliche Dämmerung und auch für die Jagd zuständig sein. Das ist natürlich nur Zufall.« Ooljee brachte ein müdes Lächeln zustande.

»Angeblich funktioniert er als geistiger *deus ex machina* und materialisiert jedesmal mit nützlichen Vorschlägen, wenn der Held in der Patsche sitzt.« Er starrte die Polizeiwache an. »Falls er Vorschläge gemacht hat, habe ich sie überhört.«

»Und worin besteht der Zusammenhang?«

Ooljee sah ihn wieder an; das Wasser floß ihm über das Gesicht, und seine glatten, schwarzen Haare klebten an der Stirn. »Das *whu-whu-whu*-Geräusch, das wir gehört haben? Das ist das Geräusch, das der Hatathli macht. Es ist angeblich die Stimme des Sprechenden Gottes.«

»Es war ein elektronisches Summen, ein Nebenprodukt des Prozesses, den Sie ausgelöst haben.«

»Natürlich. Aber finden Sie es nicht interessant, daß der in einer alten Zeremonie verwendete Gesang ein elektronisches Summen nachahmt?«

»Ich finde, daß Sie übergeschnappt sind.«

»Ja, aber es ist trotzdem interessant. Natürlich kann man annehmen, daß mein Urteilsvermögen gestört ist und ich mir einfach einbilde, daß die Töne, die wir gehört haben, dem Gesang des Hatathli ähneln, an den ich mich aus meiner Kindheit erinnere.«

»Was ist mit dem zweiten Geräusch?« ließ Moody nicht locker.

»Dem *hahowa hahowa?* Das war doch nur eine andere Frequenz, oder? Aber was ist, wenn es wie die Stimme von *xactce'oyan* klingt, der der Zwilling des Sprechenden Gottes ist?«

»Was, zum Teufel, heißt das wieder?«

»Es ist unübersetzbar.« Er rieb sich die Beine und seufzte müde. »Angeblich ist der Sprechende Gott sehr mitfühlend.«

Moody zeigte auf die Polizeiwache. »Wenn das Mitgefühl ist, dann unterscheidet sich seine Vorstellung davon sehr von der meinen.«

»Ich bin nicht so verrückt zu behaupten, daß der Sprechende Gott und *xactce'oyan* für das verantwortlich sind, was heute nacht hier geschehen ist. Ich meine ...« Er zögerte.

»Sprechen Sie weiter«, drängte Moody. »Außer uns beiden Verrückten ist niemand hier.«

Als Ooljee fortfuhr, überlegte er sich jedes Wort. »Wenn etwas an alten Wegen ist, dann hat vielleicht etwas — selbst wenn es nur Teil eines unerklärlichen Programms war — irgendwo versucht, uns zu warnen.«

»Uns zu warnen? Wovor?«

Der Sergeant zuckte die Achseln. »Davor, daß wir versuchen, das Template zu verwenden. Wer weiß?«

»Wenn etwas versucht hat, uns zu warnen, uns zu

helfen, wer ist dann dafür verantwortlich?« Moody zeigte auf die ausgebrannte Polizeiwache.

»Der Große Donner«, antwortete Ooljee prompt.

»Aber natürlich.« Moody stand auf und trat nach einem leeren Plastikbehälter, der auf der Straße lag. »Das ist wunderbar. Das alles ist vollkommen einleuchtend, bis auf den Umstand, daß es unmöglich ist.« Er wandte sich seinem Partner heftig zu. »Sie erwarten doch nicht wirklich von mir, daß ich Ihnen diesen Quatsch über ›Sprechende Götter‹ und ihre Zwillingsbrüder abnehme?«

»Ich erwarte nicht, daß Sie irgend etwas glauben. Ich weiß kaum, was ich glauben soll. Ich erzähle Ihnen nur, was ich von Dingen weiß, die anscheinend hier hineinpassen. Ich behaupte nicht, daß es plausibel ist.«

»Für einen Polizisten wissen Sie unglaublich viel über Ihre Mythologie.«

»Wir wachsen noch immer mit ihr auf. Ein heranwachsendes Kind hört viele alte Geschichten. Wir haben richtig gehandelt, als wir uns in einer homogenisierten, internationalisierten Welt ein wenig von unserer ursprünglichen Kultur bewahrten. Es ist gut, daß der Planet täglich schrumpft und die Menschen einander näherbringt, wenn es auch nur auf der Suche nach finanziellem Erfolg geschieht. Aber wenn es zu schnell geht, dann werden die kleinen Kulturen zwischen den großen zerquetscht. Manchmal verschwinden sie dabei gänzlich.

Als die Hochtechnologie in das Reservat Einzug hielt und meine Vorfahren begannen, Geld zu machen, waren sie entschlossen, die Dineh nicht aus der Welt quetschen zu lassen.

Trotzdem haben viele vieles vergessen. Das ist einer der Gründe, weshalb man mir diesen Fall übertrug. Wegen gewisser Fächer, die ich in der Schule belegte, weiß ich über Sandbilder mehr als alle meine Kollegen. Sonst würden Sie jetzt mit jemand anderem sprechen. Aber die meisten können die Fledermaus nicht von der Großen Fliege unterscheiden.«

»Was sind die beiden?« Moody runzelte die Stirn.

»Wächter der Sandbilder.«

Der Detektiv brummte und wischte sich den Regen von der Stirn. »Wir sind also wieder auf Feld eins.«

»Bei Ihnen klingt es ganz einfach. Das ist es nicht, *bilagaanna.*«

»*Bilagaanna,* ja. Ihre Frau hat es mir übersetzt. Hören Sie, Sie sollten Sie anrufen. Wenn sie noch immer versucht, Sie zu erreichen, und von einem Tonband hört, daß die Verbindung unterbrochen ist, wird sie sich erst recht Sorgen machen.«

»Sie haben recht, das muß ich tun. Aber ich werde ihr noch nicht von dem Brand erzählen. Wir sind in etwas sehr Eigenartiges geraten, Vernon Moody, mein Freund. Wir können ihm zwar keinen Namen geben und auch keine vernünftige Erklärung dafür finden, aber wir können seine Existenz auch nicht leugnen. Sie waren dabei. Sie sahen, was geschah.«

»Ich habe gesehen, daß eine Polizei-Molly verrückt spielte. Das ist alles.«

Ooljee erhob sich und strich sich die Haare aus dem Gesicht. »Ich sehe, daß ich zu viel über den Sprechenden Gott und alte Legenden erzählt habe. Vielleicht haben Sie recht. Vielleicht habe ich recht. Wenn wir Zugriff auf die AI-Molly der Dienststelle hätten, könnten wir sie um ihre Meinung fragen, aber ich habe das Gefühl, daß sie zur Zeit nicht einsatzbereit ist.

Glauben Sie, was Sie wollen, aber das von dem Kettrick-Bild abgeleitete fraktale Muster ist der Schlüssel zu allem, ganz gleich, als was es sich entpuppt.«

Moody stellte sich neben ihn. Sie sahen zusammen den Feuerwehrmännern bei der Arbeit zu. »Wir könnten versuchen, die Molly mit einem KI-Such- und Wiederherstellungsprogramm zu füttern.«

»Falls noch etwas da ist, das wiederhergestellt werden kann, und falls die Molly nicht beschädigt ist. Mißverstehen Sie mich nicht, mein Freund. Ich habe die Grenzlinie nicht überschritten. Was wir gesehen haben, waren physikalische Vorgänge, keine Geister. Aber es enthält etwas, das wir noch nicht verstehen, und dieses Sandbild gehört dazu.«

»Okay, okay. Seien Sie nur vorsichtig, wenn Sie von Geistern reden.«

»Wir ziehen den Ausdruck Heilige Wesen vor. Die *Deginneh* sind nicht notwendigerweise Geister, nicht notwendigerweise Götter. Sie sind einfach jene Wesen, die vor uns hier waren. Vor den Dineh, den Navaho.«

Plötzlich wünschte sich Moody fort von hier; fort von der dunklen Straße mit dem Mob aus sich drängenden, streitsüchtigen Passanten, Streunern und Betrunkenen, fort von den heimatlosen Polizisten und den fluchenden Feuerwehrmännern. Er wollte wieder in Florida sein und die Angelschnur in der Bucht auswerfen, um einen Knochenfisch oder einen Flußbarsch zu fangen. Wieder dort sein, wo das Leben warm, feucht und lebendig war. Er wollte nicht mehr an diesem hohen, trockenen, halbtoten Ort festsitzen, wo die Gebäude mit den Bergen zu verschmelzen schienen und die fremdartigen Stimmen der schwarzäugigen Straßenpunks ihn überall verspotteten. Er wollte wieder dort sein, wo er nicht mit einem Partner zurechtkommen mußte, der von Geistern, Gesängen und Wegen, von den Heiligen Wesen und fraktalem Sand sprach.

Aber auch wenn sein Herz es leugnete, wußte sein Verstand, daß von dem Molly-Netz der Polizei nicht einfach etwas Vorübergehendes, Seltsames Besitz ergriffen, seine Sphäre wie Zwiebelschichten geschält und sie durch eine Form ersetzt hatte, die alles andere als orthodox war.

Es hätte nicht geschehen dürfen. Eine Polizei-Mollysphäre hatte unverletzlich, vor jedem Eindringen von außen geschützt, unempfindlich für Viren oder Schälmesser zu sein. Nur in eine militärische Sphäre konnte man noch schwerer eindringen.

Er war dabei gewesen, als das Template begonnen hatte, sich zu verändern, hatte zugesehen, wie es sich erweiterte und das Sicherheitssystem der Polizeistation überwältigte, als wäre es nicht vorhanden. Was wäre geschehen, wenn der Brand es nicht aufgehalten hätte? Hätte es sich über die Glasfaserverbindungen Fiberoptik auf den Rest des Polizeinetzes der Stadt ausgebreitet? Oder vielleicht noch weiter, in finanzielle, kommerzielle und Verwaltungs-Mollysphären? Wäre es gewachsen und hätte sich verändert, während es Aufzeichnungen und Programme löschte, um das unersättliche Bedürfnis nach immer mehr Netzraum zu befriedigen?

»Es tut mir leid«, sagte er schließlich. »Ich weiß, was ich gesehen habe, und ich weiß, was Sie taten, aber ich weiß nicht, was da unten geschehen ist, und ich kann einfach nicht glauben, daß in einem hundert Jahre alten Stück Volkskunst etwas so hoch Entwickeltes steckt, daß es eine moderne Hochsicherheits-Molly infiziert. Sie werden doch nicht darauf bestehen, daß genau das geschehen ist? Sie werden mir doch nicht einreden wollen, daß der alte Opa Laughter etwas vom Netz verstanden hat?«

Ooljee sah ihn nachdenklich an. »Ich möchte Ihnen jetzt zwei mögliche Erklärungen für die Ereignisse dieser Nacht liefern. Die erste hat mit Nayenezgani zu tun.«

Moody verdrehte die Augen.

»Die Dineh hatten keine Möglichkeit, das Wissen aufzuzeichnen, das ihnen die Heiligen Wesen gegeben hatten. Deshalb erklärte ihnen Nayenezgani, wie sie zermahlene Steine verwenden konnten, um Sandbilder herzustellen. Die Heiligen Wesen selbst verwendeten keine Sandbilder. Sie zeichneten auf Himmelsblättern.

Verstehen Sie etwas von schneckenförmigem molekularem Maskieren?«

Moody blinzelte.

»Es ist das erste Stadium bei der Erzeugung von Mikroprozessoren. Ich könnte den Vorgang erläutern, aber es genügt, wenn man weiß, daß man es mit viel Phantasie als Zeichnungen auf Himmelsblättern beschreiben könnte. Zugegeben auf sehr winzigen Blättern.«

»Für diese Erklärung habe ich nicht viel übrig. Hoffentlich gefällt mir die zweite besser.«

Der Sergeant legte die Fingerspitzen aneinander. »Ohne uns im Augenblick damit zu befassen, wie es dorthin gelangt ist, müssen wir annehmen, daß etwas sehr Ungewöhnliches im Sandbild vorhanden ist, ein eingesetztes fraktalcodiertes Programm, das die Mollysphäre genauso stört, wie es jedes moderne Virusprogramm tun würde. Vielleicht hat Großvater Laughter es hinzugefügt, als er alt war und die Computer allmählich zum Alltag gehörten, oder jemand anderer hat es während der Anfertigung des Bildes oder auch später eingesetzt. Wir können es nicht überprüfen, weil das Original zerstört wurde, aber ich halte die Hypothese für anwendbar.«

Moody nickte. »Damit kann ich mich einverstanden erklären.«

Ooljee war zufrieden und begann, mit der neuen Idee zu arbeiten. »Es liefert uns ein neues Motiv für unseren Mörder. Was immer der urspüngliche Zweck des Template war, wir können nicht leugnen, daß es die Macht besitzt, ein angeblich abgeschirmtes Netz zu infizieren. So etwas könnte militärisch angewendet werden. Kein Wunder, daß jemand die einzige existierende Kopie besitzen möchte.«

»Wir haben also endlich etwas, das es wert ist, dafür einen Mord zu begehen. Damit ist die Theorie von einem verrückten Sammler vom Tisch. Zum ersten Mal ergibt dieser Teil des Falls einen Sinn.« Moody schlug mit der zur Faust geballten rechten Hand auf die linke Handfläche. »Es bedeutet, daß unser Verdächtiger nicht verrückt ist. Dadurch verändert sich vieles.«

»Und ob«, stimmte Ooljee zu. »Wir haben jetzt statt eines unberechenbaren Irren einen Mörder, der genau weiß, worauf er aus ist. Er mag ein Hatathli sein oder nicht, aber wir können sicherlich annehmen, daß er ein ausgebildeter Weber ist.«

»Das können wir überprüfen«, erklärte Moody begeistert und hoffnungsvoll. »Wir können nachsehen, ob sich in letzter Zeit irgendwo im Land etwas Ähnliches ereignet hat. Wenn das der Fall ist, reise ich vielleicht ab.«

»Und was ist, wenn unsere Erfahrung von gestern abend einmalig, ein Einzelfall ist?«

»Dann weiß derjenige, hinter dem wir her sind, vermutlich noch nicht, was er in der Hand hat, oder wartet noch, bevor er es verwendet.« Die beiden Männer gingen Seite an Seite zu einem Taxiruf.

»Abgesehen von möglichen militärischen Anwendungen«, fuhr der Sergeant fort, »würde dieses Templateprogramm ein sehr interessantes Mittel für Erpressungen abgeben. Stellen Sie sich einmal vor: ›Zahlen Sie so und so viele Millionen auf dieses Schweizer Nummernkonto ein, oder ich verwandle Ihre unersetzliche Datenbank in einen stinkenden Morast‹.«

»Das ist möglich«, gab Moody zu, »aber vielleicht hat unser Freund etwas anderes im Auge.«

Als sie den Taxiruf erreichten, holte Ooljee seinen Taschenspinner heraus. »Zuerst muß ich Lisa mitteilen, daß alles in Ordnung ist.« Er blickte zur Polizeistation zurück. Die Flammen waren erloschen, aber aus etlichen Fenstern des Erdgeschoßes drang weiterhin dichter Rauch. »Ich finde, wir sollten ihr vorläufig nichts von der aufregenden Nacht erzählen. Sie würde sich nur noch mehr Sorgen machen.«

»Da Sie ohnehin zu Hause anrufen wollen, könnten

wir vielleicht irgendwo Kaffee trinken, bevor wir etwas unternehmen. In meinem Kopf schwirren eine Menge Ideen herum, und nur wenige von ihnen sind brauchbar. Daran bin ich nicht gewöhnt. Ich möchte versuchen, etwas mit ihnen anzufangen.«

Ooljee sah auf die Uhr. In einer Stunde würde die Sonne aufgehen. Es war wirklich unvernünftig, wenn sie durch die ganze Stadt fuhren, nur um Lisa und die Kinder zu stören. Wenn er Lisa erklärte, warum er so lange fortgeblieben war, würde sie nicht verärgert sein. Er hatte schon früher Doppelschichten gemacht. Kaffeetrinken war ein guter Einfall; Kaffee; *ahehee*, ja, und etwas Nahrhaftes dazu. Unerklärliches Chaos regte offenbar den Appetit an.

»Sie werden sprechen«, schlug er dem großen Südstaatler vor, »und ich werde essen.«

Moody sah ein, daß sein Freund ein Taxi bestellte, statt ein Polizeifahrzeug anzufordern. Letzteres würde vielleicht Fragen aufwerfen, die vorläufig keiner von ihnen beantworten wollte. Das Taxi steuerte den Leitstrahl von Ooljees Spinner an und traf innerhalb weniger Minuten ein.

Der Regen hatte eine Zeitlang ausgesetzt, aber als sie das rund um die Uhr geöffnete Café betraten, das Ooljee ausgewählt hatte, fiel er wie zersplitterte Eiszapfen. Moody folgte seinem Partner hinein. Die Sonne ging vielleicht auf, aber das konnte man in diesem Land nie genau wissen. Wenn sie zu Hause aufging, erwartete man Wärme, Dunst und Behaglichkeit, eine fühl- und sichtbare Begrüßung. Hier war das Sonnenlicht durchdringend und grell, und man wußte nicht, ob man es meiden oder suchen sollte.

Das Café war beinahe leer. Ganados nächtliche Lebensformen zogen sich in ihre Baue zurück, und es war so früh, daß sich der Rest der Menschheit noch nicht rührte. Sie wählten eine Nische im Hintergrund, deren Kunstleder-Polsterung wie rote Zeder wirken sollte. Auf beide Seitenwände der Nische hatte man mit dem Laser sich windende Götter und gekrümmte Yeis geschnitzt. Alle Yeis sahen gleich aus. Der Schöpfer des Kunstwerks war mehr für Schnelligkeit als für Phantasie gewesen.

Nicht jeder Gast des Lokals war Indianer. Es gab einige wenige Anglos und zwei Thais: Servicetechniker, die nach der Arbeit noch nicht nach Hause gingen, Netzweber, die in ihrem unverständlichen Kauderwelsch stritten. Vielleicht Polizisten, die sich nach ihrem Bett sehnten.

Der Automat an der Wand bot eine überraschende Vielfalt von Kaffeesorten an, und als die Kellnerin aus Fleisch und Blut endlich mit dem Bestellten erschien, brachte sie ein Zimtbrötchen mit, das so groß war wie ein kleiner zweischichtiger Kuchen. Moody hatte es kurz entschlossen bestellt und machte sich genauso entschlossen darüber her. Angestrengtes Nachdenken machte ihn hungrig.

Der kolumbianische Kaffee war heiß und ließ keinen Wunsch offen. Seine Freunde fragten Moody oft, wie er die einzelnen Sorten unterscheiden konnte. Die Jüngeren unter ihnen nahmen an, daß Kaffee nicht aus Bohnen gemacht, sondern von den Wandautomaten in den Restaurants erzeugt wurde. Es gibt keine Gourmets mehr, dachte er; jedenfalls würde man im Polizeirevier einer Großstadt im Osten bestimmt keinen treffen.

»Das Fax ist vermutlich mit allem anderen im Erdgeschoß verbrannt, oder?« fragte er.

»Vermutlich«, bestätigte Ooljee, »aber ich habe in meinem feuerfesten Schreibtisch und auch zu Hause Kopien. Das Template steckt da drin.« Er klopfte mit dem Finger auf den an seinem Gürtel befestigten Spinner und knabberte an seinem Mais-Muffin. »Ich möchte nur wissen, was genau wir angestellt haben.«

»Wiederholen Sie es nur nicht in absehbarer Zeit«, bat ihn Moody.

»Bestimmt nicht. Polizeireviere sind teuer.«

Dann schwiegen sie eine Weile, weil jeder mit seinen Gedanken beschäftigt war. Schließlich blickte Moody von dem kärglichen Rest seines Zimtbrötchens auf.

»Die Laughter haben einen Teil des Kettrick-Bildes identifiziert. Wissen Sie etwas über einen Lumpensammler?«

Ooljee nickte. »Er ist eine wichtige Gestalt im Perlengesang und wird auch Der-Herumgeht-Und-Weggeworfenes-Aufhebt genannt. Er ist derjenige, der durch das Himmelsloch hinaufgetragen wurde. Sie müßten sich die Geschichte von einem echten Hatahtli erzählen lassen, aber soweit ich mich erinnere, bekam er Schwierigkeiten mit den Pueblo-Leuten. Dann halfen ihm die von den Schlangen unterstützten Habichte und Adler, durch ein Loch in den Himmel zu entfliehen. Im allgemeinen werden achtundvierzig Vögel dargestellt, die ihm helfen, obwohl es manchmal nur vierundzwanzig sind. In unserer Kultur besitzen Vielfache von zwölf und vierundzwanzig große Macht.

Die Vögel hüllten ihn in eine schwarze Wolke, um ihn zu verbergen, und wurden von drei Regenbogen und drei Bändern aus Blitzen hochgeschoben. Innerhalb der Wolke war es sehr dunkel, und die Vögel versahen den Lumpensammler mit einem gelben Rohr, durch das er atmete, und einem großen Kristall, der Licht lieferte. Interessant, nicht? Eine Tausende Jahre alte Legende, die Schnorchel und lichtspendende Kristalle erwähnt?«

»Fangen Sie nicht schon wieder damit an«, murmelte der Detektiv.

Ooljee grinste. »Angeblich half der Sprechende Gott ebenfalls. Man trifft in vielen Wegen auf ihn.«

»Das war es schon? Das ist die ganze Geschichte?«

»O nein. Sie ist noch viel umfangreicher, aber das ist der im Sandbild dargestellte Teil. Einzelne Elemente eines Sandbildes werden oft in einem anderen Bild verwendet, so wie gleichartige elektronische Komponenten in verschiedenen Geräten vorkommen. Allerdings ist ungewöhnlich, daß ein so kompliziertes Bild als Ganzes in ein größeres eingefügt wird.«

»Sie sprechen immer wieder von einem ›Gesang‹?« sagte Moody geistesabwesend, weil ihn ein junges Paar ablenkte, das gerade aus dem Regen hereingekommen war und jetzt lachend und kichernd das Wasser von den Regenmänteln schüttelte.

»Der Gesang ist nicht nur ein Sandbild«, erklärte Ooljee. »Er ist eine komplexe Kombination von Bild, Gesang und allem Möglichen. Die Gesangsequenz für einen einzelnen Gesang kann zum Beispiel mehrere hundert Gesänge enthalten, die wie eine Litanei psalmodiert werden. Ein Hatathli singt über seinem Patienten, während er gleichzeitig das Sandbild anfertigt. Und was die Bilder an sich betrifft, so gibt es wahrscheinlich viele, die, wie das Kettrick-Bild, nie aufgezeichnet wurden. Trotzdem sind über fünfhundert unterschiedliche Sandbilder bekannt. Das war jedenfalls die letzte Zahl, von der ich gehört habe.

Man weiß nicht, wie viele Bilder verlorengingen, bis sich endlich einige Hatathlis überreden ließen und erlaubten, daß ihre Werke in einer dauerhaften Form aufgezeichnet wurden.« Er zögerte. »Ich kann Ihnen wahrscheinlich erklären, was heute nacht geschah, aber nicht, wie es geschah.«

Moody trank seinen Kaffee aus und bestellte eine Nachfüllung. »Erklären Sie es mir. Ich kann eine Erleuchtung brauchen.«

»Wir haben *hozho* gestört.«

»Wie bitte?«

Ooljee lehnte sich zurück. »Die Navaho stellen sich das Universum als einen Ort vor, der sich in einem prekären Gleichgewicht befindet und in dem es vor starken Mächten wimmelt, die über das Potential für Gut oder Böse verfügen. Dieses Gleichgewicht heißt *hozho;* wenn man es stört, können schreckliche, seltsame Dinge geschehen. Wir glauben, daß nur die Menschheit das Gleichgewicht stören kann, aber das stimmt nicht. Wir haben heute nacht ganz bestimmt ein Gleichgewicht gestört.«

Moody bemühte sich sehr, nicht zu lächeln. »Nehmen wir an, daß wir das getan haben. Wie bringen Sie das *hozho* wieder in Ordnung?«

»Indem wir den richtigen Weg vollziehen.«

»Ich verstehe. Wir sollen also einen willfährigen Hatathli suchen, der über den Resten Ihres Büros singt?«

»Das wäre keine schlechte Idee.« Ooljee bemerkte den Gesichtsausdruck seines Partners und fügte hastig hinzu: »Natürlich glaubt niemand mehr an solche Dinge. Die einzigen Leute, die das Gleichgewicht des Gebäudes wiederherstellen werden, sind Bauunternehmer und Buchhalter. Sie verfügen über ihre eigenen Gesänge und Wege. Obwohl ich in den Buchhaltern manchmal die Meister des Weges der Roten Ameisen sehe.«

»Und zu welchen Meistern werden wir dadurch?« Die Erschöpfung infolge der nächtlichen Ereignisse und der Mangel an Schlaf wirkten sich aus; Moody konnte nicht mehr klar denken. »Des Jagdweges? Ich erinnere mich, daß Sie ihn erwähnt haben.«

»Das weiß ich nicht, aber sobald Sie glauben, daß Sie die Wege verstehen, werden die Wege Sie überraschen. Es interessiert Sie vielleicht, daß es einen Prostitutionsweg gibt, obwohl er nicht mit dem in Verbindung steht, was Sie annehmen, sondern mit Hexerei.«

»Ja, ich verstehe, daß so etwas Ihr *hozho* stören kann.«

»Zumindest haben wir jetzt ein plausibles Motiv.«

»Was ist das schon wieder?« Moody tat, als wäre er überrascht. »Polizeigerede?«

»Sie können so sarkastisch sein, wie Sie wollen. Aber vergessen Sie einen Augenblick lang, wo das Kettrick-Bild herkommt, wie alt es ist, oder wie Großvater Laughter dazu kam, es anzufertigen.« In Ooljees Stimme schwang Ungeduld mit.

»Etwas, das von seinem Entwurf abgeleitet wurde, drang in eine Polizei-Molly ein und veränderte sie. Eine Erfindung, die so etwas fertigbringt, ist für bestimmte Menschen gleichbedeutend mit viel Geld.«

»Und Sie halten das für ein ausreichendes Motiv?«

Ooljee zuckte die Achseln. »*Daats'i.* Vielleicht, kann sein, möglicherweise. Wir werden es schon herausfinden.«

Er bezahlte Kaffee und Gebäck und wartete, bis der Wandautomat den Betrag von seiner Karte abgebucht hatte. Sobald er sie zurückbekam, verließen sie das Café.

»Haben Sie von den Anasazi gehört?« fragte Ooljee seinen Kollegen. »Sie waren vor den Navahos hier. Wir wissen nicht, ob sie Sandbilder herstellten, aber sie versahen senkrechte Cañonwände mit Zeichnungen. Beinahe alles, was sie wußten, ist in Vergessenheit geraten.«

»Sie haben gerade begonnen, vernünftig zu reden«, meinte Moody angewidert.

»Es war nur ein Gedanke. Da ich nur Unsinn erzähle, erklären Sie einmal, was sich heute nacht hier abgespielt hat.«

»Ich mache es mir leichter als Sie. Ich habe keine Erklärung, und diese Tatsache wird mir auch keine schlaflosen Nächte bereiten. Wir werden unser Bestes tun, um Ihr Verfahren zu wiederholen, und auf diese Weise werden wir herausfinden, was sich innerhalb des Netzes abgespielt hat. Und da wir heute nacht groß im Geschichtenerzählen sind, erinnern Sie sich an die Geschichte mit der Büchse der Pandora? Diesmal werden wir uns vergewissern, daß die erforderlichen Schutzmaßnahmen getroffen sind, wenn Sie die Entwicklung in Gang setzen.«

»Dann leugnen Sie also nicht, daß das Sandbild eine Veränderung innerhalb des Netzes ausgelöst hat?«

»Ich weiß, daß die Molly Ihrer Dienststelle verrückt

gespielt hat. Bis wir genau wissen, warum, enthalte ich mich eines Urteils.«

»Nächstes Mal werde ich eine viel kleinere Molly verwenden«, dachte Ooljee laut, während sie das Café verließen. Der Regen hatte endlich aufgehört. »Wir werden es auf meinem Heimspinner versuchen. Er ist mit nichts Wesentlichem verbunden. Was wäre eigentlich geschehen, wenn das System nicht zusammengebrochen wäre?«

»Ist das nicht klar? Wir hätten vor dem ersten Anasazi-Spreadsheet der Welt gestanden.«

Ooljee verzog das Gesicht. »Wenn unser Mörder etwas Spezifisches vorhat, dann sollten wir ihn finden, bevor er herausbekommt, wie er es anstellen muß. Lisa will seit langem ihre Eltern in Albuquerque besuchen, und ich habe sie immer gebeten, es doch aufzuschieben. Wenn ich sie dazu bringe, jetzt zu fahren und die Kinder mitzunehmen, können wir in meiner Wohnung in Ruhe daran arbeiten und nachsehen, was wir herausbekommen, bevor die Personalabteilung wieder soweit zu sich kommt, daß sie mich findet und auf einen anderen Fall ansetzt.«

Er klopfte auf seinen Spinner.

»Wir werden das Template an mein Heimgerät anschließen und in der Küche einen Platz freimachen, an dem wir arbeiten können. Diesmal werden wir wesentlich weniger Speicherraum beanspruchen. Wir können kaum etwas außer meinen eigenen Geräten beschädigen, obwohl ich mich vergewissern muß, daß Lisas Haushaltsdateien gesichert sind. Gott stehe mir bei, wenn ich die Rezepte ihrer Großmutter lösche.

Wenn ich diesmal etwas in Brand setze, werden nur ein paar Dollar aus dem Familienbudget daran glauben. Wir werden nicht so viel Energie verwenden, daß wir das Gebäude beschädigen.«

»Sind Sie Ihrer Sache ganz sicher?«

»Nein, aber ich weiß nicht, was wir sonst tun könnten.« Er sah nach links. »Bis sie mich einem anderen Revier zuteilen, oder mein altes Büro wieder benützbar machen, gibt es übrigens keine Stelle, bei der ich mich melden muß. Wir können also genauso gut zu Hause arbeiten.«

12. KAPITEL

Lisa war darüber erstaunt, daß ihr Mann seine Ansicht über ihren Besuch bei seinen Schwiegereltern geändert hatte, aber ihr Mißtrauen war nicht so groß, daß sie sich gegen die Begeisterung ihrer Kinder durchsetzen konnte. Zu Mittag brachte Ooljee sie zur Gleiterröhre nach Mexico.

Jetzt mußten die beiden Männer nur noch den versäumten Schlaf der vergangenen Nacht nachholen, und das taten sie gründlich. Am Abend waren sie bereit weiterzumachen. Moody konnte nur zusehen, und ihm wurde bewußt, wie wenig die Häuslichkeit rings um ihn zu ihrem Vorhaben paßte. Relikte und Reproduktionen der Kunstfertigkeit einer vergangenen Ära — die Keramiken, Bilder und Teppiche — beherrschten seine Gedanken genauso, wie sie das Aussehen der Wohnung prägten.

In der modernen Küche hatten sie es mit viel weniger spirituellem Gepäck zu tun. Moody wartete, während sein Gastgeber die auf der Arbeitsplatte stehende Heim-Molly mit dem Polizeispinner auf dem Tisch verband.

Die Heimanlage würde gerade genug Netz für ihre Bedürfnisse liefern.

Ooljee überprüfte die Anschlüsse noch einmal, schaltete den kleinen Zenat ein, der an der Wand neben dem Kühlschrank hing, und gab über die Eingabetastatur ein Autobraid ein. Farbige, abstrakte Muster zuckten über den Monitor.

Der Sergeant zeigte auf die Heim-Molly. »Ich habe zwischen die Einheit und meinen Spinner einen selbsttätigen Unterbrecher eingeschaltet. Wenn eines der Geräte in Gefahr gerät, überlastet zu werden, wird sich die Anlage automatisch abschalten.«

»Das hoffen Sie.«

»Besteht die Bevölkerung von Florida heutzutage ausschließlich aus Optimisten wie Ihnen?«

Moody wies nicht darauf hin, daß die Schutzvorrichtungen in der Polizeistation unendlich empfindlicher und wirkungsvoller waren als das Sonderangebot aus dem Discountladen, auf das sich Ooljee verließ. Anderseits bestand der Vorteil ihres kleinen Küchenexperiments in seiner Einfachheit. Es gab ein einziges Kabel und keine störungsanfälligen optischen Verbindungen, um die sie sich Sorgen machen mußten.

Der Sergeant setzte sich an seinen Spinner wie ein Filmvorführer aus früheren Zeiten, der cinematographische Magie abspulen will. Er murmelte einen Befehl, und die Fluoreszenzlampen verdunkelten sich gehorsam. Moody starrte statt des Zenats den Kühlschrank daneben an. Er war mit kindlichem Gekritzel, das liebevoll aus der Schule nach Hause gebracht worden war, mit ungeschickt angebrachten Holos, billigen dekorativen Magnetbildchen und bunten Plastikblumen vollgeklebt. Das erinnerte ihn eindringlich an die Familie, die er nicht hatte. Verärgert wandte er seine Aufmerksamkeit wieder dem Monitor zu.

Ooljees Finger tanzten über die Tastatur des Spinners. Die Oberfläche des Zenats erstrahlte in einem hellen, fröhlichen Grün.

»Ich glaube, daß es diesmal gut gehen wird; schließlich haben wir eine Ahnung, was auf uns zukommt.«

»Glauben Sie wirklich?« Moody stand hinter ihm und blickte ihm über die Schulter.

»Wir haben das Beispiel der vergangenen Nacht. Wir werden im Prinzip an das Heimnetz die gleichen Anforderungen stellen wie an das größere Netz in der Polizeistation, nur werde ich es mit einem Zwanzigstel der Geschwindigkeit im Einklang mit einem Unterbrechungsprogramm laufen lassen, das hoffentlich im kritischen Augenblick reagieren und alles zum Stillstand bringen wird, so daß wir Zeit haben, genau zu beobachten, was geschieht.«

»Und was ist, wenn sich das Templateprogramm um keine Ihrer Anweisungen schert und wir eine genaue Wiederholung des gestrigen Abends bekommen?«

Ooljee zeigte auf die Arbeitsplatte in der Küche. »In der ersten Schublade links von der Spüle befindet sich ein doppelschneidiges Hackbeil mit Holzgriff. Wenn sowohl meine vorprogrammierten als auch die eingebauten Unterbrecher versagen, hacken Sie einfach mein Kabel durch. Das wird zwar ein wenig kostspieliger, aber genauso wirkungsvoll sein, um den gegenseitigen Informationsfluß zu unterbrechen.« Er grinste. »Im Reservat verlernt man nie, wie man primitive Techniken anwendet.«

Als Moody den Zenat anstarrte, verkrampfte er sich. Der Spinner hatte mit der gleichen unerklärlichen fraktalen Sequenz begonnen, die die Kontrolle über das Molly-Netz der Station übernommen hatte. Der Monitor war durch den fraktalen Fluß zum Leben erwacht, und Farben und Muster rasten zu rasch vorbei, als daß man sie erfassen konnte. Trotz Ooljees Vorbereitungen und Vorsichtsmaßnahmen schien die Sequenz genauso schnell abzulaufen wie zuvor, obgleich er seiner Sache nicht sicher war. Sogar die einfachsten fraktalen Muster besaßen einen hypnotischen Reiz, wenn sie mit großer Geschwindigkeit wiedergegeben wurden.

In der Küche gab es jedoch keine zusätzlichen Bildschirme, die zum Leben erwachen konnten, keine Kompaktanzeigen, die unverständliche Zahlen ausspuckten, keine Anzeigevorrichtungen, die vor dem bevorstehenden Zusammenbruch des Netzes warnten. Genau wie es keine Hochleistungs-Reservegeräte gab, die sich einschalteten, wenn das Netz plötzlich versuchte, sich über seine vorgegebenen Grenzen hinaus zu erweitern.

Als die Sequenz ohne Rauch, Flammen und Funken ablief, entspannte er sich allmählich. Hinter ihm summten die unbeteiligten Küchengeräte friedlich.

»Es wiederholt sich«, erklärte Ooljee gespannt. »Es verändert sich wieder. Aber diesmal haben wir es unter Kontrolle. Manchmal ist weniger mehr.«

»Das ist nicht so sicher. Was ist mit der Reparatur- und Versorgungs-Molly in diesem Gebäude? Sind Sie sicher, daß sie isoliert ist?« Wenn diese Molly zu rauchen und zu brennen beginnt, dachte Moody, dann können wir uns auf interessante Augenblicke gefaßt machen, wenn wir versuchen, von unserer Position am oberen Ende des Hochhauses aus damit fertigzuwerden.

»Wir würden einen Alarm hören. Wir wissen wenigstens, daß wir auf dem richtigen Weg sind, daß es gestern nacht nicht zufällig zu dieser Entwicklung kam. Der gelbe Sand im Kettrick-Bild bewirkt ein reproduzierbares Template. Es funktioniert in diesem System genauso gut oder vielleicht besser als in einem viel größeren. Ich verstehe jedoch nicht, warum es funktioniert und was es tun soll. Wenn wir das wüßten, könnten wir es vielleicht benützen, es lenken. Es war sicherlich nicht vorgesehen, daß es sich erweitert, bis es sich selbst zerstört.«

Die Küchen-Molly summte leise, der Zenat war hell und stumm, und Ooljees Finger glitten gelegentlich über die Tastatur seines Spinners. Bis auf die endlose Verwandlung, die das Programm auf der Oberfläche des Zenats erzeugte, bewegte sich nichts im Raum. Vielleicht wirkte das Ganze deshalb weniger hektisch, weniger außer Kontrolle als in der Polizeistation, weil es sehr verkleinert war. Die Veränderungen, die Ooljee vorgenommen hatte, bevor und während er das Programm eingab, schienen die gewünschte Wirkung zu haben. Sie hatten das Template gezähmt.

Das letzte, das Moody erwartete, war, daß die anscheinend endlose Aufeinanderfolge von Bildern langsamer wurde. Aber genau das trat ein. Sie sahen fasziniert zu, wie die fraktalen, außer Rand und Band geratenen Formen sich immer langsamer veränderten und zu erkennbaren Formen und Symbolen wurden, bis die schematische Darstellung, die schließlich den Bildschirm füllte, ruhig und unveränderlich von der gegenüberliegenden Wand leuchtete.

Es war entschieden euklidisch. Es war sehr attraktiv.

Es war ein Sandbild.

Nicht das Kettrick-Bild. Ein anderes; Formen und Gestalten waren um einen schwarzen Kreis angeordnet, den vier gekrümmte farbige Balken umgaben. Außerhalb der Balken umklammerten eckige Silhouetten eine Fülle unindentifizierbarer Objekte. Die Gestalten waren von zusätzlichen Symbolen und Geräten umgeben. Wenn sie aus gefärbtem Sand bestanden, mußte der Sand sehr fein gewesen sein. Das Bild wies keine körnige Oberfläche auf.

Ein gezackter Rand, in dem so etwas wie Pfeilspitzen steckten, schloß das Bild an drei Seiten ein. Die offene Seite zeigte zum Kühlschrank. Zeigte nach Osten.

»Hübsch«, bemerkte Moody. »Was soll es denn darstellen?«

»Wer kann das sagen? Wir brauchen einen Hatathli oder jemanden aus dem Museum. Alles, woran ich mich erinnern kann, habe ich als Kind und während der Arbeit an diesem Fall aufgeschnappt. Das ist aber nicht viel.«

»Warum haben Sie es statt des Kettrick-Bildes abgerufen?«

Ooljee blickte zu Moody auf; sein Gesicht wurde nur vom leuchtenden Bildschirm des Monitors erhellt. »Ich habe es nicht abgerufen. Das Templateprogramm hat es hervorgebracht.«

»Soll das heißen, daß es die ganze Arbeit nur machte, um uns ein weiteres Sandbild zu zeigen, von dem wir ebenfalls nichts wissen? Mein lieber Freund; ich bin ein geduldiger Mensch, aber auch meine Geduld hat Grenzen. Das ist doch Mist.«

Ooljee hörte ihn kaum. Das Bild auf dem Monitor fesselte ihn. »Eine Art Semi-Möbius-Programm. Beginnt mit einem Bild und hört mit einem auf. Sehen Sie es so, Vernon: es ist besser als Rauch und Flammen.« Er blickte besorgt zu dem Unterbrecher hinüber, den er in das Kabel eingebaut hatte, das seinen Spinner mit dem Gerät in der Küche verband. Die einzige Warndiode leuchtete beruhigend unverändert grün.

Der frustrierte Detektiv entspannte sich ein wenig. »Sie haben wahrscheinlich recht. Was unternehmen wir jetzt? Suchen wir einen Medizinmann? Oder einen Kunstkatalog?«

Ooljee erhob sich, trat an den Monitor und fuhr mit dem Finger am gezackten Rand entlang. »Das ist ein Blitz-Wächter. Ich bezweifle, daß er etwas mit den vorhergegangenen Ereignissen zu tun hat, aber es ist angenehm, ihn hier zu sehen.« Sein Finger glitt in einer Spirale nach innen. »Ich erkenne keine dieser Yei-Gestalten. Keine der Federzeichnungen stimmt. Das gilt auch für die Köpfe. Sie sollten bei weiblichen Yeis rechteckig und bei männlichen rund sein. Nicht wie hier. Vielleicht hat derjenige, der sie urspünglich zeichnete, versucht, lustig zu sein.«

»Ja. Ich mach mich naß vor Lachen«, murmelte Moody.

»Sie halten viele Dinge fest, die ich ebenfalls nicht erkenne.« Ooljee klopfte auf die Oberfläche des Monitors. »Das könnte ein Medizinbeutel, aber auch etwas ganz anderes sein. Das zentrale Muster enthält so seltsame Formen, daß ich keine Ahnung habe, was es darstellt. Das da ...« — er zeigte auf die farbigen Balken, — »könnten beinahe wirbelnde Regenbogen sein, bis auf die Tatsache, daß keine der Farben und Proportionen stimmt. Aber die beiden zusätzlichen Wächterfiguren hier oben ...« — seine Hand bewegte sich zum Rand des Monitors hinauf — »sehen Gila-Monstern *sehr* ähnlich.«

»*Sehr* lehrreich«, spottete Moody. »Anthropologie sehr gut. Was haben wir davon?«

»Auf den ersten Blick sehr wenig.« Ooljee runzelte die Stirn, kehrte zum Küchentisch zurück, drehte sich um und studierte das komplexe Bild noch einmal. »Aber es gibt ein wesentliches Ritual.«

Moody setzte sich müde. »Nicht schon wieder ein Ritual.«

Ooljee war unerbittlich. »Es heißt das Zitternde-Hand-Ritual. Es dient ausschließlich dazu, das Gila-Monster anzurufen, eine Gottheit, die alles, was geschieht, sieht und im Auge behält. So lautet die Legende.«

»Und was ist damit?«

»Haben Sie jemals eine bessere Beschreibung einer alles umfassenden Datenbank gehört?«

»Ich habe bessere Namen gehört. Es gibt also eine Datenbank namens Gila-Monster. Haben Sie Zugriff darauf oder füttern Sie sie?«

»Sie glauben mir nicht. Ich weiß nicht einmal, ob *ich* mir glaube. Aber hier gibt es *etwas*.« Er musterte den leise summenden Schirm abschätzend. »Wenn man mit dem Gila-Monster arbeitet, nimmt man die Zitternde-Hand-Zeremonie vor. Wenn es funktioniert, führt sie einen zu dem, was man sucht. Entweder das, oder ...«

»Oder?« drängte Moody.

»Oder man hört die Stimme des Gila-Monsters.«

Obwohl Moody den Süden nie verlassen hatte, wußte er aus den Videoserien über die Natur, wie ein Gila-Monster aussieht. Er wußte allerdings nicht, ob er mit ihm sprechen wollte.

Ooljee fuhr fort. »Der Navahoname für die Zeremonie bedeutet ›Etwas suchen, ohne zu schauen‹. Sie könnten es nicht aussprechen.«

»Haben Sie keine Vitaminzeremonie? Meine Begeisterung ist auf dem Nullpunkt.«

»Und mir gehen die Ideen aus.« Der Sergeant schob die Lippen vor und beobachtete den Monitor. Der Spinner stand aktiv und wachsam auf dem Tisch. Die Anzeige auf dem Unterbrecher vor dem Heimgerät leuchtete grün; nichts wies darauf hin, daß er sich nicht auf die akzeptierte, würdevolle elektronische Art verhielt.

»Ich habe Ihnen schon gesagt, daß ich kein Hatathli bin, sondern nur ein Polizist, der sich für die alten Wege interessiert. Soweit ich mich erinnere, ist die Zitternde-Hand-Zeremonie im Gegensatz zum Segenweg oder zum Jagdweg relativ einfach und unkompliziert. Warten Sie noch eine Minute.« Er drehte sich um und verließ die Küche.

»Wohin gehen Sie?« rief ihm Moody nach.

»Ich möchte einige Einzelheiten überprüfen.«

»Wie viele Heim-Mollys haben Sie überhaupt in dieser Wohnung?«

»Nur zwei. Eine in der Küche und eine im Zimmer der Jungen für ihre Hausaufgaben. Sie haben keine Schnittstelle mit der Molly des Hochhauses, aber ich habe damit Zugriff auf das System der Schulbibliothek. Das sollte genügen.«

Während Moody darauf wartete, daß sein Gastgeber zurückkam, inspizierte er den Kühlschrank und betrachtete dabei das stillstehende Bild auf dem Zenat. Die sich windenden menschenähnlichen Gestalten und die begleitenden Symbole waren ihm zwar nicht bekannt, waren aber ordentlich und symmetrisch auf dem neutralen Hintergrund aufgereiht. Man mußte kein Fachmann sein, um bei den beiden Gestalten am östlichen Ende des Bildes die Ähnlichkeit mit Eidechsen zu erkennen. Ooljee hatte ihm gesagt, daß Osten die Richtung war, aus der die Geister hereinkamen.

Der Sergeant kehrte mit einigen Ausdrucken zurück. Während er las, bewegte er die Lippen, als übe er.

»Ich werde es wahrscheinlich nicht richtig machen.«

»Das wird wahrscheinlich keine Rolle spielen«, meinte Moody. »Machen wir doch Schluß für heute und gehen wir essen. Wenn Sie das Experiment unbedingt fortsetzen wollen, können wir morgen früh weitermachen.«

»Vielleicht ruft man mich an und sagt mir, daß ich morgen früh wieder zum Dienst erscheinen soll. Ich will jetzt daran arbeiten.«

Moody zuckte die Achseln. »Es ist Ihre Küche. Ich verdränge hier nur Luft. Nur haben Sie mir gesagt, daß Sie nicht an diese Geistergeschichte glauben.«

»Ich glaube nicht an Geister, aber an Vernunft und logische Weiterentwicklung. Sogar der Zufall hat irgendwo ein Ende. Außerdem wird es nicht sehr lang dauern.« Ooljee bat nicht gerade, aber Moody merkte, daß sein Kollege diese Geschichte hinter sich bringen mußte. Es war einige unsinnige Minuten wert, ihm diesen Gefallen zu erweisen.

»Noch etwas: Sie müssen mir helfen.«

»Was, ich?« Moody richtete sich auf. »Hören Sie, Paul, ich bin nur ein alter Kumpel aus Mississippi. Sie wollen, daß ich mich auf Sandbilder konzentriere, die voll merkwürdiger Gestalten und Menschen mit verschieden geformten Köpfen sind, aber ich kann nur an Steaks, Süßkartoffel, rote Bohnen und Reis denken. Und an Eistee, etwa ein Teil Zucker auf zehn Teile Tee. Ich röste mein Brot auch nicht. Womit könnte ich Ihnen also helfen?«

»Ich habe keine Trommel.«

Du meine Güte, dachte Moody. »Eine Trommel?«

»Ich brauche jemanden, der mir hilft, einen Rhythmus beizubehalten.«

»Sie meinen so etwas?« Moody streckte seine große Hand aus und klopfte leise auf die Polsterung des Stuhls neben sich.

»Ein bißchen langsamer, bitte.«

»Ist das alles? Das schaffe ich. Ich darf nur nicht daran denken, wie idiotisch es aussieht.«

»Hier sieht Sie niemand.«

»Und ich muß nicht bestimmte Schwerpunkte betonen?«

»Nein. Ein gleichmäßiger, unveränderlicher Rhythmus ist am besten.«

»Ich bin bereit. Ist es in Ordnung, wenn ich gelegentlich die Hand wechsle?«

»Das wird keine Rolle spielen.« Ooljee hatte sich bereits dem Bildschirm zugewandt.

Obwohl Moody eine Ahnung davon hatte, was ihm bevorstand, war er überrascht, als sein Partner zu singen begann. Es war noch immer die Stimme des Sergeant Ooljee, aber die Satzmelodie war archaisch. Wie etwas aus einem alten, zweidimensionalen Video oder einer ethnographischen Aufzeichnung. Es war weder schwierig noch unverständlich, nur anders. Moody fand, daß er es mit ein bißchen Übung und Unterricht selbst bewerkstelligen konnte. Es steckte viel Grundlegendes, Ursprüngliches darin, ein einfacher, monotoner Gesang, der wahrscheinlich bei allen primitiven Kulturen, einschließlich seiner eigenen, unabhängig von ihrem Ursprung gleich war. Es fiel ihm immer leichter, gleichmäßig auf den Stuhl zu trommeln, während er seinem Partner zuhörte.

Ooljee streckte die linke Hand zum Monitor aus. In der rechten hielt er immer noch die Papiere, die er mitgebracht hatte. Es waren nur zwei Seiten. Die linke Hand hatte zu zittern begonnen wie bei einem Menschen mit der Parkinson'schen, und Moody bewunderte im Geist das vollendete Schauspieltalent seines Kollegen. Ooljee war jetzt auf der zweiten Seite seiner Notizen angelangt. In einer Minute würde alles vorbei sein. Dann konnten sie endlich essen gehen.

Der Polizeispinner auf dem Tisch war mit einem Mikrophon ausgerüstet, um Berichte und Geständnisse von Verdächtigen aufzunehmen, also zeichnete er vermutlich auch den Gesang seines Besitzers auf. Ooljee würde diesen Unsinn bestimmt nicht nur deshalb verlängern, um seinen Freund zu beeindrucken.

Etwas alarmierte Moodys Nase. Er schnüffelte und sein Blick wanderte zu dem gallenförmigen Auswuchs auf dem Verbindungskabel, dem Unterbrecher.

»Okay, Paul, das reicht.« Er hörte mit dem Trommeln auf, aber sein Partner sang weiter. Er blickte nur kurz zu Moody, um ihm zu zeigen, daß er ihn gehört hatte, daß es aber keine Rolle spielte. »He, das reicht!«

Aus den Ecken des Unterbrechers stieg Rauch. Etwas in seiner Nähe gab ein lautes *plopp* von sich.

Moody stieß seinen Stuhl zurück und stürzte sich auf das Kabel, das vom Spinner zur Steckdose führte. Er schrie überrascht auf und ließ es genauso schnell los, wie er es gepackt hatte: es war heiß genug, um zu brennen.

Aus einer Ecke des Unterbrechers schlugen winzige Flammen, und das Gerät begann zu schmelzen. Ooljee sang blind und taub für seine Umgebung weiter; seine linke Hand vibrierte noch immer wie verrückt. Das Bild auf dem Zenat hatte sich nicht verändert.

Sein Gastgeber hatte etwas von einem — Moody riß eine Schublade auf und tastete im Halbdunkel herum, bis sich seine Hand um den Griff des Hackbeils schloß. Er würde das Kabel bezahlen: Kabel waren billig. Er konnte nicht zulassen, daß die sich anbahnende Entwicklung einen Weg in die Molly-Sphäre des Hochhauses fand. Dazu war seine Angst vor extremen Höhen zu groß.

Ein einziger Schlag würde genügen, um das dünne Verbindungskabel zu durchtrennen. Er hob das Hackbeil über den Kopf und schlug rasch zu. Als es sich zehn Zentimeter oberhalb des Kabels befand, ergriff etwas, das sich wie harte Luft anfühlte, das Beil, riß es Moody aus der Hand und schleuderte es in das hölzerne

Schneidbrett auf der anderen Seite der Spüle; es verfehlte Moodys Rippen um etwa dreißig Zentimeter.

Er wich mit offenem Mund vor dem rauchenden, brutzelnden, langsam implodierenden Unterbrecher zurück. Seine Augen waren sehr groß und ihm fiel keine einzige sarkastische Bemerkung ein.

Inzwischen hatte Ooljee aufgehört zu singen. Er legte die Papiere beiseite und senkte die linke Hand, die nun nicht mehr zitterte. Das Bild auf dem Monitor war noch immer vorhanden. Bis auf den schmelzenden, stinkenden Unterbrecher hatte sich in der Küche nichts verändert.

Nein, dachte Moody, das stimmt nicht ganz. Da war noch die Sache mit dem Hackbeil, das irgendwie aus seiner geballten Faust gesprungen, durch die Luft geflogen war und sich einen Zentimeter tief in das Schneidbrett gebohrt hatte. Er zeigte auf den Polizeispinner.

»Schalten Sie das verdammte Ding ab«, verlangte er mit gepreßter Stimme. Ooljee sah ihn ruhig an.

»Geben wir ihm noch eine Minute. Vielleicht wird sich etwas ereignen.«

»Glauben Sie denn, daß noch nichts geschehen ist?« Er versuchte, seine Aufmerksamkeit zwischen seinem Gastgeber und dem jetzt regungslosen, aber vorher sehr unternehmungslustigen Hackbeil zu teilen.

Etwas hatte ihm das Beil aus der Hand gerissen. Er war nicht einige Sekunden lang verrückt gewesen und hatte es selbst in das Brett geschleudert. Oder doch? Gerade jetzt war nüchternes Denken ein sehr erwünschter Geisteszustand. Er hatte bis jetzt nie Grund gehabt, an der Realität zu zweifeln. Vernon Moody glaubte nicht an Poltergeister und Gespenster. Aber er glaubte auch nicht an fliegende Beile.

»Nur noch eine oder zwei Minuten«, beharrte Ooljee.

»Wozu? Damit es das ganze Gebäude in Brand stekken kann?«

»Es brennt nicht mehr.« Das stimmte: Aus dem

Schlackeklumpen, der einmal ein Unterbrecher gewesen war, stieg kein Rauch mehr auf. Trotzdem ließ sich Moody nicht beruhigen.

»Wir machen etwas falsch.« Ooljees Blick wanderte von seinen Papieren zum Monitor. »Oder wir machen etwas nicht richtig.«

»Damit bin ich einverstanden«, stimmte Moody nervös zu.

Vielleicht hatte ihn ein Funke getroffen, ihn erschreckt und er *hatte* einen Augenblick lang die Beherrschung verloren, gerade lang genug, um das Beil in das Schneidbrett zu schleudern. Es klang plausibel, und das konnte man von dem, was er sich einbildete gesehen zu haben, nicht behaupten.

»Kommen Sie, gehen wir essen«, schlug er besorgt vor. »Wenn Sie wollen, trommle ich sogar auf den Fußboden des Restaurants.«

Ooljee kümmerte sich nicht um ihn. »Etwas fehlt. Irgendwo stellen wir keine Verbindung her.« Dann erinnerte er sich an seinen Kollegen.

»Wenn ein Hatathli früher einmal ein Sandbild anfertigte, tat er es, um jemanden von einer Krankheit zu heilen oder sein Problem zu lösen. Damit der Gesang wirkte, mußte der Bittsteller auf dem Bild sitzen und dadurch Teil von ihm werden. Es war eine Möglichkeit, eine vorübergehende Vereinigung mit äußeren Kräften zu erreichen. Es gab einen festgelegten Handlungsablauf: Von der ursprünglichen Kraftquelle zu den Heiligen Wesen zu dem geheiligten Transportmittel des Sandbildes und dann zum Patienten.«

»Wir haben keinen Patienten«, bemerkte Moody — er hoffte, daß das vernünftig klang. »Nur Sie und mich.«

»Und wir haben auch keinen Hatathli. Nur mich.«

»Was wollen Sie denn tun? Sich auf den Monitor setzen?«

»Nein.« Ooljee ging zum Zenat. »Ich glaube, man muß den Kontakt mit dem Bild herstellen. Sehen Sie es als Zugriff auf die Datenbank. In diesem Fall bin ich nicht der Patient, sondern der Bittsteller.«

»Lassen Sie sich auf nichts Gefährliches ein.« Moody zögerte, weil er nicht wußte, ob er seinen Partner zurückhalten sollte oder nicht. Das Ganze war so kindisch. Bis auf das Hackbeil. »Was wollen Sie tun?«

»Nur den Monitor berühren. Dabei kann nichts geschehen. Es ist nur eine Projektion.«

»Der Bildschirm ist zwar aus nicht leitendem Lexan, aber er bezieht noch immer Strom aus der Steckdose. Vergessen Sie das nicht.«

»Ich werde meine Finger in keine Steckdose stecken«, versprach Ooljee. Er war dem Monitor jetzt sehr nahe. Die Farben des Sandbildes beleuchteten seine glatte Haut und flossen über sein Gesicht: rot und blau, gelb und schwarz, weiß und grün.

»Es ist mir gleich, ob Sie ihn von der Wand reißen«, sagte Moody, »aber bringen wir es hinter uns, okay?« Er bemühte sich krampfhaft, das Hackbeil nicht anzusehen.

Ooljee murmelte wieder vor sich hin. »Wenn das Kettrick-Bild stimmt, wenn keine Veränderungen gemacht worden sind ...«

Er streckte vorsichtig die Hand aus und berührte die flache, kühle Oberfläche des Schirms. Zufällig oder absichtlich (Moody wußte es nicht), legte er die Handfläche auf den dunklen Kreis in der Mitte des Bildes.

In dem Augenblick, in dem er den Kontakt herstellte, veränderte sich das Bild.

Es war eine sehr geringfügige Veränderung, die keiner der beiden Männer bemerkt hätte, wenn sie sich nicht auf den Monitor konzentriert hätten. Die Veränderung bestand darin, daß sich die beiden eidechsenähnlichen Gestalten, die die Öffnung bewachten, leicht drehten, bis ihre Köpfe zur Mitte des Bildes zeigten. In diesem Augenblick wäre Moody nicht überrascht gewesen, wenn sie aus dem Bildschirm gesprungen wären und ihre winzigen Zähne in das Fleisch des Sergeant gebohrt hätten, worauf er sicherlich aufgeschrien hätte.

Sie taten nichts dergleichen, und Moody blieb die peinliche Situation erspart. Es war nur eine kurze, unerwartete Animation gewesen, sagte er sich, die noch dazu schlecht gemacht war.

Er erwartete, daß Ooljee zu dem gleichen Schluß gelangen und zum Tisch zurückkehren würde. Statt dessen flüsterte der Sergeant:

»Interessant. Plötzlich fühlt es sich flexibel an, beinahe als wäre ...«

Er übte vorsichtig Druck aus und sah ungläubig zu, wie seine Hand in den Schirm eindrang, sich über den dunklen Mittelpunkt des Bildes hinaus-, an der Grenze der Realität vorbeischob. Die eckigen Yei-Gestalten des Bildes sahen zu. Ihre geradlinigen Münder gaben keinen Kommentar ab. Ihre unergründlichen, dunklen Augen verhöhnten sie nicht.

13. Kapitel

Jenseits der Symbole und Figuren befand sich ein Holobild von unendlichem Ausmaß, in dem es vor leuchtenden Gestalten, Linien und Regenbogen, unidentifizierbaren festen Gegenständen und geometrischen Formen wimmelte. Es war auch keineswegs statisch. Alles befand sich in ständiger, wenn auch unerfreulicher Bewegung. Gegenstände prallten voneinander ab, Regenbogen krümmten und wanden sich, winzige Lichtexplosionen blendeten die beiden Männer.

Das helle, nicht verzerrte Licht beleuchtete jede Pore in Ooljees Gesicht, der fasziniert stehengeblieben war und den ganzen Arm durch die Ebene des Bildschirms gestreckt hatte. Die Farben waren *in vivo* körperlich, wuschen die Stumpfheit seines Lebens weg, reinigten, belebten, bejahten das Leben. Das Leuchten lockte ihn an, war von einem Reichtum an Erfahrung erfüllt, die er noch nie erlebt hatte. Er griff mit der rechten Hand danach, um alles an sich, in sich zu ziehen, und beugte sich in den Schirm vor.

Der viel weniger faszinierte Moody schrie auf. »Paul!« Ooljee hörte ihn anscheinend nicht. Der Detektiv rannte fluchend um den Tisch herum, ohne darauf zu achten, daß er dabei den Spinner und die Heim-Molly auf den Boden fegte.

Als Moody die Arme um Ooljees Schenkel schlang und ihn zurückzog, war dieser zu zwei Dritteln in den Monitor eingedrungen, doch der Detektiv mußte keinen Widerstand überwinden und es dauerte nur einen Augenblick. Er war viel größer als der Sergeant.

Der Jüngere blieb benommen mit herabhängenden Armen inmitten der vertrauten Küchengeräte stehen. Er kam langsam wieder zu sich, fand an den harten, festgefügten Umrissen von Kühlschrank, Spüle, Schränken, Herd, an den von seiner Frau und seinen Kindern stammenden Verzierungen, an dem Wandtelefon und dem Spinner auf dem Tisch Halt.

Doch da war noch der Monitor, in dem die Unendlichkeit genau hinter dem jetzt durchscheinenden Sandbild begann. Eine geheimnisvolle, brodelnde, bewegte Unendlichkeit, die vor einer unerklärlichen Realität funkelte und über ein Bild unbekannten Ursprungs zugänglich war. Moody hätte gern gewußt, ob es sich um eine andere oder nur um ein Loch in der ihn umgebenden Realität handelte. Sie war jedenfalls geräumig genug, um den größten Teil des Körpers seines Partners aufzunehmen. Ooljee merkte, daß der große, blasse Detektiv aus Florida ihn aufmerksam beobachtete und auf alles vorbereitet war, was seinem Kollegen vielleicht noch einfallen würde. Plötzlich war er sehr froh darüber, daß man ihm einen so phantasielosen Partner geschickt hatte.

»Mir geht es gut. Es ist alles in Ordnung.« Moody trat vorsichtig einen Schritt zurück. Dann drehten sie sich gleichzeitig um und betrachteten den Ausblick durch das Fenster, in das sich das Sandbild verwandelt hatte.

»Es ist weder eine Projektion noch ein Hologramm.« Ooljee war seiner Sache sicher. »Es ist eine Öffnung nach irgendwohin. Oder zu etwas anderem.« Er sah sich im Raum um und bemerkte zum erstenmal das im Schneidbrett steckende Hackbeil. Moody sah, wohin der andere schaute.

»Als Ihr Unterbrecher zu rauchen begann, versuchte ich, das Kabel zu durchtrennen, wie Sie vorgeschlagen hatten.«

Ooljee nickte. »Daran erinnere ich mich. Was ist geschehen?«

»Etwas war nicht damit einverstanden. Es nahm mir das Beil aus der Hand, riß es mir direkt aus den Fingern, und knallte es in das Brett. Es hat mich nur knapp verfehlt. Ich nahm zuerst an, daß der selbstgebrannte Whisky, den ich in meiner Jugend getrunken hatte, endlich Wirkung zeigte, wie meine Mutter mir vorhergesagt hatte, aber als ich sah, daß Sie zu einem Spaziergang in den Zenat aufbrachen, nahm ich an, daß auch der Zauber mit dem Hackbeil tatsächlich geschehen war.« Er zeigte auf den Bildschirm. »Was immer das ist, es will nicht abgeschaltet werden.«

»Sie haben vermutlich eine ungültige Methode angewendet.«

»Okay. Sie erklären mir die richtige Methode und ich führe sie aus.«

»Ich habe keine Ahnung. Ich weiß nicht einmal, hinter was wir hier gekommen sind. Ich habe den Kontakt mit dem Bild hergestellt und es hat reagiert. Dann versuchte ich, eins mit ihm zu werden, genau wie ich es mit einem traditionellen Medizinbild gemacht hätte. Ich glaube, daß ich mich irgendwie verlor. Es war nicht so, als würde ich hypnotisiert. Ich wurde — aufgefordert.«

»Wie fühlte es sich an? Ich meine drinnen.«

»Angenehm. Weich und warm. Es kribbelte wie ein Fuß, der eingeschlafen ist, aber das war weder störend noch schmerzhaft. Wenn Sie mich nicht aufgehalten hätten, wenn Sie das Kabel durchtrennt hätten, nachdem ich ganz eingedrungen war, wäre ich dann dort gefangen gewesen, wo immer sich das *dort* befindet? Oder hätte ich auf der anderen Seite der Wand gestanden, sobald die Verbindung unterbrochen wurde? Das wäre unangenehm gewesen.« Er zeigte auf den Monitor. »Das ist eine Außenwand. Auf der anderen Seite gibt es nur eine dreißig Stockwerke hohe, senkrechte Mauer.«

»Wenn es sich nicht abschalten lassen will, können wir es vielleicht näher kennenlernen. Es ist wirklich hübsch und es macht Spaß, die Hand hineinzustecken. Wozu ist es noch nütze?«

»Um etwas zu suchen, ohne hinzuschauen«, murmelte Ooljee. »Darum geht es in der Zeremonie der Zitternden Hand. Genau das haben wir getan.«

»Hören Sie mit dem Aberglauben auf«, fuhr ihn Moody an. Er hatte Angst, war aber nicht eingeschüchtert. Vernon Moody hatte sich seit seinem elften Lebensjahr nicht mehr einschüchtern lassen. »Wir haben uns eine extranormale räumliche Manifestation zugelegt, die von dem Kettrick-Bild verursacht wurde. Sie ist eine natürliche Weiterentwicklung eines Standard-Mollynetzes, und kann auf die gleiche Weise beendet werden. Der Gesang, den Sie verwendet haben, die zitternde Hand? Auditive und visuelle Reize. Daran ist nichts Mystisches. Es gibt heutzutage eine Menge Programme, deren Aktivierung auf solchen Reizen beruht.« Er konzentrierte sich auf den Zenat und auf das, was er von suggestionsintensiver Netzarbeit wußte, und weigerte sich, an die Heiligen Wesen oder an alte Götter zu denken.

»Vergessen Sie einen Augenblick lang, wie das Template entstand, wie alt es ist oder wie es zum Leben erwachte. Beschäftigen wir uns mit dem, was wir haben. Sie sagten, daß das Ritual der Zitternden Hand dazu da ist, damit man suchen kann, ohne zu schauen. Schön, wir haben etwas gefunden. Sie haben gemeint, daß es vielleicht eine Art Datenbank ist. Vielleicht stimmt das. Es besitzt nur etwas mehr Tiefe als das, woran wir gewöhnt sind.

Wenn man nicht findet, was man sucht, hört man angeblich die Stimme des Gila-Monsters. Okay. Fragen Sie es etwas. Versuchen Sie, durch Worte Zugang zu finden. Wenn es auf Navaho beruht, wird es vielleicht auf diese Sprache reagieren.«

Ooljee zögerte, ein Hinweis darauf, daß er über diese Anregung erst nachdenken mußte. »Woher weiß ich, was ich es fragen soll?«

»Fragen Sie irgend etwas. Sagen Sie hallo, verfluchen Sie es, beschimpfen Sie seine Vorfahren. Entweder es geschieht nichts oder es geschieht etwas.«

»Klar. Es hat ja auf den Gesang reagiert.«

Den Gesang, den er sich mit dem Spinner eines Kindes aus einer Bibliothek geliehen hatte. Er war davon überzeugt, daß es gut gehen würde. Er mußte überzeugt sein, sonst konnte er es nicht tun. Was hatten sie zu verlieren, solange er seinen Arm nicht wieder in das Bild steckte? Obwohl das Gefühl nicht unangenehm gewesen war. Es war beinahe ...

Moodys Ton war scharf. »Sie lassen sich treiben, mein Freund.«

Ooljee wollte widersprechen, dann nickte er. Er starrte das Loch in der Wand, das Loch in das irgendwo an. Der Detektiv hatte recht. Es war eine körperliche Manifestation der realen Welt. Das mußte es sein, sonst wäre er nicht imstande gewesen, darauf einzuwirken.

Weil er das wußte, konnte er auch damit fertigwerden.

Er wandte sich in der schwierigen Sprache seiner Großeltern, deren schnarrende Kehllaute er genauso gut beherrschte wie das Englische, an das Bild. Navaho war eine seltsame Sprache. Ihr fehlten Worte für bestimmte Begriffe, aber sie war reich an Andeutungen. Eine schwierige Sprache, wenn man mit ihr wissenschaftlich arbeiten wollte. Sie war für andere Bedürfnisse entwickelt worden.

Er wußte nicht, was ihn erwartete, aber er erschrak nicht, als aus dem Lautsprecher am unteren Rand des Zenats eine Stimme antwortete. Sie sprach Navaho mit einem starken Akzent, und es war schwierig, die Bedeutung der einzelnen Sätze zu erfassen. Doch er verstand sie.

Moody hörte es ebenfalls. »Das ist kein Reptil, sondern eine elektronisch erzeugte Sprache.«

»Ziehen Sie keine voreiligen Schlüsse«, warnte ihn Ooljee. »Gesprochenes Navaho ist nicht dasselbe wie gesprochener Shakespeare.«

»Von mir aus kann es auch mit dem Straßenslang verwandt sein. Die Stimme ist synthetisch. Was hat sie überhaupt gesagt?«

Ooljee war darüber erstaunt, wie ruhig Moody war. »Sie hat gesagt, daß sie funktionell ist.«

»Gut.« Moody fühlte sich viel besser. »Ich mag Programme, die keine ausweichenden Antworten geben.« Was wohl geschehen würde, wenn er das Hackbeil ergriffe und es gegen den Monitor schleuderte? Würde es mitten in der Luft stillstehen, kehrtmachen oder ewig weiterfliegen? Es war besser, wenn er Fragen stellte, statt über derlei Möglichkeiten nachzudenken.

»Die Schwierigkeit besteht darin, daß wir nicht wissen, was es damit meint. Ach, zum Teufel, fragen Sie es, wie das Spiel Stahlkocher gegen Wespen vergangene Woche ausgegangen ist.«

»Wespen schaffe ich, aber Stahlkocher läßt sich nicht direkt in die Navahosprache übersetzen.«

»Improvisieren Sie. Los, versuchen Sie es. Wir wollen sehen, ob das verdammte Ding genauso klug wie hübsch ist.«

Ooljee fragte, lauschte der Antwort und wandte sich seinem Partner zu. »Stahlkocher 42, Wespen 30. Stimmt das?«

»Woher soll ich das wissen? Ich bin Polizist und kein Wettbüro. Wichtig ist, daß Sie gefragt haben und daß es geantwortet hat.« Er trat zum Monitor, kniff die Augen zusammen und blickte in das kristallinisch klare Licht, das von jenseits kam. Er entdeckte, daß er den Kopf drehen, hinauf- und hinunter- oder seitlich in den Bildschirm schauen konnte, ohne daß die Projektion kleiner wurde, ohne daß er eine Grenze oder einen Horizont erblickte. Sich windende Regenbogenfäden schwammen wie flackernde Würmer durch ein Meer aus elektrisch geladener Schwärze und vermieden dabei fluoriszierende geometrische Formen und unvorhersehbare kleine, goldene und silberne Explosionen.

Bevor Ooljee etwas unternehmen oder sagen konnte,

streckte der Detektiv die Hand zur harten, flachen Oberfläche des Zenat aus. Sie glitt hindurch und durchbohrte, ohne auf Widerstand zu stoßen, eine Yei-Gestalt, die unidentifizierbare Symbole umklammerte.

Seine Hand und sein Arm bewegten sich unbehindert zwischen den Regenbogen und den stummen Explosionen. Er wandte sie nach links, dann nach rechts, bewegte die Finger, spürte das leichte Kribbeln, das Ooljee beschrieben hatte, empfand die gleiche sanfte Wärme. Mit der Wärme kam ein leichtes Schwindelgefühl. Er spürte, daß er zu fallen begann ...

Er riß seine Hand heraus und blickte auf sie hinunter. Er konnte keine Veränderung, keine Spuren, keinen Hinweis darauf entdecken, daß sie einen Augenblick lang jenseits der Realität gewesen war.

»Fragen Sie es«, schlug er seinem Partner vor, »wo es ist.«

Ooljee wandte sich auf Navaho an den Monitor und übersetzte die Antwort.

»Es sagt, daß es hier ist.«

»Irgendwie habe ich diese Antwort erwartet. Es ist funktionell, es ist hier und es kennt die Fußballergebnisse der vergangenen Woche. Niedlich.« Er untersuchte noch immer seine Hand und bewegte alle fünf Finger, als er zu seinem Kollegen zurückkehrte. Das Kribbeln hörte langsam auf.

Ach, zum Teufel, dachte er zornig. »Fragen Sie, ob Fortbewegung mit Überlichtgeschwindigkeit möglich ist.«

Ooljee gehorchte. Moody wartete interessiert auf die Antwort. »Es sagt nein«, berichtete der Sergeant.

»Dann fragen Sie es, ob es eine andere Möglichkeit gibt, von einem Stern zum anderen zu reisen.«

Diesmal war Ooljees Antwort ein langes Ausatmen. »Es sagt ja, aber ohne Überlichtgeschwindigkeit.«

»Wie kann man denn ohne Überlichtgeschwindigkeit von einem Stern zum anderen reisen?«

»Damit ermitteln wir nicht den Aufenthaltsort unseres Mörders«, macht ihn Ooljee aufmerksam.

»Nein, aber es macht Spaß. Fragen Sie es!«

Es fiel Ooljee schwerer, die Frage auf Navaho zu stellen, als die Antwort zu übersetzen. »Es sagt, daß man anders reist als das Licht.«

Der Detektiv nickte langsam, als wäre gerade seine persönliche Theorie bestätigt worden. »Das habe ich befürchtet; wir können die richtigen Fragen stellen, aber wir besitzen nicht die notwendigen Kenntnisse, um die Antworten zu verstehen.« Er setzte sich an den Tisch und starrte die Wunderwelt des Zenats an. »Sie haben recht: Es ist ein Computer, eine Datenbank, eine Art Bibliothek. Es beantwortet Fragen.«

»Ich möchte wissen, wie groß es ist«, murmelte Ooljee.

Moody schob die Lippen vor. »Fragen Sie es.«

Ooljee gehorchte. Die Antwort war sowohl beeindruckend als enttäuschend. »Es sagt, groß genug.«

»Groß genug wofür?« Moody war fest entschlossen, dem Gerät wenigstens eine eindeutige Antwort zu entlocken, auch wenn sie die ganze Nacht dazu brauchten.

Diesmal zuckte er bei der Antwort zusammen. Nicht wegen ihres Inhalts, sondern weil sie in gewöhnlichem, wenn auch offensichtlich künstlichem Englisch erfolgte:

»Groß genug für jede Anforderung.«

»Wie haben Sie das gemacht?« fragte Moody.

Ooljee zuckte die Achseln. »Ich habe es gebeten, Englisch zu sprechen, falls es das kann. Es war so naheliegend. Ich hatte nicht früher daran gedacht. Es würde mich überraschen, wenn es nicht auch noch andere Sprachen spräche.«

»Woher wissen Sie das?«

»Es ist nur eine Vermutung. Wenn ihm die Methoden für interstellare Reisen bekannt sind, würde ich annehmen, daß es zum Beispiel auch Französisch beherrscht.

Wollen Sie, daß ich es weiter zu diesem Thema befrage?«

»Nein. Englisch reicht mir.«

Ooljee betrachtete den Monitor und das berückend schöne Panorama. »Ich bin froh, Vernon, mein Freund, daß Sie mich zurückgerissen haben. Aber möchten Sie wirklich nicht wissen, was wir vorfinden würden, wenn wir das Gebiet zur Gänze betreten?«

Der Detektiv schnaubte. »Ein paar Billionen Meilen Regenbogenfäden und hübsche Funken. Nach einer Weile könnte man genug davon haben. Man könnte auch hungrig werden. Was mich wirklich interessiert, verdammt noch mal, ist, wo dieses Ding herkommt. Bestimmt nicht von verschrumpelten alten Navaho-Hatathlis, die in einer farbigen Sandkiste spielen. Das Kettrick-Bild bietet eine Möglichkeit hineinzukommen. Es sagt uns nichts über seine Ursprünge.«

»Ich vermute, daß es schon sehr lange hier ist«, meinte Ooljee. »Nur hat bis jetzt niemand herausbekommen, wie man darauf zugreift.«

Moody schüttelte den Kopf. »Das nehme ich Ihnen nicht ab. Ich kann nicht akzeptieren, daß es schon sehr lange Zeit hier ist. Jedenfalls nicht, wenn wir nicht weitere Beweise dafür erhalten. Wie die Hure haben wir eine Ahnung davon, was es ist. Wir erkennen nur nicht die Parameter.« Er erinnerte sich an das Hackbeil.

»Da wir gerade von Parametern sprechen, wäre es vielleicht besser, keine riskanten Fragen mehr zu stellen, bis wir sicher sind, daß wir wissen, wie man es abschaltet.«

Ooljee machte einen verblüffend einfachen Vorschlag. »Fragen wir es doch.«

»Zu leicht. Das wäre zu leicht. Warum fragen Sie nicht?«

»Warum fragen nicht *Sie?* Es versteht Englisch.«

Moody überlegte. Warum tat er es wirklich nicht? Es war doch nur ein großer Computer unbekannten Typs, eine Molly in einem Regenbogenumfeld. Was konnte schon geschehen?

Komisch, er hatte noch nie zuvor eine Datenbank *berührt,* falls alle diese hellen Lichter und Gestalten so etwas waren.

»Fragen Sie es«, drängte Ooljee. »Verlangen Sie, daß es sich selbst abschaltet. Fragen Sie es *ausdrücklich,* wie groß es ist, von wo es kommt. Fragen Sie es ...«

»Alles zu seiner Zeit. Zuerst möchte ich sicher sein, daß es uns nicht da hineinsaugt« — er zeigte auf den Monitor —, »wenn wir zufällig die falsche Frage stellen, oder die richtige Frage auf die falsche Art stellen.«

Die Mundwinkel des Sergeanten hoben sich unmerklich. »Vielleicht genügt es, daß man es freundlich fragt. Denken Sie daran, was ich Ihnen erzählt habe. Die richtige Art, eine Sandbildzeremonie zu beenden, besteht darin, daß man das Sandbild in der umgekehrten Reihenfolge seiner Erschaffung zerstört. Im allgemeinen werden für diesen Zweck keine Hackbeile verwendet.«

»Sehr komisch.«

»Ich sollte den Gila-Monster-Gesang noch einmal verwenden und versuchen, die einzelnen Schritte, die wir gemacht haben, genau in der umgekehrten Reihenfolge auszuführen. Wenn man nicht richtig aus dem Computer aussteigt, kann die Datenbank beschädigt werden. Falls wir es hier mit einer Datenbank zu tun haben, dann wäre es ein Schreck, wenn sie keine eingebauten Sicherheitsvorrichtungen besäße, um einen solchen Schaden zu verhindern.« Er griff nach dem Spinner.

»Noch nicht, Mann.« Moody hielt seinen Partner zurück. »Ich will ihm noch eine Frage stellen.« Ooljee überlegte und nickte dann.

Der Detektiv wandte sich an den Monitor. »Du verstehst Englisch?«

»Ich verstehe alle erlernten Sprachen«, erwiderte die geschlechtslose, körperlose Stimme.

»Das höre ich gern, aber im Augenblick genügt Englisch vollkommen.« Er zögerte. Würde seine nächste Frage einen eingebauten Alarm auslösen? Er konnte es nur erfahren, indem er sie stellte. Aber gehe langsam vor, prägte er sich ein. Langsam.

»Nimmt man häufig Zugriff auf dich? Beziehe dich in deiner Antwort auf die örtlichen Worte.«

»Nein.«

»Wann genau hat man zum letzten Mal vor diesem Jahr auf dich Zugriff genommen?«

»He«, sagte Ooljee besorgt. Moody tat seinen Einspruch mit einem Achselzucken ab.

Die Antwort war harmlos. Bei näherer Überlegung war sie es vielleicht doch nicht.

»Acht null vier Uhr am Morgen des dreiundzwanzigsten Juni des Jahres 1162 — ich beziehe mich mit der Antwort auf die örtlichen Werte.«

»Wirklich?« Mehr fiel Moody nicht ein. Ooljee schwieg, überlegte aber ebenfalls angestrengt.

Das Gerät konnte natürlich seine Frage mißverstanden haben. Es konnte die Werte falsch auslegen. Es konnte ein absurder, komplizierter Witz unbekannten Ursprungs sein. Es gab tausend andere Möglichkeiten.

Eine davon war, daß die Antwort stimmte.

Es war jedenfalls ein interessanter Gedanke, fand Moody. Aber das war im Augenblick unerheblich. Im Augenblick mußten sie das Furchteinflößende außer acht lassen, um dem Alltäglichen nachzuspüren.

»Wann hat man im Lauf dieses Jahres zum letzten Mal auf dich zugegriffen?«

Die Stimme antwortete. Ooljee sah auf die Uhr. »Vor sechzehn Minuten. Das sind wir gewesen.«

Der Detektiv überlegte und versuchte, seine Fragen so zu formulieren, als hätte er es mit dem vertrauten Polizeinetz in Tampa und nicht mit einer ungeheuren Konstruktion zu tun, deren Entstehungsort und -zeit noch unbekannt waren.

»Und wie oft davor hat man im vergangenen Jahr auf dich zugegriffen?«

Wieder die mechanische Antwort. »Drei Mal.« Dann gab der Monitor Einzelheiten bekannt. Einmal am vorhergehenden Morgen. Das war die kleine Episode in Ooljees Polizeistation gewesen. Das zweite Mal lag einige Monate zurück. Vielleicht Atlanta. Das dritte und letzte Mal war neueren Datums. Erst vor einer Woche. Ooljee murmelte ein stummes Danke. »Anscheinend weiß unser Freund noch nicht, wie er das Ding umfassender benützen kann. Darüber müssen wir froh sein, auch wenn wir noch nicht wissen, was es alles kann.«

Moody überlegte angestrengt. Es schien zu einfach, aber wer nicht wagt, gewinnt nicht. »Kannst du die Person, die bei den letzten beiden Malen auf dich zugegriffen hat, mit ihrem Namen bezeichnen?« fragte er.

»Yistin Gaggii.«

Tiefer Friede erfüllte den Detektiv. »Endlich. Wir haben einen Namen.«

»Navaho«, erklärte Ooljee. »Die Übersetzung lautet ›Gefrorener Rabe‹.«

»Ich kann es nicht erwarten, ihn kennenzulernen. Aber warum sollen wir jetzt aufhören?« Moody sah wieder zum Monitor hinüber. Er wirkte plötzlich ungefährlich, sogar hilfreich. Er sah zwar etwas bizarr oder fremdartig aus, aber er war trotzdem eine Maschine, nicht wahr?

»Was kannst du uns über die Person Yistin Gaggii erzählen?« *Na also,* dachte er. *Wenn er Alarmanlagen eingebaut hat, müßte diese Frage sie auslösen.*

Nichts dergleichen geschah. Statt dessen lieferte die Stimme eine vollständige Beschreibung des Mannes von den Phantombildern der Polizei, gab seine Stimme wider und erteilte einen Hinweis auf das auffallende Mienenspiel.

Und als wäre das noch nicht genug, gab sie gleichmütig eine Adresse bekannt.

»Draußen auf dem Land«, bemerkte Ooljee. »Irgendwo auf den Hügeln zwischen Ganado und Window Rock. Er war die ganze Zeit hier, knapp außerhalb der Stadt. Wenn ihm seine eigene Gesellschaft genügt hat, ist das die Erklärung dafür, daß niemand ihn gesehen und aus dem Verkehr gezogen hat.«

Moody, der mit sich äußerst zufrieden war, lehnte sich zurück. »War das einfach. Wir haben in der falschen Molly gesucht, das ist alles.« Er erinnerte sich an einen der früheren Kontakte. »Elfhundertzweiundsechzig n. Chr., da sind doch laut Ihren Legenden die ›Heiligen Wesen‹ in der Gegend aufgetaucht.«

Der Sergeant war nicht fähig, den Blick von dem ständig wechselnden Bild abzuwenden. »Es werden keine bestimmten Daten genannt. Die Götter schufen den ersten Mann und die erste Frau. Es gab vier Welten und unsere ist die fünfte. Unser Schöpfungsmythos ist nicht so einfach, wie Sie vielleicht annehmen. Es gibt viele Legenden, und es gibt auch Legenden über Legenden.

Wir müssen noch sehr viel lernen. Die moderne Archäologie hat die Geschichte unseres Volkes bis jetzt kaum angekratzt. Man kann in der Mesa Verde, oder in Betatkin, oder in White House oder jeder beliebigen der tausend Ruinen im Reservat herumgehen und findet noch immer Keramikscherben, Stücke von Flechtwerk und alten Mais; allerdings habe ich noch nie gehört, daß jemand aus dem Boden einer Wohnhöhle optische Disketten oder Mollysphären ausgegraben hat. Und falls die Anasazi mit Computern gearbeitet haben, ist das für mich etwas Neues.

Wenn unserer Stimme zu trauen ist, müssen unsere Vorfahren Freunde gehabt haben. Sehr erfahrene, sehr fortschrittliche Freunde. Ich glaube nicht, daß es Azteken aus Mexiko waren. Sie müssen von anderswo gekommen sein.« Er zeigte auf den Bildschirm.

»Das Gerät ist ein Gebrauchsgegenstand, genau wie die Keramik, die Perlen und die Pfeilspitzen, die die

Leute jede Woche in verschiedenen Teilen des Reservats finden.«

»Es ist eine Datenbank«, widersprach Moody. »Ich frage mich, wo sich ihr Molly-Gegenstück, nämlich der Speicher, befindet. Jede Datenbank braucht Speicherraum ...

Oder vielleicht befindet er sich überall«, fuhr er fort, und wußte nicht, ob er philosophisch oder prophetisch sprach. »In der Luft um uns, in der Erde. Vielleicht umfaßt er die ganze Welt. Ich rede nur Quatsch, aber das ist der richtige Augenblick dafür, finden Sie nicht? Vielleicht sind wir alle Bestandteile einer großen Datenbank, die jemand eingerichtet und vergessen hat, als sie mit ihrer Arbeit hier fertig war. Eine Erden-Mollysphäre, eine Ersatzdatenbank, die keinen zweiten Blick wert ist.

Vielleicht sind wir alle kleine Stücke ROM*: Sie, ich, Ihre Kinder, alle. Stücke, mit denen sich der Lumpensammler befaßte, bevor er durch das Loch im Himmel hinaufschoß, oder was immer. Vielleicht beschloß es oder jemand anderer, sich einen Scherz zu erlauben und den ROM die Möglichkeit zu geben, auf ihren eigenen Speicher zuzugreifen. Sie lieferten also eine Methode, die die örtlichen ROM verstehen konnten.«

»Sandbilder«, flüsterte Ooljee nachdenklich.

»Ja, Sandbilder und vielleicht auch die Gesänge. Nicht notwendigerweise die einzelnen Worte, aber die Aufeinanderfolge von Tönen und Geräuschen. Ich weiß es nicht. Wie groß ist die Chance, daß jemand durch Zufall auf die richtige Kombination von Sandbild und auditiver Begleitung kommt? Sie erzählen mir die ganze Zeit, daß nichts so klingt wie Navaho. Vielleicht gibt es einen Grund dafür, der nichts mit Linguistik zu tun hat.«

»Vergessen«, stellte der Sergeant fest. »Einer von

---

* Festspeicher

Dutzenden alten Wegen, die vergessen wurden. Nur daß sich in diesem Fall eine Reihe von Hatathlis erinnerte, ohne zu wissen, wie wichtig das war, woran sie sich erinnerten. Großvater Laughter kannte das Bild, ohne zu wissen, wozu es diente. Weil es zu seiner Zeit niemand begriffen hätte.« Er sah seinen Partner scharf an.

»Aber für Gaggii ist es vollkommen plausibel. Als zum zweiten Mal darauf zugegriffen wurde, starben in Atlanta Menschen. Gaggii weiß vielleicht, wie er einen kleinen Teil davon verwenden kann, um sein Ziel zu erreichen.«

»Wir werden ja sehen, ob er es schnell genug verwenden kann, um ein Geschoß aus einer achtundzwanziger Sledge aufzuhalten.« Moodys Gesicht war grimmig. »Sie haben sich die Adresse gemerkt?« Der Sergeant nickte. »Warum sitzen wir dann in der Dunkelheit herum? Holen wir uns den Schweinehund.« Er erhob sich — und dachte wieder an Atlanta, an zusammengeschrumpfte Körper, an unblutige Löcher in erkaltetem Fleisch. Draufgängertum war schön und gut, aber die Ehrenlisten der Abteilung bestanden aus den Namen von Polizisten, die spektakulär und zu jung gestorben waren.

»Glauben Sie, daß wir Verstärkung anfordern sollen?«

»Nichts lieber als das«, antwortete Ooljee, »aber wir müßten zu viel erklären. Niemand würde uns glauben. Wenn ich hingehe und dem Lieutenant vom Dienst diese Geschichte erzähle, wissen Sie ja, was er antworten wird. Er wird Beweise sehen wollen, er wird wissen wollen ... Bringen wir ihm einfach Gaggii. Er wird uns nicht erwarten. Wir werden ihn überraschen, und dann wird es keine Probleme geben. Ich habe meine Bedenken, aber ich glaube, daß es in dieser Situation am besten ist, wenn wir alles so einfach wie möglich abwikkeln.«

Moody nickte. »Okay. Wickeln wir es also einfach ab.«

»Aber nicht sofort«, bat Ooljee. »Ich möchte mit Lisa sprechen, bevor wir uns auf die Suche machen, und ich bin müde.«

»In Ordnung.« Moody war ebenfalls müde. »Gleich morgen früh. Wie Sie sagen, erwartet er uns nicht.

Und wir ruhen uns wirklich aus. Aber zuerst schalten wir dieses Ding ab. Vielleicht können Sie schlafen, während es aktiv ist, aber ich kann es nicht.«

»Haben Sie Angst davor, daß etwas herauskriecht und schmutzige Bilder auf Ihren Bauch tätowiert, während Sie schlafen?« hänselte ihn Ooljee.

Moody verzog das Gesicht. »Und wenn es beschließt, uns aus dem Bett und dorthin zu saugen, wo es sich befindet? Oder es fällt ihm etwas ein, das wir uns nicht einmal vorstellen können? Ich will einfach nicht, daß es eingeschaltet bleibt. Wenn Sie es lang genug eingeschaltet lassen, kommt es vielleicht auf eigene Ideen. Wir wissen nicht genug von ihm, um es eingeschaltet zu lassen.«

»In Ordnung.« Ooljee erhob sich und ging zum Kühlschrank. »Sie schalten es ab.«

Die beiden Männer starrten einander lange an. Dann drehte sich Moody um und griff nach dem Schalter auf dem Polizeispinner. Sein Finger schaffte es bis einem Zentimeter vor dem Gleitschalter. Näher konnte er nicht herankommen.

»Es ist, als würde man über öligen Gummi gleiten«, teilte er seinem Partner mit. »Nur ist nichts da.«

»Es ist ganz bestimmt etwas da, mein Freund.« Ooljee trat zu ihm. »Irgendein Kraftfeld. Ich bezweifle, daß selbst ein guter Physiker erklären könnte, was hier vor sich geht.«

Moody lehnte sich zurück. »Mehr fällt mir dazu nicht ein. Jetzt müssen wir uns auf Ihren Gesang verlassen.«

Ooljee holte tief Luft, stellte sich neben den Tisch vor

dem Monitor und begann. Moody hörte ihm zu, versuchte, etwas zu verstehen und versagte kläglich.

Als der letzte Ton verklang und der Sergeant die zitternde Hand sinken ließ, verschwand die unmögliche Aussicht, die den Zenat eingenommen hatte, und hinterließ ein flaches, vertrautes Sandbild ohne jede Tiefe.

Ooljee räusperte sich und griff an Moody vorbei nach dem Schalter auf seinen Spinner. »Das war es dann.«

»Nicht ganz. Erinnern Sie sich an das Sandbild.«

Ooljee blickte auf den Monitor. »Ich erinnere mich daran. Und?«

»Die Abbildung der beiden Eidechsen. Sie stehen noch immer auf dem Kopf. Als die fraktale Sequenz das Bild entstehen ließ, waren die Köpfe oben.«

»Und bewachten den Eingang.« Der Sergeant nickte. »Das hatte ich vergessen.« Er ging zum Monitor und legte die Hand auf den dunklen Kreis im Zentrum des Bildes, genau wie er es zuerst getan hatte. Zu seiner ungeheuren Erleichterung blieb sie auf dem unnachgiebigen Glas des Zenats liegen. Die Wächter drehten sich gehorsam und nahmen wieder ihre ursprüngliche Stellung ein.

Ooljee trat zurück, ohne den Blick vom Bild zu wenden. »Versuchen Sie es jetzt.«

Dieses Mal hinderte keine unsichtbare Barriere den Detektiv daran, den Schalter auf AUS zu schieben. Das Sandbild verschwand und zurück blieb nur der sanft leuchtende grüne Bildschirm.

Der Sergeant, der plötzlich todmüde war, ließ sich Moody gegenüber in einen Stuhl fallen. Er erschauerte zweimal, eine Reaktion, die nichts mit der Zeremonie der Zitternden Hand zu tun hatte. Moody ließ das Gesicht in die Hände sinken und rieb sich die Augen. Die Spannung lief dick und schwer aus ihm aus wie altes Getriebeöl.

»Was war hier eigentlich los?« Der Sergeant wiederholte es einige Male, ein verdrossenes Mantra, das genau ausdrückte, was er empfand. »Oder wie mein Vater gesagt hätte, *shash l 'y' adi.*« Er brachte ein schwaches Lächeln zustande. »Was, zum Teufel, ist geschehen?«

Moody antwortete mit dem tiefen, kehligen Lachen, das er jedes Jahr verwendete, wenn er im Auftrag der Dienststelle als Weihnachtsmann die Krankenhäuser besuchte.

»Ich habe ein paar sehr gute Vermutungen. Was wir hier haben, Kumpel, ist eine zugängliche außerirdische Datenbank oder Bibliothek oder so etwas, die Fragen beantwortet, und die etwa tausend Jahre alt ist.« Er schüttelte staunend den Kopf.

»Ich komme mir vor wie ein Fünfjähriger, der versucht, den Wagen seines Vaters zu fahren. Wir haben nur eine ganz ungefähre Vorstellung davon, worauf wir uns einlassen, wir wissen nicht, wie es funktioniert, und nicht einmal, wozu es fähig ist. Wir wissen nur, daß man die Zündung betätigt und damit unterwegs ist.«

Ooljee starrte den leeren, stillen Monitor an. Vor wenigen Momenten war er noch ein Fenster in die Unendlichkeit oder vielleicht etwas noch weniger Faßbares gewesen.

»Ich wäre nicht so besorgt, wenn es sich damit begnügte, Fragen zu beantworten und zuzulassen, daß man hineingreift, aber es hat auch gezeigt, daß es die unmittelbare Realität beeinflussen kann — siehe das Hackbeil und den Spinnerschalter. Daher frage ich mich, was es noch tun könnte, wenn es Lust dazu hätte. Vielleicht könnte es diesen Raum vom Rest des Gebäudes abschotten, oder das ganze Gebäude vom Rest der Welt.«

»Warum wollen wir so kleinkariert denken? Vielleicht könnte es den ganzen Planeten abschotten. Wir können uns genauso wenig wie eine Kakerlake in einem Dreckhaufen vorstellen, wie groß dieses Ding ist ...«

»Es ist bestimmt aus einem Grund hierhergebracht worden«, sagte Ooljee.

Moody schob den Stuhl zurück. »Lassen wir diese Frage für eine Weile auf sich beruhen, okay? Im Augenblick interessiere ich mich für eine Dusche, etwas Eßbares und eine ungestörte Nachtruhe. Morgen holen wir uns unseren Freund. Zuerst das Geschäft, dann die Metaphysik.«

»Damit bin ich einverstanden.« Ooljee erhob sich langsam. Er war ungeheuer neugierig, aber auch sehr müde. »Wollen Sie als erster duschen?«

»Nein, fangen Sie an. Ich sehe mich in der Speisekammer um.«

Während sich sein Gastgeber ins Bad begab, begann Moody in der Speisekammer die ordentlichen Stöße von Dosen, Schachteln und Plastikbehältern durchzusehen. Da er sich konservativ fühlte, wählte er eine große Schachtel mit Baguettes und schob den Inhalt in den Herd. Während er darauf wartete, daß das Brot knusprig wurde und der Käse schmolz, ging er zum Monitor zurück, um zum letzten Mal vor dem Schlafengehen einen Blick auf ihn zu werfen.

Er legte seine große Hand auf den flachen Bildschirm und drückte vorsichtig. Er stieß nur auf glatten Widerstand, nichts gab nach. Er versuchte, hinter den Monitor zu sehen, der beinahe ohne Zwischenraum an der Wand hing. Der Empfänger auf der Rückseite des Bildschirms war knapp drei Zentimeter dick. Moody klopfte zweimal auf den Monitor und fuhr mit dem Finger die Kanten entlang. Der Herd meldete piepsend, daß alles fertig war.

Er zuckte resigniert die Achseln, drehte sich um und wandte seine gesamte Aufmerksamkeit seiner üblichen abendlichen Kalorienmenge zu.

14. Kapitel

Am nächsten Morgen wies die Küche keine Spuren von nächtlichen Ausflügen in andere Welten oder Dimensionen auf. Nichts hinderte Ooljee daran, seinen Spinner vom Unterbrecher oder den Unterbrecher von der Küchen-Molly zu trennen. Die Ereignisse der vergangenen Nacht kamen den beiden Männern genauso unwirklich vor wie Kindheitserlebnisse.

Die Adresse, die das Netz ihnen gegeben hatte, stimmte. Ooljee überprüfte sie, bevor er seine Frau anrief. Obwohl sie sich bei ihren Eltern wohl fühlte und die Annehmlichkeiten Albuquerques genoß, war sie noch immer wegen der Plötzlichkeit mißtrauisch, mit der ihr Mann es sich anders überlegt und sie und die Kinder abgeschoben hatte. Ooljee beruhigte sie gelassen, sein Gesichtsausdruck veränderte sich nicht, und das, was er sagte, hatte nichts mit den außergewöhnlichen Ereignissen in der Küche zu tun. Erst als er sie davon überzeugt hatte, daß alles in Ordnung war, legte er auf und machte sich fahrbereit.

Sie verließen die Stadt auf einer Route, mit der sie sowohl dem Stoßverkehr als auch dem Stadtzentrum auswichen. Sie durchquerten bald Ganados östliche Vororte, wo teure Wohnhäuser die baumbestandenen Hügelhänge verunzierten und die Menschen ein Vermögen für den unbehinderten Ausblick auf die Büros und Fabriken bezahlten, die sie nach Arbeitsschluß nicht rasch genug verlassen konnten.

Allmählich trat Wald an die Stelle der Häuser. Höhenangaben begleiteten sie. Einmal flitzte ein Fuchs vor dem Kombi über die zweispurige Landstraße. Moody fühlte sich wohl. Der Morgen war kühl, frisch, klar, die

Kondensstreifen der Überschallshuttle malten groteske Zeichnungen auf die tiefblaue Tafel des Himmels. Zedern und Buscheichen wichen hohen Nadelbäumen. Schattenflecken boten den letzten, eigensinnigen Überresten des Winters Überlebenschancen. Die Schneehaufen sackten in sich zusammen; die Hitze des Vorfrühlings hatte sie mit Pockennarben übersät.

Es war spät am Nachmittag, als sie endlich von der Überlandstraße abbogen. Ooljee schaltete den Scanner des Kombis ab und übernahm die Lenkung. Die Straße, die sie eingeschlagen hatten, war schmal, aber asphaltiert. Durch die Lücken in dem Zaun zu beiden Seiten der Straße verliefen Fahrspuren wie die Finger einer Hand.

Obwohl Moody in Ganado relativ mühelos mit Anstrengungen fertiggeworden war, fiel es ihm jetzt schwer, Luft zu holen. Das kam nicht überraschend, wenn man bedachte, daß sich die kleine Straße in einer Höhe von etwa zweitausend Metern nach Norden schlängelte. Es war sein Glück gewesen, daß er vom Meeresniveau nicht direkt auf diese Höhe gekommen war.

»Das wird schiefgehen«, stellte er plötzlich fest.

Ooljee sah ihn fragend an. »Warum?«

»Zu leicht. Es ist zu verdammt leicht. Wir suchen, theoretisieren, befragen monatelang Quellen, dann stellen wir einfach einer seltsamen Maschine eine Frage und haben es.«

»Es war nicht leicht, zu der Frage zu gelangen«, widersprach der Sergeant. »Ich habe nicht das Gefühl, daß es uns in den Schoß gefallen ist, ohne daß wir dafür arbeiten mußten.«

»Vielleicht.« Moody atmete den Duft der Fichten tief ein und versuchte, sich zu entspannen. »Wieviel weiß er Ihrer Ansicht nach über das Netz?«

»Es hat uns gesagt, daß jemand, wahrscheinlich der Mann, hinter dem wir her sind, zweimal zugegriffen hat

— vermutlich einmal von hier aus und einmal in Atlanta. Das ist nicht viel. Es ist nicht wahrscheinlich, daß er ein Fachmann ist.«

Die automatische Routenkontrolle auf dem Armaturenbrett piepste, Ooljee verlangsamte und bog nach rechts auf eine unbefestigte Straße ab. Nach etwa anderthalb Kilometern überquerten sie eine kleine, händisch gebaute Brücke aus riesigen alten Balken. Der Bach unter ihr floß laut und wild und brauste vor Frühlingskraft und Schmelzwasser.

Sie kletterten aus dem flachen Flußbett hoch und erblickten das Gebäude. Obwohl der Eingang nach Osten zeigte, hatte man nicht versucht, ihm das Aussehen eines traditionellen Hauses zu verleihen. Es war rechtekkig und das steile Dach war mit Hochleistungs-Solarzellen bedeckt. An der Rückseite gab es eine angebaute Garage. Eine beeindruckende Sammlung von ausländischen Antennen ragte an der Nordseite des Gebäudes in die Luft und drängte sich um eine riesige Parabolantenne, deren Schüssel knapp über dem Dachfirst nach Süden zeigte. Im Weg stehende Fichten waren fachmännisch gefällt worden.

Niemand trat ihnen entgegen, obwohl jeder im Haus gesehen und gehört haben mußte, daß sie kamen. Sie parkten und blieben vor dem Wagen stehen. Der metallische Klumpen unter Moodys Arm fühlte sich größer an als gewöhnlich.

»Was meinen Sie? Ich habe so lange hinter dem Schreibtisch gesessen, daß ich verlernt habe, wie man jemanden festnimmt.«

»Keine Waffen. Wie wir schon gesagt haben, hat er keinen Grund, uns zu erwarten.«

»Ich wäre damit einverstanden, aber wenn wir es mit unserem Täter zu tun haben, so hat er bereits zwei Menschen umgelegt.« Moodys Blick glitt über den kühlen, leeren Wald, der sich so sehr von den Wäldern zu Hause unterschied. Die Tiere waren scheu und ließen sich nicht blicken. Wahrscheinlich ist ihnen genauso kalt wie mir, dachte er.

Sie waren einige Kilometer weiter unten auf der Asphaltstraße an dem letzten Haus vorbeigekommen. Man hörte in der Gebirgsluft zwar Schüsse in noch größerer Entfernung, aber es war ohnehin nicht wahrscheinlich, daß jemand in so einem Fall die Polizei verständigte. Nicht in diesem Land.

Dann fiel ihm ein, daß Kettrick und seine Haushälterin nicht mit traditionellen Waffen getötet worden waren.

An der ganzen Geschichte war überhaupt nichts traditionell, und wenn jemand im Haus sie ohne Vorwarnung abknallen wollte, konnte er es von einem Fenster aus genauso mühelos tun wie im Wohnzimmer.

Die Vordertür war aus Metall mit Holzmaserung, solid und sicher. Ooljee drückte auf den Schalter der Gegensprechanlage. Nach einer kurzen Pause kam eine Stimme aus dem winzigen Lautsprecher

»Ja?«

»Spreche ich mit Mr. Yistin Gaggii?«

Wieder ein Ja, ohne Zögern und Ausflüchte.

»Ich bin Sergeant Paul Ooljee von der Polizeistation in Ganado. Wenn es Ihnen nichts ausmacht, Mr. Gaggii, möchten mein Freund und ich kurz mit Ihnen sprechen.«

»Mit mir sprechen?« Diesmal hatte es eine winzige Pause gegeben. »Worüber?«

Ooljee sah seinen Partner kurz an, bevor er sich wieder der Tür zuwandte.

»Wir haben ein kleines Kommunikationsproblem mit unserem Außendienstspinner. Wir haben gehört, daß Sie sich damit auskennen, und hoffen, daß Sie uns vielleicht helfen können.«

»Wirklich? Wer hat Ihnen das gesagt?«

»Spielt das eine Rolle? Stimmt es oder nicht?«

Darauf folgte eine lange Pause. Die beiden Polizisten

warteten nervös und entspannten sich auch nicht, als drinnen ein Schloß aufsprang, so daß sie hineinkonnten.

»Es ist zu kalt, um im Freien darüber zu sprechen, meine Freunde«, erklärte die Stimme. »Der Sommer beginnt erst in einem Monat. Bitte kommen Sie herein.«

Ooljee holte tief Luft, wechselte einen Blick mit Moody und trat ein.

Sie befanden sich in einem Raum oder in einer Wohnfläche, die überraschend sauber war. Nichts wies darauf hin, daß Gaggii verheiratet war, aber selbst wenn es hier moderne Haushaltsgeräte gab, war das Haus so sauber, daß es unnatürlich wirkte.

Der sterile Eindruck wurde durch die vorgeblich traditionellen Kunstgegenstände und die Moody inzwischen vertrauten erdfarbenen Möbel gemildert, die rosa, rot und gelb waren. Die Mitte des Raums nahm eine der erstaunlichsten Holoskulpturen ein, die Moody je gesehen hatte. Es war ein Medizin-Yei: zwei Meter hoch, vor Federn strotzend, kompliziert geschmückt, Kriegskeule, Kriegsaxt und Medizinbeutel. Im Gegensatz zu den ekkigen Abstraktionen der Sandbilder war dies eine voll ausgeführte, lebensechte menschliche Gestalt von unvergleichlicher Kunstfertigkeit.

Der Detektiv bewunderte sie, als sie vor ihnen tanzte und sich drehte, während Ooljee den Hausherrn suchte. Der Raum bestand nur aus geraden Linien und Ecken, nichts war rund oder gekrümmt. Er hatte nichts Weiches an sich, ein Eindruck, den die zahllosen Sandbilder an den Wänden nur verstärkten. Man konnte sie nicht übersehen, konnte sie trotz der Anwesenheit des holographischen Yeis nicht unbeachtet lassen. Winzige, einige Quadratzentimeter große Arbeiten drängten sich zusammen, als wollten sie die Macht der großen Stücke, deren Umfang mehrere Meter betrug, abwehren.

Ooljee musterte die Wände sorgfältig und verkündete dann: »Es ist nicht hier.«

Moody mußte nicht fragen, worauf sich sein Partner bezog: Das Kettrick-Bild oder eine Kopie von ihm befand sich nicht unter den Dutzenden Werken, die die Wände des Raums einnahmen.

Trotz der Anwesenheit der Bilder, der mächtigen Holographie und der bequemen Möbel gab es in dem Raum nichts, das darauf hinwies, daß hier eine besondere Persönlichkeit lebte. Alles war mit beinahe mathematischer Präzision aufgestellt und zurechtgerückt worden, so präzise wie eine holographische Belichtungsmaske zum Schneiden von molekularen Chips. Es sah zwar nicht wie ein Krankenhauszimmer aus, aber es fühlte sich so an.

Das war kein realer Raum in einem realen Heim, erkannte Moody plötzlich. Es war eine Vortäuschung, eine Filmdekoration, die Auge und Geist hereinlegen sollte.

Sie hatten keine Zeit mehr, die emotionalen Untertöne der Einrichtung auf sich wirken zu lassen, weil Gaggii aus einem Hinterzimmer auftauchte. Ooljee schüttelte ihm die Hand, stellte sich vor und benahm sich höflich und mit vorprogrammierter professioneller Begeisterung.

Moody glaubte, bei ihrem Verdächtigen einen Anflug von chronischer Ungeduld zu entdecken. Obwohl Gaggii sie ansah, während er sprach, hatte der Detektiv das Gefühl, daß die Gedanken des Mannes seinen Worten um einige Schritte voraus waren, als befasse sich nur ein Teil seines Gehirns mit dem Gespräch.

Er versuchte zwar, aufmerksam zu wirken, aber es war nicht zu übersehen, daß ihn das Gesagte nicht interessierte. Es war etwas, womit er sich befassen und das er hinter sich bringen mußte, wie das Abstellen eines tropfenden Wasserhahns oder den Einkauf von Lebensmitteln. Der Rest seines Gehirns war mit etwas anderem beschäftigt.

Das gab Moody das Gefühl, daß er der Situation nicht

gewachsen war, und das mochte er nicht. Doch er mochte auch Gaggii nicht besonders. Der Mann lächelte häufig, aber das Lächeln war ungefähr so echt wie die Holzimitation an der Tür. Es war kein spontanes Lächeln, sondern die bewußte Manipulation von Haut und Gesichtsmuskeln, um die gewünschte Wirkung zu erzielen, so wie der Raum dazu entworfen war, warm, schlicht und gefällig zu wirken. Weder er noch sein Besitzer waren so.

Moody hörte zu, wie sein Partner den Verdächtigen in ein belangloses Gespräch verwickelte, doch ihm war klar, daß Gaggii nur darauf wartete, daß sie wieder gingen. Das störte ihn nicht weiter. Gaggii würde auf jeden Besucher so reagieren. Dennoch spürte er in dem Mann keinen Haß, keine ausgesprochene Abneigung gegen andere menschliche Wesen. Es war nur Gleichgültigkeit, als würden die Besucher Zeit und Raum in Anspruch nehmen, die er sonst besser nutzen konnte.

Moody nahm unaufgefordert Platz und genoß es, daß an die Stelle von Gaggiis sorgfältig vorgetäuschter Gastfreundschaft kurz Widerwille trat. Seine Pistole steckte noch immer ungesichert und schußbereit unter seiner Jacke, doch Gaggii wirkte weder aufgeregt noch besorgt. Trotzdem ließ sich Moody nicht dazu verleiten, sich zu entspannen. Die leise sprechenden, selbstsicheren Verdächtigen waren die gefährlichsten, weil man nie wissen konnte, was sie im nächsten Augenblick tun würden.

»Sie werden vielleicht schon erraten haben, Mr. Gaggii«, fuhr Ooljee fort, »daß wir nicht hergekommen sind, weil wir mit unserem Kommunikationssystem Schwierigkeiten haben.«

»Ach.« Gaggii betrachtete den Sergeant genauso gleichgültig wie eine vorüberfliegende Biene.

Moody hob die rechte Hand unauffällig zum Brustbein und damit zum Griff seiner Pistole, während sein Partner über einige der Ereignisse berichtete, die sie hierhergeführt hatten. Er schloß mit der Erklärung, daß die Beweise, die sie zusammengetragen hatten, zwar nicht schlüssig seien, daß sie aber genügten, um etwas mehr als Verdacht zu schöpfen; wenn Gaggii nichts zu verbergen hatte, dann würde er sicherlich bereit sein, sie nach Ganado zu begleiten und einige einfache, detaillierte Fragen zu beantworten. Es würde nicht viel Zeit beanspruchen und für die Dienststelle eine große Hilfe bedeuten.

Gaggii hörte Ooljee schweigend zu; er stand ruhig und entspannt vor ihnen — bis auf seine Hände. Alle seine Finger krümmten sich nach hinten und vorn, so daß sie wie fleischige Haken aussahen. Als der Sergeant verstummte und Gaggii antwortete, wirkte er zum ersten Mal wirklich interessiert. »Ich kann die meisten Fragen wahrscheinlich sofort hier beantworten, meine Freunde. Wie haben Sie mich gefunden?«

Ooljee warf seinem Partner einen Blick zu. Moodys Finger glitten unter seine Jacke und schlossen sich um den Griff der Pistole. Gaggii bemerkte es offenbar nicht; er machte keine plötzliche Bewegung, sondern stand nur da und wartete.

»Wir verwendeten das Kettrick-Template, gelangten in das Netz oder was immer es ist und fragten es«, antwortete Ooljee.

Es mußte ein Schock sein, aber Gaggiis Gesichtsausdruck veränderte sich nicht. »Daran hatte ich nicht gedacht, weil ich mir nicht vorstellen konnte, daß jemand — und schon gar nicht die Polizei — herausbekommen kann, worum es geht, und dann auch noch den Weg hineinfindet. Für Nicht-Spezialisten haben Sie hervorragende Arbeit geleistet, meine Freunde. Ich habe es mir selbst zuzuschreiben. Anderseits wurde das Netz dazu entworfen, um von Nicht-Spezialisten benützt zu werden, also sollte ich Ihnen keine übertriebenen Komplimente machen. Die Einfachheit seiner Handhabung wird nur von seinen Möglichkeiten übertroffen, vor denen ich täglich mehr Ehrfurcht empfinde. Wie sind Sie auf das Geheimnis des Template gestoßen? Als ich das Original und die Archivkopien der Versicherungsgesellschaft vernichtete, war ich davon überzeugt, daß ich nichts übersehen hatte.«

»Kettrick hatte eine eigene Akte angelegt«, erklärte Moody von der Couch aus; er beobachtete Gaggiis Finger und Augen scharf. »Seine Frau hat sie uns gezeigt. Dort haben wir unsere Kopie her.«

»Natürlich.« Gaggii neigte offensichtlich nicht zu Selbstvorwürfen. »Ich habe an diese Möglichkeit gedacht, hatte aber nur für eine rasche Suche Zeit, die keine Ergebnisse brachte. Wenn man es eilig hat, kann man nicht alles gleichzeitig berücksichtigen. Menschen werden immer dann verletzt, wenn man etwas überstürzt.« Er bewegte sich und Moody wollte schon seine Pistole ziehen, ließ es aber bleiben, weil Gaggii sich nur gegenüber der Couch auf einen Stuhl setzte. Ooljee blieb wachsam stehen.

»Ich wollte nur das Sandbild oder eine Kopie von ihm. Ich brauchte lange, um es zu finden. Und auch dann handelte es sich nur um eine Annahme.«

»Soll das heißen, daß Sie nicht wußten, ob es das richtige Bild war, und trotzdem die beiden Menschen töteten?«

»Er wollte mir keine Kopie des Bildes geben«, sagte Gaggii ruhig, als wäre damit alles erklärt. »Als jede andere Methode versagte, versuchte ich, eine Kopie anzufertigen, ohne jemanden zu stören, aber ich hatte keine Erfahrung mit Einbrüchen. Mr. Kettrick und seine Hausangestellte befanden sich an einem Ort, an dem ich sie nicht erwartete. Ich versuchte, ihm die Situation zu erklären, aber er wurde beleidigend und unvernünftig. Als er die Polizei verständigen wollte, mußte ich reagieren.

Ich wollte ihm begreiflich machen, daß es mir nichts ausgemacht hätte, wegen eines Einbruchsdiebstahls ins

Gefängnis zu kommen. Aber er wollte mich zwingen, das Holobild des Sandbildes zu vernichten, das ich gerade anfertigte, als er hereinkam. Wie so viele reiche Leute verwechselte er Arroganz mit Macht. Ich bedaure den Tod der Angestellten mehr als seinen.

Ich habe einen großen Teil meines Lebens mit der Suche nach diesem Sandbild verbracht.« Er beobachtete Ooljee, während er sprach. »Sie haben keine Ahnung, wie zukunftsträchtig es für die Geschichte und Kultur der Wesen ist.«

»Ich begreife es allmählich«, erwiderte der Sergeant.

»Dann haben Sie Fortschritte gemacht. Das ist erfreulich.«

»Hören Sie auf, für sich Reklame zu machen«, fuhr ihn Moody an. »Um was genau handelt es sich bei dem verdammten Ding und woher stammt es?«

»Was es ist …?« Gaggii lächelte und seine schlaksige Gestalt strahlte unerwartete Befriedigung aus. »Ich glaube, daß es sich um eine Datenbank außerirdischen Ursprungs handelt, auf die man ungewöhnlich mühelos zugreifen kann. Und zu der Frage ihrer Herkunft — ich glaube, daß sie von den Heiligen Wesen hierhergebracht wurde.«

»Diesen Namen haben wir in den normalen Datenbank-Katalogen bestimmt nicht gesehen«, antwortete Moody.

»Ich verwende ihn, weil es keinen besseren lokalen Verweis gibt.« Gaggii, der das Gespräch sichtlich genoß, schlug die Beine lässig übereinander. *Er spielt mit uns ein Spiel,* dachte Moody plötzlich. *Von mir aus. Den letzten Zug machen Ooljee und ich.*

»Diese Bezeichnung haben unsere Vorfahren verwendet. Wenn ich einen besseren Ausdruck wüßte, würde ich ihn benützen, aber es war mir nicht möglich, etwas über sie herauszufinden. Das ist ein Thema für künftige Untersuchungen.«

»Wir haben eine Vorstellung davon, wie es aussieht.«

Moodys Finger liebkosten den Pistolengriff. »Eines steht fest: Es ist gefährlich. Es müßte von Personen untersucht werden, die sich viel besser damit auskennen als Sie oder ich.«

»Aber es gibt keine Personen, die sich ›damit‹ besser auskennen, mein Freund. Warum sollen also nicht ich oder Sie diejenigen sein, die es untersuchen? Es stimmt zwar, daß es zu Aktionen fähig ist, die unsere schwache Phantasie nicht erfassen kann, aber das werden wir erst merken, wenn wir danach greifen. Ich besitze allerdings genügend Phantasie und verdanke ihr bereits eine Idee, die eine weitere Untersuchung wert ist. Wie Sie selbst herausgefunden haben, kann es, sobald man darauf zugegriffen hat, durch einen einfachen gesprochenen Befehl aktiviert werden.«

»Etwas, das sich über das Sicherheitssystem einer Polizeidienststelle hinwegsetzen und das Gebäude niederbrennen kann, in dem es untergebracht ist, ist weder einfach noch sicher«, widersprach Moody.

»Für die Nachrichtensendungen nehme ich mir immer Zeit«, erklärte Gaggii. »Ich habe von dem Brand in Ganado gehört, hatte aber natürlich keinen Grund, ihn mit meiner Arbeit in Verbindung zu bringen. Also Sie beide haben mit dem Template gespielt. Sie haben Glück gehabt, daß nur das Gebäude dabei zerstört wurde. Ein leicht zu gebrauchendes System kann auch leicht mißbraucht werden. Man muß vorsichtig, mit kleinen Schritten weitergehen.«

»Wir werden diesen Fehler kein zweites Mal begehen«, versicherte Moody. »Genauso wenig wie Sie. Sie haben möglicherweise eine Ahnung, was es ist, aber Sie haben nicht die geringste Vorstellung davon, wozu es da ist.«

Gaggii wurde philosophisch. »Vielleicht wurde es hierhergebracht, um den Anasazi und später den Navaho zu helfen, nur wurde der Weg vergessen oder von abergläubischen Medizinmännern bewußt verschleiert.

Oder vielleicht verwendeten es die Anasazi. Um das Jahr 1300 verschwanden sie einfach. Niemand weiß, warum. Niemand weiß, wohin sie verschwunden sind. Vielleicht verwendeten sie den Weg, um an einen Ort zu gelangen, an dem der Boden und das Klima besser waren. Vielleicht begaben sie sich in das Netz. Das glaube ich zwar nicht, aber wenn man die Auswirkungen dieser Entdeckung bedenkt, wird manches plötzlich möglich.«

»Wenn Sie nicht dieser Ansicht sind, wozu ist es dann Ihrer Meinung nach hierhergebracht worden?« fragte Ooljee, der in Gedanken versunken gewesen war.

»Ich glaube nicht, daß es zu einem bestimmten Zweck hergebracht wurde. Es ist nur ein Werkzeug, ein Gerät. Wie jedes gute Werkzeug wartet es darauf, daß es ausgebildet wird, daß man ihm sagt, was es tun soll.« Sein Lächeln vertiefte sich ein wenig. »Solange ich keine gegensätzlichen Informationen erhalte, nehme ich weiterhin an, daß die Wesen, die es gebaut haben, es einfach hierließen.«

Moody runzelte die Stirn. »Niemand würde etwas dieser Größenordnung einfach ›hierlassen‹.«

Gaggii wandte sich ihm zu. »Sie legen dem unermeßlichen Unbekannten Ihre Maßstäbe an.« Er lachte leise und beherrscht, aber amüsiert. »Vielleicht sind sie nur vorbeigekommen und hielten sich hier nur auf, um, sagen wir, einen Reifen zu wechseln. Wir können sie uns genauso wenig vorstellen, wie wir uns vorstellen können, weshalb sie gekommen sind. Es heißt, daß man sich einen wirklichen Außerirdischen nicht vorstellen kann, weil ein wirklich *fremder* Außerirdischer schon durch die Tatsache, daß er Außerirdischer ist, für uns unverständlich wäre. Das trifft vielleicht auch auf ihre Geräte, ihre Werkzeuge zu.

Ich glaube, daß das Template ein Werkzeug, und das Netz, auf das es Zugriff hat, ein größeres Werkzeug ist. Vielleicht liegen hier Erfindungen herum, deren Vorhandensein wir nicht einmal vermuten, Erfindungen, die wir weder sehen noch spüren können.

Stellen Sie sich folgendes vor, meine Freunde. Sie reisen mit Ihrem Kombi durch die Wüste. Sie haben einen Platten und halten an, um den Reifen zu wechseln. Weil Sie es bei Ihrem Aufbruch eilig haben, vergessen Sie einige Ihrer Werkzeuge; den automatischen Wagenheber, den Kabelschuh, vielleicht ein paar Heftklammern und eine leere Bierdose. Sie beschleunigen auf hundert und verschwinden rasch vom Schauplatz, ohne daß jemand Sie beobachtet hat.

Die Zeit vergeht. Können Sie sich vorstellen, was dann geschieht?«

»Klären Sie mich auf.« Moody versuchte, gelangweilt zu klingen, wußte aber, daß ihn sein offensichtliches Interesse Lügen strafte.

»Die Ameisen kommen heraus, meine Freunde. Die Ameisen kommen heraus, um sich umzusehen.

Sie klettern über die vergessenen Werkzeuge und um sie herum und können wegen ihrer Unwissenheit und der Größe der Fundstücke nicht erkennen, was sie vor sich haben. Aber eine Ameise gelangt zu einem Schlüssel. Vielleicht stolpert sie über eine graphische Darstellung, die irgendwie für Ameisen verständlich ist. Oder vielleicht ist sie dabei, als die Werkzeuge verwendet werden. Vielleicht erhält sie sogar Anweisungen, so wie Kinder, die an einem Bach spielen, Ameisen Blätter und Zweige anbieten, damit sie eine winzige Brücke bauen und ein Rinnsal überqueren können. Sie tun es, weil es für sie unterhaltend ist, die Ameisen bei der Arbeit zu beobachten. Ameisen, die den Begriff einer Brücke nicht erfassen, werden dennoch eine Brücke benützen. So kann es demjenigen, der das erste Template malte, gegangen sein.

Irgendwie lernt dieses scharfsichtige Insekt, wie man die bisher unsichtbaren Werkzeuge aktiviert, nur waren die Werkzeuge nicht unsichtbar: Sie waren einfach zu massiv, als daß die Ameisen sie erfassen konnten. Sie schienen zur natürlichen Ordnung, zum alltäglichen Gelände zu gehören.

Die Schwierigkeit besteht nicht darin, Werkzeuge zu *verwenden,* meine Freunde. Sie besteht darin, daß man sie als Werkzeuge *erkennt.* Das Sandbild enthält das Diagramm, das die Ameise, die uns vor tausend Jahren voranging, erkannte. Nein, meine Herren, wenn das Netz zu einem bestimmten Zweck hierhergebracht wurde, dann hätte es sich seit langem bemerkbar gemacht. Es ist nur etwas, das zurückgelassen, vergessen wurde.

Ich fange erst an zu lernen, wie es verwendet werden kann. Die Möglichkeiten sind beeindruckend. Stellen Sie sich nur vor, was ein Ameisenvolk, das neben seinem Ameisenhügel einen automatischen Wagenheber findet und herausbekommt, wie man ihn einschaltet, alles erreichen könnte. Eidechsen fressen Ameisen. Ein Wagenheber würde eine Eidechse zerquetschen. Er könnte große Kiesel zermalmen, um einen leichteren Zugang zur Nahrung zu schaffen oder um damit eine bessere Unterkunft zu bauen. Er könnte für die Ameisen sogar eine Möglichkeit sein, sich geistig zu entwikkeln. Ich weiß, daß mein Vergleich hinkt, aber …«

Moody unterbrach ihn. »Im Grunde sagen Sie also, daß das Netz der Müll von Aliens ist?«

»Nur, daß es eine von vielen Möglichkeiten ist«, erwiderte Gaggii tadelnd. »Es kann vielleicht für seine ursprünglichen Besitzer wertvoll gewesen sein, aber nicht so wertvoll, daß es die Wiedererlangungskosten über für uns unvorstellbare Zeiträume und Entfernungen hinweg rechtfertigt. Sie vergessen zum Beispiel ein teures Hologramm in Paris. Obwohl Sie den Verlust bedauern, werden Sie nicht nach Frankreich zurückreisen, um es wiederzuerlangen.«

Wenn es nicht schon vorher offensichtlich gewesen war, so stand jetzt zumindest fest, daß Yistin Gaggii unabhängig davon, was er sonst vielleicht sein mochte, nicht verrückt war. Er war kein einziges Mal lauter geworden. Die Fähigkeit, Gefühle auch in abnormalen Stressituationen unter Kontrolle zu behalten, war im allgemeinen kein Hinweis auf geistige Labilität. Man hatte ihn gefunden, und jetzt hatte er offensichtlich Vergnügen daran, seine Entdeckungen mit jemandem zu teilen.

»Und was interessiert Sie daran?« fragte Moody. »Ich meine, was wollen Sie persönlich damit anfangen?«

»Du meine Güte.« Gaggii sah ihn mit gespieltem Erstaunen an. »Eine wirklich scharfsinnige Frage, die sich aus den strengen Leitsätzen der Polizeiarbeit ergibt.« Sein Sarkasmus berührte Moody nicht; er war ihm schon tausend Mal ausgesetzt gewesen. Es war eine Standardverhaltensweise von Gefangenen, um ihre rasch schwindende Unabhängigkeit wieder geltend zu machen.

»Sagen wir einfach, daß ich eigene Wünsche habe, wie alle von uns. Erinnern Sie sich an den Vergleich mit dem Wagenheber. Nehmen wir an, daß unsere imaginären Reisenden statt dessen eine Dose mit Ungezieferspray zurückgelassen haben. Was würden die Ameisen damit anfangen?«

»Mir hat der Vergleich mit dem Wagenheber besser gefallen«, fuhr ihn Moody an.

»Ein solches Gerät könnte mit verheerender Wirkung gegen feindliche Ameisen verwendet werden.«

»Oder gegen seine Entdecker, falls sie nicht begreifen, wie es zu verwenden ist«, meinte Ooljee vielsagend.

Gaggii nickte. »Jedenfalls wäre es für die, die abgereist sind, nicht mehr von Nutzen.«

»Wir haben es gefragt, wie groß es ist«, sagte Moody. »Es antwortete ›groß genug‹.«

»Ja. Es kann antworten, ohne präzise zu sein. Ich glaube nicht, daß es absichtlich ausweicht. Wahrscheinlich verfügen wir nicht über die erforderliche Terminologie, um die richtigen Fragen zu stellen. Deshalb antwortet es in der Form, von der es annimmt, daß unsere einfachen Gehirne sie am leichtesten verstehen werden.«

»Noch eine letzte Frage.« Während Moody seine Frage formulierte, wartete Gaggii geduldig, als hätte er jede Menge Zeit. »Sie sagen, daß Sie eigene Wünsche, eigene Vorstellungen davon haben, wie sie es verwenden wollen, was immer es ist. Was sind das für Wünsche?«

Gaggii sah den Detektiv an und schob die Lippen vor. »Es tut mir leid, mein Freund, aber das geht Sie nichts an.«

Moody schniefte. Er hatte etwas Ähnliches erwartet. Er erhob sich. »Es tut uns wirklich leid, daß wir Sie bei Ihrem Hobby stören müssen, aber die unangenehme Tatsache, daß Sie zwei Menschen kaltblütig umgebracht haben, ist noch immer vorhanden.«

»Ich bin nahe daran, meine Fragen selbst zu beantworten.« Gaggii traf keine Anstalten, sich zu erheben.

Falls er versucht, uns zu überrumpeln, läßt er sich sehr viel Zeit, dachte Moody.

»Obwohl es klar ist, daß Sie beide — für Polizisten — ungewöhnlich intelligente Individuen sind, kann ich wohl kaum an Ihren gesunden Menschenverstand appellieren?«

»Bedaure«, antwortete Moody. »Mein gesunder Menschenverstand sagt mir leider, daß es keine gute Idee ist, Mörder ungestraft davonkommen zu lassen.«

»Ich verstehe Ihren Standpunkt.«

Gaggii erhob sich. Beide Beamte strafften sich, aber ihr Gefangener griff nicht nach verborgenen Schaltern oder versteckten Geräten. Statt dessen streckte er beide Arme nach vorn.

»Wollen Sie mich fesseln?«

Ooljee sah seinen Partner an, der die Achseln zuckte. »Das halte ich nicht für notwendig. Der Rücksitz meines Kombis ist mit Maschendraht gesichert, das wird genügen. Handschellen können scheuern, und es ist eine lange Fahrt nach Ganado. Ich möchte nicht, daß verletzte Gelenke oder Hände ihre Vernehmung verzögern.«

»Ich bin Ihnen für Ihre Rücksicht dankbar. Darf ich einen Mantel haben? Draußen ist es kalt.«

»Was für einen Mantel?« fragte Moody mißtrauisch.

»Natürlich den, in dessen Futter der Sprengstoff eingenäht ist«, erwiderte Gaggii lächelnd. »In dem Schrank dort drüben.« Er zeigte hin.

Moody nickte kurz, ging zum Schrank und sah hinein. »Welcher?«

»Die Wolfimitation mit dem schmalen Kragen.«

Moody überprüfte den Mantel genau. Gaggiis Gelassenheit beunruhigte ihn mehr als alles, worauf er gefaßt gewesen war. Aber der Mantel war sauber. Moody klopfte ihn noch einmal ab und gab ihn dann dem Gefangenen, der lässig weiterplauderte.

»Ich muß Sie also begleiten, meine Freunde.«

»Allerdings.« Moody öffnete die Tür, während Ooljee zurückblieb. Der Augenblick, in dem sie sich auf den Weg machten, war kritisch, und keiner der beiden wollte ein Risiko eingehen, auch wenn der Verhaftete anscheinend kooperierte. Beide hatten die Pistolen in der Hand. »Und tun Sie uns einen Gefallen, ja?«

»Wenn es mir möglich ist«, meinte Gaggii gnädig.

»Bezeichnen Sie uns nicht als Ihre Freunde.«

Gaggiis einzige sichtbare Reaktion bestand in einem schmallippigen, undurchdringlichen Lächeln.

Moody war erleichtert, als sie wieder im Freien, in der kühlen Abendluft waren und Gaggiis Haus, das nur eine sterile Maske war, hinter sich ließen. Es strahlte genauso viel menschliche Wärme aus wie ein Grab, die Möbel waren erstarrte, wie Schmetterlinge an die Wände und den Boden genagelte Skelette.

Er wollte Gaggiis Arbeitsraum sehen. Sobald der Gefangene in Ganado sicher in der Zelle saß, würden sie dafür jede Menge Zeit haben. Genügend Zeit, um seine Notizen und Unterlagen gemächlich durchzusehen.

»Ich muß Sie bewundern, meine Herren.« Gaggii mußte sich seitlich in den schmalen Rücksitz des Kombis schieben. Ooljee befestigte das Sicherheitsnetz. Der Maschendraht aus einer Kohlenstoffverbindung würde jeden daran hindern, nach vorn zu greifen.

»Danke«, erwiderte Moody kühl, während er auf der Beifahrerseite einstieg. »Wir tun unser Bestes.«

Ooljee startete, wendete und fuhr zum unbefestigten Weg, der zur kleinen Brücke führte. Sie hatten eine Menge Informationen erhalten, und das hatte sie den Rest des Nachmittags gekostet. Das Dämmerlicht kroch zwischen den Fichten hindurch, während der Wagen den Hang hinunter und über die Brücke polterte und auf der anderen Seite in den Wald kletterte.

»Nein, ehrlich. Ich habe nicht angenommen, daß es jemand herausfinden würde. Jedenfalls nicht so früh. Und Sie haben auch noch auf das Netz zugegriffen.«

»Alle Leute halten Polizisten für dumm.« Moody rückte sich im Sitz zurecht. »Daran ist das Fernsehen schuld. Auf dem Bildschirm übersehen die Bullen immer das Offensichtliche, und das kompensieren sie, indem sie alle Verdächtigen erschießen. Die Polizei macht ihre Arbeit nicht auf diese Weise, genauso wenig wie Anwälte vor Gericht die ganze Zeit große Reden halten. Bei uns ist es hauptsächlich langweilige, ermüdende Beinarbeit. Ich bin ein Sonderling — ich liebe Nachforschungen. Damit fängt man die Leute wirklich.«

»Aber damit hält man sie nicht fest«, widersprach Gaggii. »Ihnen ist klar, daß Sie mich nicht mit Kettricks Tod in Verbindung bringen können. Ich weiß, daß Sie unser Gespräch im Haus nicht aufgezeichnet haben. Sonst hätten Sie mich darauf aufmerksam machen müssen, und ich hätte mich entsprechend verhalten. Da Sie das nicht getan haben, hat mich nichts daran gehindert zu reden. Ich rede gern.«

Ooljee schüttelte traurig den Kopf. »Sie wissen vielleicht eine Menge über Mollys und Netze, aber Sie haben keine Ahnung von gesetzlichen Verfahren. Mindestens eine Sekretärin und zwei Sicherheitswächter waren dabei, als Sie mit Kettrick in seinem Büro in Tampa stritten. Außerdem zeichnete Kettrick als angesehener Geschäftsmann alle seine Unterredungen auf. Eine Analyse Ihrer Stimme wird Sie mühelos identifizieren.«

»Streitigkeiten liefern ein mögliches Motiv, sind aber kein Grund für eine Verurteilung wegen Mordes.« Gaggii war seiner Sache sicher. »Sie können mich auch nicht mit dem Löschen der Dateien der Versicherungsgesellschaft in Atlanta in Verbindung bringen.«

»Das wird sich weisen«, meinte Moody beiläufig, »aber es gibt noch unseren Augenzeugen, der gesehen hat, wie Sie in der Nacht der Morde Kettricks Haus betraten.«

Diesmal brauchte der Gefangene eine Weile, bis er antwortete. Moody freute es, daß er Gaggii beeindruckt hatte, wenn auch nicht sehr.

»Sie bluffen«, stellte dieser schließlich fest. »Sie sind vielleicht ein guter Kartenspieler, Detektiv, aber ich weiß, daß ich nicht beobachtet wurde, als ich das Haus betrat. Es gibt keinen solchen Zeugen.«

»Gut.« Moody zuckte gleichgültig die Achseln. »Dann haben Sie keinen Grund, sich Sorgen zu machen, richtig? Verdammt, ich bin eben ein öliger, alter Lügner. Es gibt keinen Zeugen, also können Sie sich in Ihrer Zelle entspannen, bis Sie vor Gericht erscheinen müssen. Es wird dem hiesigen Distrikt-Staatsanwalt schwerfallen, etwas zu beweisen, weil es diesen Zeugen nicht gibt. Ich habe alles nur erfunden, um Sie hereinzulegen.«

Moody sah aus dem Augenwinkel, daß Ooljee Mühe hatte, nicht zu lächeln. Als Gaggii wieder sprach, lag in seiner Stimme Unsicherheit. Er strengte sich sehr an, um seine selbstbewußte Haltung wiederzufinden.

»Ihr Bluff beeindruckt mich nicht. Sie können nichts beweisen. Durchsuchen Sie mein Haus so oft, wie Sie wollen. Sie werden nichts finden, das Ihren Verdacht bestätigt. Wenn Sie versuchen, auf meine Molly zuzugreifen, wird sich die Datenbank selbst zerstören.«

»Warum, zum Teufel, sollten wir uns um Ihre Arbeit kümmern?« Moody unterhielt sich blendend, obwohl er wußte, daß er es nicht tun sollte. »Ich meine es ernst. Wir wollen nur eines: Ihnen den Kettrick-Mord anhängen. Machen Sie sich deshalb keine Sorgen. Wir werden es schaffen.«

»Ich verstehe. Ich werde also eingesperrt; macht es Ihnen dann etwas aus, wenn ich mich amüsiere, so lange ich die Möglichkeit dazu habe?« Er begann, leise und rhythmisch vor sich hin zu singen.

Sie bogen auf die Hauptstraße ein. Moody sah über die Schulter zurück. »Lassen Sie sich etwas anderes einfallen. Ich habe keine Lust, mir Ihren Gesang stundenlang anzuhören.«

Gaggii verstummte kurz. »Es ist ja nur ein Lied, Detektiv. Ein kleines Etwas, um die Zeit zu zerschlagen. Wie Sie selbst sagen — es ist eine lange Fahrt den Berg hinunter.« Er begann, wieder zu singen.

»Es wäre nicht so schlecht, aber Sie können die Melodie nicht halten.« Ooljee konzentrierte sich auf den Fahrweg vor ihnen. »Deshalb tun Sie, was Ihnen mein Freund sagt, und ...« Er brach unvermittelt ab und starrte in den Rückspiegel.

Moody straffte sich. »Was ist los?« Gaggii kümmerte sich um keinen von beiden, sondern konzentrierte sich auf sein Lied.

»Armband. Linkes Handgelenk.«

Moodys Sitz beschwerte sich laut, als der Detektiv herumfuhr. Sein Blick wanderte direkt zu dem Schmuckstück, einem dicken Reifen aus Silber und Türkisen. Nur waren die Türkise kein Kupfererz und das Silber war eine Legierung aus etwas anderem.

Das Armband enthielt mehr als genug Metall, um als starker Empfänger-Sender zu fungieren, und die blauen Stückchen, mit denen Gaggii spielte, bewegten sich für angeblich festgelötete Steine viel zu leicht in ihren Fassungen. Im Innern einiger von ihnen leuchtete schwaches Licht.

Moody zog die Pistole und zielte durch den Maschendraht. »Hör sofort auf, du Gauner, oder du mußt dir keine Sorgen mehr wegen eines Prozesses machen.«

»Immer mit der Ruhe, Detektiv.« Gaggii nahm die rechte Hand vorsichtig vom Armband. »Was macht Ihnen solche Sorgen? Daß ich Freunden ein Signal gebe? Ich habe keine Freunde. Daß ich die Götter zu Hilfe rufe? Das ist Aberglaube, der nur bewirkt, daß Kinder schlecht schlafen.« Das Armband leuchtete noch immer.

»Es interessiert mich nicht, ob du den örtlichen Sender empfangen willst«, sagte Moody drohend. »Hör auf!«

»Es spielt also eine Rolle, was? Sie haben Ihren Zeugen, Sergeant, deshalb ist es nur fair, wenn ich meinen Zeugen zu Hilfe rufe.«

Ooljee fluchte heftig. Der Wagen schwankte wild, als etwas Ungeheures die Windschutzscheibe füllte. Seine Oberfläche war gelb wie die Sonne und seine Augen waren kochend rot.

15. Kapitel

Der Wagen verließ die Staubstraße und raste rüttelnd und quietschend durch den Wald. Ooljee kämpfte mit dem Lenkrad und der Federung und schaffte es irgendwie, dem drohenden Heer der Bäume auszuweichen.

Eine mächtige, pulsierende Gestalt schlug immer wieder auf den torkelnden Wagen ein. Bei jedem Kontakt sprühte das Gestell Funken. Moody kurbelte sein Fenster hinunter, um die unmögliche Erscheinung besser zu sehen.

Sie mußte aus dem außerirdischen Netz stammen, dem Netz, das sie überall umgab. Sie gingen durch das Netz, atmeten es ein. Es verdichtete das Gewebe der Existenz unmerklich. Nun war in diesem Gebiet von Regenbogenfäden und belebten Explosionen etwas zusammengeschmolzen, eine Art Programm, das Gaggiis Manipulationen angesaugt hatten, um sie zu zermürben und ihnen Angst einzujagen. Was ihm zweifellos gelang.

Moody zuckte zusammen, als sich ihm der leuchtende Kopf zuwandte. Er feuerte instinktiv, obwohl er vermutete, daß seine Patronen keine Wirkung auf das Kraftfeld oder die Datenbank oder was immer es war haben würden. Aber er war dazu ausgebildet worden, bei einem Angriff das Feuer zu erwidern. Außerdem war es die einzige Reaktion, die ihm zur Verfügung stand.

Er erinnerte sich daran, wie Kettrick und die Haushälterin gestorben waren. In der Luft vor ihm wand und verzerrte sich das maßlos vergrößerte Instrument ihres Todes. Die kleinere Version, die Gaggii in jener Nacht auf Steel Key heraufbeschwor, hatte zwei Menschen getötet. Ihr ungeheuerlicher Verwandter versuchte, ihren Wagen zu zerstören.

Moody erinnerte sich daran, daß Ooljee erwähnt hatte, ein Hatathli sei in der Lage, nur einen Teil eines Sandbildes zu verwenden. Gaggii verwendete einen kleinen Teil des fremden Netzes. Es war eine Erfindung, die vielleicht einem Anasazi von Nutzen gewesen war, wenn er es mit einem Feind zu tun hatte, etwas Vertrautes — falls man eine zwanzig Meter lange, gelb-rote Schlange als etwas Vertrautes bezeichnen konnte. Sie schlug weiterhin auf die Motorhaube und die Seitenwände des fliehenden Wagens ein, um in ihn einzudringen. Moody feuerte wieder. Es war unmöglich, die riesige, sich windende Gestalt zu verfehlen. Der Schuß hatte genau die Wirkung, die Moody erwartet hatte — keine. Es war, als wolle er eine Brise töten. Die Schlange war mehr Begriff als Geschöpf, ein düsteres, schlangenförmiges Programm aus den Tiefen der Phantasie eines seit tausend Jahren toten Hatathlis, die Realität gewordene Darstellung uralter Legenden.

Inzwischen fluchte Ooljee in einem außergewöhnlichen Gemisch aus Englisch, Navaho und Japanisch, während er sich bemühte, nicht gegen die nächste Fichte zu prallen. Das gelang ihm lobenswert lange.

Die Vorwärtsbewegung hörte abrupt und ohne Vorwarnung auf und war von einem gewaltigen metallischen Krach begleitet. Moody kam sich wie der Klöppel in einer riesigen Glocke vor. Sein Kopf schwang nach vorn und schlug auf das Armaturenbrett auf.

Gaggii, den ein gnädiges Geschick mittels des Maschendrahts schützte, entging einem ähnlichen Aufprall. Durch die Erschütterung zersprang das Rückfenster, so daß der Gefangene den Rest des Glases hinaustreten konnte. Es war gerade groß genug, damit er auf die Plattform des Kombis kriechen konnte.

Der benommene, halb bewußtlose Moody versuchte, mit seiner Pistole in diese Richtung zu zielen, aber es fiel ihm bereits schwer genug, die plötzlich schwer gewordene Waffe festzuhalten. Sein Kopf und sein Sehvermögen wurden rasch wieder klar, aber inzwischen war Gaggii im Wald verschwunden.

»Er entkommt uns«, brüllte Ooljee unnötigerweise.

»Das sehe ich selbst!« Moody drückte die beschädigte Tür auf und wollte hinausklettern, zog aber die Beine rasch wieder zurück, als die gelbe Masse neuerlich auf sie einschlug. Glitzernde, einen Meter lange Reißzähne schleuderten Erde und Steinsplitter durch die Luft.

Während Moody versuchte, auf die sich heftig windende Schlange zu zielen, kämpfte der abwechselnd fluchende und betende Ooljee mit dem Wagen. Anscheinend wirkte eine der beiden Maßnahmen, denn der Motor sprang an. Ooljee legte den Rückwärtsgang ein, der Wagen löste sich vom Baum und rollte dann wieder mühsam vorwärts.

Die Schlangengestalt bearbeitete jetzt die Windschutzscheibe und plötzlich überzogen feine Haarrisse das Glas, das Kugeln und Pfeilen, aber nicht Reißzähnen widerstehen konnte, die so groß waren wie eine Spitzhacke. Moody riß die Arme hoch, um sein Gesicht zu schützen, aber das Glas zersprang nicht. Einem weiteren solchen Schlag würde es jedoch nicht mehr standhalten.

Ooljee riß den Wagen herum, tat etwas mit dem Lenkrad und brüllte seinem Partner zu: »Spring!«

Moody musterte den harten, unebenen Grund neben ihnen. Sie fuhren nicht sehr schnell, aber trotzdem ...

Sie hatten keine Zeit zu streiten. Er drückte seine Tür auf, versuchte, eine Vertiefung herbeizuwünschen, die sich seit hundert Jahren mit Blättern und Fichtennadeln gefüllt hatte, und sprang.

Jedes Bröckchen pflanzlicher Materie war längst für Fuchsbaue und Eichhörnchennester mit Beschlag belegt worden. Moody schlug hart auf und seine rechte Schulter durchzuckte splitternder Schmerz, als hätte ihm ein

Irrer einen kräftigen Schlag mit einer Eisenstange versetzt. Er rollte ein Stück hinunter, bevor sein Körper zum Stillstand kam.

Er kämpfte sich auf Hände und Knie hoch und sah dem fahrerlosen Wagen nach, der durch die Nacht davonrumpelte, während der gelb und grün leuchtende Rächer immer wieder auf die Fahrerkabine losging. Der verrückten, manischen Masse pulsierender, sich windender Energie fiel es offensichtlich nicht schwer, die Angriffe fortzusetzen.

Gut, daß sie sich an dem unglücklichen Fahrzeug austobt, dachte Moody. *Heb dir deine Schüsse für den Fall auf, daß sie sich auf die Suche nach dir macht.*

»Sind Sie verletzt?« Eine besorgte, erschöpfte Frage.

Moody erhob sich mit schmerzverzerrtem Gesicht und umklammerte dabei seine rechte Schulter. Die nutzlose Pistole baumelte an seiner rechten Hand. Er hatte sie festgehalten, als er aus dem Wagen sprang, und es war ein verdammtes Glück gewesen, daß er sich bei dem Aufprall auf den Boden keinen Bauchschuß verpaßt hatte.

Er versuchte, in der Schwärze zwischen den Bäumen etwas zu erkennen. »Gibt es eine Spur von unserem Liebling?« murmelte er, ohne die Frage seines Partners zu beantworten. Irgendwo hinter ihnen ratterte der Kombi einen Hang hinunter; die bösartige gelbe Schlange verfolgte ihn noch immer.

Ooljee schüttelte müde den Kopf. »Hier ist *er* zu Hause, nicht wir. Er kennt sich aus, wir nicht.«

»Ich würde wetten, daß er zu seinem Haus zurückgerannt ist.«

»Auch wenn das der Fall ist, wird er nicht dortbleiben. Wir sollten ihm nicht folgen. Beim zweiten Mal würde er uns sicherlich nicht so gleichgültig oder höflich empfangen wie beim ersten Mal.«

Moody brummte zustimmend. Seine Schulter pochte, und er war wütend — mehr auf sich als auf ihren ehemaligen Gefangenen. Sie hätten ihn bis auf die Haut ausziehen und ihm einen Klebestreifen auf den Mund picken sollen, obwohl sein Gesang vermutlich viel weniger mit der Entstehung der Schlange zu tun hatte als der geschickt getarnte Sender an seinem Handgelenk. Womöglich war das winzige Gerät imstande, jede Molly im Haus zu aktivieren.

Ooljee hatte recht: Es wäre dumm, Gaggii noch in dieser Nacht einfangen zu wollen. Er hatte ein tödliches Programm abgerufen, konnte sehr wahrscheinlich ein weiteres abrufen und jetzt besaßen sie keinen Kombi mehr, dessen harte Schale sie schützte.

Ihre Polizeispinner, die den technischen Vorschriften der Army entsprachen, waren nicht beschädigt worden. Wenn es ihnen gelang, zu einem Telefon, irgendeinem Telefon zu gelangen, konnten sie den Wald um Gaggiis Haus mit Überfallkommandos vollstopfen. Doch sie hatten einen langen Marsch zur Straße vor sich und um diese Zeit wahrscheinlich einen zusätzlichen Marsch bis zur Überlandstraße.

Inzwischen würde Gaggii in seinem Haus beschäftigt sein — womit? Sich zu verbarrikadieren, Hindernisse aufzustellen, oder seine Flucht vorzubereiten? Oder war er sicher, daß sein mit Reißzähnen bewehrtes Geschöpf die Eindringlinge erledigt hatte und würde sich entspannen? Bestimmt nicht. Wenn jemand so klug war wie Gaggii, würde er dieses Risiko nie eingehen. Er war arrogant, aber nicht dumm.

Nein, er würde sich nicht entgegenkommenderweise in der Umgebung herumtreiben. Er würde fliehen. Wenn sie rechtzeitig zu einem Telefon kamen, konnten sie vielleicht eine Absperrkette um das County oder gar den Staat ziehen.

»So wurden Kettrick und seine Haushälterin getötet«, stellte Ooljee fest.

»Ja. Mit einer kleineren Version. Die Gerichtsmediziner hätten es nicht einmal in Jahrmillionen herausgefunden.« Moody hatte keine Ahnung, in welche Richtung sie gingen. Es war viel einfacher, wenn er sich an seinen Freund hielt.

Sie stiegen in ein flaches Trockental hinunter, sprangen über einen fünfzig Zentimeter breiten Bach, kletterten auf der anderen Seite hinauf und kauerten sich sofort schutzsuchend hin.

Zwischen den Bäumen trieb Rauch, aber die ungeheuerliche, leuchtende Schlange war nirgends zu sehen. Entweder war das Programm abgelaufen oder Gaggii hatte es abgestellt. Sie gingen ganz vorsichtig zum Wagen.

Moody riß die Tür auf und wollte hineingreifen, sah jedoch sofort, daß sie das Telefon im Wagen nicht benützen konnten, um Hilfe zu holen, weil es nicht mehr da war. Auch die vordere Hälfte des Wagens war nicht mehr da. An ihrer Stelle befand sich ein allmählich kühl werdender, etwa anderthalb Meter hoher Metallklumpen. Die Ladefläche war noch intakt, aber Fahrerkabine und Motor waren geschmolzen wie Schweinefett in Blattgemüse.

Moody sah im Geist, wie die Schlange sich um den Wagen wand und in einem Ausbruch unglaublicher Energie erlosch. Es war bestimmt schnell gegangen; ein einziger, heftiger Funke, der die Nacht erhellte und die Sperrgeräte für Spannungsstöße außer Gefecht setzte. Die intensive Hitze hatte sogar alle vier Reifen zum Schmelzen gebracht.

Gaggii hatte das Wesen zu seiner Rettung heraufbeschworen, hatte aber keine Zeit gehabt, es selektiv zu programmieren.

»Er hat die Schlange angewiesen, den Wagen anzugreifen, nicht uns«, erklärte Ooljee. »Deshalb hat es sich nicht um uns gekümmert, als wir hinaussprangen. Darum hatte ich gebetet.«

»Und wenn Sie sich geirrt hätten?«

Ooljee zuckte die Achseln. »Dann hätten wir uns auf

Ihre Schießkünste verlassen müssen. Ich hielt die Flucht für die bessere Lösung.«

»Schade, daß es zu keinem Waldbrand gekommen ist«, meinte Moody mit einem Blick auf die Bäume und Büsche ringsum. »Dann wäre vielleicht ein Ranger hierhergekommen, um nachzusehen. Das bißchen, das vom Kombi übrig ist, erzeugt zu wenig Rauch, als daß man ihn aus größerer Entfernung bemerken würde.«

»Spielt keine Rolle. Wir müssen auf die Hauptstraße zurück.«

»Er hat das Netz zweimal benützt, um zu töten, und hat versucht, uns damit zu töten. Er lernt, wie man mit dem infernalischen Ding umgeht.«

»Er braucht aber immer noch eine mechanische Schnittstelle, um darauf zuzugreifen«, stellte Ooljee fest. »Das Armband war nur die Verbindung zu einer Anlage, die er in seinem Haus gebaut hat. Nimm es ihm weg, und er ist harmlos. Er muß es in Kettricks Haus verwendet haben, um über ein kabelloses Modem Kontakt mit der Molly in seinem Haus aufzunehmen. Was hat er eigentlich damit vor, außer sich zu verteidigen?«

»Sie haben gehört, was er gesagt hat.« Moody hatte das Gefühl, daß er einen Fünfundzwanzig-Kilo-Rucksack auf dem Rücken trug. In gewissem Sinn stimmte das, nur hing das Gewicht vorn. »Er ist die Ameise, die herausbekommen hat, wie sie den Müll verwenden kann. Oder er versucht herauszufinden, ob dieses Netz zu einem bestimmten Zweck eingerichtet wurde.«

»Kein Mensch wird uns das glauben, was wir hier erlebt haben.« Ooljee blinzelte mit zusammengekniffenen Augen in die Nacht und änderte die Richtung. »Wir müssen erklären, daß er eine Pistole hatte oder daß ein Reifen geplatzt ist. Wenn wir in eine Dienststelle gehen und berichten, daß wir unseren Gefangenen verloren haben, weil er von *Klish-do-nuhti'i* befreit wurde, werden sie statt Gaggii uns einsperren.«

»Wie heißt das Ding?«

»*Klish-do-nuhti'i.* Endlose Schlange. Sie erscheint in vielen Wegen.« Er deutete mit dem Kopf nach hinten. »Oder vielleicht war es nur *Ah-yah-neh,* die Große Schlange.«

»In Ihrer Religion gibt es eine Menge Schlangen, was?« Moody war nicht dazu aufgelegt, verständnisvoll zu sein.

»Alle möglichen Arten«, gab der Sergeant bereitwillig zu. »Gekrümmte Schlangen, Wasserschlangen, Pfeilschlangen: Sie sind bei uns genauso häufig wie in Florida Flöhe. Es ist nicht überraschend, daß der Geist, den ein Hatathli zu seinem Schutz beschwört, diese Gestalt annimmt.«

»Verdammt, er ist kein Hatathli.« Moody war mehr als frustriert, weil sie es nicht geschafft hatten, Gaggii festzunehmen, nachdem sie soviel Zeit und Mühe darauf verwendet hatten, ihn aufzuspüren. Er war zornig und ratlos. Er würde nicht zulassen, daß auch ihm die Realität entglitt.

»Er ist nur ein guter Weber, der über das Netz gestolpert ist, das das Ende aller Netze ist. Er hat mit Technologie zurückgeschlagen, Paul. Nicht mit Metaphysik oder Spiritismus.«

»Genau das habe ich gemeint.« Ooljee nahm den nächsten Hang in Angriff. Moody folgte ihm keuchend. »Aber er versteht sichtlich Sandbilder und wahrscheinlich auch die Wege. Nichts hindert einen Weber daran, auch ein ausgebildeter Hatathli zu sein.

Wenn Sie der Ausdruck Metaphysik stört, sollten wir sie vielleicht als Mutaphysik bezeichnen. Mystizismus ist nur ein Name für eine andere Ebene der Realität, mein Freund, von der wir noch nicht wissen, wie wir sie anzapfen können. Versuchen Sie, achthundert Jahre zurückzugehen und einem meiner Vorfahren zu erzählen, daß der Spinner an meinem Gürtel oder die Uhr an Ihrem Handgelenk nicht durch Magie betrieben werden.

Oder stellen Sie die Behauptung auf, daß die Schneide der modernen Wissenschaft nicht wie etwas aus einem Sandbild aussieht, sondern wie etwas aus einem Lehrbuch. Nehmen Sie zum Beispiel die Teilchenphysik.«

»Die können Sie nehmen«, schnaubte Moody. »Ich will Pastrami auf Roggenbrot.«

Ooljee ließ sich nicht entmutigen. »Teilchen, die Namen wie ›schlau‹ oder ›faul‹ tragen. Kräfte, die man als ›schwach‹, ›hinauf‹, ›hinunter‹ bezeichnet. Oder wie Farben. Ist das Physik oder der Singsang der Hatathlis? Nehmen Sie die moderne rekombinierende Metallurgie. Reine Alchimie ohne spitze Hüte. Wer hätte sich noch vor zweihundert Jahren metallisches Glas, Shuttle-Rümpfe aus Karbonlegierungen oder rein keramische Motore vorstellen können? Von Mollyspeichern ganz zu schweigen.

Wo befindet sich die Grenze zwischen Hexerei und Wissenschaft? Es ist nur eine Frage der Terminologie, mein Freund. Das Netz ist nur ein weiterer Ort, von dem wir gerade herausbekommen, wie man ihn besuchen kann, so wie vor Jahrzehnten Menschen gelernt haben, wie man Photone dazu bringt, sich als Laser in Reih und Glied aufzustellen. Ein weiterer Schritt. Primitive Völker verstanden das Radio oder das Fernsehen nicht, weil sie keine Signale in der Luft sahen. Dadurch wird der Fernsehschirm noch nicht zu etwas Magischem. Wir können das fremde Netz nicht sehen, aber wir wissen, daß es da ist.«

»Da ist die Straße. Greifen wir auf die zu.« Moody deutete nach vorn, wo der willkommene Asphaltstreifen den Wald durchschnitt. »Etwas verspreche ich Ihnen, mein Freund. Ganz gleich, ob Gaggii ein Weber oder ein Hatathli ist — wenn er auch nur in die falsche Richtung niest, sobald wir ihn wieder in Händen haben, schieße ich ihm den Kopf entzwei.«

»Handelt es sich dabei um das Standard-Verfahren der Polizei von Greater Tampa?«

»Nein. Das ist das Vernon-Moody-Verfahren.« Der Detektiv keuchte die Böschung hinauf.

»Sie sind zornig. Ich bin ebenfalls zornig. In unserer Situation hilft es uns nicht, wenn wir dem Zorn nachgeben.«

»Das kann schon stimmen, aber es tut gut. Wollen Sie zu seinem Haus zurück?« Er beugte sich vor, stützte die Hände auf die Knie und blieb schwer atmend in der Mitte der zweispurigen Straße stehen. Die Ost-West-Laser-Leitstreifen leuchteten weich in dem schwachen Licht und warteten auf das nächste daherkommende Fahrzeug, um es zu leiten.

»Nein. Wenn wir etwas so Unvernünftiges versuchen, wird er sicherlich für uns bereit sein.«

»Wie sollen wir gegen so etwas kämpfen — wie haben Sie es noch genannt? Endlose Schlange?« Moody fuchtelte mit der Pistole herum. »Ich hätte genauso gut Erdbrocken auf das Ding schleudern können.«

»Es ist ein taktiles Programm. Wir müssen ihn entweder finden, bevor er darauf zugreifen kann, oder wir müssen genügend Feuerkraft aufbringen, um ihn davon zu überzeugen, daß er nicht fähig sein wird zu entkommen, ganz gleich, wieviel Schaden er anrichtet.«

Moody nickte, richtete sich auf und streckte sich. Er musterte seinen Partner spöttisch. »Haben Sie Angst?«

»Und ob ich Angst habe, Vernon Moody. Gaggii lernt, wie er das Netz des Sandbildes verwenden kann. Vielleicht ist es nur fremder Müll, aber das genügt. Ich bin davon überzeugt, daß ich mit einem Spinner gut umgehen kann, aber das da übersteigt meine Kräfte. Ich bin ein praktischer, kein theoretischer Weber. Wir brauchen jemanden als Helfer, der mit Gaggii auf dessen Niveau fertigwerden kann. Wir brauchen ein paar prominente Ratschläge.« Er sah an seinem Kollegen vorbei. In der Ferne war ein Licht aufgetaucht, das die Straße heraufkam.

Ooljee fingerte an seinem Gürtel herum. »Ich habe

Angst, weil die Endlose Schlange vielleicht nicht das einzige Programm ist, das Gaggii beschwören kann.« Er hob eine Kompakt-Blinklampe hoch und schwenkte sie über seinem Kopf. Die näherkommenden Lichter wurden langsamer.

Moody drehte sich um und betrachtete den Wald. Irgendwo dort hinten befanden sich die Abzweigung, die sie vorhin entlanggefahren waren, der unbefestigte Weg und die Brücke, die zu Gaggiis Haus führten. Er haßte es, einen Verdächtigen laufen zu lassen, der ihm so nahe war. Es widersprach allen seinen beruflichen Instinkten.

Instinkt und Erfahrung zählen jetzt nicht, sagte er sich. Das war kein Fall, auf den man das Standardverfahren der Polizei anwenden konnte. Es war nicht einmal ein Fall, für den die Standard-Realität galt. Außerdem gab es keine Garantie dafür, daß Gaggii in sein Haus zurückgekehrt war. Vielleicht hatte er ein Auto im Wald versteckt, um schnell fliehen zu können. Es war befriedigend, daß es ihnen gelungen war, ihn aus seinem Bau zu vertreiben, vielleicht sogar in Panik zu versetzen.

Sie wußten jetzt, wer er war und wie er aussah. Sie würden die Fluchtwege versperren. Wenn Gaggii versuchte, eine Grenze zu überqueren, in ein Shuttle zu steigen, eine Fahrkarte für einen Magnetgleiter zu kaufen, würde man ihn erkennen. Er war zwar frei, aber in einem Gebiet, das bald vollkommen abgesperrt sein würde. Wenn sie ihn wieder aufspürten, würden sie sich so rasch auf ihn stürzen, daß er nicht einmal dazukommen würde, ›buh‹ zu sagen, geschweige denn, einen komplizierten Gesang oder Drohungen von sich zu geben.

Leider hatte der Fahrer kein Telefon in seinem Wagen. Er hatte nicht einmal einen Straßenscanner. Aber er fuhr sie in seinem alten, ratternden, klappernden Kombi bis in die Außenbezirke von Window Rock.

Sie hielten bei der ersten Telefonzelle. Ooljee sprang hinaus und drückte seinen Spinner an das Terminal für Notfälle, während Moody wartete — ihm war kalt, er war müde und hatte Schmerzen. Kleine Yeis höhlten seine Schulter aus, hackten mit Pfeilen und Skalpellen in ihr herum. Es war eine Erleichterung, als auf dem Bildschirm der Telefonzelle ein Polizist erschien, der entspannt und ruhig in dem Polizeirevier saß.

Ooljee sprach schnell in einer Mischung aus Navaho und Englisch. Als er fertig war, legte er auf, nahm seinen Spinner ab und ging zu seinem Partner. Sie beobachteten gemeinsam die Straße, auf der zahlreiche Touristen und Handelsreisende unterwegs waren.

Moody hatte die Arme um sich geschlungen und joggte an Ort und Stelle, um sich warmzuhalten. Er war infolge der ungewohnten Anstrengung und des Hungers schläfrig, ja beinahe bewußtlos. Er wußte, daß sie in einem Hotel absteigen und etwas essen, oder ein Polizeiauto anfordern konnten, um nach Ganado zurückzufahren.

»Was wollen Sie jetzt unternehmen?« fragte er den Sergeant.

»Sie kennen mich inzwischen ein wenig, mein Freund. Halten Sie mich für verrückt?«

»Das habe ich mir gedacht.« Moody holte aus den Tiefen seiner Erschöpfung ein grimmiges Lächeln hervor.

—

16. Kapitel

Vier Stunden später schluckten sie ihre Erschöpfung hinunter und folgten einem schwerbewaffneten Einsatzteam auf den Fersen, das die Integrität von Gaggiis Haus verletzte. Hier wäre die vorschriftsmäßige Vorsicht fehl am Platz gewesen. Der Besitzer war längst geflohen.

Die umgebaute Garage hinter dem Haupthaus enthielt die beeindruckendste Sammlung von elektronischen Geräten, die Moody jemals außerhalb eines Universitätslabors oder der Einsatzzentrale in Greater Tampa gesehen hatte; alle befanden sich auf dem neuesten Stand der Wissenschaft und waren teuer. Jeder Quadratzentimeter der Wände war mit Speichereinheiten, Zenaten, Fordmatsu-Hologeräten, Spinnerklinken und I-2-Septimus-Ablaufzählern besetzt, die sich um eine Cribm-Mollysphäre drängten, die so groß war, daß man in ihr die komplette Kongreßbibliothek speichern konnte; der Speicherraum war sogar für ein mittelgroßes Unternehmen zu groß.

Irgendwo in dieser Masse aus verstärkten optischen Fasern befanden sich die Antworten auf seine Fragen. Er hielt es mit gutem Grund nicht für vernünftig, seinen Spinner anzuschließen und sie abzurufen. Gaggii hatte sie darauf aufmerksam gemacht, daß die flüchtigste Berührung einer nicht autorisierten Sonde die Molly auflösen würde. Moody hielt sich nicht für einen so guten Weber, daß er zwischen den Nähten arbeiten konnte. Hier brauchten sie einen Orber, den besten, den es gab.

Ooljee war zum gleichen Schluß gelangt. »Wir fahren nach Ganado zurück und verfassen einen Bericht, in dem die Einzelheiten enthalten sind, für die ich am Telefon keine Zeit hatte. Ein Phantombild von Yistin Gaggii geht an alle Dienststellen hinaus. Wir wollen vor allem die Händler aufmerksam machen, die Hochleistungsmollys und -spinner verkaufen. Wir wollen nicht, daß er irgendwo in Hope oder Page Springs in einem gemieteten Haus etwas Ähnliches zusammenbaut. Mit dem Armband-Gerät kommt er nicht weit.«

»Wie wäre es mit ein wenig vorbeugender Medizin?« fragte Moody.

»Ich habe bereits den Strom für das Haus abschalten lassen.« Ooljee zeigte auf die Lampen über ihnen. »Unsere Geräte werden von einem Lastwagen-Generator gespeist. Das gleiche gilt für das Telefon, so daß er nicht über eine Funkverbindung zugreifen kann, und für die Parabolantenne auf dem Dach, so daß er kein Orbital-Relais verwenden kann. Dieses Haus ist jetzt isoliert, mein Freund. Er kann seine Datenbank nicht mehr erreichen. Auch er ist isoliert, ganz gleich, wo er sich befindet.

Wenn wir das nächste Mal auf ihn stoßen, wird es besser laufen. Soll er doch versuchen, ohne Molly Schlangen zu beschwören.«

»Es sei denn, er hat irgendwo im Wald eine Reserveanlage stehen.« Ooljee warf Moody einen scharfen Blick zu. »Ein anderes Gebäude, eine Wohnung irgendwo: Wir wissen es nicht. Falls er eine Reserveanlage besitzt, ist sie wahrscheinlich nicht ganz so vollständig. Aber er würde bestimmt mit seiner Arbeit weitermachen können.«

Der Sergeant nickte. »Es hängt davon ab, für wie verletzlich er sich trotz allem, was er uns erzählte, hält.«

»Ich hatte den Eindruck, daß er sehr vorsichtig ist. Ich wäre überrascht, wenn er nichts hätte, auf das er zurückgreifen kann.«

»Letztlich wird es keine Rolle spielen.« Ooljee war optimistisch. »Er hat ein charakteristisches Gesicht. Wir werden ihn rasch finden.«

»Hoffentlich.« Die Leute vom Gerichtsmedizinischen waren rings um die Garage beschäftigt, während die verwirrten Polizisten ihre Handwaffen schußbereit hielten. »Was wird er Ihrer Ansicht nach jetzt unternehmen?«

Ooljee überlegte. »Wenn er sich dieser Sache verschrieben hat, wie es den Anschein hatte, wird er mit seiner Arbeit weitermachen. Sonst wird er das Land verlassen.«

»So stelle ich es mir ebenfalls vor. Wahrscheinlich versucht er, tiefer in das Netz einzudringen. Was er wohl außer schlangenförmigen elektromagnetischen Feldern noch beschwören kann? Was für hübsche, kleine Geschöpfe findet man noch in Sandbildern? Nein, vergessen Sie's; ich will es nicht wissen. Für eine Nacht reicht mir Ihre Mutaphysik. Ruhen wir uns aus. Eine Zeitlang kann jemand anderer die Berichte überprüfen.«

»Ja, Ruhe«, stimmte Ooljee bereitwillig zu, »und ein bißchen Hilfe. Hilfe von Spezialisten.«

Ooljees Lieutenant hörte sich ihre Geschichte fünf Minuten lang an, dann unterbrach er sie und reichte sie an den stellvertretenden Abteilungsleiter weiter, der sie in das Büro des Abteilungsleiters brachte und eiligst verschwand. Chief Yazzie hörte sich geduldig ihre Geschichte von Weber-Hatathlis, fremden Netzen, tausend Jahre alten Datenbänken mit unbekannten Dimensionen an. Da er ein vernünftiger, einsichtiger Mann mit dreißig Jahren Erfahrung im Polizeidienst war, glaubte er nur wenig oder gar nichts davon.

Andererseits mußte er die Realität zur Kenntnis nehmen: In Florida waren zwei Menschen mit mysteriösen Mitteln getötet worden, ein Haus im Wald war mit mehr Geräten gefüllt als ein durchschnittlicher militärischer Horchposten; der erdrückende Beweis war jedoch ein halbgeschmolzener Kombi der Dienststelle. Er war bereit zuzugeben, daß innerhalb seines Zuständigkeitsbereichs etwas Merkwürdiges im Gang war, etwas Ungesetzliches, Gefährliches, das nicht sofort erklärbar war. Er war bereit, so etwas zur Kenntnis zu nehmen. Aber keine Endlose Schlange.

Alles in allem war es vernünftig, wenn er die Empfehlung der beiden gewissenhaften Beamten akzeptierte; sie wollten einen gewissen Yistin Gaggii so rasch wie möglich finden und ihn einem gründlichen Verhör unterziehen.

Über dieses so begehrte Individuum gab es noch keinen Bericht, aber Yazzie war genauso sicher wie seine Männer, daß sie ihn finden würden. Er hatte nicht genügend Zeit gehabt, um weit zu kommen, und alle Straßen und öffentlichen Verkehrsmittel standen unter Kontrolle. Die Abteilung für Öffentliche Sicherheit von Arizona kooperierte voll mit den Polizeikräften im Reservat. Mobile Radareinheiten würden dafür sorgen, daß kein geländegängiges Vehikel die Grenzen des Reservats überschritt, ohne angehalten zu werden. Heute abend würde Gaggiis Gesicht in einem der beliebtesten Verbrecher-Suchprogramme gezeigt werden. Danach würde es im Land keinen Ort geben, in dem er nicht Gefahr lief, erkannt zu werden.

Die Dienststelle hatte schnell reagiert. Sie hatten gute Aussichten, ihre Beute im Reservat, schlimmstenfalls im Four-Corners-Gebiet einzukreisen. Yistin Gaggii stand bei allen Polizeibehörden im Land an der Spitze der Prioritätslisten: es würde ihm daher schwerfallen, auch nur ein Frühstück einzunehmen, ohne daß man ihn entdeckte.

Samantha Grayhills war der gleichen Ansicht. Sie war die Hilfe, um die Ooljee ersucht hatte.

Moody wurde einer kleinen, üppigen, dunkelhaarigen Frau mit breitem Lächeln und durchdringendem Blick vorgestellt. Sie musterte ihn nicht wie ein Polizist.

Sie lächelte sogar, wenn sie sprach, ganz gleich, wie ernst das Thema war. Ihre Haut hatte die Farbe geölter Eichenbretter. Sie schüttelte Moody die Hand wie ein

Mann; es war keine flüchtige Streicheleinheit wie bei zwei Eisenbahnwaggons, die ausgekoppelt werden. Er hätte gern gewußt, ob sie Gewichte stemmte, obwohl er unter ihrer Kleidung keinen Hinweis auf eine ungewöhnliche Muskulatur entdeckte.

Ihre Haarspange war die übliche Kombination aus Silber und Türkisen, alles andere an ihr war unüblich. Der lose, beige Overall wies genügend Reißverschlüsse und Taschen für einen Schrank voller Uniformen auf. Geheimnisvolle Klumpen und Knoten, die die vertrauteren Kurven verzerrten, bauschten die Taschen aus.

Im Gegensatz zu den meisten Navaho-Frauen trug sie außer der Haarspange keinen Schmuck. Sie war weder arm noch unelegant; Moody nahm an, daß sie deshalb kein Metall trug, weil es die Anzeigen einiger Geräte beeinflussen konnte, die sie mit sich herumschleppte.

»Zu welcher Behörde gehören Sie?« erkundigte sich Moody.

Das unerschütterliche Lächeln erhellte den Raum, in dem sie saßen. »Ich gehöre zu keiner Behörde, Mr. Moody.«

»Vernon. Zu keiner Behörde?«

Sie klang mitfühlend. »Ich bin der Hauptorber von Noronco International. Das muß Ihnen als Referenz genügen. Haben Sie vielleicht eine unserer Reklamesendungen gesehen?«

Moody wandte sich seinem Partner zu. »Was, zum Teufel, soll das?«

»Die Dienststelle hat einige Hebel in Bewegung gesetzt.« Ooljee versuchte, seinen Freund zu beruhigen. »Sie haben sie gerade erst von Phoenix hierhergeflogen. Ich habe kaum Zeit gehabt, sie zu informieren.«

»Ich verstehe noch immer nicht, warum ...«

»Weil Sie meine Dienste offenbar benötigen, Detektiv. Noronco ist ein thai-amerikanischer Konzern, dessen nordamerikanische Niederlassung sich in Phoenix befindet. Wir sind auf die Erzeugung von Mollysphären spezialisiert; alles von Kinderspielzeug bis zu militärischer Mollyware. Mein spezieller Tätigkeitsbereich sind übergreifende Sicherheitsprobleme. Ich wäre nicht überrascht, wenn Sie in Ihrem Büro eine oder zwei meiner Zwischenschaltungen verwenden.«

»Oh.« Moodys Meinung von ihr änderte sich.

»Als die Dienststelle Unterstützung anforderte«, erklärte Ooljee, »verlangten sie den qualifiziertesten Fachmann auf dem Gebiet. Sie machten keine Einschränkungen in bezug auf den Beruf.«

»Nach allem, was ich auf der Fahrt vom Flughafen hierher erfuhr«, griff Grayhill ein, »sind Sie entweder reif für die Klapsmühle oder Sie sind über eines der Jahrhundertgeheimnisse gestolpert. Die Geschichte klingt so phantastisch, daß ich hoffe, es ist etwas an ihr.«

»Merkwürdigerweise hoffen wir beide, daß dem nicht so ist«, wandte Moody ein.

»Ich weiß, daß Sie einen Mörder suchen. Das ist nicht mein Bier. Zeigen Sie mir etwas Unmögliches.«

Das taten sie in Ooljees Wohnung, wo sie vor den neugierigen Augen der Presse und undichten Stellen sicher waren. Sie sah schweigend zu, als der Sergeant auf das Sandbild und die erhellte Dunkelheit dahinter zugriff.

»Ich habe während meiner gesamten Tätigkeit nie etwas Derartiges gesehen.« Das Bild im Zenat hatte sie in seinen Bann geschlagen. »Das überschreitet die Grenzen der Theorie.«

»Es steckt mehr dahinter«, erklärte Ooljee. »Tauchen Sie die Hand in das Bild.«

Sie sah ihn scharf an. »In das Bild?« Er nickte.

Moody stand neben dem Bildschirm und wartete. Ihr Lächeln war kaum noch zu sehen. »Ist es gefährlich?« fragte sie.

»Ich habe es getan. Paul hat es getan. Wir sind noch

immer hier. Aber das Ganze ist vollkommen neu. Wir können nichts versprechen.«

»Ich verstehe.« Sie blickte in die wirbelnden, funkelnden Tiefen des Zenats. Dann streckte sie die Hand aus. Im Gegensatz zu ihrer Gestalt waren ihre Finger schlank und zart. Wie Ooljee gesagt hätte, eine feine Frau.

Sie sog die Luft scharf ein, als ihre Hand durch die Oberfläche des Monitors in das warme, kribbelnde Anderssein eintauchte. Sie drehte die Hand langsam hin und her und zog sie dann zurück.

»Wie tief ist es?«

»Wir hatten gehofft, daß Sie es uns sagen können. Paul hat sozusagen die Grenze überschritten, bis ich ihn zurückgezogen habe. Vielleicht kann man hineinspringen und schwimmen oder herumlaufen, oder was immer, bis man außer Sichtweite ist. Da drinnen könnte es Schwerkraft geben, oder auch nicht. Es könnte ein Hinauf oder nur ein Hinunter geben.« Er musterte den faszinierenden Anblick. »Wir fanden, daß uneingeschränktes Experimentieren auf physischer Ebene ein wenig verfrüht wäre.«

»Sehr vernünftig.« Sie atmete noch immer schnell. »Ich würde eine Menge langfristiger Studien durchführen, bevor ich mich einem Ort anvertraue, dessen physische Realität noch nicht definiert wurde.«

»Wie bei einer Heirat«, murmelte Moody. Das Lächeln kehrte voll zurück.

Ooljee schaltete das Netz mit Hilfe des Verfahrens ab, das sie entwickelt hatten. Sie setzten sich an den Tisch, und er schenkte Kaffee und Tee ein. Grayhills blickte immer wieder unbehaglich zu dem flachen, grauen Rechteck des Zenat hinüber.

»Wie bringen Sie es dazu, Fragen zu beantworten? Ich hatte kaum Zeit, den schriftlichen Bericht zu überfliegen, und er quoll nicht gerade vor Einzelheiten über.«

»Einfache Ausdrucksweise; gesprochene Fragen.« Ooljee häufte Zucker in seine Tasse. »Es antwortet bereitwillig auf Navaho und Englisch. Wenn man es verlangt, würde es wahrscheinlich auch Urdu sprechen.«

Sie nickte. »Es ist das erste Mal, daß ich körperlich in eine Datenbank eingedrungen bin — falls es eine Datenbank und kein anderer Zustand der Materie ist, für den wir keinen Namen haben. Aber bis wir etwas anderes herausfinden, werde ich es so behandeln.« Sie wandte sich Ooljee zu. »Ich habe keine Ahnung von Sandbildern, aber ich kann ein vermasseltes, zehn Mollys parallel abfertigendes Netz innerhalb von vierundzwanzig Stunden klarkriegen. Meine Familientraditionen stammen nicht aus dem Reservat. Sie sind die sechs Jahre, die ich an der Tucson Polytechnic und an der California Technic verbracht habe.«

»Das da zu begreifen hat Zeit.« Moody kämpfte gegen seine Ungeduld. »Im Augenblick müssen wir Yistin Gaggii finden, bevor er wirklichen Schaden anrichtet.«

»Wie kommen Sie auf die Idee, daß er Schaden anrichten will? Vielleicht ist er nur ein anspruchsvoller Sucher nach Wissen?«

»Bezeichnen sie es als Instinkt, der auf zwei Jahrzehnten Polizeiarbeit beruht«, antwortete Moody schärfer, als er vorgehabt hatte. »Das und die Tatsache, daß er bereits zwei Morde begangen hat.«

»Außerdem hassen Sie ihn, weil er Sie lächerlich gemacht hat. Ich habe den Bericht gelesen.«

Moody war verblüfft. »Er ist ein Verdächtiger, den wir wiederhaben wollen. Ich habe in bezug auf den Kerl keinerlei Gefühle welcher Art auch immer.«

»Das glaube ich Ihnen nicht. Ich glaube, daß Sie Abneigung gegen ihn empfinden.«

»Kümmern Sie sich nicht um meinen Fall, Lady. Ich lasse meine Arbeit nie von meinen Gefühlen beeinflussen.«

Das ist vollkommen richtig, sagte er sich. Um die Wahrheit zu sagen, hatte er den Kerl vom ersten Augenblick an nicht gemocht. Gaggiis überlegene Haltung war etwas, womit ein armes, dickes Kind aus einer abgelegenen Provinz in Mississippi in seinem Leben oft zu tun gehabt hatte. Er war in der High School häufig darauf gestoßen, und noch häufiger im College, obwohl er bis dahin soweit abgenommen hatte, daß seine Größe zu einem sportlichen Vorteil wurde. Aber die Menschen lachten noch immer über sein hinterwäldlerisches Benehmen und seine kulturelle Schlichtheit. Was zu Hause natürlich und bezaubernd war, fanden Stadtkinder plump und lächerlich. Sein angeborenes friedliches Wesen hatte ihm ermöglicht, das Gekränktsein zu verbergen, aber nicht, es auszuschalten.

Die Menschen hatten erst aufgehört, ihn zu verspotten, als er in Tampa zum Sergeant ernannt wurde. Das war in einer Polizeidienststelle verständlich, wo der Kerl, den man heute verhöhnte, einem morgen vielleicht den Rücken deckte.

»Also gut«, gab er widerwillig zu, »ich mag den Typ nicht. Na und? Es beeinträchtigt meine Urteilsfähigkeit nicht im geringsten.«

»Das wollte ich damit nicht ausdrücken.« Er hatte ein friedliches Wesen, und sie hatte ihr Lächeln, dachte er.

»Dieser Typ ist kein Hobbyfreak und kein Cracker, der ein paar Firmengeheimnisse stehlen will, um sie am freien Markt zu verkaufen. Er hat etwas viel Gefährlicheres im Sinn und wir sollten ihn verdammt rasch erwischen, bevor er es in die Tat umsetzen kann.«

»Zum Beispiel?« wollte sie wissen. Auch Ooljee sah ihn an.

»Er hat bereits herausbekommen, daß er Menschen, die nicht mit ihm kooperieren, töten kann, indem er auf etwas Unangenehmes in der Datenbank zugreift. Da er uns ausdrücklich sagte, daß das nicht genügte, um seine Neugierde zu befriedigen, nehme ich an, daß er versuchen wird, Zugriff auf noch mehr zu bekommen. Ich würde nicht darauf wetten, daß es sich um etwas Freundliches handelt.« Er sah seinen Partner an.

Dieser trank seinen Kaffee aus. »In den alten Geschichten gibt es schlimmere Wesenheiten als Großer Donner und Endlose Schlange.«

»Sie haben doch die Anlage, die er verwendete, isoliert. Hat er Zugriff auf andere Anlagen?«

»Das wissen wir nicht.« Ooljee spielte mit seiner Tasse. »Er hat in seinem Haus ein stadtgroßes Netz errichtet. Ich kann mir nur schwer vorstellen, daß er über genügend Ressourcen verfügt, um wo anders ein Duplikat herzustellen.«

»Es muß kein Duplikat der gesamten analytischen Hardware sein«, meinte Grayhill, während sie ihren Tee trank. »Er braucht nur eine komprimierte Molly und ein schnelles Überspiel-Programm. Vielleicht hat er auch alles überspielt, während er Erfahrungen sammelte, um eine Reserve zu haben. Daß wir ihm seine Hardware weggenommen haben, könnte ihn allerdings daran hindern, neue Entdeckungen zu machen, so daß wir es nur mit dem zu tun hätten, was er bereits weiß.« Sie sah wieder zum Zenat hinüber. »Es fällt mir noch immer schwer, das alles zu akzeptieren.«

»Jedes Mal, wenn Ihnen heftige Zweifel kommen, müssen Sie nur auf das kleine Bild zugreifen und die Hand hineinhalten. Das gewöhnt Ihnen sehr rasch ab, es für abstrakt zu halten.«

Yistin Gaggii bog von der unbefestigten Straße ab und parkte in einiger Entfernung vom Rand der kleinen Mesa. Unter ihm erstreckte sich eine weite, flache, mit niedrigem Buschwerk bestandene Ebene und erhob sich dann plötzlich dank der unheimlichen Präzision der geometrischen geologischen Kräfte zu einer viel größeren Mesa. Im Norden stand ein riesiger untätiger Vulkan Wache über diesen Teil des heiligen Landes; sein Gipfel war mit Schnee überzuckert. Hier war der Himmel groß und hell genug, um die schlimmsten Ängste eines Mannes zu verschlucken. Er war das blaue Dach der Welt. Als Gaggii begann, Ausrüstung aus dem Wohnmobil auszuladen, wirbelten seine Schuhe Erde und Schotter auf. Der Staub schwebte kurze Zeit um seine Beine und sank dann langsam wieder zu Boden. Er war rot und klebrig, denn dies war das Land, in dem die Erde rostet.

Die nächste asphaltierte Straße verfügte über keine Leitschiene. Weil es in dieser Gegend überhaupt nichts gab, kamen nur wenige Menschen hierher. In den porösen Felsen sammelte sich kein Wasser für Brunnen, in den kahlen Klippen gab es keine Wohnhöhlen, die man studieren oder plündern konnte. Auf den umliegenden Acres gab es nicht einmal genügend Unkraut und Gestrüpp, um ein halbes Dutzend Ochsen zu ernähren. Sogar die Geschöpfe, die hier ihr elendes Leben fristeten, nahmen es der Ökologie übel, daß sie sie zu dieser Nische verurteilt hatte.

Er hätte eine noch abgelegenere Stelle gewählt, aber sogar ein Vierradantrieb hat seine Grenzen, und sein Wohnmobil war nicht für längere Off-Road-Fahrten gebaut. Es war kopflastig und schwerfällig; nicht gerade das Fahrzeug, mit dem man gern durch Schotter und über steile Hänge hinauffährt. Aber es hatte Gaggii vor neugierigen menschlichen und elektronischen Augen geschützt und hatte ihm ermöglicht, friedlich nach Westen zu fahren.

Es enthielt auch eine Menge teurer Geräte, von denen er jetzt einige an der Backbordseite unter einer ausklappbaren Sonnenplane zusammensetzte. Solange er die Kapazität des transportablen Generators nicht überschritt, würde er seine Arbeit fortsetzen können.

Nach der ersten halben Stunde seiner hektischen Flucht hatte er aufgehört, sich wegen etwaiger Verfolger Sorgen zu machen. Sorgen waren ohnehin Zeitverschwendung. Sie spalteten die Proteine im Körper auf.

Sobald er die Überlandstraße verlassen hatte und querfeldein fuhr, fühlte er sich relativ sicher. Sein Wohnmobil unterschied sich in nichts von tausend ähnlichen Vehikeln im Four-Corners-Gebiet und war nicht auf seinen Namen zugelassen. Ein vorüberkommendes Polizeifahrzeug hatte keinen Grund, ihn anzuhalten.

Sie hatten keine Ahnung, in welche Richtung er gefahren war. Der letzte Ort, an dem sie ihn suchen würden, war hier, in der Mitte des Reservats. Sie erwarteten zweifellos, daß er nach Klagetoh rasen würde, um mit einem Flugzeug zu fliehen, oder daß er in einem Höllentempo nach Mexico fahren würde. Er hatte nichts Derartiges vor. Als die beiden Polizisten ihn überrascht hatten, hatte er gerade das nächste Stadium seiner Forschungsarbeit vorbereitet. Sie hatten nur den geplanten Aufbruch beschleunigt. Er bedauerte, daß er sein Haus und dessen Inhalt verloren hatte, aber ihm genügte die Ausrüstung, die er mithatte, für seine Zwecke. Improvisieren war von Anfang an wichtig gewesen.

Jetzt war die Zeit wichtig. Er konnte nicht zulassen, daß die Polizei ihn störte. Er war zu weit gekommen, dem Ziel zu nahe. Wenn es ihm gelang, würde es gleichgültig sein, was sie oder jemand anderer unternahmen.

Er stellte auf dem an der Außenwand des Wohnmobils befestigten Zenat den Kontrast ein und überprüfte dann sorgfältig die Kabel, die ihn mit dem Spinner und der Molly im Wagen verbanden. Zuhause verwendete er Infrarot und UKW, aber wenn er im Freien arbeitete, waren Kabel sicherer. Sie waren abgeschirmt und würden eventuellen Lauschern nichts über seine Tätigkeit verraten. Ob Hacke und Spaten praktischer waren als ein mechanisches Grabgerät, hing von der Art der Arbeit ab.

Er war scharf gefahren, um diesen Ort zu erreichen. Er gefiel ihm. Hoch über ihm füllte sich der Himmel mit Federwolken, die Gischt, die der Bug eines heranrükkenden Hochdrucksystems aufwirbelte. Er würde bald beginnen können. Er brauchte Informationen und Hilfe und wollte beides gleichzeitig abrufen.

Inzwischen war ihm die Zeremonie genauso vertraut wie das Wiegenlied einer Mutter; der Gesang und die Feineinstellung waren ihm zur zweiten Natur geworden. Er hätte einen audio-visuellen Macro bauen und in seinen Handgelenk-Sender einbauen können, aber der manuelle Zugriff auf das Netz war von einer Ästhetik, die er zutiefst genoß.

Der aktivierte Zenat zeigte eine von Einstein formulierte Dimension, deren Ausstattung von Lewis Carroll abstammte. Wie immer tat er lange Zeit nichts und genoß nur das Bild der sich windenden Regenbogen und der zuckenden, leuchtenden Gestalten. Dann sagte er das neue Programm auf.

Eigentlich war es nicht neu; es war sehr alt. Man hatte es einfach für einen unter vielen hundert Gesängen gehalten. Ohne Zugriff auf das Netz war es nur als Hilfe bei der Durchführung von traditionellen Medizin-Zeremonien zu gebrauchen. Wenn der Zugriff auf das außerirdische Netz dazukam, wurde es zu etwas ganz anderem.

Die Worte waren mehr symbolisch und beschreibend als in der Matrize des Netzes offen aktiv. Sie halfen dem Sänger, sich an die korrekte Phrasierung, die richtigen Töne zu erinnern. Wichtig war die Tonhöhe, die Dauer jedes Vokals, die akustischen Schwingungen, auf die das Netz eigentlich reagierte. Nicht auf die Worte. Der Gesang funktionierte als chiastisches Gedächtnis des Webers.

»Ich bin der leichtfertige Coyote.
Ich wandere herum.
Ich habe Hasjesh-jins Feuer gesehen.
Ich wandere herum.
Ich habe ihm das Feuer gestohlen.

Ich wandere herum.
Ich habe es! Ich habe es!«

Gaggii wiederholte den Gesang geduldig immer wieder, sang unermüdlich, bemühte sich, seine Darbietung mit jeder erfolgreichen Wiederholung zu verbessern. Die Worte kamen aus dem Schöpfungsgesang, waren aber auf eine Art aktiv, von der kein moderner Navaho jemals geträumt hatte. Ein alter Anasazi-Hatathli hatte ihn komponiert oder aus unvorstellbaren Quellen adaptiert; er war an seine Nachkommen weitergegeben worden und dann an die Navaho, die das Land geerbt hatten. Worte und Musik hatten überdauert. Nur der ursprüngliche Zweck war vergessen worden.

Wie alle Leute, die über das geheimnisvolle Verschwinden der Anasazi nachgedacht hatten, fragte sich auch Yistin Gaggii, wohin sie gezogen waren. Sie waren einfach eines Tages nicht mehr dagewesen und hatten die Anfänge einer Kultur zurückgelassen, die mit der Zeit vielleicht der Kultur der Maya oder Inka Konkurrenz gemacht hätte. Statt dessen waren sie verschwunden und nur ihre wunderbaren Höhlenwohnungen waren ein Beweis dafür, daß sie tatsächlich dagewesen waren.

Hatten sie den Sprung in das Netz gewagt? Oder waren sie von ihren Schöpfern an einen anderen Ort gebracht worden? Oder hatten schlechtes Wetter und Mißernten sie gezwungen, sich über den Südwesten zu zerstreuen? War ihr abruptes Verschwinden die Folge von natürlichen oder von unnatürlichen Ursachen? Eines Tages würde er die Antwort auf diese Frage sowie die Antwort auf alles andere wissen.

Jedes Mal, wenn er den Gesang wiederholte, wurde der Himmel um ihn ein wenig dunkler, als wüchse allmählich eine Blase des Abends auf der Mesa und hülle Sänger und Wohnmobil, Steinblöcke und Gestrüpp ein. Durch den trockenen Nebel der unnatürlichen Dunkelheit leuchtete der Himmel dunkelpurpurrot. Doch das waren nicht die einzigen Veränderungen in Gaggiis unmittelbarer Umgebung.

Während er sang, begannen einzelne der im Zenat wandernden Funken und Lichtpunkte, sich auszudehnen, zu zucken und aufzuflammen. Sie hörten auf, sich auf die träge, gewundene Art der Regenbogenfäden zu bewegen, zogen zielstrebig in eine Richtung und lösten sich von den fraktalen Mustern, in die sie bis dahin eingebettet gewesen waren. Sie dehnten sich unaufhaltsam aus, schwollen vor Energie an, bis sie den Bildschirm von Rand zu Rand füllten.

Dann tauchten sie auf, trieben aus dem Zenat in die weiche, unechte Nacht, die die Spitze der Mesa verschlungen hatte, und schwebten über der trockenen, roten Erde und den wilden Gräsern.

Gaggii sang weiter, bis er von einem Halbkreis sich hebender und senkender Elmsfeuer-Gestalten umgeben war, die entweder gelb oder orangerot waren und von denen jede einen individuellen, ausdrucksvollen Nimbus besaß. Obwohl es auf der Mesa kühl, sogar kalt war, schwitzte Gaggii heftig. Als er fühlte, daß die Zeit richtig war, wechselte er vom Schöpfungsgesang zu der Sequenz zum Abschalten des Netzes. Der Zenat wurde im gleichen Augenblick wieder zu einer leeren Folie aus einer photolumineszierenden Legierung, die an der Wand des Wohnmobils hing.

Sofort schossen einige der kalten, strahlenden Kugeln zum Zenat. Sie prallten gegen den Monitor, wanden sich um seine Ränder, testeten ihn wie von einer Lampe verlockte Falter. Sie strahlten keine Hitze aus.

Schließlich zogen sie sich zurück und nahmen wieder ihre Plätze in dem Halbkreis um Gaggii ein. Er griff den Gesang neuerlich auf, sang jetzt langsamer und weicher und besänftigte sie, ließ sie zur Erde sinken.

Die tanzenden Sphären begannen Fortsätze auszustrecken, dehnten sich ungeordnet aus und suchten Definierungen. Köpfe tauchten auf, gefolgt von Beinen und Schwänzen, lächelnden Kiefern mit schönen, scharfen Zähnen. Als der letzte Rest emanzipierter Energie zu *mah-ih* geworden war, setzte sich einer von ihnen auf die neu erworbenen Keulen und legte den Kopf spöttisch schief, während er den Sänger musterte.

»Du, der Greifende, warum läßt du uns stranden?«

»Ich brauche euch.« Gaggii wußte, womit er es zu tun hatte und versuchte, alle gleichzeitig zu beobachten. Seine Finger verließen die Schalter seines Spinners keinen Augenblick. Wenn sie versuchten, sich hinter ihn zu schleichen, war er vielleicht noch imstande, etwas zu unternehmen. Im Augenblick war ihre Neugierde größer als ihre Unzufriedenheit. Aber das konnte sich ändern.

Ein anderer hörte gerade so lange auf, sich zu lecken, daß er sprechen konnte. »Das ist nicht unser Ort. Gehen wir zurück. Obwohl wir diese Gestalten aus der Erinnerung kennen, sind sie nicht angenehm. Öffne uns das wieder, was du geschlossen hast.«

Gaggii entspannte sich ein klein wenig. »Seid ihr die Heiligen Wesen?«

Einige von ihnen wechselten Blicke und genossen die neuen Augen. Einer lachte leise.

»Wir hassen diejenigen, die du als Heilige Wesen bezeichnest. Für sie sind wir weniger als nichts.«

»Wir existieren wegen dem, was sie definiert haben«, fügte ein anderer hinzu. »Ohne ihre Definitionen besitzen wir keine Existenz.«

Gaggii nickte vor sich hin. Die Ameisen strebten vielleicht die Verwendung des Mülls an, aber die Flöhe konnten immer nur eines: In ihm existieren.

»Warum nehmt ihr diese Gestalten an?«

»An diesem Ort sind das die Gestalten, die hierher passen«, erklärte der erste Sprecher, als wiederhole er etwas unumstößlich Offensichtliches.

»Der Ort innerhalb eines Ortes«, sagte ein anderer.

»Nein«, widersprach ein dritter, »ein Ort ohne Ort.«

Sie begannen unerwartet miteinander zu streiten und gaben laute, heftige Geräusche von sich.

»Diese Gestalt ist weniger unangenehm als andere«, erklärte der zweite Sprecher. »Es war die erste Gestalt, auf die wir an diesem Ort gestoßen sind.«

»Herein und hinaus, herein und hinaus«, sang ein anderer.

»Warum nehmt ihr sie jetzt an?« fragte Gaggii.

»Eine einmal angenommene Gestalt ist eine erlernte Gestalt. Mach uns ein Angebot.«

»Alles zu seiner Zeit.« *Templates,* sinnierte Gaggii. *Ein so großer Teil des Ganzen geht um Templates. Die Gestalten, die sie annehmen, sind nur das. Gilt das auch für uns? Was ist denn die DNS, wenn nicht ein Template?*

»Ich werde euch sagen, was ich vorhabe.«

Sie hörten ihm schweigend zu, einige mit offenkundiger Gleichgültigkeit, die anderen mit gelangweiltem Interesse, obwohl er annahm, daß alle ihm zuhörten.

»Ist es gefährlich?« fragte er, als er fertig war.

»Der Gedanke ist bedeutungslos. Nur die Existenz besitzt Bedeutung.«

»Gut. Dann habt ihr keinen Grund, mir nicht zu helfen. Wenn ihr euch weigert, werde ich euch keine Öffnung machen: Ich weiß, daß ihr es nicht selbst tun könnt, sonst hättet ihr es schon getan, statt hier zu sitzen und mir zuzuhören.«

»Wir könnten dir Schmerzen zufügen«, stellte jemand mit ausdrucks- und gefühlloser Stimme fest.

»Ihr könnt mir nicht solche Schmerzen zufügen, daß ich tue, was ihr wollt. Wenn ihr mir zu große Schmerzen zufügt, dann werde ich sterben und ihr werdet für immer in diesen Gestalten gefangen sein. Wenn ihr mir helft, mache ich euch eine gute Öffnung.«

Wieder wechselten einige von ihnen Blicke. »Du hast uns gesagt, was du vorhast. Kannst du dir vorstellen, was es umfaßt?«

»Ich habe es studiert und habe eine Ahnung.« Gaggii versuchte, nicht zu eifrig zu wirken. »Ich werde wahrscheinlich Hasjesh-jins Feuer brauchen. Habt ihr es noch?«

Jetzt lachten alle, eine unheimliche, aber vertraute kollektive Belustigung, die über die Mesa und hinunter in die Seiten-Cañons hallte.

»Du gibst alte Erinnerungen weiter«, erklärte schließlich einer.

»Dann habt ihr es nicht?« fragte Gaggii enttäuscht.

»Nein«, gab ein anderer zu, »aber etwas Verwandtes befindet sich in der Nähe. Du hast mit der Feststellung recht, daß du es benützen mußt, um dein Vorhaben durchzuführen.«

»Könnt ihr mir helfen, es zu benützen?«

»Wir haben es schon einmal gestohlen«, erklärte ein Mitglied des Halbkreises. »Warum sollen wir es nicht noch einmal stehlen?«

»Das könnte sehr interessant sein«, meinte sein Nachbar.

Gaggii sah ihn an. »Du hast mir gesagt, daß nur die Existenz von Bedeutung ist. Warum kümmerst du dich darum?«

»Wie unsere Worte sagen, sind wir leichtfertig. Das ist dein Glück.« Der erste Sprecher lächelte ihn an und zeigte dabei viele Zähne. »Wir werden dir helfen, Hasjesh-jins Feuer zu stehlen, aber diesmal nicht von Hasjesh-jin. Dir muß bewußt sein, daß Gefahr für uns keine Bedeutung hat, aber das gilt nicht für dich. Was du vorhast, könnte deine Existenz bedrohen, die viel vorübergehender ist als die unsere.«

»Meine Existenz ist meine Sorge. Ihr existiert einfach. Ich hingegen habe einen Zweck. Ich existiere, um zu lernen. Ich glaube, daß Wissen die Existenz verändern kann.«

»Wissen ist Tarnung«, sagte jemand. »Es verbirgt das, was darunterliegt.«

»Ich will das, was darunterliegt«, stellte Gaggii gleichmütig fest.

»Wie du sagst, ist das deine Angelegenheit.« Der erste Sprecher veränderte seine Stellung auf dem harten Boden. »Bei uns geht es um eine Öffnung.«

»Wo werden wir Hasjesh-jins Feuer finden?« fragte Gaggii.

Einer von ihnen drehte sich um und zeigte hin. »Dort, nicht weit.«

»Nach wessen Maßstab?« Gaggii blickte durch das bunte Zwielicht zum fernen Horizont.

»Nach deinen Maßstäben nicht weit.«

Gaggii runzelte die Stirn, als er daran dachte, was in der angegebenen Richtung lag. Dann verstand er und konnte lächeln.

»Wir führen dich«, sagte der Sprecher, drehte sich um und erhob sich.

»Nein. Das ist ein Ort, den wir nicht alle zusammen aufsuchen können. Ich werde euch nördlich von ihm treffen. Ich werde die genaue Stelle beschreiben, an der wir uns versammeln können.«

»Das ist eine seltsame Realität«, murmelte einer von ihnen, als er den dunklen Himmel und die im Schatten liegende Mesa betrachtete. »Ich werde froh sein, wenn ich sie verlassen kann.«

Gaggii rollte das Kabel auf, während er sprach; er achtete noch immer darauf, den Spinner nahe bei sich zu behalten. Im Kreis von solchen Wesen durfte die Wachsamkeit nie nachlassen.

»Ich will rasch dorthin kommen. Ich habe meine Gründe.« Er verstaute den Rest seiner Ausrüstung und kletterte in das Wohnmobil. Er vergewisserte sich, daß der Vierrad-Antrieb noch eingeschaltet war, startete, stieß zurück und begann die unbefestigte Straße hinunterzuschleichen, die in die Flanke der Mesa einschnitt wie ein Brandzeichen in die Haut eines alten Pferdes.

Hinter ihm zerstreuten sich die Coyoten; jeder schlug

eine andere Route ein, aber alle führten nach Nordwesten. Es waren mindestens hundert. Sie waren von ihren feuchten, schwarzen Schnauzen bis zu den Spitzen ihrer buschigen Schwänze Coyoten, aber sie waren nicht rein coyotischer Abstammung. Das hier war nicht ihre Existenzebene. Ein altes Template hielt sie in ihrer jetzigen Gestalt gefangen. Sie würden so bleiben, bis Gaggii ihnen eine Öffnung machte und ihnen erlaubte, an den Ort zurückzukehren, an dem sie existierten.

An den Ort, an dem sie sich befanden, erinnerten sie sich kaum, aber sie hatten die nächste Quelle von Has-jesh-jins Feuer richtig gespürt. Sie näherten sich ihr spielerisch und waren bestrebt, alles Notwendige zu tun, um einer Realität zu entfliehen, die sie als unangenehm einengend empfanden.

17. Kapitel

Der Detektiv stapfte in den Konferenzraum. Ooljee stellte seinen Spinner auf und Samantha Grayhills sah ihm dabei zu. Moody musterte sie nachdenklich. Da er keine natürliche Begabung für akademisches Wissen besaß, fühlte er sich Akademikern gegenüber unbehaglich. Höhere Bildung war in seiner Familie ein Fremdwort. Alles, was er gelernt hatte, seit er sein Zuhause verließ, hatte er sich durch viele Stunden schwerer Arbeit und anstrengender Studien angeeignet; er hatte über Disketten und Mollys gebrütet und sich durch Wiederholungen eingepaukt, was Menschen mit rascherer Auffassungsgabe mit einem Blick erfaßten.

Doch das alles qualifizierte niemanden für die Beförderung zum Detektiv. Deshalb hatte er unermüdlich jedes erreichbare Handbuch und jeden Text durchgeakkert, bis er genügend Informationen gemeistert hatte, um die erforderlichen Tests durch reine Willenskraft zu bestehen; er hatte versucht, nicht hinzusehen, wenn Kandidaten, die ein College hinter sich hatten, die Fragen rascher beantworteten als er sie lesen konnte.

Grayhills war anders. Sie war der Beweis dafür, daß jemand über akademische Bildung verfügen kann, ohne engstirnig zu sein. Es war auch gut, daß sie kein Polizist war. Er konnte mit ihr über das Netz sprechen, ohne die einschlägige polizeiliche Technik ins Spiel zu bringen. Die praktischen Anwendungen waren ein ergiebiges Gesprächsthema.

Ihm war bewußt, daß sie intelligenter war als er, aber weil sie geduldig und verständnisvoll war, störte es ihn nicht. Wenn das Gespräch für ihn oder seinen Partner zu technisch wurde, fing sie von vorn an und erklärte langsam und sorgfältig, ohne im geringsten belehrend zu wirken. Und das strahlende Lächeln war immer da; das Lächeln eines verständigen Menschen, das Lächeln sofortiger Sympathie. Das Lächeln von jemandem, der morgens nicht als erstes Kaffee braucht.

Als sein Freund hereinkam, blickte Ooljee müde auf. »Lisa kommt heute abend zurück, also werde ich wohl außer dem Polizisten auch den Ehemann spielen müssen.«

Moody schloß die Tür hinter sich. »Nur so lange, bis Ihre Kinder herausbekommen, wie man auf das Netz zugreift.«

»Das ist nicht komisch.« Yistin Gaggiis Verschwinden hatte Ooljees Sinn für Humor auf eine harte Probe gestellt. Obwohl niemand hatte vorhersehen können, daß der Hatathli entkommen würde, nahm der Sergeant diese Tatsache noch immer persönlich. Als die Zeit verging, ohne daß sie erfuhren, wo sich ihre Beute aufhielt, wurde er gereizt und bissig.

Die Gerüchte im Polizeirevier verstummten erst, als die drei eine Demonstration für die höheren Ränge der Dienststelle und für zwei Regierungsspezialisten veranstalteten. Sobald sie zu Ende und der erste Schock abgeklungen war, mußte jeder absolute Verschwiegenheit schwören; die bei Nichteinhaltung vorgesehenen Strafen waren zu zahlreich, um aufgezählt zu werden, und alle Aufzeichnungen über die Entdeckung wurden versiegelt, als wären sie König Salomos verschollene Juwelen; schließlich transportierte sie ein Team des National Security Institute ab. Angesichts der Zahl der Leute, mit denen Moody und Ooljee bereits gesprochen hatten, war es zu spät, um die Sicherheitsleute zufriedenzustellen, aber die Regierungsvertreter bestanden darauf, die Vorschriften einzuhalten.

Der einzige Grund, warum sie das Netz nicht sofort benutzt hatten, um Gaggii zum zweiten Mal aufzuspüren, war die Tatsache, daß ihre Vorgesetzten es ihnen nicht erlaubten. Daran waren die Sicherheitsvorschriften schuld. Man hatte sie gezwungen, das Vorhandensein des Netzes zu demonstrieren, um zu beweisen, wie groß sein gefährliches Potential war, und nachdem sie das getan hatten, verbot man ihnen, es zu verwenden und seinen möglichen Mißbrauch zu verhindern.

Je länger die Behörden stritten, desto mehr Zeit hatte Gaggii, seine Technik zu perfektionieren. Ooljee und Moody wiesen darauf hin, daß es lebenswichtig war, ihn so rasch wie möglich mit allen zur Verfügung stehenden Mitteln zu finden. Sie brüllten und tobten, bis man schließlich zugab, daß sie vielleicht recht hatten. Berichte von Leuten, die das Wild gesichtet hatten, erwiesen sich ausnahmslos als falsch. Es gab weit und breit keine Spur von ihm. Es war, als hätte ihn die Erde verschluckt.

Moody und Ooljee meinten, daß sie ihn selbst in diesem Fall mit Hilfe des Netzes aufstöbern konnten. Als weitere Zeit verging, wurden sogar die Leute aus Washington nervös. Schließlich gestattete man den beiden Polizisten, das Muster zu verwenden, das sie entdeckt hatten.

So kam es, daß man ihnen einen ruhigen, abgesicherten Raum im ersten Untergeschoß der Polizeizentrale zuwies. Das Lager hatte ihnen einen brandneuen Zehnmal-zehn-Zenat zur Verfügung gestellt, dazu einen kompletten Plessevetti Tischspinner, und sie gebeten, wenn möglich bei ihrer Suche nach dem Verdächtigen nicht das gesamte Mollysystem der Reservatspolizei außer Betrieb zu setzen.

»Wenn wir es diesmal vermasseln«, murmelte Ooljee, während er die Anschlüsse seines Spinners überprüfte, »werden wir wahrscheinlich die Datenbank der gesamten Dienststelle löschen.« Der Wandmonitor ihm gegenüber war dreimal so groß wie der in seiner Küche.

»Wir werden es nicht vermasseln.« Moody tat sein Bestes, um das Selbstvertrauen seines Partners aufzubauen. »Wir wissen jetzt, wie wir damit umgehen müssen. Wir haben verdammt viel Erfahrung.«

»Tatsächlich? Wissen wir tatsächlich soviel darüber, wie wir annehmen?«

»Hoffentlich. Ich hasse die Vorstellung, daß wir weniger wissen, als wir annehmen.«

Ooljee grinste schwach, wandte sich dem Bildschirm zu und schaltete den Spinner ein. Dann begann er beinahe widerwillig mit dem Gesang. Moody beobachtete ihn wachsam. Samantha Grayhills stand daneben und sah schweigend zu. Sie versuchte, gleichzeitig den Zenat zu beobachten und auf ihrem Spinner fieberhaft Notizen zu machen.

Auf Befehl des Sicherheitsdienstes befanden sie sich allein im Raum. Es war Schwerarbeit gewesen, vom Sicherheitsdienst die Erlaubnis zum Weitermachen zu erhalten. Ooljee hatte sie schließlich überzeugt, indem er darauf hinwies, daß Gaggii sonst garantiert eine Möglichkeit finden würde, das Netz auf eine unvorstellbare aber höchst schädliche Art zu verwenden, die die nationale Sicherheit bestimmt gefährden würde. Die Behauptung war mehr Annahme als Gewißheit, aber der Sicherheitsdienst lebte wie jede andere staatliche Dienststelle von Annahmen. Seine besorgten Vertreter gaben den beiden Polizisten grünes Licht.

Um die Sorgen der Dienststelle zu beschwichtigen, war der Raum von Unterbrechern und störungssicheren Geräten umgeben, damit man, falls das Programm sich wieder selbständig machte, das Netz vom Rest des Gebäudes isolieren konnte. Hoffentlich. Es war ein Unterschied, ob ein Polizeirevier brannte oder ob die Zentrale des Reservats in Flammen aufging.

Moody wußte, daß sie keine Fehler machen würden. Er machte sich keine Sorgen. Schließlich hatten sie seit dem Zwischenfall schon einige Male erfolgreich auf das Netz zugegriffen. Sie wußten, was sie taten.

Während die Melodie des Gesangs den Raum erfüllte,

winkte Grayhills Moody zu sich und flüsterte ihm ins Ohr:

»Ich habe mir etwas überlegt — wir übersehen unter Umständen ein potentielles Problem. Dieser Gaggii hat vielleicht gelernt, das Netz zu manipulieren, und weiß, daß Sie ihn beim ersten Mal mit Hilfe des Netzes aufgespürt haben, also hat er möglicherweise etwas eingebaut, das Sie daran hindert, es ein zweites Mal zu tun.«

»Genau der richtige Zeitpunkt, um damit zu kommen.« Moody witzelte, um sein Unbehagen zu überspielen. »Sie nehmen an, daß er genug gelernt hat, um mit dem Netz tun zu können, was er will. Das glaube ich nicht. Wenn es so wäre, hätten wir inzwischen etwas gehört, denn er hat uns gesagt, daß er etwas Bemerkenswertes vorhat.«

»Halten Sie das Beschwören der Endlosen Schlange nicht für bemerkenswert?«

»Das hat er getan, um in der realen Zeit mit einer realen Bedrohung fertigzuwerden. Vielleicht hat er genug gelernt, um das Netz ein wenig zu verwenden, aber ich glaube nicht, daß er genügend Zeit gehabt hat, um zu lernen, wie er andere daran hindern kann, es ihm nachzumachen. Bis Paul und ich ihn überfielen, hatte er keine Ahnung davon, daß außer ihm jemand vom Vorhandensein des Netzes wußte.«

Sie überlegte, ohne Ooljee aus den Augen zu lassen. »Hoffentlich haben Sie recht.«

Moody, der seinen Partner ebenfalls beobachtete, richtete sich auf. »Wir werden es in zwei Minuten wissen.«

Das Zugriff-Sandbild erschien auf dem Zenat. Ooljee trat zu ihm, nahm mit der rechten Hand die richtige Einstellung vor und trat zurück, als an die Stelle des Bildes die funkelnde Unendlichkeit des Netzes trat. Nichts sprang aus ihm heraus und griff Ooljee an. Nichts deutete darauf hin, daß der Zugriff jetzt eingeschränkt oder verboten war.

Ooljee zögerte nicht. »Hat die Person Yistin Gaggii in letzter Zeit auf dich zugegriffen?«

»Ja.«

Der Sergeant sah seine Gefährten erleichtert an und fragte weiter. »Wo ist das geschehen?«

»In der Nähe des Ortes Shungopavi.«

Samantha Grayhills war verblüfft. »Das ist im Hopi-Gebiet. Was tut er dort?« Als sie Moodys verwirrtes Gesicht sah, erklärte sie:

»Das Hopi-Gebiet liegt in der Mitte des Navaho-Territoriums wie ein quadratisches Loch in einem quadratischen Krapfen.«

Ooljee wandte sich wieder an das Netz. »Hat er ein Ziel?«

»Er fährt zu dem Ort Cameron.«

Grayhills Verblüffung wuchs. »Wieso Cameron? Soweit ich mich erinnere, gibt es dort nur einige touristische Einrichtungen und eine wissenschaftliche Nebenstelle der Northern Arizona University.«

Doch Moody erkannte die Möglichkeiten sofort. »Mollys! Netzwerk. Er will die Geräte ersetzen, die wir ihm weggenommen haben.«

Sie war nicht überzeugt. »Das kann er nur, wenn er sich leicht zufriedengibt. Dort gibt es nichts Besonderes, nur die typischen Universitätseinrichtungen. Reine Forschungsarbeit, keine Hochleistungsgeräte.«

Moody war enttäuscht. »Sonst nichts?«

»Nur Verwaltungsbüros und Labors. Hauptsächlich Geologie und Hochenergiephysik. Eigentlich nicht mein Gebiet. Ich habe vergangenes Jahr auf der Universität einen kurzen Film darüber gesehen. Dabei wurde die Zweigstelle erwähnt.«

»Und keine intensive Mollyware?«

»Tut mir leid. Nicht mehr, als sie für die örtliche Arbeit brauchen. Cameron selbst ist eine winzige Stadt, ein akademischer Außenposten.«

»Vielleicht ist es nicht sein endgültiges Ziel.« Moody

betrachtete den willfährigen Zenat. »Vielleicht fährt er nur durch. Was gibt es sonst in dem Gebiet?«

»Den Hauptcampus der Universität in Flagstaff. Er beherbergt das größte Netz zwischen Los Angeles und Albuquerque.«

»Das klingt plausibel. Wir müssen die dortigen Sicherheitsleute verständigen und die örtliche Polizei muß einen Kordon errichten.«

»Vielleicht finden wir heraus, was er vorhat.« Ooljee wandte sich wieder dem Bildschirm zu.

»Weißt du, was Yistin Gaggii in Cameron tun wird? Ist es sein eigentliches Ziel oder nur eine Zwischenstation auf einer Reise zu einem anderen Ort?«

»Das weiß ich nicht«, erwiderte die Stimme, »weil er es selbst nicht weiß.«

»Das ist unlogisch«, wandte Moody ein. »Frag es noch einmal.«

Ooljee gehorchte, und das Netz erwiderte: »Ich kann das Ziel nicht erraten.«

»Das ist vielleicht eine Hilfe.«

»Wenn keinem von euch eine bessere Frage einfällt, werde ich abschalten«, erklärte Ooljee.

Moody hatte keine neuen Ideen. Er sah seinem Partner bei der Abschaltprozedur zu und entspannte sich erst, als die vertrauten, harmlosen Linien des Kettrick-Sandbildes wieder den Bildschirm beherrschten.

Die Sicherheitstür wurde geöffnet und ein Lieutenant steckte den Kopf herein. Er sah nicht besonders glücklich aus. Moody merkte, daß sich hinter ihm weitere Neugierige drängten und versuchten, hereinzusehen.

»Ist hier alles in Ordnung?«

»Vollkommen«, versicherte Ooljee.

»Oben haben die Beleuchtung und die Geräte verrückt gespielt. Womit arbeitet ihr überhaupt?«

»Mit dem da.« Ooljee hielt sein Gerät hoch. »Spinner der Dienststelle. Um genau zu sein, meiner, wie Sie sehen.«

»Ja, das sehe ich. Was ich nicht sehen will, ist die Stromrechnung der Dienststelle für diesen Monat.« Er zog sich zurück. Als er die Tür schloß, hörte Moody, wie er im Korridor mit den unsichtbaren Zuschauern stritt.

Ooljee wollte den Strom abschalten, aber Grayhills winkte ab. »Lassen Sie ihn eingeschaltet. Es ist hübsch und es macht Spaß, es auf einem großen Bildschirm zu studieren. Man erkennt die Einzelheiten besser.« Der Sergeant zuckte die Achseln und befestigte den Spinner an seinem Gürtel.

»Ich weiß nicht viel über Sandbilder.« Sie starrte den Monitor an. »Nur was jedes Kind im Reservat von klein auf zusammen mit den Überlieferungen hört, die seine Eltern für wichtig halten.«

»Das ist mehr, als ich weiß«, warf Moody ein.

»Ich weiß mehr darüber, als ich möchte.« Ooljee wandte dem Monitor den Rücken zu.

»Was ist der Teil da drüben, links vom Mittelpunkt?« Sie zeigte hin. »Der Teil mit den vielen Vögeln.«

Ooljee warf seinem Partner einer resignierten Blick zu und drehte sich um.

»Das ist ein Teil, den wir identifizieren konnten. Sein vollständiger Name lautet ›Lumpensammler wird von Adlern und Habichten, die von flugfähigen Schlangen unterstützt werden, durch das Himmelsloch getragen‹. Wie Sie sehen, ist der Name sogar für ein Sandbild sehr umfassend. Er stammt aus dem Perlengesang.«

»Da drüben« — sie zeigte hin — »würde man etwas damit in Zusammenhang Stehendes erwarten, aber soweit ich es erkennen kann, hat es mit dem Roten-Ameisen-Weg zu tun. In der Nähe des oberen Bildrandes befindet sich ein Auszug aus dem Haus-der-sich-bewegenden-Punkte. Es sieht aus, als hätte ein Maler beschlossen, Teile und Stücke von verschiedenen Wegen zu nehmen, sie ohne Sinn oder Verstand mit eigenen Erfindungen zu verbinden und in einem Bild unterzubringen. Nur daß in diesem Fall der gelbe Sand eine versteckter Kunstgriff ist.«

Grayhills stand auf und trat zum Monitor. Moody folgte ihr neugierig und sah zu, als sie einen Teil des Bildes mit dem Finger nachzog.

»Was ist dieses Haus der sich bewegenden Punkte?«

Ooljee kratzte sich am Kopf. »Vergessen Sie nicht, ich bin Polizist, kein Akademiker. Das da ist nur mein Hobby. Soweit ich mich erinnere, wird es innerhalb des Gesangs verwendet, um die Hilfe von Nayenezgani oder Ungeheuertöter anzurufen, der ...«

Sie unterbrach ihn. »Erinnert mich an Cameron.«

»Nehmen Sie an, daß ein Typ namens Nayenez Gani in Cameron arbeitet?« fragte Moody scharf.

»Nein, nein.« Ihr Lächeln siegte sogar über ihren Ärger. »Ich habe wegen der Forschungsstelle für Hochenergiephysik, die sich dort befindet, daran gedacht. Laut dem Film, den ich sah, hat die Universität gerade am nördlichen Ende des Campus einen Möbiusband-Teilchenbeschleuniger installiert. Es hieß, daß es sich um einen idealen Standort handelt, da die gesamte Anlage unterirdisch untergebracht werden mußte und die Felsen um Cameron vollkommen frei von Feuchtigkeit sind.«

Moody überlegte angestrengt. Teilchenbeschleuniger? Haus-der-sich-bewegenden-Punkte?

»Fangen nicht auch noch Sie damit an! Es ist schon schlimm genug, daß ein Teil dieses verdammten Bildes einem sagt, wie man Zugriff auf ein fremdes Netz bekommt. Jetzt wollen Sie mir einreden, daß ein anderer Teil einen *Teilchenbeschleuniger* beschreibt?«

»Das habe ich nicht gesagt«, widersprach sie. »Aber vielleicht glaubt es Ihr Freund Gaggii.«

»Das hat Hand und Fuß und klingt plausibel. Vielleicht ist er auf Informationen aus, die er nicht vom Netz bekommen kann.« Ooljee verströmte Optimismus. »Er wird nicht rasch dorthin gelangen. Die Straßen zwischen Shungopavi und Cameron sind nicht die besten, und wir haben guten Grund zu der Annahme, daß er sich im Hinterland hält.«

Ich habe geglaubt, daß dieser ganze Teil des Staates Hinterland ist, dachte Moody. »Trotzdem hat er einen verdammten Vorsprung vor uns.«

Wieder lenkte Grayhills ihre Aufmerksamkeit auf das Bild auf dem Monitor. »Und dieser Teil ist der Lumpensammler, der durch ein Loch im Himmel gehoben wird?«

»Mit der Hilfe von Adlern und flugfähigen Schlangen, ja.« Ooljee zog die Umrisse mit dem Finger nach. »Manchmal sind es vierundzwanzig Adler und Habichte, für gewöhnlich aber achtundvierzig. Ich habe noch nie ein so kompliziertes Sandbild gesehen. Vielleicht hat das Mr. Kettrick so angezogen. Beachten Sie den Blitzwächter.« Er zeigte hin.

»Und da drüben befindet sich das Haus-der-sich-bewegenden-Punkte«, fuhr sie fort. »Ein Teilchenbeschleuniger? Oder etwas anderes?« Sie holte tief Luft. »Erzählen Sie mir vom Lumpensammler.«

»In der Legende heißt es, daß er herumgeht und weggeworfene Gegenstände aufhebt.«

Moody, der sich an Gaggiis Vergleich mit dem fremden Müll erinnerte, sah seinen Partner scharf an.

Grayhills schuf wie eine Künstlerin Metaphern und Analogien, die alle vor Unmöglichkeiten strotzten. Was für ein Szenario wollte sie ihrer Phantasie aufdrängen? Er starrte das Sandbild an und versuchte, seine Geheimnisse zu ergründen. Jedes Sandkorn war ein Punkt, der mit einem anderen Punkt verbunden sein mußte, um ein vollständiges Bild zu ergeben. Sie besaßen nur Teile und Stücke, mit denen sie arbeiten konnten. Es war genauso, als würden sie ein Flugzeug ohne Motor bauen. Es sah richtig aus, aber wenn es fertig war, würde es sich nicht vom Fleck rühren.

Ooljee ging zum Telefon. »Ich fordere einen Helikopter an. Wir werden vor Gaggii in Cameron eintreffen.

Und sobald wir ihn in Gewahrsam nehmen, werden wir ihn fragen, worauf er aus ist.«

»Was kann der Typ mit einem Teilchenbeschleuniger wollen?« fragte sich Moody laut. »Er sollte auf ein Flugzeug oder eine staatseigene Mollybank aus sein.«

Grayhills sah ihn nachdenklich an. »Vielleicht hat es etwas mit der Himmelsloch-Legende zu tun.«

»Man kann mit einem Teilchenbeschleuniger kein Loch in etwas schießen.« Moody zögerte. »Das glaube ich jedenfalls. Ich habe keine Ahnung von Physik, aber ich höre Nachrichten. Ein Beschleuniger tut ausschließlich eines: Teilchen, die man nicht sehen kann, gegen andere Teilchen schleudern, die man nicht sehen kann, damit man mehr Teilchen erzeugt, die man nur halb so gut sehen kann wie die ursprünglichen, richtig?«

»Ich bin ebenfalls kein Physiker. An und für sich ist ein Sandbild zum Betrachten da und nicht dazu, damit man einen Extrakt daraus verwendet, um auf ein unverständliches fremdes Netz zuzugreifen. Wenn man mit einem Gerät etwas Ungewöhnliches tun kann, warum dann nicht auch mit einem anderen?«

Moody hoffte plötzlich, daß Gaggii einfach verrückt war. Wenn er eine bestimmte Absicht verfolgte, wenn er ein spezifisches Ziel im Auge hatte, dann beschwor er ein Gespenst herauf, das viel erschreckender war als das eines gewöhnlichen Verrückten, der Amok lief.

Ooljee legte befriedigt auf. »Der Helikopter ist unterwegs. Es ist ein Flex, das schnellste Transportmittel, das ich der Dienststelle entlocken konnte. Sie sperrten sich zuerst, gaben aber nach, als ich den Sicherheitsdienst ins Spiel brachte.«

»Nehmen wir diesmal Verstärkung mit?«

Ooljee schüttelte ungeduldig den Kopf. »Kein Platz im Flex, und wir wollen lang vor Gaggii dort sein. Die Hilfe, die wir brauchen, können wir in Cameron rekrutieren. Dort gibt es ein Polizeirevier und die Sicherheitsleute der Universität können uns ebenfalls helfen. In zehn Minuten haben die Stadt und der Campus Gaggiis Beschreibung.«

Grayhills entschuldigte sich, als sie den Fahrstuhl bestiegen, der sie auf das Dach zum Landeplatz für Senkrechtstarter brachte. »Ich sollte mehr über mein Erbe wissen, aber wenn man Schritt mit den letzten Erkenntnissen über Schnittstellen von kugelförmigen Datenbank-Sicherheitseinrichtungen halten will, fällt es einem schwer, das zu studieren, was man als Kind gelernt hat. Gibt es noch etwas, das Sie uns über die Himmelsloch-Legende oder das Haus-der-sich-bewegenden-Punkte erzählen können? Etwas, das uns einen Hinweis auf Gaggiis Pläne gibt?«

Der Sergeant murmelte in einem Gemisch aus Englisch und Navaho vor sich hin. »Wenn mir etwas einfällt, werden Sie die erste sein, der ich es erzähle. Ich versuche ja, Ihnen beizubringen, daß ich kein Fachmann auf diesem Gebiet bin. Es ist nur ein Hobby.«

»Stellen Sie Ihr Licht nicht unter den Scheffel«, ermahnte ihn Moody. »Ich glaube nicht, daß es Hatathlis mit einem Hochschulgrad in Kriminologie gibt. Dank Ihnen haben wir einige Zusammenhänge hergestellt. Wir werden weitere herstellen.«

Nur bin ich nicht sicher, daß ich das will, dachte er besorgt. Er hatte das Gefühl, daß er aus einem hyperatmosphärischen Shuttle in einen tiefen, dunklen Schacht getreten war. Er war so lange gefallen, daß er Angst davor hatte, was geschehen würde, wenn er endlich auf dem Boden aufschlug.

Er blickte verstohlen zu seinem Partner hinüber. *Für ihn muß es viel schwerer sein. Er macht bei einer Morduntersuchung mit und wird schließlich von seinem eigenen Erbe verfolgt. Ich habe wenigstens damit kaum etwas zu tun. Deshalb jagt es mir keine Angst ein.*

Dann erinnerte er sich an die mutaphysische Projektion, die Ooljee als Endlose Schlange bezeichnet hatte, und fand, daß es ganz in Ordnung war, Angst zu haben.

18. Kapitel

Der Helikopter traf Augenblicke, nachdem der Fahrstuhl sie neben dem Landefleck auf dem Dach abgesetzt hatte, ein; seine Rotoren wirbelten roten Staub auf. Sie hatten nicht genügend Zeit gehabt, um den Piloten zu informieren. Ooljee setzte ihn ins Bild, während die Maschine emporstieg und nach Westen wendete.

Trotz ihrer Geschwindigkeit würde es eine Weile dauern, bis sie Cameron erreichten, das in einer Entfernung von beinahe zweihundert Kilometern auf der gegenüberliegenden Seite des Reservats lag. Gaggii würde aber wesentlich länger brauchen.

Sobald sie in der Luft waren, saß Ooljee am Funkgerät des Helikopters und zündete dem Polizeirevier in Cameron und der Sicherheitsabteilung der Universität Feuer unter dem Hintern an. Beide würden Gaggiis Beschreibung und seine wesentlichen Verhaltensmuster in ihre Tagesmitteilungen aufnehmen. Ohne Einzelheiten zu erwähnen, verlangte der Sergeant, daß die Sicherheitsmaßnahmen um den Beschleuniger verstärkt wurden. Jeder, der eine Erklärung haben wollte, erfuhr, daß er sich an Ganado wenden solle.

Ooljee verlangte, daß zwischen Shungopavi und Cameron keine Straßensperren errichtet wurden, weil er befürchtete, daß Gaggii Lunte riechen und sich aus dem Staub machen würde. Das letzte, was er wollte, war, daß ihre Beute das Reservat verließ. Diesmal würde es keine Pannen, keine Fehler, keine Unterschätzung ihres Gegners geben. Sobald sie ihn wieder in Gewahrsam hatten, würden sie ihn splitternackt ausziehen und in einem Raum unterbringen, in dem das fortschrittlichste elektronische Gerät eine vergitterte Glühbirne an der Decke war.

Sobald sie die künstlichen Cañons und Spitzkuppen der Stadt hinter sich hatten, schaltete der Pilot die Maschine auf Höchstgeschwindigkeit. Die Rotorblätter zogen sich zu einem Drittel ihrer ursprünglichen Länge zusammen, während das Triebwerk durch den Leitschlitz hinunterglitt, bis er zwischen den beiden Streben der hinteren Flügel nach rückwärts gerichtet war. Er dröhnte mit voller Kraft und trieb das Flugzeug nach vorn, statt Auftrieb zu liefern. Trotz des erheblichen Gegenwinds verdoppelte sich ihre Geschwindigkeit.

Es gab keinen Berufsverkehr, der sie verlangsamen konnte. Die Routen der Transkontinentalflüge lagen wesentlich höher, und die Piloten ließen sich vom Tower in Klagetoh direkt nach Cameron leiten. Die Maschine konnte den Flugplatz der Stadt umgehen, auf dem Campus landen und so Zeit und Sorgen sparen.

Moody blickte durch das Glas auf ein Land hinunter, das von ungeheuren Tischplatten-Mesas und tiefen Cañons beherrscht wurde. Büsche und Bäume hatten von einzelnen Bodenparzellen Besitz ergriffen und wuchsen mit ihren Nachbarn um die Wette. Gott hatte hier soviel Zeit damit verbracht, den Boden zurechtzumachen, daß Er müde geworden und gegangen war, ohne die Landschaftsgestaltung zu beenden.

Grayhills starrte die Rücklehne des Pilotensitzes an und suchte im abgewetzten Vynil Erleuchtung. »Die Antwort liegt irgendwo im Sandbild«, murmelte sie vor sich hin. »Vielleicht interessiert er sich nicht für den Beschleuniger. Vielleicht bezieht sich das Haus-der-sich-bewegenden-Punkte auf Chemie und nicht auf Physik.« Sie beugte sich vor. Ooljee saß dem Piloten gegenüber.

»Können Sie uns noch etwas über den Lumpensammler erzählen?«

»Sie haben das Bild gesehen.« Ooljee drehte sich zu

ihr um. »Der Lumpensammler hat in einem Ort namens Wirbelnde Berge gelebt. Das war eines der Tore zwischen der Erde und dem Zuhause der Heiligen Wesen.« Er sah Moody an. »Ein Sandbild an sich wird als *ikah* bezeichnet, was ›der Ort, wo Götter kommen und gehen‹ bedeutet; es bezieht sich auf ihre spirituellen Wohnsitze.

Solche Tore gibt es in zahlreichen Kulturen. In Tibet ist angeblich die Stadt Lhasa ein Tor. In Italien würden viele Gläubige wahrscheinlich auf den Vatikan zeigen. Geographie, die sowohl spirituell als auch zeitlich tangential ist. Manchen Leuten fällt es schwer, solche Vorstellungen zu verstehen.«

»Was glauben Sie, wie es mir dabei geht?« murmelte Moody.

Ooljee fuhr fort. »Die Adler gaben den Schlangen Flugfähigkeit, damit sie ihnen helfen konnten, den Lumpensammler hochzuheben; er wurde in eine schwarze Wolke gehüllt, die ihn vor seinen Feinden abschirmte, und stieg durch das Himmelsloch empor. Blitze und Regenbogen, die Macht bedeuten, bewachen die Darstellung.«

»Regenbogen.« Grayhills zeichnete träge mit dem Zeigefinger Muster auf die Rücklehne des Pilotensitzes. »Gezackte Blitze. Schwarze Wolken. Erinnert das keinen von Ihnen an etwas? Sie studieren dieses Sandbild seit Wochen ausschließlich mit dem Ziel, den Mörder zu fangen. Treten Sie ein wenig zurück und versuchen Sie, es aus einer anderen Perspektive zu betrachten.«

Moodys Gesichtsausdruck veränderte sich, als ihm klar wurde, worauf sie hinauswollte. »Ich habe die Halbinsel einige Male besucht, um das Kennedy Center zu besichtigen und zwei Starts zu beobachten. Nichts Besonderes; nur die wöchentlichen Versorgungsflüge für die Orbitalstationen. Aber auch die kleinen Starts sind beeindruckend.« Er starrte sie an. »Blitze. Schwarze Wolken steigen empor. Vielfarbige Lichtexplosionen.

Wild herumfliegende Vögel. Vielleicht nicht lauter Habichte und Adler, aber Vögel. Das ist eine recht gute Beschreibung eines Starts. Wollten Sie erreichen, daß ich das sage?«

Sie antwortete nicht, sondern sah ihn nur gelassen an.

Ooljee blickte zu ihm zurück und zuckte zusammen, als der Helikopter gegen einen Schwall rücksichtsloser Luft prallte. Er schien das Fliegen nicht besonders zu schätzen.

»Die Anasazi stellten gute Töpfe her. Sie errichteten ansehnliche Gebäude. Sie flochten Körbe. Aber meines Wissens sind weder in Keet Seel noch in Awatobi Startrampen entdeckt worden.«

»Das kann auch auf diejenigen zutreffen, die dieses Netz zurückließen«, meinte Moody, »also verwendeten sie vielleicht etwas ganz anderes. Etwas Andersartiges.«

»Der Regenbogen eines Hatathli ist für jemand anderen ein Photonenstrom«, schlug Grayhills vor. »Gezackte Blitze als Kraftfeld, schwarze Wolken als Raketenrauch. In dem Sandbild, über das wir sprechen, geht es nicht um Frösche und die vier heiligen Pflanzen. Man kann hier Analogien ziehen, die nicht weiter hergeholt sind als verschiedenes, von dem wir wissen, daß es real ist. Die Adler und Habichte können auf etwas anderes hinweisen oder tatsächlich Vögel darstellen, die durch einen Raketenstart aufgescheucht werden. Oder durch eine Landung.«

Jetzt rasten Moodys Gedanken, und er konnte sie nicht bremsen, obwohl er sich bemühte. »Wie passen die Schlangen hinein?«

Grayhills sank ein bißchen in sich zusammen. »Ich gebe zu, daß sie nicht plausibel sind, und dabei sind sie für das Bild wesentlich.«

»Sie stellen vielleicht etwas dar, auf das wir noch nicht gekommen sind.« Ooljee starrte seinen Partner an;

seine Finger umklammerten die Rücklehne seines Sitzes, als die Maschine durch eine Wolke holperte. »Wir stecken wieder bis über den Kopf drinnen, mein Freund. Wir brauchen noch mehr Hilfe.« Sein Blick wanderte zu Grayhills. »Nichts für ungut.«

»Schon gut, aber Sie könnten den gesamten beratenden Mitarbeiterstab der Nationalen Akademie der Wissenschaften einberufen, ohne daß es Ihnen nützt. Bis Sie die Leute zusammengetrommelt und sie über den Sachverhalt informiert haben, hat Gaggii sehr wahrscheinlich sein Vorhaben ausgeführt. Ich bin noch nicht lange hier, aber Sie beide haben mich dazu gebracht, wie ein Polizist zu denken. Fangen wir zuerst ihn. Dann können wir die richtige Interpretation des Sandbildes einem ordentlich akkreditierten Komitee überlassen, so daß ich wieder Mollys die Mucken abgewöhnen kann und Sie wieder Frauenschänder und Verrückte einfangen können.

Bis dahin stehen wir der Realität dieses Netzes gegenüber, warum wollen wir also nicht die Möglichkeit eines Besuchs durch ein Raumschiff akzeptieren? Wenn Sie so etwas einräumen, dann können Sie sich auch vorstellen, daß einige wenige überlebende Anasazi das Wissen, das sie von solchen Besuchern erworben haben, absichtlich oder zufällig in Sandbilder und Gesänge umsetzten. Wege, die beinahe, aber nicht ganz vergessen wurden.«

»Was unser hypothetischer Besucher wohl sonst noch herumliegen ließ?« Moody versuchte, am Piloten vorbeizusehen. »Paul hat mir erzählt, daß über fünfhundert unterschiedliche Entwürfe für Sandbilder überlebt haben. Wir haben keine Ahnung, wie viele vergessen wurden. Wie viele von ihnen enthalten Templates?« Er schluckte krampfhaft.

»In einem Punkt schließe ich mich jedoch Samantha an. Ich sehe noch immer nicht, wie die Schlangen hineinpassen. Wenn wir uns einen startenden Flieger vorstellen, paßt alles andere dazu. Aber nicht die Schlangen.«

»Vielleicht waren sie die Passagiere«, schlug Samantha vor.

Moody empfand das Bild als unangenehm, da er aus dem tropischen Süden kam, wo Schlangen jeder Art automatisch vorsichtig behandelt werden.

»Nicht wahrscheinlich«, widersprach Ooljee. »In dieser Hinsicht ist der Weg eindeutig. Die Schlangen halfen dem Lumpensammler, durch das Himmelsloch emporzusteigen. Er war der Passagier, nicht sie. Trotzdem — wer kann sagen, wie genau die Auslegung eines Hatathli ist? Es gibt in den Gesängen zum Beispiel viele Worte, die nicht übersetzt werden können. Worte, deren Bedeutung vergessen wurde. Es ist interessant, sich vorzustellen, was einige von ihnen vielleicht wirklich beschreiben: Netze, Besucher, seltsame Maschinen.« Er schwieg eine Zeitlang. »Ein so großer Teil unserer Tradition ist mündlich überliefert und so wenig ist schriftlich festgehalten.

Laut unseren Legenden ist diese Welt nur eine von fünf. Andere Religionen erwähnen eine einzige Welt. Warum beschreiben die Erzählungen unserer Vorfahren vier weitere Welten? In den Legenden sind sie real. Sind sie auch im Raum real?

Die Menschen betrachten den Raum traditionellerweise als unbegrenzt. Wir bewilligen Platz für Wachstum, Anpassung, Neuinterpretationen von alten und neuen Ideen. Was man eben von Leuten erwartet, deren Vorfahren mit dem Erscheinen von seltsamen Wesen aus einer anderen Welt fertigwerden mußten.« Er klopfte auf den Spinner an seinem Gürtel.

»Es ist üblich, neue Kräfte mit den alten zu kombinieren. Warum also nicht Sandbilder, Gesänge und Computernetze? Was mir Sorgen bereitet, sind jene Legenden, die das Universum als etwas schildern, das sich in einem sehr prekären Gleichgewicht befindet und von ungeheuer starken Kräften des Guten und des Bösen erfüllt ist. Sie würden wohltätig oder bösartig sagen. Wenn dieses Gleichgewicht auch nur unabsichtlich gestört wird, können alle möglichen schrecklichen Dinge geschehen.

Sie erinnern sich, daß ich von *hozho* gesprochen habe.« Moody nickte. »Es ist interessant, daß laut der Tradition nur der Mensch dieses Gleichgewicht stören kann.«

Moody überlegte. »Das könnte die Warnung sein, die die Besucher zusammen mit ihrem Müll hinterlassen haben. Wie der Schädel und die gekreuzten Knochen auf einem Giftbehälter.«

»Es könnte sich auch auf etwas ganz anderes beziehen«, widersprach Ooljee.

»Wie setzt man das Universum instand, wenn Gaggii es kaputt macht?«

»Sie sollten inzwischen die Antwort auf diese Frage kennen, mein Freund. Sie stellen *hozho,* das Gleichgewicht, wieder her, indem sie den richtigen Weg vollziehen.«

»Wunderbar.« Moody lehnte sich zurück und verschränkte die Arme. »Ich hab's. Gaggii hat zwei Morde begangen. Indem wir ihn fangen und dort unterbringen, wo er nie wieder etwas anstellen kann, stellen wir das Gleichgewicht wieder her. Das Büro des Staatsanwalts wird jedenfalls dieser Ansicht sein.«

»Sie haben es erfaßt, mein Freund«, meinte Ooljee amüsiert. »Hoffentlich wird das genügen.« Sein Lächeln schwand. »Etwas anderes: Wenn gewisse Umstände und Verhaltensweisen präzise wiederholt werden, können frühere Ereignisse wieder eintreten. Nehmen wir an, daß vor langer Zeit ein kranker Hirsch einen bestimmten Pfad entlanggeht. Ein anderer Hirsch geht heute den gleichen Weg im gleichen Tempo. Die Traditionalisten glauben, daß die krankhafte Verwirrung des ersten Hirsches in den Geist des heutigen Hirsches eindringen kann, und daß er genau wie der erste krank oder desorientiert wird.«

»Worauf wollen Sie hinaus?« fragte Grayhills.

»Auf nichts.« Der Sergeant ließ die Rücklehne, die er umklammert hatte, los. »Doch wenn Gaggii das Netz verwendet, um ein altes außerirdisches Schema zu wiederholen, würde ein Traditionalist erwarten, daß jedes mit diesem Schema in Verbindung stehende Ereignis sich ebenfalls wiederholt. Die Tradition besteht darauf, daß eine präzis definierte Gruppe von Umständen zu einer späteren Zeit genau die gleichen Wirkungen herbeiführen muß.«

Grayhills schob die Lippen vor. »Klingt für mich wie Kausalität. Ich habe geglaubt, daß wir über die traditionelle Navaho-Medizin und nicht über Quantenmechanik sprechen.«

Ooljee zuckte die Achseln.

»Eine Rose bleibt auch unter einem anderen Namen eine Rose.«

»Nach was für einem ›relevanten Ereignis‹ sollen wir Ausschau halten?«

»Ich habe keine Ahnung. Aber es wäre nicht schlecht, wenn wir den Himmel im Auge behielten.«

Moody blickte unwillkürlich nach oben und stellte dabei fest, daß sein Partner ihn angrinste. Wieder der Navaho-Sinn für Humor.

»Wenn wir in große, schwarze Wolken geraten, die auf Blitzen und Pfeilern aus Regenbogen herabsinken, wird Ihnen das Lachen vergehen.«

»Das erwarte ich nicht.« Ooljee unterdrückte sein Grinsen. »Ich erzähle Ihnen nur, was die alten Legenden besagten. Wir haben bereits gesehen, daß einige von ihnen auf eine Art wahr sind, die wir uns bisher nicht vorstellen konnten. Wir können nichts ausschließen.

Vergessen Sie nicht, daß das Universum einerseits durch das Gute beeinflußt wird, also durch alles, was unter Kontrolle ist, und andererseits durch das Böse, also durch alles, was außer Kontrolle ist. Im Augenblick ist nicht das Netz, nicht etwas, für das wir erst einen Namen finden müssen, außer Kontrolle geraten, sondern Gaggii. Vielleicht ist Ihre Feststellung richtiger, als Sie glauben, mein Freund. Vielleicht fangen wir Gaggii, vielleicht stellen wir *hozho* wieder her. Ganz davon zu schweigen, daß wir uns an das zeitgenössische Kriminalverfahren halten. Damit habe ich überhaupt keine Schwierigkeiten.«

»Festhalten!« rief der Pilot. »Ich beginne mit dem Anflug auf Cameron; er könnte ein wenig unruhig werden.«

Moody hatte eine Menge Zeit, um nachzudenken. Der Flug von Ganado hierher hatte seine Besorgnis und seine Verwirrung verstärkt. Im Geist sah er unwillkürlich fremde Flugkörper mit fremden Besatzungen vor sich, oder außerhalb der Realität abgeworfenen Müll, der von einem Müllwagen eingesammelt werden sollte, der tausend Jahre Verspätung hatte.

Jemand hatte wie eine auf ihre Chance wartende Katze zugesehen, während der Müll abgeladen wurde. Oder vielleicht hatte ein Besucher aus unerklärlichen Gründen einem namenlosen Anasazi oder Navaho erklärt, wie er den Haufen durchsieben sollte. Irgendwie war das Wissen tausend Jahre lang weitergegeben worden, obwohl man seinen Zweck vergessen hatte, bis Yistin Gaggii herausbekam, wie man die Symbole auslegen mußte, und wiederentdeckte, wie man auf den Müll zugriff.

Moody war auf die längst abgereisten Besucher wütend. Etwas so Schreckliches wie das Netz ohne Anweisungen oder Warnung zurückzulassen, war genauso, als würde man eine Taschen-Atombombe in einem Schulhof liegenlassen. Wenn man Ooljees Traditionen glauben konnte, stocherten sie vielleicht gerade in etwas herum, das genauso tödlich war.

Vielleicht werden wir erst genau erfahren, was es ist, wenn es losgeht, dachte er nervös.

Was war, wenn Gaggii kräftig genug darauf klopfte, oder es heftig schüttelte, oder sein *hozho* sonstwie erschütterte? Da zog er beinahe vor, an riesige Schlangen zu denken, die sich aus dünnen Raumschiffen herauswanden. Waren diese geschmeidigen Gestalten nur Verzierungen, die phantasievolle Hatathlis durch die Jahrhunderte weitergegeben hatten? Oder standen sie in einem Zusammenhang mit dem größeren Zweck des Sandbildes?

Schlangen. Was hatte eine Schlange noch an sich?

Wenn das Netz mit einer Warnung versehen war und sie darauf stießen — wie konnten sie sie erkennen? Sie hatten sie vielleicht schon einige Male übersehen. »*Das haben wir zurückgelassen und das kann es tun — aber tu es nicht, sonst nimmt es dir dein Gesicht.*«

Falls Gaggii sich ähnliche Sorgen machte, hatte er vorgezogen, sie seinen Besuchern gegenüber nicht zu erwähnen. Das war ein weiterer Grund, weshalb sie ihn fassen mußten, bevor er mit dem weitermachte, was er vorhatte: Kein Narr ist so gefährlich wie ein furchtloser Narr.

Was Moody am meisten störte, war nicht die Frage, ob die Besucher das Netz absichtlich oder aus Vergeßlichkeit zurückgelassen hatten, sondern die Möglichkeit, daß es ihnen gleichgültig gewesen war, welche Wirkung es auf einen elenden Haufen primitiver Zweifüßler haben würde. Moody konnte alles ertragen, nur nicht, daß man ihn nicht beachtete.

»Komisch, daß ich jetzt daran denke«, murmelte Ooljee, während der Helikopter durch eine Luftströmung rumpelte, »aber die Gesänge und Sandbilder, die man uns Kindern schilderte, waren immer für den Kontakt mit Kräften bestimmt, die sich der menschlichen Kontrolle entzogen. Ich hätte nie gedacht, daß ich diese Behauptung einmal würde wörtlich nehmen müssen.

Wir dürfen das Netz nicht nur für gefährlich halten. Die Hatathlis sagen gern, daß etwas, das einem Menschen schaden, ihn auch heilen kann. Schlechtes kann unter Kontrolle gebracht und für einen guten Zweck verwendet werden, genau wie das Gute in Böses verwandelt werden kann.«

»Mir gefällt die Präzision«, stellte Grayhills fest. »Die Idee, bestimmte Sandbilder zu verwenden und Gesänge zu wiederholen, um das erwünschte Ergebnis zu erzielen. Aber ich verstehe noch immer nicht, wieso Gesang und das Berühren des Bildes den Zugriff auf das Netz ermöglichen.«

Als die Maschine aufsetzte, war Moody als erster draußen. Vom Rand des Landestreifens setzte sich ein kleines, vielrädriges Fahrzeug in ihre Richtung in Bewegung.

Ooljee folgte Moody auf dem Fuß. »Bedenken Sie etwas«, sagte er zu Grayhills. »In etlichen Studien wird behauptet, daß Sandbilder eigentlich interpsychische Symbole sind. Manche Akademiker glauben, daß die Sandbilder es deshalb den alten Hatathlis ermöglichten, Krankheiten zu heilen, weil sie buchstäblich in der Psyche des Patienten ein Muster schufen — was immer das bedeutet.«

Sie hatten den Helikopter hinter sich und befanden sich wieder auf festem Boden, und deshalb versuchte Moody nicht erst zu verstehen, was es bedeutete. Er fand es interessant, aber nicht überraschend, daß der Eingang zum Teilchenbeschleuniger nach Osten zeigte.

Der Leiter des Campussicherheitsteams bezweifelte nicht nur, daß jemand in die Anlage eindringen konnte, sondern er wollte auch wissen, warum es jemand tun sollte.

»Selbst wenn sie sich hineinschleichen könnten«, erklärte er, als sie vor dem zweistöckigen Gebäude parkten, »könnten sie überhaupt nichts unternehmen. Man setzt einen Teilchenbeschleuniger nicht in Betrieb, indem man auf einen ›Ein‹-Knopf drückt. Um ein Experiment vorzubereiten, geschweige denn, es durchzuführen, ist das Wissen einer ganzen Gruppe von speziell ausgebildeten Technikern erforderlich.«

»Wir wollen nicht mit Ihnen streiten.« Grayhills stieg aus dem kleincn, elektrischen Bus. »Wir möchten Ihnen nur begreiflich machen, daß wir es mit jemandem zu tun haben, der für eine Reihe unerklärlicher Zwischenfälle verantwortlich ist, und wir möchten nicht, daß er mit Ihrem Beschleuniger etwas Unerklärliches anstellt.«

Jetzt wurde der Sicherheitschef aufmerksam. »Der einzige weitere Möbiusband-Teilchenbeschleuniger im Land befindet sich an der North Carolina University«, erklärte er wichtigtuerisch. »Wir wollen genauso wenig wie Sie, daß jemand an dem unseren herumpfuscht. Sie behaupten, daß Ihr Verdächtiger nicht geistesgestört ist.«

»Jedenfalls, soweit wir es bis jetzt feststellen konnten.« Ooljee ging neben dem Sicherheitschef zum Eingang. »Er ist vielleicht nicht fähig, Ihre Anlage zu benützen, aber wir wollen sicher sein, daß er auch keinen Schaden anrichtet.«

»Machen Sie sich keine Sorgen. Es gibt nicht viele Eingänge, unser Alarmsystem ist genauso auf dem neuesten Stand wie der Beschleuniger, ich habe infolge Ihrer Warnung zusätzliche Leute aufgeboten, und der größte Teil der wirklich empfindlichen Maschinen befindet sich ohnehin unter der Erdoberfläche. Jeder Zugang, der nicht von einem meiner Männer persönlich überwacht wird, wird vom Betriebsfernsehen überwacht.« Er lächelte selbstsicher.

»Wir haben es immer wieder mit Studenten zu tun, die es für schrecklich komisch halten, wenn sie sich hineinschleichen und Toilettepapier oder etwas Ähnliches über die Geräte drapieren. Sie werden immer erwischt, obwohl wir bei diesem Außenposten einige besonders intelligente junge Leute haben. Unser Sicherheitsdienst entspricht beinahe militärischen Anforderungen. Falls Ihr Mr. Gaggii unserer Anlage auch nur in die Nähe kommt, werden wir nicht nur seine Anwesenheit entdecken, sondern ihn auch einfangen und Ihnen übergeben können.«

Moody wäre gern genauso selbstsicher gewesen wie sein Gesprächspartner. Aber der Mann hatte ja nicht gesehen, was Yistin Gaggii mit dem außerirdischen Netz anstellen konnte.

Der oberirdische Teil der Anlage enthielt die Verwaltungsbüros, Labors, Lagerräume und Kontrollgeräte. Die nach innen geneigten Wände aus Spritzbeton waren braunrosa gestrichen, um sich der Umgebung anzupassen, während die Fenster aus kupferfarbenem Glas waren. Es gab tatsächlich nur wenige Eingänge.

Moody stellte beruhigt fest, daß der Eingang, den sie verwendeten, sowohl mittels Monitoren als auch durch das Sicherheitspersonal direkt überwacht wurde. Alles war ruhig und normal, wie sie verlangt hatten. Auffallende Vorsichtsmaßnahmen, zum Beispiel eine teilweise Evakuierung des Campus, konnten den Gesuchten vertreiben.

Verwaltungsbeamte, Studenten und Techniker kamen und gingen und diskutierten dabei über Themen, die dem Detektiv unverständlich waren. Navaho, Hopi, Apachen, Hualapai, Havasupai, Anglos, Asiaten, Hispanier und Schwarze — keiner von ihnen bemerkte das außerirdische Netz rings um sie, durch das sie genauso mühelos hindurchglitten wie ein Hai durch Salzwasser.

Sobald die richtigen Leute Zeit hatten, das Netz eingehend zu prüfen, würde sein Vorhandensein eine Menge erklären. Gespenster und Poltergeister, alle möglichen übernatürlichen Phänomene konnten mit einem zufälligen oder teilweisen Zugriff auf das Netz zusammenhängen.

Das Gespenst in der Maschine. Moody versuchte sich

zu erinnern, wo er die Redensart gehört hatte. Was würden sie nicht alles finden, wenn sie in den warmen außerirdischen Tiefen auf Fischzug gingen?

So wie es Gaggii tat, rief er sich ins Gedächtnis. Worauf war der Mann aus? Was hoffte er, hier zu finden? Er hatte ihnen gesagt, daß er etwas Bestimmtes vorhabe, war aber nicht näher darauf eingegangen. Wollte er einem Gespenst die Hand schütteln? Oder war er hinter einer Entdeckung her, die ihn reich machen würde?

All das konnte man auch erreichen, indem man in der Öffentlichkeit arbeitete, ohne es geheimzuhalten und Morde zu begehen.

Er weiß mehr, als er uns gesagt hat, dachte Moody. Zwanzig Jahre Mollyarbeit als Polizist bestanden darauf. *Wir hätten nicht lockerlassen sollen, als wir ihn hatten, hätten unbedingt herausbekommen sollen, worauf er aus ist. Bestimmt nicht nur auf Wissen. Wissen ist etwas Abstraktes, und die Menschen töten nicht mehr wegen Abstraktionen. Das tun nur Nationen.*

Die Erzählungen seines Partners über die Heiligen Wesen und über Götter kamen ihm in den Sinn. Konnte Gaggii jemandem gehorchen, der sich im Netz befand?

Ihm wurde plötzlich bewußt, daß seine Phantasie mit ihm durchging, und er zwang sich, die geräumige Halle zu bewundern, die einen beeindruckend realistischen Regenwald und Specksteinskulpturen der dazugehörigen Fauna enthielt. Er hatte nichts dagegen, daß sein Partner es übernahm, mit den Sicherheits- und Polizeibeamten zu sprechen, die sie begrüßten. Die Polizisten würden entlang einer festgelegten Umgrenzungslinie patrouillieren, während die örtlichen Wächter für die Sicherheit der Anlage sorgen würden.

Der Beschleuniger war in einem kreisrunden Tunnel untergebracht, der so groß war, daß in ihm auch ein schmaler Fahrweg Platz hatte. Elektrowagen transportierten Wissenschaftler und Sicherheitspersonal über den gleichen Weg, auf dem der Beschleuniger ausgesuchte Materieteilchen vorwärtstrieb, so daß man rasch und mühelos zu jedem Teil der Maschine gelangte. Der Leiter des Sicherheitsdienstes erklärte, daß es nicht notwendig sei, im Tunnel Wachen aufzustellen, weil die oberirdischen Zugänge versperrt waren und durch das Betriebsfernsehen überwacht wurden. Jeder, der begabt und dumm genug war, hineinzugelangen, war unter der Erde gefangen.

Das gesamte Personal, das zur Zeit Dienst machte, hatte Holos des Verdächtigen erhalten. Es war unmöglich, daß er sich der Anlage unbemerkt näherte, und noch unmöglicher, daß er hineingelangte. Der Leiter des Sicherheitsdienstes war seiner Sache sicher. Ooljee und Moody schöpften Hoffnung, waren aber nicht ganz so sicher.

Ihre Operationsbasis war der Raum des Gebäude-Sicherheitsdienstes. Eine ganze Wand dieses Raums war mit Monitoren verkleidet, einer für jede Videokamera in der Anlage. Moody teilte seine Aufmerksamkeit zwischen den vielen Bildschirmen und dem nahegelegenen Raum, in dem Imbisse verkauft wurden; Ooljee blieb lieber in Grayhills' Nähe und versuchte, einige Orber-Tricks abzuschauen, während sie mit ihrem komplizierten Noronco-Spinner arbeitete. Als die Nacht hereinbrach, waren sie müde und gereizt. Weit und breit war nichts von Gaggii zu sehen. Moody überlegte, ob der Mörder sie vielleicht hereingelegt hatte, indem er das Netz anwies, falsche Antworten zu geben, wenn sich jemand nach seinem Aufenthaltsort erkundigte. In diesem Fall war er schon auf halbem Weg nach Salt Lake City oder Denver, während sie hier hockten und sich auf die Informationen einer lügnerischen außerirdischen künstlichen Stimme verließen. Das war leicht möglich. Gaggii kannte sich mit dem Netz wesentlich besser aus als sie und hatte bewiesen, daß er es verwenden konnte. Was für eine Beziehung hatte er inzwischen zu der geheimnisvollen Mischung aus mutierenden Mandelbrot-Mustern, Regenbogen-Fäden und körperlosen Coronen hergestellt?

Und wer war Vernon Moody aus Pushkatawny, Mississippi, daß es ihm zufiel, das alles herauszubekommen? Wie überwacht ein guter Polizist das Unmögliche?

Sie warteten, wachten und murrten, bis der Morgen graute und der Verdächtige noch immer unsichtbar blieb.

Er hätte bereits auftauchen müssen, dachte Moody. *Es sei denn, er ist irgendwo in den Mesas steckengeblieben, oder hatte eine Panne, oder hat es sich anders überlegt, oder lacht uns die ganze Zeit aus, während er nach Osten, oder nach Norden, oder nach Süden fährt statt hierher.*

Die ereignislose Nacht hatte die ursprüngliche Erwartung gedämpft. Die Nachtschicht war von der Tagschicht abgelöst worden, die bereits so lange vor ihren Monitoren saß, daß sie sich langweilte.

Diesen Luxus gönnten sich die Besucher aus Ganado nicht. Sie trieben sich um den Gebäude-Sicherheitsdienst herum, machten sich durch ihre ständige Anwesenheit unbeliebt und hielten sich durch den literweisen Konsum von Kaffee wach.

»Wir haben es vermasselt.« Moody sah seinen Freund und Kollegen aus trüben Augen an. Auf den Stühlen um sie standen die Reste nächtlicher Imbisse. Das Sicherheitspersonal saß an seinen Plätzen und kümmerte sich nicht um die fragwürdigen Besucher in seiner Mitte. Grayhills döste auf einem der Feldbetten, die man an der Rückwand aufgestellt hatte.

»Nicht unbedingt.« Ooljee fuhr sich mit der Hand über das Gesicht. »Es könnte mit dem Timing zusammenhängen.«

»Was für ein Timing?«

Der Sergeant musterte die Überbleibsel auf dem Stuhl neben sich, zog aus der Mitte des Haufens etwas Gelbliches heraus und begann zu kauen.

»Ein Gesang wird für gewöhnlich in zwei Teilen über eine Periode von zwei, fünf oder neun Nächten ausgeführt. Der erste Teil umfaßt die Reinigung und das Exorzieren des Bösen. Im zweiten Teil werden übernatürliche Kräfte angezogen und *hozho* wiederhergestellt.«

»Oder unterbrochen«, warf Moody ein.

Sein Freund nickte. »Die Wache in der letzten Nacht dauert von zehn Uhr abends bis zum Morgengrauen des nächsten Tages.«

»Was geschieht dann?«

»Der Behandelte atmet angeblich den Morgen ein, worauf er oder sie mit den Göttern eins wird und ihre Macht teilt.«

»Ich verstehe. Was geschieht, wenn der Gott keine Lust hat, aufzukreuzen?«

»Ihm bleibt nichts anderes übrig. Wenn der Gesang und das Sandbild richtig ausgeführt werden, ist die Gottheit gezwungen teilzunehmen.«

Eine schläfrige weibliche Stimme mischte sich ein. »Sie glauben doch nicht wirklich, daß das Timing etwas mit dem Zugriff auf das außerirdische Netz zu tun hat?

»Ich weiß nicht mehr, was ich *wirklich* glauben soll.« Ooljee stopfte sich den Rest der gelben Masse in den Mund und kaute nachdenklich. »Bis jetzt glaubte ich zu wissen, woraus die Polizeiarbeit besteht. Ich glaubte zu wissen, was ein Computernetz tut und wie eine Datenbank strukturiert ist. Ich nahm an, daß ich eine ziemlich richtige Vorstellung von der Welt und meinem Platz in ihr habe.

Jetzt weiß ich kaum noch etwas davon mit Sicherheit. Ich verstehe auch nicht, wie einer von Ihnen beiden anderer Meinung sein kann. In den letzten Tagen haben wir Dinge gesehen, die uns zu denken geben müssen. Wer kann also sagen, daß bei diesen Vorgängen das Timing wichtig oder unwichtig ist?«

Moody fand, daß sein Partner nicht nur müde, sondern auch nervös war. Sandbilder, Hatathlis und Gesänge waren Teil seines Erbes, seiner Umgebung. Er war mit ihnen aufgewachsen. Jetzt wurde die Welt seiner Kindheit vor seinen Augen auf den Kopf gestellt.

Es ist immer hart, wenn die Realität sich in den Glauben eindrängt.

Trotzdem mußte er fragen: »Sie glauben doch nicht, Paul, daß dieser Typ versucht, eine außerirdische Gottheit oder etwas Ähnliches zu beschwören?«

Ooljee schwieg lange und antwortete dann langsam und vorsichtig. »Ich halte es für möglich, wenn nicht für wahrscheinlich, daß an dieser Angelegenheit nicht nur menschliche, sondern auch andere Wesen beteiligt sind, mögen sie nun zielstrebig, sorglos oder gleichgültig sein. Sie schufen das Netz aus unbekannten Gründen oder aus gar keinem Grund und ließen es hier. Sie existierten, ganz gleich, ob wir sie als Götter oder Außerirdische oder Yeis oder Marsianer bezeichnen. Wir wissen, daß sie existierten, weil das Sandbild existiert, weil das Netz existiert. Sie waren vor tausend Jahren hier. Wir wissen, daß sie hier waren. Wir wissen nicht, ob sie hier *sind*. Ich weiß nicht, was *Gaggii* mit dem Netz macht.«

»Zwischen ihren Besuchen vergeht ein langer Zeitraum.« Grayhills trank heißen Tee. Moody hatte bemerkt, daß sie keinen Kaffee trank. Es bestand also keine Grundlage für eine Beziehung. Er stellte erschrocken fest, daß er an eine Beziehung gedacht hatte.

»Das stimmt«, gab der Sergeant zu. »Doch das Netz hat die ganze Zeit durchgehalten, hat darauf gewartet, daß jemand die Geheimnisse des Sandbildes wiederentdeckt, hat darauf gewartet, daß jemand wieder den richtigen Weg verwendet. Es ist noch aktiv und funktioniert. Warum sollten wir annehmen, daß diejenigen, die es geschaffen haben, nicht ebenfalls irgendwo aktiv sind und funktionieren?«

»Wenn es Abfall ist, dann wird er sich kaum für Ferngespräche eignen«, erklärte Moody müde. »Hätte Gaggii nicht zwei Menschen getötet, wäre es mir scheißegal, was er mit dem Netz macht. Vielleicht will er von einer Gruppe Ebenbürtiger anerkannt werden. Den Nobelpreis erhalten.«

»Ich weiß nicht, was er will, mein Freund. Ich kann nur raten, wie wir alle. Ich weiß nur, daß ich um so mehr Angst bekomme, je länger ich meine eigene Mythologie betrachte.«

Der Morgen brachte Licht, aber kein Zeichen von Yistin Gaggii. Der Rest des langen Tages verlief genauso ereignislos. Am Abend machten Ooljee und Moody Nickerchen, während Samantha Grayhills dabei blieb, entweder zu schlafen oder sich mit Beobachtungen und Studien zu beschäftigen.

Der Verdächtige war einfach verschwunden.

Moody schlug Ooljee vor, das Netz wieder nach Gaggiis Verbleib zu fragen. Ooljee lehnte ab, weil er angeblich erschöpft war. Morgen. Er würde es morgen wieder versuchen. Vielleicht würde Gaggii vorher auftauchen, oder eine Polizeipatrouille würde über ihn stolpern und ihnen die Mühe abnehmen.

Während die zweite Nacht im Beschleunigergebäude ereignislos verlief, gingen beide Männer zu Bett und hofften auf einen langen, ungestörten Schlaf. Moodys Feldbett war gerade breit genug für ihn. Er warf sich unruhig herum, während sein Partner in seiner Nähe tief und fest schlief. Etwas, das der Sergeant gesagt hatte, ging ihm nicht aus dem Sinn.

Betrachten Sie Sandbilder als interpsychische Symbole. Sie leuchten im Geist einer Person auf. Wenn das stimmte, dann konnte sich ein ausgebildeter Patient genauso gut ein Bild der erforderlichen Symbolik machen wie ein ausgebildeter Hatathli. Das Bild vollkommen weglassen. Den Gesang weglassen. Sogar den Spinner weglassen.

Denke es. Mache dir ein Bild davon. Aktiviere das

Netz allein durch Gedanken. Hatten es seine Schöpfer so getan? Wenn das Netz eine mögliche Erklärung von Gespenstern und Poltergeistern war, warum sollte es dann nicht auch eine Erklärung für andere geistige Störungen sein? Was war mit gewissen Arten von Geisteskrankheiten? Hatten die davon Befallenen unwissentlich und zufällig auf das Netz zugegriffen? Wenn jemand einer endlosen, nur von verzerrten, sich windenden Gestalten und Formen bewohnten Leere gegenüberstand oder sogar in sie eintauchte, dann genügte das wahrscheinlich, damit er den Verstand verlor.

Zugegeben, ein solch zufälliger Zugriff war unwahrscheinlich. Aber unmöglich? War überhaupt noch etwas unmöglich? Wie jedes Landkind wußte, gab es alle möglichen Wege, um auf einen Müllabladeplatz zu gelangen. Sogar auf bewachte Abladeplätze. Wenn das Netz überall war, dann war es logisch, daß man von jeder Stelle aus darauf zugreifen konnte.

Seine Gedanken ließen sich nicht mehr bändigen; er kam auf alle möglichen neuen Ideen.

Was ist, wenn wir alle, all die Millionen Menschen — Männer, Frauen, Kinder — nur winzige Stückchen gehender, sprechender, denkender RAMs sind? Komponenten des Netzes. Wir greifen nicht auf etwas Einzelnes, sich Unterscheidendes zu, sondern auf uns selbst. Alles, was man brauchte, war das richtige Muster, der richtige Timbre der Stimme. Man kann es als metaorganische parallele Bearbeitung bezeichnen: Mensch und Netz, Netz und Mensch arbeiten Seite an Seite zusammen. Ich, das Netz. Wofür? Für den Menschen gelten die gleichen Fragen wie für das Netz. Gab es einen Zweck oder war alles nur Abfall?

Und was befindet sich im Zentrum des Netzes, manipuliert die Mandelbrot-Muster des Universums und die elektrotaktile Endlose Schlange und mich und dich und deinen Onkel Charlie, was? Etwas Unermeßliches, Unbeteiligtes, kosmisch Gleichgültiges? Warum nicht? Seit wann macht sich der Operator wegen seiner Bytes Sorgen? Er fühlt nicht mit seiner Datenbank; er schaltet sie nur ein und aus.

Er wachte in Schweiß gebadet auf und das Feldbett knarrte unter ihm.

19. KAPITEL

Auf einem Hügel nördlich von Cameron begrüßte Yistin Gaggii die Sonne, die auf dem Moenkopi-Plateau die Kälte aus der Morgenluft saugte. Vierbeinige Gestalten sahen zu, wie er aus dem Wohnmobil stieg. Sie hatten nicht geschlafen, weil sie keinen Schlaf brauchten. Es fiel ihnen schwer, den Begriff ›Schlaf‹ überhaupt zu erfassen.

Gaggii hatte ebenfalls nicht geschlafen. Er hatte die Nacht mit den Vorbereitungen verbracht. Er streckte sich und atmete tief ein; bis auf ein erwartungsvolles Kribbeln empfand er nichts Besonderes.

Der Weg, der in das kleine Tal hinunterführte, war schmal und heimtückisch, aber das Wohnmobil würde es schaffen. Er war den Weg bereits gefahren. Ohne ein Wort für die Hundegesichter mit dem starren Blick ringsum drehte er sich um und stieg wieder in sein Vehikel. Der Motor sprang sofort an.

Moody erwachte aus einem Traum, in dem er nicht die ungeheure Leere zwischen den Sternen oder Regenbogenfäden und Tentakel ohne erkennbaren Zweck gesehen hatte, sondern in dem er von einem flachen Boot aus das an den schlammigen Wurzeln einer Zypresse festgemacht war, angelte. Die Sonne schien warm und feucht auf die Florida Bay, und der Solarkühlschrank im Bug war mit Sandwiches und kaltem Bier vollgestopft. Es war die beste aller möglichen Welten.

Er ärgerte sich sehr darüber, daß er erwachte.

Im Raum wurde gesprochen. Ooljee saß auf dem Rand seines Feldbettes und rieb sich den Schlaf aus den Augen. Er sah, daß sein Partner ihn musterte.

»Sie haben nichts versäumt. Noch nichts.«

Moody nickte, erhob sich und überprüfte seinen Hosenschlitz und seine Pistole. Man hatte einen Raumteiler aufgestellt, um den provisorischen Schlafsaal vom Rest des Raums zu trennen. Sie wurden einem Dutzend Neuankömmlingen vorgestellt; zwei Techniker, Sicherheitsleute von der Universität, Polizeibeamte des Reservats. Er sah sich nach Grayhills um, entdeckte sie aber nicht.

Die Menschen drängten sich um einen älteren Wächter. Er lehnte an einer Wand. Jemand drückte ihm eine Tasse Kaffee in die Hände, und er trank dankbar. Seine Hände zitterten, die braune Flüssigkeit schwappte über und seine Uniform bekam Flecken.

Moody kämpfte sich durch, schob Leute undiplomatisch beiseite und wandte sich an den Polizeibeamten, der dem zitternden Wächter am nächsten stand. Der Korporal sah wach und tüchtig aus.

»Was ist geschehen?«

Der Corporal deutete auf den Wächter. »Der Mann ist gerade hereingekommen. Er patrouillierte im Tunnel, als er angegriffen wurde. Das sagt er.« In der Stimme des jungen Mannes lag Zweifel.

Ooljee wandte sich an den Wächter. »War es vielleicht ein hochgewachsener Mann mit scharfgeschnittenem Gesicht in meinem Alter?«

Der Wächter war zu mitgenommen, um zu sprechen, deshalb antwortete der Corporal an seiner Stelle. »Er behauptet, daß es ein *mah-ih* war.«

Ooljee starrte den zitternden Mann an. »Er behauptet, daß er von einem Coyoten angegriffen wurde?«

Der Corporal nickte. »Er sagt, daß das Tier auf ihn losging und er es erschießen mußte. Drei Schüsse, ohne daß es langsamer wurde, aber sein Taser erledigte es.«

»Coyoten kommen Menschen nicht nahe.« Ooljee musterte das Gesicht des Wächters. »Sie kommen bis zu den Häusern und suchen einen Hund oder eine Katze, um sie sich zu schnappen, aber sie meiden Menschen. Es sei denn, daß dieses Tier tollwütig war.«

»Er war tollwütig, und wie.« Alle blickten zum Wächter hinüber. »Er war ganz bestimmt verrückt.«

»Haben Sie das Tier darauf untersucht?« wollte Ooljee wissen.

Der Mann richtete sich auf; er zitterte kaum noch. »Ich war dreißig Jahre lang Polizist in Flag. In den letzten vier Jahren habe ich hier als Sicherheitsmann gearbeitet. Ich kenne mich mit Verrückten, Einbrechern und Taschendieben aus. Ich bin kein Tierarzt.«

»Ich habe geglaubt, daß alle Eingänge zum Tunnel hermetisch abgeriegelt sind«, warf Moody ein.

Einer der Zuschauer mischte sich ein. »Ein Coyote kann einen Weg hineinfinden, den Menschen übersehen würden.«

»Das stimmt«, bestätigte ein Techniker. »Ganz gleich, wie oft wir sprühen, wir haben immer noch Schwierigkeiten mit Nagetieren in den Leitungen. Ein Coyote, der einen Weg in den Tunnel findet, hat ausgesorgt.«

So etwas hatten sie nicht erwartet, dachte Moody wütend. Wenn es nur ein Coyote war, der sich hereingewühlt hatte ...

»Jemand soll Samantha Grayhills suchen, die Dame, die mit uns hergekommen ist, und sie hierherbringen. Wenn sie irgendwo schläft, weckt sie auf.« Ein Wächter drehte sich um und griff nach einem Telefon.

»Vielleicht sollte sich jemand den Coyoten ansehen«, schlug der Corporal vor.

»Vielleicht sollten wir uns nicht von hier wegrühren.« Ooljee ließ die Wand mit den Monitoren nicht aus den Augen. »Falls sich unser Freund Gaggii eine Ablenkung ausgedacht hat, könnte sie das sein.«

»Sie meinen, daß er den Coyoten hereingeschoben hat?« Moody ließ sich den Gedanken durch den Kopf gehen. »Wie konnte er das tun, ohne auf einem Monitor zu erscheinen oder den Alarm auszulösen?«

»Das weiß ich nicht.«

»Es wurde kein einziger Alarm ausgelöst«, erklärte einer der Monitor-Operatoren. »Kein einziger. Jeder, der den Tunnel betrat, wäre gesehen worden.«

Es waren drei Operatoren, zwei Männer und eine Frau, die vor dem Monitor-Schaltpult saßen. Moody musterte einen nach dem anderen.

»Niemand ist um ein Sandwich oder aus einem anderen Grund hinausgegangen?« Falls es jemand getan hatte, erwartete er nicht, daß der Betreffende es gestand. Er kannte solche Sachen aus Tampa. Wenn jemand während der Dienstzeit seinen Posten verließ, konnte er ihn sehr schnell los sein.

Der Corporal wollte nicht aufgeben. »Sie glauben nicht, daß wir den Kadaver untersuchen sollten?«

»Hören Sie damit auf«, fuhr ihn Moody an. »Wenn es sich nur um einen toten Coyoten handelt, ist es Sache des Aufsichtspersonals und geht uns nichts an. Wenn es etwas anderes ist, sollten Sie ihm lieber nicht nachrennen.« Er musterte den Wächter mit zusammengekniffenen Augen. »Sie haben drei Mal auf ihn geschossen, bevor Sie Ihren Taser verwendeten?«

»Richtig«, antwortete der Gefragte.

»Haben Sie ihn getroffen?«

»Das weiß ich nicht. Ich nahm mir nicht die Zeit, es herauszufinden. Ich hatte drei Kugeln in meiner Pistole und schoß sie ab. Vielleicht habe ich ihn getroffen, vielleicht nicht. Aber der Taser brachte ihn zum Stehen. Das muß er auch, bei der Spannung, die das Ding aufbringt, und es war auf volle Stärke geschaltet.«

In diesem Augenblick kam die Studentin hereingelaufen. Sie drückte eine Hand auf das Brustbein, als könne sie so zusätzliche Luft in die Lunge pumpen. Ihr Gesichtsausdruck war unbeschreiblich.

»Ich ... ich ... jemand sollte mich begleiten.«

Der Corporal wollte sie beruhigen. »Was ist los, Miss?«

Sie versuchte, zu sprechen und gleichzeitig zu schlukken.

»Ich ... ich habe in der Nähe meines Arbeitsplatzes einen Mann gefunden. Ich glaube, daß er tot ist.«

Der Corporal sah Moody an. »Wollen Sie *das* überprüfen?«

Moody überhörte den Sarkasmus. »Ich folge Ihnen auf den Fersen. Und können mein Freund und ich je einen Taser bekommen?«

Die kleine Waffenkammer wurde geöffnet und den Ladegeräten wurden drei Taser entnommen. Mit dieser zusätzlichen Bewaffnung folgten die drei Beamten der Studentin zum Fahrstuhl.

»Sind Sie sicher, daß er tot ist?« fragte der Corporal das Mädchen, während sie hinunterfuhren.

»Ich glaube schon. Ich bin ziemlich sicher.«

Moody fand, daß sie sich gut hielt. Wo, zum Teufel, war Grayhills?

Sie fanden die Leiche des Sicherheitsmannes außerhalb einer Wartungsnische im untersten Geschoß der Anlage. Während die Studentin zwar zurückwich, aber doch etwas sehen wollte, drängten sich die drei Polizisten um den Toten. Moody war ebenfalls »ziemlich sicher«, daß der Mann tot war. Sein Kopf lag in einem unnatürlichen Winkel zum Körper und seine Kehle war aufgerissen. Ooljee bückte sich, um die Wunde zu untersuchen, und fluchte dabei leise auf Navaho, während Moody den Taser umklammerte. Er mochte enge Winkel nicht und befand sich sehr ungern unterhalb der Erdoberfläche.

Ooljee löste die Waffe vorsichtig aus den Fingern des Toten, nahm das Magazin heraus und hob es hoch, damit alle es sahen. »Leer. Der Lauf ist noch heiß.« Er musterte unbehaglich die Schatten und die dunklen Stellen zwischen den Leitungen und Rohren. »Das hat ihm nichts genützt.«

»Irgendwelche Ideen?« fragte Moody den Corporal.

»Der Wächter hat gesagt, daß ihn ein Coyote angegriffen hat. Was glauben Sie?«

»Ich weiß nicht, was ich glauben soll.« Der Detektiv sah seinen Partner an. »Wie, zum Teufel, passen Coyoten in die Geschichte?«

»Wer kann das sagen?« Ooljee richtete sich auf. »Laut den Legenden besitzen alle Dinge, alle Geschöpfe Macht und können mit dem richtigen Gesang unter Kontrolle gebracht werden. Wenn ein Coyote das getan hat, wurde dem Gesamtkomplex etwas Neues hinzugefügt.«

»Wollen Sie mir einreden«, stotterte Moody, »daß unser Freund Gaggii gelernt hat, einen Haufen Coyoten zu hypnotisieren, damit sie seine Schmutzarbeit erledigen?«

»Wir wissen noch nicht sicher, daß Gaggii damit zu tun hat.« Ooljee zeigte auf die Leiche. »Aber man kann mir nicht verübeln, daß ich an ihn denke, wenn etwas Unnatürliches geschieht, und das hier ist bestimmt unnatürlich. Ziehen Sie selbst Ihre Schlüsse aus dem, was Sie sehen, mein Freund. Ich sage nur, daß es für jemanden, der eine Manifestation der Endlosen Schlange bewirken kann ...« — der Corporal sah ihn scharf an —, »nicht gerade unmöglich ist, ein paar Tiere zu manipulieren.«

»Ja. Aber dieses Schlangending war kein wirkliches Tier. Es war eine Manifestation, wie Sie selbst sagten. Etwas aus dem Netz. Vielleicht sind unsere ›Coyoten‹ näher mit ihr verwandt als mit Lassie. Und wenn dies der Fall ist, dann kann man sie vielleicht deshalb damit töten« — er hielt den Taser in die Höhe —, »aber nicht mit Kugeln.«

Ooljee überlegte. »Unsere Pistolen waren gegen das Schlangending nutzlos. Die Kugeln sind einfach hindurchgegangen.« Er betrachtete seinen Taser nachdenklich.

»Das da produziert eine heftige elektrische Entladung. Genug, um einen wirklichen Coyoten zu töten — oder um ein definiertes elektromagnetisches Feld zu unterbrechen?« Er sah den Corporal an. »Es wäre gut, wenn Sie an alle Ihre Leute Taser ausgeben.«

In diesem Augenblick begann das Heulen, ein einziges hohes, trauriges Jammern, das mit Gelächter aufhörte. Es klang, als würde ein Mensch einen Coyoten nachahmen, und genauso klingt ein Coyote.

Der Gesang wurde von einer zweiten Kehle aufgenommen und dann von weiteren, bis der teuflische Chor in den Tiefen der Anlage widerhallte. Die vier Menschen drängten sich schutzsuchend zusammen, und die entsetzte Studentin drückte sich eng an Moodys massigen Körper.

»Er ist im Gebäude«, beharrte Moody, der versuchte, in alle Richtungen gleichzeitig zu sehen. »Es ist mir scheißegal, was jemand über Monitore und Alarmanlagen sagt, er ist hier drin.«

»Wer ist hier drinnen?« Der Corporal vermied es sehr bewußt, zu der Leiche zu ihren Füßen hinunterzusehen.

»Der Typ, hinter dem wir her sind. Gaggii.« Er sah seinen Partner an. »Das Netz hatte recht. Er wollte hierher. Er hat sich einfach Zeit gelassen.« Das schreckliche Geheul schien von überall zu kommen. »Für ein ›definiertes elektrisches Feld‹ ist das ein verdammter Höllenlärm.«

»Vielleicht steckt nicht er dahinter.« Der Corporal klang eher hoffnungsvoll als überzeugt.

»Klar«, antwortete Moody kurz, während sie zum Fahrstuhl gingen. »Ein Rudel tollwütiger Coyoten hat nichts Besseres zu tun, als in den einzigen Teilchenbeschleuniger in Arizona einzudringen und den hier arbeitenden Menschen die Kehle aufzureißen. Vielleicht sind sie auf Stellungssuche.«

»Coyoten sind sehr unberechenbar«, meinte Ooljee.

Moody sah ihn wütend an. »Genau wie der Navaho-

Humor.« Er war sehr erleichtert, als sie endlich den Fahrstuhl erreichten.

Die Tür ging auf. Das Mädchen wollte hineingehen, blieb stehen und schrie. Ein Augenblick vollkommener Verwirrung, Panik und Schießen folgte. Aber der Wächter hatte die Wahrheit gesagt. Die Taser funktionierten. Wenn sie die Hundegestalten trafen, verschwanden diese in einem Schauer von blitzenden Funken.

Das Geheul hallte weiterhin wild und unvermindert durch die Anlage.

Die vier Menschen drängten sich im Fahrstuhl zusammen. »Haben Sie ihre Augen gesehen?« fragte Ooljee seinen Partner.

Moody blickte schweratmend zur Decke. »Ich habe nur ihre Zähne gesehen, Mann.«

»Sie waren nicht natürlich. Sie haben geleuchtet. In ihnen lag mehr als nur Coyotenleben.«

»Was ist das?« Die völlig verängstigte Studentin drückte die Finger gegen ihr Kinn. »Was geht hier vor?«

»Ein Alptraum«, meinte Moody.

Im Erdgeschoß war das Geheul genauso laut wie unten. Der Sicherheitsdienst war vollkommen verwirrt, wenn nicht von Panik erfaßt, und Techniker und Beamte hasteten herum und hatten keine Ahnung, was sie tun sollten.

Die aus dem Keller Gekommenen versuchten zu berichten. So viele Menschen wie möglich erhielten Taser; die Erklärungen wurden auf später verschoben. Nicht unbedingt erforderliches Personal wurde aus dem Gebäude evakuiert.

Samantha Grayhills hatte sie erwartet. Während Ooljee zu erklären versuchte, was geschehen war, stapfte Moody zur Monitorwand und wandte sich an den dienstmachenden Operator.

»Wer unseren Mann zu Gesicht bekommt, erschießt ihn ohne Warnung, verstanden? Das ist ein Befehl. Wir haben unten ein weiteres Mordopfer und wir können es uns nicht leisten, etwas zu riskieren, auch wenn ich ihn noch so gern verhören möchte.«

Der Operator war eine kräftige, unansehnliche, etwa vierzigjährige Frau, die ziemlich mitgenommen aussah. »Können Sie uns sagen, was hier los ist? Sind alle Coyoten auf dem Plateau verrückt geworden?«

»Ich glaube nicht, daß diese Coyoten hier heimisch sind.« Als Moody ging, war sie noch verwirrter als zuvor.

Ooljee hatte zugehört. Als Moody wieder zu ihm kam, sagte er: »Sie haben vielleicht mehr recht, als Ihnen bewußt ist. Es sind *yei-tsos*. Böse Wesen. Sie sterben nicht einmal wie Coyoten.«

Moody blickte in den Korridor hinaus. Menschen rannten hin und her, einige zu den ihnen zugewiesenen Posten, andere verließen eiligst das Gebäude.

»Was immer sie sind, er hat sie unter Kontrolle. Wir können nur erfahren, wie er es gemacht hat, indem wir ihn finden.«

»Yei-tsos.« Samantha wiederholte das Wort einige Male, als könne ihm die Wiederholung Realität verleihen, so daß es zum Teil der wirklichen Welt wurde.

Hinter ihnen stieß die Frau, die die Monitore überwachte, einen ungläubigen Ausruf aus. Moody lief zu ihr und beugte sich über ihre Schulter.

»Was ist jetzt?«

»Sehen Sie sich das an! Das ist verrückt.« Techniker und Sicherheitsleute umdrängten sie.

Der Beschleuniger schaltete sich langsam ein.

Einer der Techniker war genauso verblüfft wie die Frau. »Neue Experimente sind erst für nächste Woche vorgesehen.«

Moody kümmerte sich nicht um ihn. »Können Sie ihn von hier aus abschalten? Können Sie ihn überhaupt abschalten?«

»Wir sind der Sicherheitsdienst, nicht die technische Abteilung, aber ...«

Moody, Ooljee und Grayhills waren bereits durch die Tür. Die technische Zentrale lag ein kurzes Stück weiter unten in einem Nebenkorridor. Das Stammpersonal, das hier Dienst machte, war der Panik nahe.

Warnlämpchen und Anzeigen leuchteten wie Weihnachtsdekorationen. Jeder Bildschirm im Raum enthielt Informationen, mit denen man sich befassen mußte. Techniker hantierten mit Spinnern und Schaltbrettern herum wie ungeschickte Kinder, denen man komplizierte Puzzles gegeben hat.

Eine hochgewachsene, etwa fünfzig Jahre alte Frau flatterte von einem Arbeitsplatz zum nächsten und schwenkte wild die Arme wie ein Kranich beim Balztanz.

»Kommen Sie mir nicht damit«, schrie sie einen verzweifelten Mitarbeiter an. »Sie können es nicht ohne den vorangehenden Schritt einschalten.« Sie drehte sich um und entdeckte die Neuankömmlinge. »Haben Sie eine Ahnung, was mit meinem Beschleuniger geschieht?« Moody kannte diesen Ton aus endlosen Telefongesprächen.

»Nur eine Ahnung«, antwortete Ooljee.

»Sie müssen es stoppen. Jetzt. Sofort!«

»Können Sie es denn nicht?« fragte Moody.

Sie wollte ihn anfahren, dann riß sie sich zusammen. Vielleicht war es seine Haltung, vielleicht seine Größe. »Was versuchen wir denn Ihrer Meinung nach hier?« Sie zeigte auf das nächste Schaltpult und seinen hilflosen Operator. »Alles schaltet sich ein, nichts schaltet sich aus; unsere Schutzvorrichtungen und automatischen Sicherungen könnten genauso gut nicht vorhanden sein. Und was ist da draußen für ein Lärm?« Sogar in diesem Raum vernahm man den unheimlichen Chor der Eindringlinge, obwohl ihn das lauter werdende Jaulen der zum Leben erwachenden Maschinen allmählich übertönte.

»Er verwendet das Netz.« Ooljee blickte durch das

Fenster zu dem Korridor unterhalb von ihm. »Dadurch umgeht er diese Anlage.«

»Also können wir ihn nicht aufhalten?«

Grayhills mischte sich ein. »Offenbar können wir ihn nicht daran hindern, den Beschleuniger in Gang zu setzen, aber ich wüßte nicht, was uns daran hindern kann, den Stecker herauszuziehen.«

Die Cheftechnikerin warf ihr einen wütenden Blick zu. »Glauben Sie wirklich, daß wir das nicht versucht haben?«

Grayhills ließ sich nicht einschüchtern. »Manchmal ist ein Schalter nicht der richtige Weg, um ein widerspenstiges Gerät stillzulegen.«

Moody und Ooljee verließen eilig den Raum und sammelten unterwegs den Corporal und zwei Beamte in Zivil ein. Grayhills wandte sich an die Abteilungsleiterin.

»An welchem Studienprojekt arbeiten Sie zur Zeit?«

Die Frau zögerte, dann antwortete sie lakonisch: »Wir haben mit Kollisionen von Z-Teilchen gearbeitet, aber das war vor zwei Wochen.« Sie zwang sich, die Monitore wieder anzusehen. »Warum sollte irgend jemand die Anlage unter Kontrolle bekommen wollen? Es gibt keine Informationen, es ist kein Experiment vorgesehen.«

»Vielleicht hat der Mann, der unserer Ansicht nach dahintersteckt, eine andere Verwendung für durchgegangene Protonen.«

Die Cheftechnikerin schüttelte heftig den Kopf. »Ein Möbiusband-Ringbeschleuniger funktioniert anders. Man bringt ihn nicht einfach auf Touren und verteilt Protonen wie Bonbons.« Ihre Fingernägel gruben sich in ihre Handflächen. »Er kann damit höchstens eine sehr teure Anlage zerstören.«

»Das hat er meiner Meinung nach nicht vor.« Grayhills studierte ein Anzeigegerät.

»Und was *hat* er vor?«

»Wenn ich das nur wüßte. Wenn ich das nur wüßte«, murmelte Grayhills.

»Draußen, am südlichen Ende des Personalparkplatzes.« Der Corporal führte sie aus dem Gebäude. Einer seiner Männer joggte besorgt neben ihnen her.

»Wenn wir Leitungen unterbrechen wollen, Sir, müßten wir es von jemandem von den Stadtwerken machen lassen. Sie haben einen Lastwagen und die Bewilligung dafür.«

Moody funkelte ihn an. »Wir können nicht warten, Sohn, bis die örtliche Elektrizitätsgesellschaft auftaucht. Im Augenblick müssen wir den Mann, hinter dem wir her sind, daran hindern, die Anlage zu benützen.« Er sah den Corporal an. »Ich übernehme die volle Verantwortung.«

»Das können Sie nicht«, wandte dieser ein. »Sie kommen aus einem anderen Staat.«

»Wenn Ihr Boss aufwacht, erzählen Sie ihm, daß ich darauf bestanden habe. Wenn Sie wollen, erzählen Sie ihm, daß ich Sie bedroht habe. Ich decke Sie alle.«

Der Corporal nickte düster. Darüber konnten sie sich später Sorgen machen. Er hatte bereits zuviel gesehen, um mit den beiden aus Ganado eingeflogenen Polizisten zu streiten. Wenn sie es für notwendig hielten, der Beschleunigeranlage den Strom abzusperren, dann würde er ihnen ganz bestimmt helfen.

Die Reihe der Beton-Hochspannungsmasten verlief von einer Ecke des Hauptgebäudes an der südlichen Begrenzung eines großen Parkplatzes entlang. Der Transformator am letzten Mast hatte wie eine Spinne ein Netz aus dicken Kabeln zur Anlage gesponnen.

»Was jetzt?« Der Corporal sah Moody an.

Dieser griff in sein Jackett und zog seine Pistole. Er stellte sich breitbeinig hin und zielte sorgfältig auf den Transformator. Der Beamte in Zivil, der gerade Vorbehalte geäußert hatte, wich zurück.

»O nein. Damit will ich nichts zu tun haben.«

»Niemand verlangt das von Ihnen.« Ooljee zog ebenfalls seine Waffe und zielte auf den Transformator.

»Das ist eine nicht genehmigte Zerstörung von Eigentum der Universität«, fügte der Mann nicht sehr überzeugend hinzu. Er sah seinen Vorgesetzten an, der die Achseln zuckte.

»Sagen Sie das dem Toten im Keller.« Moody zeigte mit einer Kopfbewegung auf das Gebäude. Dabei fiel ihm etwas auf und er ließ die Pistole sinken. »Heiliger Strohsack.« Seine Gefährten drehten sich um.

Die gesamte Anlage war in blasses, perlmutterfarbenes Leuchten gehüllt, das an Elmsfeuer erinnerte.

Über ihnen sammelten sich Wolken viel schneller, als sie es selbst in diesem Teil der Welt, in dem plötzliche, heftige Gewitter gang und gäbe waren, durften. Während die Männer wortlos zusahen, begann es zu regnen; ein stahlharter, gefrierender Nebel. Die Temperatur auf dem Parkplatz sank nicht, sondern floh.

»Wir haben zu lange geredet.« Ooljee wirbelte herum und zielte.

Sein erster Schuß ging daneben, der zweite traf einen der Isolatoren auf dem Mast. Moody stand neben seinem Partner und feuerte gleichmäßig und methodisch. Ein Isolator nach dem anderen zersplitterte unter dem Aufprall der Hochleistungsgeschoße. Die Leitungen fielen nacheinander funkensprühend auf den Asphalt.

»Das sollte reichen«, murmelte Moody, als sich das letzte Kabel vom rauchenden, knisternden Transformator löste. Er drehte sich um.

Die Anlage leuchtete noch immer, als wäre sie mit phosphoreszierender Farbe besprüht worden. Das diffuse, nordlichtartige Leuchten war womöglich noch heller als zuvor.

Noch kennzeichnender war, daß die Lichter im Gebäude nicht ausgegangen waren.

Moody sah den Corporal vorwurfsvoll an. »Im Haus befindet sich ein Notfallgenerator, der sich automatisch einschaltet.« Der Corporal mußte schreien, um den heftigen Wind zu übertönen, der inzwischen eingesetzt hatte. Er trieb ihnen den kalten Nebel seitlich in Augen und Mund.

Der Beamte schüttelte den Kopf und hielt seine Mütze fest.

»Zum Teufel mit ihm!« Moody starrte das Gebäude an, als wäre er persönlich für die derzeitige Situation verantwortlich. »Er erhält von *irgendwo* Strom!«

»Das Netz.« Ooljee ging auf das Gebäude zu. »Es hat keinen Sinn: Wir müssen *ihn* finden!«

20.
KAPITEL

Blitze durchzuckten den Himmel. In Florida waren Gewitter häufig, aber Moody hatte noch nie erlebt, daß sich ein so heftiges Gewitter so rasch zusammenbraute. Er tat sein Bestes, um mit Ooljee und den anderen Schritt zu halten.

Der Korridor, der zu der technischen Abteilung führte, war verlassen. Alle entbehrlichen Angestellten waren längst aus der Anlage geflohen oder evakuiert worden. Überall brannte Licht, obwohl es bei jedem Blitz flackerte. Die Maschinen summten gleichmäßig und herausfordernd. Moody kam sich wie eine Marionette vor, und das gefiel ihm gar nicht.

Gaggii befand sich irgendwo in der Nähe. Sie würden ihn finden! Einen Augenblick später wurde er daran erinnert, daß der Mann nicht allein gekommen war.

Sie kamen zu dritt die Rampe vom ersten unterirdischen Geschoß heraufgerannt. Groß, schnell und knurrend; ihre Augen brannten wie die Splitter eines Alptraums. Einem gelang es, nach Moodys Gesicht zu schnappen, doch dann zerstörte Ooljees Taser sein Feld, und er ging in Flammen auf. An den Angreifern war kein Geruch wahrzunehmen.

Sie stolperten in die technische Abteilung. Moody konzentrierte sich darauf, wieder zu Atem zu kommen, während Ooljee und der erschöpfte Corporal das Sprechen besorgten.

»Wir haben die Leitungen zerschossen. In dem Gebäude sollte es überhaupt keinen Strom geben, geschweige denn im Beschleuniger. Wir wissen nicht, woher er kommt.«

Die Cheftechnikerin zuckte die Achseln. »Aber er

kommt von irgendwo. Der Notfallgenerator ist ausgefallen.«

Grayhills stellte sich neben Moody. »Gaggii schafft es also trotz uns.«

»Es geht nicht nur um diese Anlage«, mischte sich Ooljee ein. »Alles, was er macht, beeinflußt auch das Wetter. Das Gewitter zog viel zu schnell auf. Mir macht vor allem Angst, daß er vielleicht nicht weiß, was er tut.«

Moody überflog die Reihen der Anzeigen und Monitore. »Es muß eine Möglichkeit geben, dieses Ding abzustellen. Einige wesentliche Bestandteile, die wir unbrauchbar machen können.«

»Sie wissen nicht, was Sie damit vorschlagen«, wandte die Cheftechnikerin ein. »Sie haben keine Ahnung, was so eine Anlage kostet.«

»Sie sagen uns, wo wir beginnen sollen«, erwiderte Moody unbeeindruckt, »oder wir suchen selbst eine Stelle aus und fangen auf gut Glück an zu zerstören. Das Ergebnis wird das gleiche sein. Nur nicht so ordentlich.«

Sie hielt seinem Blick kurz stand, dann sah sie zu Boden und seufzte resigniert. »Kommen Sie mit!«

Unterwegs wurden sie zweimal von *mah-ih* angegriffen. Einer der Beamten in Zivil wurde in den Arm gebissen, bevor der Corporal den Angreifer mit einer Ladung aus seinem Taser auflöste.

Da Gaggii die Stromzufuhr zum Gebäude kontrollierte, trauten sie den Fahrstühlen nicht und gingen die zwei Stockwerke über die Treppe hinunter. Während die übrigen Wache standen, machte sich die Cheftechnikerin mit einem Assistenten im Innern einer Maschine an die Arbeit. Als sie eine Schutzplatte entfernten und Schaltkreise sowie empfindliche Prozessorwürfel freilegten, schwoll das unmenschliche Geheul rings um sie an.

Infolge des flackernden Lichts sahen sie schlecht.

Moody musterte mit zusammengekniffenen Augen die Schatten und suchte kleine laufende Gestalten. Er hielt seinen Taser krampfhaft in der Hand und murmelte seinen Begleitern ungeduldig zu:

»Beeilen Sie sich.«

Die Cheftechnikerin war bereits wütend, weil sie den Beschleuniger beschädigen mußte, und brüllte zurück: »Das ist keine Badewanne, junger Mann. Man kann nicht einfach den Stöpsel herausziehen.«

Der Detektiv versuchte, seine Ungeduld zu beherrschen. Vielleicht hatte Gaggii ohnehin schon bekommen, worauf er aus war. Ooljees Hinweise darauf, daß das Universum sich in einem prekären Gleichgewicht befand, das leicht gestört werden konnte, gingen ihm nicht aus dem Kopf. Machte sich Gaggii damit zu schaffen? Und wenn ja, warum? Wenn ihm etwas in bezug auf Yistin Gaggiis Charakter klar war, dann die Tatsache, daß er gern die Kontrolle ausübte, dieses Gefühl sogar brauchte. Daraus ergab sich, daß er alles tun würde, um die Kontrolle zu behalten.

Es war ein geringer Trost.

Gaggii hatte ihnen in einem ehrlichen Augenblick gestanden, daß er ein bestimmtes Ziel im Auge hatte. Wußte er, wie er es erreichte? Oder wollte er nur herausbekommen, wie weit er gelangen konnte?

Das Geheul in dem unterirdischen Teil der Anlage erinnerte Moody an ein startendes Shuttle, an eine Welle, die aus Afrika heranrollte, keinen Strand fand, an dem sie sich brechen konnte und in sich selbst zusammenbrach, das Musterbeispiel kinetischer Frustration.

Ozon brannte in seiner Nase, ließ seine Augen tränen. Farbige Lichter verzerrten seine Sehfähigkeit. Er sah vorrückende Gestalten. Keine Coyoten. Rollen und Schlingen aus Licht, aggressives Neonlicht, Polarlicht mit Zähnen aus glitzernden Funken. Der Mann in Zivil links von ihm fluchte, feuerte und traf nichts. Man konnte eine Spiegelung, eine Sinnestäuschung nicht auflösen. Durch den Korridor streiften keine Drachen, in den Tiefen der Maschine warteten keine Dämonen. Verschwommene Bilder von großen Gestalten mit Tentakeln sowie wandernde geometrische Formen waren nur die halluzinatorischen Ergebnisse erschöpfter Gehirne. Der Ringbeschleuniger beschleunigte schwere Teilchen, keine Träume.

Das ist Unsinn, sagte er sich. *Du darfst nicht die Kontrolle über dich verlieren. Alle Gesetzesbrecher bemühen sich um Unordnung. Das gilt auch für Gaggii. Gib sie ihm nicht.*

Die beiden Techniker arbeiteten mit ihren winzigen, unscheinbaren Werkzeugen schweigend an dem riesigen Beschleuniger. Von ihrem Platz aus konnten sie die heulende Phalanx von lederfarbenen Gestalten sehen, die knurrend auf sie zurannten, nicht sehen. Einer der Polizisten drehte sich um und wollte fliehen. Moody packte ihn am Arm und riß ihn zurück. »Bleiben Sie hier!« brüllte er. »Verwenden Sie Ihren Taser!«

Dann feuerten alle wie verrückt auf die anstürmenden *mah-ih.* Coyotenkörper explodierten zu Funkenfontänen und blendendem Licht. Moody duckte sich und wirbelte herum, versuchte, Zähnen und Klauen auszuweichen und verfluchte die Sekunden, die die Batterie des Tasers brauchte, um sich wieder aufzuladen. Es spielte keine Rolle, wie viele Angreifer er und seine Gefährten ausschalteten. Die Überlebenden drängten unbarmherzig vor, als begeisterte sie ihr eigener Untergang.

»Wir haben es!« Der triumphierende Ruf kam nicht von der Kampffront, sondern vom Beschleuniger.

Das Jaulen des Ringbeschleunigers wurde beinahe sofort leiser. Die Abteilungsleiterin tauchte mit einem changierenden Zylinder aus Metallglas in den Armen aus der Reparaturnische auf. Die Lichter im Korridor hörten auf zu flackern, als sich der Notfallgenerator einschaltete. Das tröstliche gleichmäßige Licht verbannte die *mah-ih* und die übrigen Alpträume aus ihrem Gesichtsfeld.

Moody richtete sich auf; der Taser in seiner Hand war heiß. Polizisten und Techniker sahen einander unsicher an. Die Abteilungsleiterin überreichte den Zylinder ihrem Assistenten so vorsichtig, als wäre er ein Neugeborenes und sie die Krankenschwester.

Das Geheul war nur noch Erinnerung; die einzigen Geräusche im Korridor waren das Zischen des Lichts und der automatischen Raumheizung.

Moody steckte die Waffe ein. »Das war es. Wir haben ihn gestoppt.«

»Das frage ich mich.« Ooljee legte den Kopf zurück und blickte nach oben. »Wir haben hier allerhand gesehen. Ich möchte wissen, was Grayhills oben gesehen hat.«

Diesmal benützten sie den Fahrstuhl. Als Moody ausstieg, warf er zufällig einen Blick durch ein Korridorfenster. Draußen fiel Graupelschauer. Blitze zuckten und krachten durch kochende schwarze Wolken, Millionen Volt, die kein Ziel hatten. Ihm fielen die Muster der Sandbilder ein.

Grayhills erwartete sie nicht. Sie arbeitete gemeinsam mit einem jungen Techniker an einer technischen Station. Moody beobachtete die beiden genauso bewundernd, als wären sie zwei weltberühmte Pianisten.

Sie spürte seine Anwesenheit und blickte kurz auf.

»Wir haben ihn gestoppt«, berichtete er.

»Ich weiß.« Sie zeigte auf ihren Gefährten, der den Detektiv schüchtern anlächelte. »Kleiner Bär und ich haben versucht herauszubekommen, was geschehen ist. Innerhalb des Ringbeschleunigers kam es zu einer Beschleunigung der schweren Teilchen bis beinahe zu Lichtgeschwindigkeit, aber es gibt kein Ergebnis, das wir messen können, weil kein Ziel aufgestellt war.«

»Was ist also mit den Teilchen geschehen?« fragte Moody.

»Das wissen wir nicht.« Der junge Techniker blinzelte. »Sie sind irgendwohin verschwunden. Wir wissen nicht, wohin. Da sie nicht auf ein vorgegebenes Ziel prallten, müssen sie woanders mit Teilchen zusammengeprallt sein. Es sei denn, sie waren auf etwas außerhalb des Beschleunigers gerichtet.« Er blinzelte wieder.

»Ist das möglich?« Grayhills kniff die Augen zusammen.

»Theoretisch. Es wird nie gemacht, weil es unmöglich wäre, die Ergebnisse zu messen. Und es gibt keine Garantie dafür, daß die Teilchen nicht mit anderen Teilchen kollidieren, bevor sie das externe Ziel erreichen, wodurch das Experiment ungültig wäre. Ich kann mir nicht vorstellen, warum jemand so etwas machen sollte.«

»Es sei denn, man will das Ergebnis des Experiments geheimhalten«, meinte Ooljee.

Die Abteilungsleiterin hatte lang genug geschwiegen. »Das ist Wahnsinn! Man wirft nicht mit schweren Teilchen herum wie mit Pingpongbällen. Wenn sie den Grenzen des Beschleunigers entkommen, gibt es keine Möglichkeit, ihren Weg zu verfolgen.«

»Noch etwas«, mischte sich Grayhills ein. »Das Gewitter. Wir haben Kontakt mit dem Büro des nationalen Wetterdienstes in Flagstaff aufgenommen. Genau hier hat ein Tiefdrucksystem materialisiert. Keine Front, kein Zusammentreffen von Kalt- und Warmluft. Das Barometer ist über Cameron einfach ins Bodenlose gefallen.«

»Gaggii«, erklärte der Sergeant. »Was immer er tut, es beeinflußt das Klima. Wir haben den Beschleuniger angehalten, aber das Gewitter dauert an. Er arbeitet an etwas, wo immer er sich befindet.«

»Ich weiß nur, was das Wetterbüro sagt: Es ist ein abnormales Wettersystem, dessen Wirkung örtlich beschränkt ist und das sich nicht bewegt. Es sitzt einfach über uns.« Sie lehnte sich müde zurück und schloß die Augen.

»Ich weiß nicht, warum er den Beschleuniger eingeschaltet oder wie er die Coyoten-Dinger dazugebracht hat, ihm zu helfen. Ich weiß nicht, ob dieses verrückte Gewitter mit seinen Aktivitäten zusammenhängt oder nicht. Beschleuniger, Coyoten, Gewitter: Ich kann die drei genauso wenig unter einen Hut bringen wie ich ein Kaninchen aus einem Hut zaubern kann. Aber das bedeutet nicht, daß Gaggii es ebenfalls nicht kann.«

In der gespannten Atmosphäre des Raums schrillte mißtönend ein Telefon. Der Techniker, der abhob, nickte langsam, während er zuhörte und gab den Hörer an den Corporal weiter, dessen Gesichtsausdruck von Frustration zu Verwirrung wechselte. Er legte auf, blickte einen Augenblick lang vor sich hin und wandte sich dann an den Detektiv.

»Das war der Sicherheitsposten am östlichen Parkplatz. Sie brauchen Rat. Dort ist etwas, das wir ihrer Ansicht nach überprüfen sollten.«

»Wir haben hier zu tun.«

Der junge Mann schüttelte den Kopf. »Nein, ich glaube, daß wir es uns ansehen müssen. Ich habe keine Lust dazu, aber es wird uns nichts anderes übrigbleiben.« Er klang wie der Jäger, dem das Los zugefallen war, die Höhle zu verlassen und sich dem Säbelzahntiger zu stellen.

Moody und Ooljee folgten ihm verständnislos hinaus und überließen Grayhills und ihren Techniker ihrer Arbeit.

Keine glühenden Augen, keine feuerroten außerirdischen Gestalten sprangen aus dunklen Ecken auf sie zu. Nichts behinderte sie, während sie zu der Rückseite des Gebäudes liefen.

In dem Korridor, der zur Ausfahrt des Parkplatzes führte, wurden sie langsamer. Draußen fiel der Graupelschauer nach wie vor weiß auf den Asphalt und prasselte heftig gegen die großen getönten Fenster, die auf ein Feld mit Personenwagen, Kombis und Lastwagen hinausgingen. Weiter im Osten wurden die Fahrzeuge auf der zweispurigen Überlandstraße langsamer und fuhren von der Fahrbahn herunter. Fahrer und Passagiere knöpften die Jacken gegen den Graupelschauer zu, verließen ihre fahrbaren Untersätze und starrten das an, was in dem geschotterten Boden jenseits der schrägen Böschung materialisiert hatte.

Es war groß. Männer in Uniform waren an ihm entlang aufgestellt und sahen zu den Menschen hinunter, die sich unterhalb von ihnen ansammelten. Moody konnte aus dieser Entfernung ihren Gesichtsausdruck nicht erkennen, aber er nahm an, daß sie nicht weniger verblüfft waren als er. Er hatte scharfe Augen und sah den Namen auf der Vorderseite, konnte ihn aber nicht lesen, da ihm die Schrift unbekannt war.

Der Corporal überraschte ihn, indem er übersetzte. Die Worte sagten ihm nichts.

Die beiden Männer aus Ganado ließen die Männer des Sicherheitsdienstes sprachlos im treibenden Graupelschauer stehen und kehrten schweigend in die technische Abteilung zurück.

»Es ist ein Fehler, ein Irrtum von Gaggii«, murmelte Ooljee.

Moody wischte sich die Feuchtigkeit von den Schultern. »Es gerät außer Kontrolle. Ich begreife allmählich, was Sie meinten, als Sie davon sprachen, daß er mit unfaßbaren Kräften herumpfuscht.«

Als sie den Raum betraten, wandten sich ihnen alle Blicke zu. Grayhills kam zu ihnen und legte Moody die Hand auf den Arm. Das war gut, denn der faszinierte, in Gedanken versunkene Detektiv wäre sonst zur Hintertür wieder hinausgegangen.

»Ich nehme an, daß Sie etwas gesehen haben.«

Er wollte es ihr erzählen, zögerte jedoch. Wie konnte er es erklären? Es war unerklärlich. Statt dessen sagte er: »Können Sie uns mit der Molly der Universitätsbibliothek verbinden? Nicht mit der in Cameron, sondern mit der Hauptbibliothek in Flagstaff.«

Sie musterte Moody neugierig. »Warum nicht?« Dann wandte sie sich Ooljee zu, der erschöpft in einen Stuhl gesunken war. »Warum?«

»Wir müssen einen Namen überprüfen«, erklärte Moody.

»Was für einen Namen?«

»Den Namen eines Schiffs.«

Sie schüttelte verwirrt den Kopf. »Ich verstehe nicht.«

»Sie sind nicht die einzige. Seien Sie ein braves Mädchen und stellen Sie die Verbindung her.«

Sie sah ihn noch einmal mißtrauisch an, setzte sich dann auf ihren Platz und führte den Auftrag aus. Einen Augenblick später stand er vor einer freien Verbindung mit der Bibliothek. Er gab sein Ansuchen ein und wartete auf die Antwort, die nach einer Minute eintraf.

Ooljee trat zu ihm und sah ihm über die Schulter zu. Einige Techniker verließen ihre Stationen, um zu sehen, was der Wirbel bedeutete.

Die Bibliothek teilte ihnen geduldig mit: »Im Zweiten Weltkrieg wurde der Zerstörer *Akitsuki,* der den Flugzeugträger *Zuikaku* begleitete, während der Schlacht um den Leyte Golf im philippinischen Feldzug am Morgen des 25. Oktober 1944 von einem amerikanischen Bomber getroffen und vermutlich versenkt.«

»Nur ist er nicht gesunken«, murmelte Moody laut. »Er ist an einen anderen Ort gelangt. Jetzt befindet er sich hier draußen. Auf der Hochebene.«

Grayhills drehte sich zu Ooljee um. »Wovon spricht er?«

»Draußen hinter dem Parkplatz.« Der Sergeant zeigte nach Osten. »Ein japanischer Zerstörer aus dem Zweiten Weltkrieg. Zumindest ein Teil der Mannschaft befindet sich noch an Bord und fragt sich, was ihr zugestoßen ist. Ich nehme an, daß die Mehrheit der Überlebenden sich unter Deck zusammendrängt und zu den Göttern betet, zu denen damals gebetet wurde.«

»Das ist *verrückt!*«

»Ich habe nicht vor, Ihnen zu widersprechen.« Dann veränderte sich sein Gesichtsausdruck. »Die Codesprecher.«

Moody blinzelte. »Was?«

»Die Navaho Codesprecher. Ein wichtiger Teil der Stammesgeschichte. Wir lernen in der Schule darüber. Während des Zweiten Weltkriegs, also vor den Mollys, suchten alle Regierungen Möglichkeiten, Nachrichten zu übermitteln, die der Feind nicht verstehen konnte. Als sich die Navahos den amerikanischen Streitkräften anschlossen, kam jemand auf die Idee, an jedem wichtigen strategischen Punkt einen Navaho zu stationieren. Die Codesprecher erfanden eine idiotische persönliche Version unserer Sprache. Obwohl es seltsam klingt, waren die Japaner der Feind. Sie bekamen nie heraus, was für einen Code die Amerikaner verwendeten. Es war kein wirklicher Code; nur durcheinandergewürfeltes Navaho.«

»Wieso soll das eine Erklärung für das Schiff da draußen sein?«

»Das außerirdische Netz. Einige Codesprecher haben offenbar die richtige Formulierung getroffen. Nur kurz und zufällig, aber es genügte, um auf etwas im Netz zuzugreifen. Oder vielleicht«, fügte er leiser hinzu, »beschloß Urgroßvater Laughter, sein Wissen über Sandbilder zu benützen, und dieses Schiff geriet in eine echte Hatathli-Magie, die es aus dem Pazifik riß und in ...«

»Fremde Meere und an fremde Ufer versetzte«, schloß Moody, »bis unser Freund Gaggii begann, mit dem Netz zu spielen. Jetzt sind sie wieder zu Hause. Schade, daß ich nicht Japanisch kann.«

»Er kann es nicht absichtlich getan haben«, bemerkte Ooljee. »Er ist auf der Suche nach seinen eigenen Zielen zufällig darauf gestoßen.«

»Sie werden das Template wieder verwenden müssen, um das Netz zu fragen, wo er sich befindet«, meinte Moody.

Der Sergeant war unschlüssig. »Das möchte ich lieber nicht tun. Jedes Mal, wenn wir auf das Netz zugreifen, habe ich das Gefühl, daß ich etwas falsch mache, oder daß Gaggii endlich herausbekommen hat, wie er eine Schutzvorrichtung einbauen kann, um seine Spuren zu verwischen, und daß es uns genauso gehen wird wie den Männern auf dem Schiff. Oder daß das Gebäude, in dem wir uns befinden — oder vielleicht der Staat Arizona — woanders materialisieren wird. Ich will nicht darauf warten müssen, daß uns in hundert Jahren jemand ›zufällig‹ zurückbringt.«

Das Bild war zwingend: Der ganze Staat mit all seinen Flüssen, Städten, Bergen und Menschen wurde plötzlich der Realität genauso ordentlich entzogen wie ein Kind einen Teil einer Landkarte ausschneidet. Und warum nur Arizona? Warum nicht ganz Nordamerika, oder wenn Gaggii mit seinen Parametern nicht vorsichtig umging, der ganze Planet? Die in einen finsteren Winkel einer außerirdischen Datenbank verschobene Erde, nur ein weiteres unwesentliches Byte mit Daten in einem Netz, das so groß war, daß es ...

Was? Wie groß war das Netz, über das sie gestolpert waren?

Vielleicht war es nichts anderes als eine große Datenbank, die von *ihnen*, wer immer sie waren, erfunden worden war. Er spürte, daß er dabei war aufzugeben, und Detektiv Vernon Moody gab *nie* auf. Aber der Umfang, die ungeheure Größe, die apokalyptische Gleichgültigkeit des Ganzen ging ihm allmählich an die Nieren.

Er sah es deutlich: Galaxien als Directories und Subdirectories einzelner Sonnensysteme. Innerhalb eines Subdirectories kleine Dateien. Eine über einen Ort namens Erde, oder wie sie dort bezeichnet wurde. Winzige Subdateien für Pflanzen, Tiere und menschliche Wesen. Je eine Subdatei für Einzelpersonen: Vernon Moody, Paul Ooljee, Samantha Grayhills, Yistin Gaggii. Unendlich winzige Bytes, auf die jeder, der wußte, wie man das Netz verwendet, zugreifen konnte. Abfalldateien. Informationsmüll.

Worauf war Gaggii aus? Bestimmt nicht auf etwas so Belangloses wie eine Möglichkeit, sich selbst zu schützen oder zu bereichern. Nein, Gaggii würde wissen wollen, wie man die Subdatei ›Menschheit‹ benützte. Oder vielleicht war sein Wunschbild größer. Vielleicht wollte er herausfinden, wie man auf eine ganze Datei zugreift. Drück auf ENTER und schiebe den Planeten etwas näher zur Sonne (vielleicht war Gaggii kälteempfindlich). Oder versetze ihn zu einer anderen Sonne, damit sich das Tempo etwas ändert. Schwerkraft, Lichtgeschwindigkeit: Plötzlich bedeuteten diese kleinen Konstanten überhaupt nichts mehr. Nämlich dann nicht, wenn man Zugriff auf das Netz hatte! Hier ein maßgeschneidertes Juliamuster, dort ein Mandelbrot flechten und sich in das als Alpha Centauri codierte Subdirectory versetzen konnte.

Moody erschauerte. Wie konnte man weitermachen, wenn die Grundlagen der Realität so körperlos wie Altweibersommer geworden waren? Zeit, Raum, Geschwindigkeit: bedeutungslos. Qualitativ irrelevant. Wer gab dort oben die Daten ein? Gott? Die Aliens? Die Heiligen Wesen der Navahos mit den unaussprechlichen Namen?

Plötzlicher Schmerz im Gesicht riß ihn in die Wirklichkeit zurück. Er blickte blinzelnd auf und sah Samantha Grayhills, die besorgt vor ihm stand. Er brauchte einen Augenblick, um zu begreifen, daß man ihn geschlagen hatte. Ooljee stand genauso besorgt neben ihr.

»Sie haben gelacht«, erklärte sie ernst, »und wir konnten Sie nicht dazu bringen aufzuhören. Es tut mir leid, daß ich Sie schlagen mußte.«

»Ich wollte es nicht tun«, sagte Ooljee. »Ich befürchtete, daß Sie instinktiv reagieren und mich zu Brei schlagen würden. Sie haben nachgedacht — was hat Sie so fasziniert?«

Moody zögerte und verkündete schließlich unvermittelt: »Nichts. Nichts Wichtiges.

Wir müssen uns jetzt auf das konzentrieren, was wir verstehen können. Denn wenn man sich zu intensiv mit diesem Ding abgibt, gerät man sehr schnell auf Abwege. Beschäftigen wir uns ausschließlich mit Yistin Gaggii. Er ist ein Mörder, und wir werden ihn einbuchten. Das ist alles, womit wir uns befassen müssen.«

»Ich habe ebenfalls nachgedacht.« Beide Männer wandten sich Grayhills zu, die ihren Blicken standhielt. »Wenn er sich im Mittelpunkt von allem befindet, was geschehen ist, dann befindet er sich vielleicht auch im Mittelpunkt dieses unmöglichen Gewitters. Bestimmen wir das Zentrum des Tiefdrucksystems haargenau und wir finden ihn vielleicht dort. Wenn das Zentrum über Vegas oder Bullhead City liegt, können wir etwas anderes versuchen, aber wenn es uns so nahe ist, wie der Wetterdienst behauptet ...«

»Rufen Sie sie an!« fuhr Moody sie an.

Sie nickte und setzte sich wieder an ihr Schaltpult. »Bin schon dabei.«

Während sie warteten, flüsterte Ooljee seinem Partner zu: »Ich weiß, wo Ihr Problem liegt, mein Freund: Sie denken zuviel. Vor allem für einen Polizisten.«

»Was ist, wenn die Leute, die dieses Netz schufen, selbst Schutzvorrichtungen zurückließen? Was ist, wenn Gaggii zufällig in eine von ihnen gerät? Glauben Sie, daß sie Gaggii selektiv behandeln wird?« Moody grinste schief. »Versuchen Sie, eine Zeitlang ›nicht‹ daran zu denken, *das* zu denken.«

»Nichts ist an sich gut oder böse«, meinte der Sergeant. »Es hängt davon ab, wie man es verwendet.«

»Das beruhigt mich wirklich«, erwiderte Moody sarkastisch. »Daran werde ich denken, wenn Arizona mitten im Indischen Ozean versinkt.«

»Wenn es eine solche Schutzvorrichtung gibt, ist sie vielleicht deutlich gekennzeichnet.«

»Und Sie glauben, daß das unseren geliebten Gaggii aufhalten würde? Er ist zu weit gegangen, um jetzt aufzuhören. Er würde versuchen, sie zu umgehen. Nein, wir müssen ihn fassen, bevor er einen *ernsthaften* Fehler begeht.«

»Ich glaube nicht, daß Yistin Gaggii den Staat Arizona in die Mitte des Indischen Ozeans versetzen will«, wandte Ooljee leise ein.

»Nein. Er will nur Präsident werden. Oder Kaiser über den Planeten.« Moody blickte auf seinen Partner hinunter. »Wir werden ihn töten müssen, um ihn aufzuhalten. Begreifen Sie das nicht? Schon wegen des verdammten irrealen Schiffs da draußen. Wenn einige Hatathli-Codesprecher so etwas vor hundert Jahren fertigbrachten, heißt das, daß man keinen Monitor oder Spinner braucht, um auf das Netz zuzugreifen. Alles, was man braucht, sind die richtigen Worte, die richtigen Ausdrücke. Das bedeutet, daß man Gaggii nicht aufhalten kann, indem man ihn einsperrt. Nicht einmal das tiefste Loch, in das man ihn steckt, würde ihn daran hindern, etwas anzustellen. Deshalb müssen wir ihn töten.«

Ooljee antwortete nicht sofort, aber nicht aus dem Grund, den Moody annahm. »Sie haben recht, aber damit ist das Problem nicht gelöst.«

»Wieso?«

»Was ist mit mir? Ich kenne den Gesang. Ich kenne das Sandbild.«

Moody sah ihn scharf an. »Was ist mit Ihnen, Paul? Erzählen Sie es mir.«

»Ich habe eine großartige Frau, die mich liebt. Ich habe zwei wunderbare Kinder. Ich habe einen Job, den ich mag, an einem Ort, den ich mag. Ich habe mich selbst verwirklicht. Ich will nicht Kaiser von was auch immer sein. Was wichtiger ist, ich möchte mit dem Netz so wenig wie möglich zu tun haben. Das, was einem Macht verleiht, kann sie einem auch wieder wegnehmen. Lassen wir Spezialisten, die einander bewachen können, seine Tiefen ergründen. Lassen wir sie über Schutzvorrichtungen stolpern, die vielleicht in seinem Innern herumschwimmen.

Ich bin kein Hatathli. Wenn wir die noch vorhandenen Darstellungen des Sandbildes zerstören, wird es sehr lange dauern, bis jemand wieder über sein Geheimnis stolpert. Vielleicht geschieht es nie.«

»Nie.« Moody nickte zufrieden. »Das klingt wie ein brauchbarer Zeitraum. Nie, ja.« Die erschreckende, gleichgültige Leere des Universums wich ein wenig zurück und nahm einen Teil seiner Angst mit.

»Fragen Sie sich nicht?« wollte Ooljee wissen. »Falls die Codesprecher für das verantwortlich sind, was mit diesem Schiff geschah, fragen Sie sich dann nicht, was vielleicht noch alles im Netz herumschwimmt?«

»Ich schlage Ihnen ein Geschäft vor«, meinte Moody. »Ich werde nicht mehr so viel nachdenken, wenn Sie sich nicht mehr so viel fragen.«

Grayhills kam mit Informationen. »Das Zentrum des Tiefs liegt nur siebzig Kilometer nördlich von hier. Südlich der Spalte bei Cedar Ridge, irgendwo zwischen der Überlandstraße und dem Marble Cañon. Es ist noch immer stationär, rührt sich nicht.«

»Wirklich nahe.« Ooljee überprüfte seine Pistole. »Er mußte nicht in die Stadt kommen, um das zu erhalten, was er wollte. Fahren wir! Wir müssen einen Mörder gefangennehmen und ein Gewitter beenden. Unter anderem.«

Die beiden Männer grinsten einander grimmig an.

21. Kapitel

Der Pilot des Helikopters wollte nicht aufsteigen und tat es nur, weil Ooljee den Vorgesetzten herauskehrte. Sie torkelten wie ein Korken im Wirbelwind durch die Wolken, und der Flug wurde erst etwas ruhiger, als der Pilot den Rotor einzog und nach Norden steuerte.

Der Sturm beutelte sie wild durch, während die Blitze so häufig zuckten, daß sie selbst eingefleischten Atheisten ein Gebet entlockt hätten. Obwohl die Scheibenwischer den Kampf gegen den Graupelschauer unentschieden hielten, konzentrierte sich der Pilot lieber auf seine Instrumente als auf den Ausblick. Wenn sie endlich hinuntergingen, würde es keinen Leitstrahl geben.

Grayhills versicherte dem Piloten, daß er nicht auf Sicht fliegen müsse — er mußte nur dem fallenden Barometer folgen.

Moodys Magen hob und senkte sich gleichzeitig mit dem Flugzeug. Er hielt sich fest und versuchte, auch an etwas anderes zu denken als an sein gestörtes Innenleben.

Ihr Pilot war ein kleiner, drahtiger, ernster junger Mann Anfang zwanzig. Er war zu klein für die Straße und zu zäh, um hinter einem Schreibtisch zu hocken. Während er sein Armaturenbrett beobachtete, sagte er laut, um den brutalen Wind zu übertönen:.

»Ich fliege seit vier Jahren. Ich habe Leute aufgrund von Polizeiberichten und zivilen Anrufen aufgespürt. Ich habe Verrückte verfolgt und bin Suchspiralen geflogen. Einmal habe ich einen mit einer Boden-Luft-Rakete bewaffneten Verdächtigen in einen Graben gefegt, aus dem ihn die Polizisten mühelos herausholen konnten. Aber das ist das erste Mal, daß ich jemanden durch den

Luftdruck ausfindig mache.« Er klopfte auf das Glas, das eine Anzeige schützte. »Sehen Sie sich das verdammte Ding an! Neunhundertzweiundachtzig Millibar, und es fällt weiter! Ich habe noch nie einen so niedrigen Wert erlebt.«

Eine Wind- und Regenbö drückte die Maschine zur Seite. Der Pilot kämpfte um die Kontrolle und verfluchte sowohl das Gewitter als auch Ooljee. Er stellte keine Fragen, weil er keine Zeit dazu hatte.

Moody klammerte sich an alles, was in der Kabine festgeschraubt war. Trotz des Sicherheitsgurtes prallte Samantha Grayhills immer wieder gegen ihn, ein Gefühl, daß er zu jedem anderen Zeitpunkt genossen hätte. Ooljee, der neben dem Piloten saß, beugte sich vor und versuchte, durch das horizontale Schneetreiben zu erkennen.

Vielleicht ließ der Pilot das Radar für einen Augenblick aus den Augen, weil er gleichzeitig dem Barometer folgen, gegen das Gewitter kämpfen und die Auf- und Abwinde meistern mußte. Oder vielleicht kam es daher, daß sie anscheinend für jeden Meter, den sie vorwärtskamen, einen halben Meter zurückgetrieben wurden. Jedenfalls brüllte er auf, als die Kuppe unmittelbar vor ihnen auftauchte, und riß das Steuer hart herum,

Der Helikopter drehte sich um seine Achse. Als sie aufschlugen und einmal abprallten, kam von der Unterseite ein hartes, kreischendes Stöhnen. Der Pilot versuchte, den Rotor auf Schweben zu schalten, aber es war zu spät. Wind und Druck beendeten, was der Aufprall eingeleitet hatte.

Die Rotorblätter aus Karbonfasern splitterten wie gefrorene Auslegware. Einer zerbrach Zentimeter vor Moodys Gesicht am Panzerglas der Kabine. Nur die Tatsache, daß sie sich bereits auf dem Boden befanden, rettete sie. Das und die Geschicklichkeit ihres zornigen Piloten. In den Videos, die Moody gesehen hatte, gingen Flugzeugabstürze immer weiter, lange Minuten, in denen Metall über Asphalt oder Stein kreischte. In der Wirklichkeit vergingen zwischen dem ersten Bodenkontakt und dem völligen Stillstand nur Sekunden.

Moody schlüpfte aus seinem Sicherheitsgurt und half Grayhills, sich aus dem ihren zu befreien. »Alles in Ordnung?«

»Nein, nichts ist in Ordnung. Mein Nacken schmerzt fürchterlich und meine Brust fühlt sich an, als hätte sie jemand als Trampolin verwendet. Aber ich glaube nicht, daß etwas gebrochen ist.«

Ooljee trat die Tür auf seiner Seite auf. Moodys Blick wanderte zu dem Piloten, der mit schlaff herabhängendem Kopf in seinem Sitz zusammengesunken war.

»Der Sicherheitsgurt hat ihn nicht davor bewahrt, eine Delle ins Armaturenbrett zu dreschen.« Der Sergeant schob seine Hand unter die Jacke des Piloten. »Ihm fehlt nichts. Wenn er zu sich kommt, wird er allerdings anderer Ansicht sein.« Moody fiel ein Stein vom Herzen. Er hatte eine Schwäche für die Jungen, Furchtlosen.

Die Tür flog auf und ein Schwall feuchter, kalter Luft drang herein. *Das ist nicht der richtige Ort für einen armen Bauernjungen aus dem Süden,* dachte Moody mißmutig, während der Wind das nackte Fleisch seines Gesichts peitschte.

»Wir müssen nahe daran sein«, verkündete Ooljee.

»Warum?«

»Weil ich kurz vor dem Aufprall auf das Barometer geschaut habe und nicht glaube, daß es noch tiefer sinken konnte. Wir müssen uns also in der Nähe des Gewitterzentrums befinden.«

»Wir müssen in der Nähe von gar nichts sein«, nörgelte Moody, der nicht in der Stimmung war, sich sagen zu lassen, wie es sein mußte. »Wenn es noch immer fiel, als wir abstürzten, dann flogen wir in die richtige Richtung, aber das heißt noch nicht, daß wir da sind.« Er zeigte auf den bewußtlosen Piloten. »Was ist denn mit ihm?«

Ooljee überlegte. »Wenn er aufwacht und feststellt, daß wir fort sind, kann er zweierlei tun. Entweder wird er versuchen, uns zu folgen, was wirklich idiotisch wäre, oder er wird bei seiner Maschine bleiben und darauf warten, daß das Gewitter aufhört und die Suchflugzeuge seinen Notfallstrahl auffangen.«

»Mir wäre es lieber, wenn wir ebenfalls diese Wahl hätten.« Moody beugte sich zur Tür und hielt inne, als er Grayhills dicht hinter sich spürte. »Wohin wollen Sie überhaupt?«

Sie schnitt ihm eine Grimasse. »Ich habe keine Zeit für den Ich-bin-Polizist-und-Sie-sind-Zivilist-also-geht-Sie-das-nichts-an-Blödsinn.«

»Nennen Sie mir einen einzigen vernünftigen Grund, warum ich Sie nicht hierlassen soll.«

Schneegraupeln hingen wie schmelzende Perlen in ihren langen, schwarzen Haaren. Glänzende schwarze Augen erwiderten unbeeindruckt seinen Blick.

»Weil ich klüger bin als Sie, was sich als nützlich erweisen könnte.«

Der Detektiv sah seinen Partner an. »Was meinen Sie, Paul? Ist sie klüger als ich?«

»Daran besteht wohl kein Zweifel«, erwiderte Ooljee ernsthaft. »Ob sie uns deshalb begleiten darf, ist eine andere Frage. Aber ich mag nicht mit ihr darüber streiten. Sie ist vermutlich auch klüger als ich, also würden wir den Streit verlieren und gleichzeitig Zeit vergeuden.«

Sie verließen die Maschine, und Moody sehnte sich anstelle der leichten Jacke, die er trug, nach einem Gänsedaunen-Parka. Oljee orientierte sich und zeigte in eine Richtung. Sie gingen nach Westen.

Moody bemerkte, daß Grayhills ihm auf den Fersen folgte und seine massige Gestalt als Schutz vor Wind und Graupeln benützte. »Wissen Sie nicht, daß es gefährlich ist, einem Bären in den Wald zu folgen?«

»Solange man genau weiß, was er dort tun wird, ist

es ungefährlich.« Sie lächelte ihn an; ihre Wangen waren infolge der Kälte rosig.

Moody hätte gern gewußt, ob sie aus intellektueller Neugierde mitkam oder ob sie wie so viele wissenschaftliche Geister einfach die Realität der Gewalt nicht kannte. Im Vergleich zu der Gesamtbevölkerung waren die Wissenschaftler prozentuell weitaus häufiger Opfer von Überfällen als es ihrer Anzahl entsprach.

Trotz Wind und Kälte war er froh, daß er nicht mehr im Himmelsschlitten saß. Gehen war besser. Als die Kälte allmählich seine leichte Kleidung durchdrang, vermutete er, daß er seine Meinung ändern würde. Aber weder er noch Ooljee hatten daran gedacht, in dem abgestürzten Flieger zu bleiben. Sie mußten Gaggii so rasch wie möglich finden und aufhalten. Das ging jedoch nicht, wenn sie herumsaßen und darauf warteten, daß sie gerettet wurden.

»Es wird uns verteufelt schwerfallen, in dem Wetter etwas zu finden«, erklärte er niemand Bestimmten, während er sich mühsam einen Weg bahnte, den Kopf gesenkt hielt und blinzelte, um die Nässe aus seinen Augen wegzukriegen. Wenigstens fiel es Grayhills leichter, ihm zu folgen, als ihm, mit Ooljee Schritt zu halten, dachte er ironisch.

»Ich glaube, es läßt nach!« rief der Sergeant nach hinten. Der Wind schien tatsächlich etwas schwächer zu werden. Aus dem Graupelschauer wurde Regen, dann nieselte es nur noch. Vielleicht zog das lächerliche Gewitter endlich weiter.

Unvermittelt — zu unvermittelt — trat leichter Nebel an die Stelle des Nieselns. Dann verschwand er ebenfalls.

Sie standen am Rand einer steinigen Mesa und blickten in einen flachen Cañon hinunter. Ein schmaler Bach wand sich durch die Spalte in der Erdkruste; er hatte sich im Lauf der Jahrtausende ein Bett geschaffen, das wesentlich größer war als er selbst. Der gegenüberliegende Rand des Cañons war deutlich höher als der auf ihrer Seite.

Moody drehte sich im Kreis. Dunkler Nebel und Regen hingen beinahe in Reichweite wie ein Vorhang hinter ihnen. Ein kreisförmiger Wall aus Wolken, der bis zum Himmel zu reichen schien, umschloß dieses Stück Plateau. Soweit er blickte, war es das gleiche. In den Wolken heulte der Wind unaufhörlich, aber wo sie standen, war es ruhig und warm.

»*Haal hoodzaa?*« murmelte Ooljee. »Was geht hier vor?«

»Das kann Ihnen der Mann aus Florida erklären, obwohl es mir lieber gewesen wäre, wenn mich etwas anderes an mein Zuhause erinnert hätte.« Moody stieß einen Stein über den Rand und sah zu, wie er den Steilhang hinunterpolterte. »Wir befinden uns im Auge.«

Grayhills starrte die Wolkentürme rings um sie an. »Das ist nicht möglich. Es ist zu klein. Das ganze Gewitter ist zu klein.«

»Schön, es ist klein. Es ist trotzdem ein Hurrikan.«

»Hier gibt es keine verdammten Hurrikane.« Ooljee reagierte, als könne er die Ungeheuerlichkeit durch seinen Widerspruch vertreiben. »Hurrikane entstehen in den Tropen. Wir befinden uns hier in Nord-Arizona, verdammt noch mal!«

»Tut mir leid, aber es steht außer Frage. Klassische Form, verkleinert. Ein Mini-Hurrikan.« Moody nahm die Einwände seines Partners gelassen zur Kenntnis. Das Gewitter bewegte sich nicht, schwebte über dem kleinen Cañon mit seinem saisonbedingten Bach und begnügte sich damit, an Ort und Stelle zu wirbeln.

»Eher ein Mikro-Hurrikan.« Gelegentlich brachte ein Windhauch Grayhills Haare durcheinander. »Was würde ein Meteorologe nicht dafür geben, hierzusein und die Dynamik zu studieren.«

»Ich tausche gern mit ihm«, murmelte Moody. Er kam sich wie ein Käfer vor, der sich an den Kork einer Champagnerflasche klammert und darauf wartet, daß ihn die unvermeidliche Explosion ins Firmament schleudert.

In dem Cañon gab es nicht nur den Bach und einzelne Klumpen Vegetation. In der Nähe des Zentrums stieg aus warmen Quellen Dampf auf, und in ihrer Nähe befand sich ein traditionelles zwölfseitiges Hogan aus grob behauenen Baumstämmen. Der Eingang zeigte nach Osten. In die mit Gips beworfenen Wände waren Glasfenster eingesetzt. In der Nähe parkte ein großes Wohnmobil; die Parabolantenne auf seinem Dach war eine Miniaturausgabe der viel größeren Antenne, die hinter dem Hogan stand. Neben ihr erhob sich eine Pyramide aus zwölf Solarzellen. Vom Wohnmobil führten Kabel in das Gebäude.

Moody zog automatisch die Pistole, ging in die Hocke und musterte Fahrzeug und Gebäude. »In einem von beiden ist er drin. Wenn ich einen kleinen Raketenwerfer hätte, würde ich eine in das Wohnmobil und eine in das Haus setzen; dann könnten wir die Krater sich selbst überlassen und nach Hause gehen, ohne uns um das Gewitter zu kümmern.«

»Wir können ihn nicht überfallen«, flüsterte Ooljee. »Wir wissen nicht, was für Waffen er vielleicht hier gelagert oder mitgebracht hat.« Er musterte den Boden um das Hogan. »An der Umgrenzungslinie kann es aktive oder passive Schutzvorrichtungen geben. Und es gibt hier noch etwas.« Er zeigte auf die warmen Quellen.

Moody sah hin und zuckte die Achseln. »Wenn er will, kann er also ein heißes Bad nehmen. Na und?«

»Es gibt ein anderes Sandbild, das sich mit einem Wesen namens Großes Monster befaßt.«

»Eure Traditionen sind nicht besonders subtil, was?«

Der Sergeant sah ihn an. »Das Große Monster lebt an einem Ort, der Heißes Wasser heißt.«

Moody seufzte. »Ich könnte wetten, daß der nördliche Teil dieses Staates voll heißer Quellen ist.«

»Das stimmt. Angeblich sind die San Francisco Peaks

in der Nähe von Flagstaff noch im elften Jahrhundert ausgebrochen. Es gibt hier eine Menge vulkanischer Aktivität.«

»Die Quellen erinnern Sie also an ein Sandbild. Und?«

»Mir wäre es lieber, wenn sie es nicht täten. Das Große Monster mochte nämlich die Menschen auf der Erde nicht. Es vernichtete sie genauso schnell, wie sie geschaffen wurden. Erst als man es unschädlich machte, konnten die Menschen auf der Erde leben.« Er wandte seine Aufmerksamkeit wieder dem Cañon zu. »Es ist interessant, daß Gaggii als seine letzte Zuflucht einen Ort gewählt hat, der in der Nähe von heißen Quellen liegt.«

»Ich sehe jedenfalls weder große noch kleine Monster«, knurrte Moody. »Ich sehe einen lausigen kleinen Schuppen, in dem ein Mörder haust. Ich sehe ...«

Grayhills unterbrach ihn. Sie starrte nicht zum Hogan hinunter, sondern auf die andere Seite des Cañons. Sie starrte und zeigte hin.

»Was ist das? Du meine Güte, was ist das?«

Moody blickte auf.

Es war nur ein winziger dunkler Fleck, ein kleines Fleckchen Nacht auf dem rötlichen Hang. Nur hing er dicht neben dem gegenüberliegenden Rand des Plateaus in der Luft und leuchtete von innen her.

Während sie den Fleck mit offenem Mund beobachteten, dehnte er sich wie ein Tropfen Quecksilber auf einer Glasscheibe aus, indem er sich zuerst in die eine Richtung und dann in die andere wölbte. Durch das Auge des Mikro-Hurrikans fiel Sonnenschein auf den Fleck und glänzte auf seiner Oberfläche, als wäre er aus poliertem schwarzem Stahl. Er trieb ein Stückchen nach Süden und hielt dann an.

Als er so groß geworden war wie Ooljees Kombi, prallte er gegen den Rand des Plateaus. Sand, Schotter und dann größere Steine glitten von dem Rand direkt oberhalb des Objekts. Sobald sie das Oval erreichten, verschwanden sie. Ein kleiner Busch wurde unterhöhlt und verschwand ebenfalls in dem glasartigen Fleck.

»Was, zum Teufel, ist das denn?« flüsterte Ooljee laut.

Moody drehte sich nicht zu ihm um. »Woher soll ich das wissen? Sie sind der Fachmann für Navaho-Legenden.«

»Hier handelt es sich um keine religiöse, sondern um eine physikalische Manifestation«, erwiderte der Sergeant unbeeindruckt.

»Der Hurensohn hat auf etwas zugegriffen.« Moodys Finger umschlossen die Pistole fester. »Er fischt in dem verdammten Netz und hat etwas Neues gefangen. Ist ihm denn alles scheißegal?«

»Er hat mindestens zwei Menschen getötet und hat versucht, uns zu töten«, erinnerte Ooljee seinen Partner. »Wahrscheinlich ist es ihm scheißegal.«

Die Schwärze dehnte sich weiter aus. Während sie zusahen, löste sich ein großer Felsen und polterte in die Scheibe.

Und Wind erhob sich.

Er brauste aus dem Himmel herunter, fegte an ihren Gesichtern vorbei direkt in das Auge des wirbelnden Mikro-Hurrikans, wie Wasser, das man in einen Eimer schüttet. Er wehte an Moodys Augen vorüber, flüsterte in seine Ohren; das Geräusch von Staub, Pflanzenteilen und Erdstückchen, die angesaugt werden. Die Scheibe inhalierte die Erde.

»Himmelsblätter.«

»Was ist das?« fragte Moody, ohne sich umzudrehen. Er war nicht imstande, seinen Blick von dem Schauspiel zu lösen.

Ooljee saß im Staub; die Pistole baumelte lässig in seinen Fingern. »Die Götter zeichneten auf Himmelsblätter und reisten in Schiffen, die wie schwarze Wolken aussahen. Erinnern Sie sich an das Bild? ›Der Lumpensammler wird von Adlern und Habichten, denen flugfähige Schlangen helfen, durch das Himmelsloch gehoben.‹ Wir fanden für alles eine Entsprechung, bis auf die Schlangen, weil die Schlangen nicht fliegen können. Sie wühlen.«

»Wühlen.« Grayhills beobachtete die krebsartige Finsternis, die auf der anderen Seite des Plateaus Wurzeln geschlagen hatte, unverwandt. »Ratten, Maulwürfe, Ziesel, Würmer. Würmer. Das ist komisch.«

Moody kam sich wieder einmal wie das dumme, dikke Kind in der zehnten Klasse in der Naturwissenschaftsstunde von Mrs. Waterson vor.

»Was ist mit den Würmern?«

Sie kümmerte sich nicht um ihn, sondern wandte sich an Ooljee. »Schlangen wühlen. Würmer wühlen. Die Schlangen sind auch ein Symbol für Blitze, nicht wahr?« Er nickte. »Blitze, die wühlen. Es ist nur natürlich, daß wir an Raumschiffe denken, wenn wir uns eine Reisemethode vorstellen, an der Blitze und schwarze Wolken beteiligt sind. Natürlich, und falsch. Die alten Hatathlis versuchten nicht, ein startendes Schiff zu beschreiben. Sie dachten viel wörtlicher. Sie versuchten, das Wühlen zu beschreiben.« Blätter und Zweige flogen an ihren Wangen vorbei und ihre Haare wehten zur gegenüberliegenden Cañonwand.

»Würde mir jemand erklären, was, zum Teufel, das alles mit Würmern zu tun hat?« flehte Moody.

Auf ihrem Gesicht lag ein merkwürdiges Lächeln. »Das Sandbild weist Schlangen auf. Heute würden wir vielleicht Würmer verwenden. Sie wühlen genauso. Ich glaube, daß das Himmelsloch in unserem Sandbild wörtlich, und nicht als Metapher verstanden werden muß. Ich glaube nicht, daß der Lumpensammler in den Himmel gehoben wurde, ganz gleich, was er tat. Er ging durch ein echtes Himmelsloch.« Sie blickte zu der gleichmäßig größer werdenden Ellipse jenseits des Cañons hinüber. »Oder durch ein Wurmloch, wie wir es nennen würden.«

Je schneller er begriff, desto schneller blieb er zurück, dachte Moody. »Was ist ein Wurmloch?«

Sie zuckte die Achseln, als wäre eine genaue Beschreibung unnötig. »Verzerrte Raumzeit. Was erhält man, wenn man eine Röhre aus Karton an beiden Enden packt, in entgegengesetzte Richtungen dreht und immer weiter dreht?«

»Eine geplatzte Kartonröhre.«

»Irgendwann werden die Enden kongruent. Einige Wissenschaftler glauben, daß man die Raumzeit, wenn man sie richtig zu fassen bekäme, genauso verdrehen könnte, so daß die beiden Enden, die ursprünglich vielleicht Hunderte Parseks voneinander entfernt waren, schließlich den gleichen Raum einnehmen würden. Man könnte durch dieses Ende eintreten und ganz woanders, an einer weit entfernten Stelle, herauskommen.« Sie zeigte auf die umschattete Scheibe.

»Dort drüben gibt es eine kausale Grenze, eine Grenze, die mit der Raumzeit zusammenhängt, die nur von der Struktur abhängt, die Gaggii mit Hilfe des außerirdischen Netzes und des Cameron-Beschleunigers erzeugt hat. Ein Ereignishorizont, eine kausale Grenze, Detektiv, unterscheidet nicht einmal bei unendlichen Entfernungen die Grenzpunkte voneinander.«

Inzwischen hatte die Scheibe auf der gegenüberliegenden Seite ein deutlich sichtbares Stück aus den Felsen herausgebissen. Sie dehnte sich nicht mehr so schnell aus, aber sie verschlang weiterhin Sandstein und Erde.

»Das soll wohl heißen«, sagte Moody langsam, »daß diejenigen, der vor etwa tausend Jahren diesen Teil der Welt besuchten, keine Schiffe benützten? Sie fielen einfach durch ein Loch im Himmel herunter?«

»Wozu braucht er ein Wurmloch?« Ooljee mußte gegen den Wind kämpfen, als er aufstand.

»Vielleicht will er mit denjenigen sprechen, die ihren Müll hiergelassen haben. Vielleicht will er nur ›hallo‹

sagen.« Moody trat nach einem Stein. »Oder vielleicht will er ihnen einige Fragen stellen.«

»Hybris kann nur in einer Katastrophe enden«, bemerkte der Sergeant niedergeschlagen. »Ameisen stellen den Leuten, die Müll abladen, keine Fragen, denn wenn sie Aufmerksamkeit erregen, dann rufen diese Leute wahrscheinlich ›Ameisen‹ und greifen nach dem Insektenvertilgungsmittel oder nach der Fliegenklatsche.« Er trat über den Rand des Abhangs und begann ungeschickt, den bröckelnden Hang hinunterzurutschen.

»He!« Moody folgte ihm und half dabei Samantha ritterlich, auf den Beinen zu bleiben.

Die Scheibe, das Wurmloch, das Himmelsloch — was immer es war — war inzwischen so groß geworden, daß ein Lastwagen durchfahren konnte. Felsen und Bäume glitten in die Leere und verschwanden. Die Luft heulte um die drei, während sie den Hang hinunterkletterten.

»Warten Sie einen Augenblick, warten Sie.« Die beiden Männer blieben stehen und blickten zu Grayhills zurück. Sie hatten den halben Hang hinter sich. »Was ist, wenn Sie recht haben und er Schutzvorrichtungen geschaffen hat?«

»Wir müssen ihn aufhalten.« Moody gestikulierte mit seiner Pistole. »Wir können nicht einfach sitzenbleiben und die Show genießen. Das Ende würde uns wahrscheinlich nicht gefallen.«

»Es gibt andere Möglichkeiten als eine Kugel in den Kopf, um ihn aufzuhalten.«

»Möglich, aber mir ist es so am liebsten.«

»Vielleicht geht es ihm mit Ihnen genauso.« Sie wandte sich Ooljee zu. »Sie haben gelernt, wie Sie das Netz benützen müssen, um ihn zu finden. Können Sie es nicht benützen, um in das, was er tut, einzugreifen?« Sie zeigte auf den Spinner, der an seinem Gürtel hing. »Da drinnen befinden sich doch alle Informationen, die Sie gesammelt haben, seit diese Geschichte begann?«

Ooljee legte die Hand auf das Gerät und fuhr sich mit der Zunge über die Lippen. Er blickte zum Hogan hinunter und dann über den Cañon zu dem Kreis aus alles verschlingender Nacht. Er schwieg lange, dann richtete er sich auf.

»Der eingebaute Monitor ist schrecklich klein. Kaum groß genug, um einen Fingerabdruck darauf unterzubringen. Und es ist nur ein Spinner. Er ist nicht einmal mit einer Molly zusammengeschaltet.«

»Aber meiner ist es.« Sie löste das teure Präzisionsinstrument von ihrem Gürtel und klappte den oberen Teil zu einem dreißig Quadratzentimeter großen Bildschirm auf. Moody musterte ihn bewundernd.

»Ganz schön ausgefallen.«

Sie lächelte verkrampft. »Sie beide sind nur Beamte, während ich damit betraut bin, die Sicherheit von großen Gesellschaften zu gewährleisten. Die sorgen natürlich dafür, daß ich über die beste auf dem Markt erhältliche Ausrüstung verfüge.«

Ooljee musterte das Gerät unsicher. »Verfügt es über genügend Speicherraum, um das Template der Netware zu verarbeiten?«

Sie reichte ihm den Spinner. »Es gibt nur eine Möglichkeit, es herauszufinden.«

Die drei knieten auf dem Hang nieder, und Moody versuchte, den beiden Spinnern soviel Schutz wie möglich zu bieten. Ooljee schloß den Polizeispinner vorsichtig an Grayhills Gerät an und sah zu, wie der Bildschirm zum Leben erwachte.

»Was für eine Molly haben Sie da drin?«

»Zehn Gigabyte Yellow Orb, Aufhängung entspricht militärischen Spezifikationen, molekularer Flotations-Denon-Lasac. Nur eine Ausgabe, aber mehr brauchen wir nicht. Sie sind der einzige, der zugreifen wird.«

»Hoffentlich genügt das.« Ooljees Finger tanzten über die Tastatur.

Auf dem Bildschirm erschien eine Miniaturausgabe

des Kettrick-Sandbildes, dessen Einzelheiten so winzig waren, daß sie bestimmte Teile nur erkannten, weil sie mit dem Muster vertraut waren. Ooljee saß mit ausgestreckter Hand davor und sang, während der gequälte Wind um sie erschauerte und das glänzende schwarze Oval jenseits des Cañons weiterhin an der Erde knabberte. Moody versuchte seine Aufmerksamkeit zwischen der Scheibe und den zusammengeschlossenen Spinnern zu teilen. Wenn der Eindringling noch eine Weile weiterwuchs, würde er das Wohnmobil und das Hogan verschlucken. Das wäre gar nicht so schlecht, fand er, es sei denn, die Scheibe würde weiter bestehen bleiben, weil nur der verschwundene Gaggii mit ihr fertigwerden konnte.

Wohin gerieten die Felsen, die Bäume und der Sand, die verschwanden? In eine andere Welt, die um eine andere Sonne kreiste? Oder vielleicht in eine andere Dimension, oder in einen großen Raum, der gestopft voll mit Regenbogenfäden und geheimnisvoll funkelnden Lichtern war? Oder wurde alles einfach in die Weite zwischen den Sternen geblasen, wo es sofort ausdörrte? Moody hatte Angst, echte Angst, mehr Angst als vor zehn Jahren in Sarasota, als ein Rauschgiftdealer, der von Sizzle high war, dem Detektiv einen Nadler an den Hinterkopf gehalten und ihm gedroht hatte, er würde sein Gehirn braten.

Statt dessen hatte ein Polizist, der ebenfalls die Überwachung durchführte, dem Dealer das Gehirn weggepustet. Vernon Moody richtete sich auf und atmete tief durch. Er hatte diesen Augenblick nicht dazu überlebt, damit ihn jetzt ein ausgeflipptes außerirdisches indianisches Navaho-Märchen verschluckte.

Der winzige Bildschirm wimmelte vor Regenbogenfädchen: Ooljee hatte es als Regenbogenmacht bezeichnet. Aufblitzende Lichter tanzten um die Fäden, schossen durch die Dunkelheit, während unverständliche Muster auf dem Bildschirm wirbelten und explodierten.

»Es ist so klein«, murmelte Grayhills.

Aber es war leicht einzudämmen, fand Ooljee. Er schob die Hand in den Bildschirm und ließ die kribbelnde Wärme des Netzes kurz sein Fleisch liebkosen. Dann zog er sie zuversichtlich zurück.

»Wir sind drin.« Er sah Grayhills an. »Aber wohin gehen wir?«

»Sehen Sie!«

Als Moody den Blick vom Bildschirm hob, stellte er fest, daß der Wind nicht mehr über den Cañon blies. Statt dessen blies er zu ihnen, so daß Moodys und (viel beeindruckender) Samanthas Haare nach hinten geweht wurden. Es war nicht mehr die frische, trockene Luft des Hochplateaus, sondern sie brachte einen starken Moschusgeruch mit, den er nicht identifizieren konnte.

Luft von woanders, dachte er. Luft und kleine Teilchen, die seine Nasenschleimhäute kitzelten, so daß er niesen mußte. Dahinter lag die Andeutung von etwas *Riesigem.* Seine Haut wurde kalt und die kurzen Haare in seinem Nacken stellten sich auf.

Grayhills starrte in die gleiche Richtung. »Fühlen Sie es auch?« fragte er leise und wunderte sich gleichzeitig darüber, daß er flüsterte. Sie nickte. »Was ist es?«

»Das weiß ich nicht.« Ihr Blick wanderte zu den zusammengeschlossenen Spinnern. »Wir müßten Yistin Gaggii fragen.«

»Ich glaube, daß das nicht einmal der verrückte Bastard weiß«, knurrte Moody. Er hatte Angst, war zornig und frustriert. »Die Ameise spielt mit dem Müll und kümmert sich nicht um die Folgen. Er will einfach sehen, was geschehen wird.« Er blickte mit zusammengekniffenen Augen zu den Felsen hinüber und versuchte, in die Scheibe hineinzusehen.

»Etwas ist dort drin. Großes Monster, Großer Donner; etwas aus Ihrem kollektiven kulturellen Gedächtnis. Es ist dort drin und versucht herauszukommen.«

»Durchzukommen«, stellte Ooljee richtig. »Da: Sie können es ein wenig sehen!«

Es war ungeheuer und formlos. Eine langsam fest werdende Gestalt. Kam es daher, daß es nahe war und allmählich einen erkennbaren Umriß annahm, oder daß es sehr weit weg war und langsam näherkam? Würde es anhalten, wenn es den Rand der Scheibe erreichte oder in den Cañon hinaustreten? Moody konnte es sich nicht vorstellen, weil er es nicht begreifen konnte.

Was war, wenn das Große Monster, was immer das war, zurückkehrte? Wenn es zum Heißen Wasser zurückgerufen worden war, um die Welt wieder für menschliche Wesen ungeeignet zu machen, um sie noch einmal so rasch zu vernichten, wie sie erschaffen wurden? Wie konnten sie so etwas aufhalten, etwas von jenseits der Zeit und des Orts?

Wenn das Netz es hervorgebracht hatte, dann mußten sie sich an das Netz wenden, um damit fertigzuwerden. Was hatte ihm Ooljee vor Jahrhunderten erzählt? Über *Na'a-tse-elit* — nein, das war der Regenbogenwächter.

Etwas oder jemand, der Monstertöter hieß? Er konnte sich nicht an den Navaho-Namen erinnern, aber war das nicht das Wesen, das für die Vernichtung des schrecklichen Ungeheuers aus den Legenden, des *yeitso* zuständig war? Das gleiche Wesen, das den Hatathlis erzählt hatte, daß die Götter auf Himmelsblätter zeichneten, daß der Mensch jedoch pulverisierte Steine und Sand verwenden konnte (und Masken aus seltener Erde)? War dieses Wesen für den Müll verantwortlich, also auch für das Netz?

Er teilte seine Überlegungen Ooljee mit, mußte aber feststellen, daß sein Freund ähnliche Gedanken gewälzt hatte.

»Der Schlüssel muß irgendwo im Bild liegen.« Der Sergeant starrte den Monitor an, als könne die Intensität seines Wunsches eine Reaktion, eine Andeutung auslösen. »Die Vier Heiligen Berge. Die Gefahr, die man nicht kennt.«

Er begann zu den Spinnern zu sprechen und sang so schnell, daß nicht einmal Grayhills seine Worte verstand. Das Netz antwortete auf Navaho; gutturale, rhythmische Sätze.

Grayhills starrte mit weit aufgerissenen Augen über den Cañon und legte die Finger auf die Lippen. »Beeilen Sie sich. O mein Gott, beeilen Sie sich!«

Die Scheibe hatte die Farbe von getrocknetem Blut angenommen. Innerhalb des unirdischen, kreisrunden, unmöglichen Rahmens versuchte etwas Ungeheuerliches, Aufgeblähtes ins Freie zu gelangen. Ooljees Stimme wurde höher.

Plötzlich zog sich die entsetzliche Gestalt zusammen, drehte sich zur Seite und schrumpfte abrupt zur Hälfte ihrer ursprünglichen Größe. Moody starrte mit offenem Mund hinüber. Im Himmelsloch befand sich noch etwas, ein neuer, genauso großer Umriß wie der erste. Als es mit seinem titanischen Gegenstück zusammenprallte, flammte es auf und pulsierte vor zersplitterten Blitzen. Aus der Scheibe explodierten leuchtende Regenbogen, versengten die Erde, die dort, wo sie einschlugen, schwarz wurde, verkohlten augenblicklich alles Organische, mit dem sie in Berührung kamen.

»Runter mit euch!« Moody preßte sich in den Staub und die anderen machten es ihm nach. Verbrannte Luft, die vor der Scheibe floh, pfiff über sie hinweg und suchte einen Ausweg aus der Enge des Cañons.

Die außerirdischen Gestalten wanden sich und kochten wie entgegenwirkende Öle in einem Glastiegel. Moody kniff die Augen vor dem Sand und Kies zusammen und sah zu, wie die vollkommene Rundung des Himmelslochs begann sich zu verziehen. Hohlräume hinterließen Lücken im Rand.

»Was haben Sie getan?« brüllte er seinen Partner an.

Ooljee schützte die zusammengekoppelten Spinner

mit seinem Körper. »Was wir besprochen haben!« Er zeigte auf die instabile Scheibe. »*Nayenezgani!* Sohn von Sich Verändernder Frau, Ungeheuertöter, der die Feuersteinrüstung trägt und mit dem krummen Blitz kämpft. Oder vielleicht ist es sein Bruder *Tobaschischin,* Aus Wasser Geboren. Vielleicht kämpfen beide gegen das Große Monster.« Er holte Luft. »Oder vielleicht ist das, was wir sehen, eine Störung in der Datenbank. Vielleicht ist das Große Monster ein Virus und Nayenezgani ein Wiederherstellungsprogramm.«

»Es ist schwierig, etwas, das man nicht versteht, einen Namen zu geben«, stellte Grayhills fest.

Sie waren durch die Szene innerhalb der Scheibe so gefesselt und entsetzt, daß sie vergaßen, wo ihr Ursprung lag.

Die Tür des Hogan flog auf, eine einsame Gestalt kam herausgelaufen, rannte im Kreis und rief zu den Wänden des Cañons hinauf. Yistin Gaggii war zum ersten Mal weder gelassen noch beherrscht.

»Verschwindet!« schrie er seinen unsichtbaren Peinigern zu. »Verschwindet aus dem Netz!« Er kümmerte sich nicht um die Scheibe, als würde sie nicht existieren.

Als Gaggii etwas an die Schulter hob, gab Moody einen auserlesenen Kraftausdruck von sich und zog Grayhills hinunter. Das Feuer aus einer automatischen Waffe ließ den Sand vor ihnen aufspritzen.

»Verschwindet!« Gaggii lief jetzt auf sie zu. Sie lagen ungeschützt auf dem Hang; es gab keine Deckung in der Nähe.

Der Detektiv stützte sich auf die Ellbogen, zielte über den Lauf seiner Pistole und schoß das halbe Magazin leer. Gaggii erschrak, wandte sich nach rechts und erwiderte wild das Feuer. In den Tiefen des Cañons klangen die Schüsse blechern wie aus Spielzeugpistolen und wurden von dem scharfen Wind übertönt.

Moody hob den Kopf wieder, aber Gaggii war verschwunden. »Verdammt! Wo ist er hin?«

»Wahrscheinlich unten im Bachbett.« Ooljee versuchte, mit seiner Waffe zu zielen, während er gleichzeitig die Spinner deckte. »Es wäre ein Glücksfall, wenn wir ihn auf die Entfernung treffen.«

»Ja, aber das weiß er nicht. Was hat er für eine Waffe?«

Neuerliches Feuer ließ Schotter aufspritzen.

»Hört sich wie eine Provalis Ruger an. Ich bin aber nicht sicher.«

»Zielsuchende Geschoße?«

»Das bezweifle ich, denn dann hätte er sie schon benützt. Wir können nicht hierbleiben. Wir sind zu exponiert.«

»Erzählen Sie mir etwas, das ich nicht weiß.«

Gaggiis verängstigte Stimme füllte die Pause zwischen den Schußwechseln. »Sie müssen weg von hier! Sie wissen nicht, was Sie tun!«

Moody hob den Kopf. »Wer, zum Teufel, behauptet, daß Sie es wissen?« Als Dank mußte er sich wieder vor einem Feuerstoß ducken.

»Sie zerstören das *hozho, bilagaanna!* Sie haben das Gleichgewicht gestört! Sie ...!«

Moody unterbrach ihn brüllend. »Wer hat das Gleichgewicht gestört? Verdammt, als was bezeichnen Sie das da?«

Ooljee hob den Kopf und zeigte hin. »Etwas verändert sich.«

Die Scheibe rutschte. Sie war nicht mehr standfest, sondern glitt langsam wie Glyzerin auf Teflon den Hang hinunter. Innerhalb des Kreises waren noch immer die heftig kämpfenden Silhouetten zu sehen.

Der Sergeant sprang auf, ohne daran zu denken, wie der Angreifer vielleicht reagieren würde. »Rennen Sie! Stehen Sie auf und rennen Sie! Sehen Sie denn nicht, was geschieht?« Moody wußte nicht, ob Gaggii es sah, aber er hatte in den letzten Wochen gelernt, daß es in solchen Situationen am besten war, wenn er dem Beispiel seines Partners folgte. Er kämpfte sich knurrend auf die Füße und alle drei rannten hangaufwärts.

Die Scheibe trieb weiterhin unabhängig von Wind, Sturm, Steinen oder Befehlen in den Cañon hinunter und verschlang unterwegs riesige Mengen Erde und Felsgestein. Als sie den Grund des Cañons erreichte, hielt sie an, neigte sich und fiel in einem extremen Zeitlupentempo um. Der Sturm, der aus dem dunklen Rachen kam, wurde stärker.

Moody blickte jetzt wieder in den Cañon und sah, daß Yistin Gaggii sich von seinem Versteck im Bachbett erhob, die Waffe wegwarf und begann, auf seine Verfolger zuzulaufen. Er blickte nach hinten und hinauf zu der herabsinkenden, fallenden Scheibe. Der umkämpfte Kreis aus Nacht rotierte auf einer unbekannten, unsichtbaren Achse, reagierte auf Kräfte jenseits von Verstand und Kontrolle, schnitt während seines Sturzes wie ein kreisrundes Messer durch die Realität. Die Kronen zweier großer Pappeln bogen sich, brachen ab und verschwanden in der Öffnung.

Das Wurmloch dreht sich, dachte Moody verzweifelt, während er versuchte, schneller zu laufen. Schotter und Sand glitten unter seinen Schuhen davon und er geriet in Gefahr, hinunterzukollern.

Ooljee und Grayhills streckten ihm die Hände entgegen und halfen ihm über das letzte Stück hinauf. Dann sahen die drei schweratmend und fasziniert dem Drama zu, das sich unten abspielte. Gaggii lief um sein Leben, lief wie ein Wahnsinniger. Seine Schuhe wirbelten Sand auf. An die Stelle des Zorns war Panik getreten. Die Scheibe brach über ihm zusammen. Er lief noch schneller. Er würde ihrem gefräßigen Rand entgehen. Er würde nicht. Würde, würde nicht. Würde ...

Als die Scheibe vollkommen parallel zum Boden des Cañons lag, warf sich Gaggii mit einem verzweifelten Aufschrei nach vorn. Er verschwand unter dem äußeren Rand: Er wurde nicht zermalmt, sondern geräuschlos aufgesogen, eingeschlürft, verschluckt, zusammen mit dem Hogan, dem Wohnmobil, den Sonnenkollektoren, der Parabolantenne, unzähligen Büschen, Steinen, Felsen, Insekten und Reptilien.

Die drei auf dem Rand des Cañons blickten in einen kreisrunden schwarzen See hinunter. Auf seiner Oberfläche regte sich nichts. Aber in ihm war das Universum — oder die Datenbank — in Aufruhr. Gaggii war fort: Fort mit seinen Träumen und seinem Trachten, seinen Spinnern und Mollys, seiner unangebrachten Selbstsicherheit und seiner mörderischen Gleichgültigkeit. Er war nicht mehr wichtig. Wichtig war nur noch der Konflikt, den er zurückgelassen hatte, eine Art unvorstellbarer Wettstreit um die Vorherrschaft, der genauso gut ein paar Dutzend Meter unter ihren Füßen oder am anderen Ende des Kosmos stattfinden konnte. Innerhalb der Scheibe kämpften und stritten Götter, Programme, Außerirdische oder etwas, für das sie keinen Namen hatten.

Die Ameisen standen daneben und sahen hilflos zu.

Grayhills packte ihn am Arm und zeigte aufgeregt hin, aber es war nicht notwendig. Moody hatte es gleichzeitig mit ihr bemerkt.

Die Scheibe begann zu schrumpfen.

Bald nahm sie weniger als die halbe Talsohle ein. Wo sie sich zurückzog, war die Oberfläche so nackt und rein wie die Linsen einer Kamera. Sie zog sich weiterhin zusammen, bis nur noch ein schwarzer Kreis von der Größe eines Autoreifens übrig war. Dann war er so groß wie ein Teller.

Er atmete noch immer Staub und Schmutz ein, als er in die Unendlichkeit verschwand.

Das erstaunliche Gewitter, das sie zu diesem Ort geführt hatte, geriet in Verwirrung, erschauerte und zerstreute sich. Die Wolken lösten sich auf und verdunsteten. Der Wind riß die Wände um das Auge des Hurrikans in Stücke und suchte dann in den Arroyos und

Wasserrinnen Zuflucht. Moody hielt sich die Ohren zu, als der Luftdruck erstaunlich rasch zu steigen begann.

Unten war ein Abschnitt des Cañons mit einem Durchmesser von zweihundert Metern glattgefegt. Kein Stein störte die vollkommene Oberfläche, kein Busch und kein Baum streckte die dürre Krone zum Himmel. Der von Norden kommende, einsame kleine Bach breitete sich in alle Richtungen aus und suchte vergeblich ein neues Bett, als er den kurze Zeit vergessenen Winkel des Planeten wieder in Besitz nehmen wollte.

Samantha Grayhills betrachtete die freigelegten Schichten: weißer Coconino und dunkelroter Kaibab — Sandstein.

»Es sieht wie die Anordnung in einem Halsband aus. Es sieht wie ...« Sie suchte nach dem richtigen Vergleich, nach dem richtigen Wort.

»Es sieht wie *hozho* aus«, stellte Vernon Moody in seiner lässigen, gedehnten, südlichen Sprechweise fest. »Gleichgewicht und Stabilität, Gott sei Dank.«

Grayhills, die plötzlich sehr erschöpft wirkte, setzte sich auf den Rand des Abhangs und strich sich über das wirre, regenglatte Haar.

»Es hat uns gerettet. Hat vielleicht alles gerettet.« Sie sah Ooljee an. »Was immer Sie beschworen haben, hat uns gerettet.«

Der Sergeant zuckte die Achseln. Er dachte an seine Frau, an ihre Wärme des Nachts. An seine Jungen, die für Schwierigkeiten und Lächeln sorgten.

»*Haal hootiid.* Wer weiß, was geschah? Vielleicht hatten wir nichts damit zu tun. Vielleicht gelangte etwas zu der Erkenntnis, daß es an der Zeit war, Müll wegzuschaffen, der begonnen hatte zu stinken.« Er stellte das, was er so eifrig vor Gaggiis Schüssen geschützt hatte, nieder.

Moody betrachtete den noch immer eingeschalteten, noch immer leuchtenden Monitor der beiden Spinner genau. Er zögerte kurz, dann hob er den Fuß.

»Das wird es nicht zum Verschwinden bringen«, sagte Ooljee leise. »Ich habe nachgedacht. Es wird es nur verzögern. Vielleicht wird die nächste Person, die das Geheimnis herausbekommt, raffinierter als Gaggii sein. Einer, der vorsichtiger vorgehen wird, ohne Tote zu hinterlassen, die die Aufmerksamkeit auf ihn lenken, der aber die gleichen gefährlichen Ambitionen hegt. Oder es könnte ein intelligenter Junge sein, der nicht wieder gutzumachenden Schaden anrichten würde, bevor jemand eine Ahnung hat, was überhaupt geschieht.«

Moody stellte den Fuß neben den Spinnern auf den Boden. *Das ist die Schwierigkeit, wenn man Wissen erwirbt,* sinnierte er. *Sobald man es erworben hat, ist es verdammt schwer, es zu vernichten.* Die Kirche war im ausgehenden Mittelalter nicht in der Lage gewesen, die Wissenschaft zu unterdrücken. Wie kam er auf die Idee, daß er das Netz mit seinem Absatz zerstampfen konnte? Wenn die Physiker immer tiefer in die Konstruktion des Kosmos eindrangen, mußten sie unabhängig von den Hinweisen des Sandbildes einmal in das Netz stolpern.

Grayhills sah den Bildschirm zweifelnd an. »Wenn man wüßte, wie es geht, worauf könnte man dann noch zugreifen? Die Heiligen Wesen? *Yei-tsos,* Aliens, Geschöpfe, die im Netz leben? Was stellen die treibenden Muster und Lichter dar? Welten, Lebewesen oder Abstraktionen?«

Moody schnaubte und warf einen Stein in den Cañon. Er gelangte nicht so weit, daß er die unnatürlich glatte Ebene verunstaltete.

»Vielleicht gibt es eine ›Löschen‹-Taste. Haben Sie schon daran gedacht? ›Vergnügt euch! Unterhaltet euch, Freunde. Drückt drauf!‹ Vielleicht ist es die Taste, mit der man die Erde löschen kann.« Er schleuderte einen zweiten Stein hinunter, heftiger. Der Schmerz in seinem Arm war real und beruhigend.

Sie ließ sich nicht von ihm entmutigen. »Wenn man ein Wurmloch dazu bringen könnte, zu tun, was man von ihm will, wenn man seine Position bestimmen könnte, würden Reisen zwischen weit entfernten Welten so einfach werden wie das Überqueren einer Straße.«

»Ja«, murrte Moody. »Denken Sie einen Augenblick darüber nach.«

Das Surren von Rotoren über ihnen lenkte sie ab. Jemand hatte den Notrufstrahl des abgestürzten Helikopters aufgefangen. Man würde sie bald finden. Dann würden sie nicht nur erklären müssen, was sie getan hatten, sondern auch, woher das vollkommen runde, polierte Becken unten kam.

»Das einzige Problem bei einem Wurmloch, durch das man gehen kann«, bemerkte Ooljee, »ist die Tatsache, daß es auch von der anderen Seite aus begehbar ist.«

»Nicht, wenn wir lernen, wie man es kontrolliert und manipuliert.« Grayhills trat hinter Moody und begann, mit ihren starken Fingern seine Schultern zu kneten. Zuerst verkrampfte er sich, dann entspannte er sich und ließ zu, daß sie die steifen Muskeln bearbeitete. »Jemandem ist das einmal gelungen.«

»Ihre Argumente sind nicht fair«, wandte Moody sanft ein, während seine Schultern sich lockerten. »Wo haben Sie das gelernt? Bestimmt nicht von einer Molly.«

»Es würde Sie überraschen, was man alles lernen muß, wenn man im Sicherheitsdienst arbeitet.«

»Was, ich? Ein dummer Polizist?«

»Warum macht es Ihnen Spaß, so von sich zu reden?«

Er antwortete nicht.

»Was wir wohl herausfinden würden, wenn wir ein anderes Sandbild der gleichen Analyse unterzögen wie das Kettrick-Bild?« fragte Ooljee. Moody blickte abrupt auf. »Ob Großvater Laughter auch mit den Bildern gearbeitet hat, die im Jagdweg oder dem Segensweg verwendet werden?«

Sein Partner zeigte auf den noch immer eingeschalteten Bildschirm. »Finden Sie nicht, daß die Ergebnisse eines Weges für einige Zeit reichen?«

Der Sergeant sah ihn an. »Andere Bilder, andere Hinweise. Vielleicht andere Universen.«

»Ich verstehe noch etwas nicht«, sagte Moody. »Warum sie? Ich meine nicht Sie persönlich, aber warum die Navaho? Warum haben die Außerirdischen, oder was immer sie waren, ausgerechnet sie ausgewählt — zufällig oder absichtlich?«

Ooljee erhob sich und suchte den Himmel nach sich nähernden Rettungsflugzeugen ab. »Vielleicht gefiel ihnen das Land. Wenn Sie mittels eines Schiffs oder eines Wurmlochs oder was immer hierher kommen, würden Sie sich ebenfalls einen interessanten Teil der Erde aussuchen, um ihn zu studieren. Aus einiger Entfernung erkennt man nur wenige Merkmale des Planeten. Der Grand Cañon ist eines von ihnen, und der befindet sich in nächster Nähe.« Er zeigte nach Nordwesten.

»Außerdem haben die Menschen ihren Müll sehr lange Zeit im Reservat abgeladen. Warum sollten die Besucher anders handeln?« Er ging zum Rand des Cañons und betrachtete die neue, vollkommen flache Talsohle. Der Bach hatte inzwischen einen seichten Tümpel gebildet.

»Die Ameisen haben das Insektenvertilgungsmittel gefunden. Obwohl ich es sehr gern täte, können wir nicht einfach darüber hinweggehen.«

Ooljee kehrte zu den zusammengeschlossenen Spinnern zurück und wollte sie abkoppeln, hielt jedoch inne. Er steckte den Finger nachdenklich in den Monitor und störte die treibenden Regenbogen.

Moody sah ihm zu und bewunderte dabei das Spiel von Mustern und Farben auf dem Bildschirm. Sie waren schön. Nicht nur bedrohlich, anregend und gefährlich, sondern wirklich schön. Vielleicht hatte Ooljee recht. Vielleicht gab es da drinnen vieles, das die Suche wert war. Vielleicht gelangten die Ameisen mit Hilfe von

Zeit, harter Arbeit und Sorgfalt zu einem Verständnis. Grayhills beugte sich neugierig über seine Schulter. »Worüber grinsen Sie, Mister Detektiv? Sie sehen aus wie der Coyote, der gerade mit dem Huhn davongerannt ist.«

»Ich habe an eine der Möglichkeiten gedacht, die wir in Erwägung gezogen haben. Was ist, wenn wir wirklich Bestandteile dieser Datenbank sind? Falls dem so ist, könnte es doch für denjenigen, der sie gebaut hat, interessant sein, wenn wir lernen, sie selbst zu manipulieren.«

Sie dachte darüber nach. »Die Revolte der Bytes? Ist so etwas möglich? Bytes tun das, worauf man sie programmiert hat. Sie können nicht aus freiem Willen handeln.«

»Vielleicht haben wir uns weiter entwickelt, als die Schöpfer des Netzes angenommen haben. Vielleicht sind wir das Virus in ihrem Programm.«

»Hoffentlich nicht«, widersprach Ooljee. »Sicher verfügen sie über Anti-Virus-Programme.«

Moody geriet in Fahrt. »Und wenn wir ein unerwarteter Faktor, etwas Neues, sind?«

»Ich habe eigentlich immer geglaubt, daß das Vorhandensein der Menschheit einen Zweck hat, aber nicht als Virus.«

»Wir werden es herausfinden.« Moody musterte den leuchtenden Monitor; die Möglichkeiten, die er bot, erregten ihn, und er hatte keine Angst mehr davor, was sie finden würden, wenn sie in seine unergründlichen Tiefen eindrangen.

Sie würden lernen, das außerirdische Netz zu benützen, es ihren Bedürfnissen anzupassen. Und wenn sich herausstellte, daß der Mensch nur ein Bestandteil einer ungeheuren Datenbank war, dann würde seine Wirkung in keinem Verhältnis zu seiner ihm zugewiesenen Größe stehen.

»Ich glaube, daß uns eine Zeitlang niemand bemerken wird«, murmelte er. »Schließlich wiegen wir im kosmischen Maßstab nicht schwer. Aber irgendwann wird man uns kennenlernen.«

»Das könnte gut, aber auch schlecht sein«, meinte Ooljee zögernd.

»*Hozho.*« Moody grinste seinen Partner an. »Wir müssen vorsichtig vorgehen, viel vorsichtiger als Gaggii. Aber wir müssen weitermachen. So sind wir programmiert. Wir sind die neugierigen Bytes. Man wird uns nicht deshalb ausmerzen, weil wir unserem inneren Programm folgen. Wir könnten sogar einige Leute überraschen.«

»Was für Leute?«

Moody zeigte auf den Monitor, der mit seinen sich geräuschlos windenden Regenbogenfäden, sanften Explosionen und pulsierenden fraktalen Mustern darauf wartete, daß man ihn verstand.

»Diejenigen, die dafür verantwortlich sind.«

Er blickte auf. Zwei Helikopter näherten sich von Süden. Grayhills stand auf und winkte, während Ooljee die Hände in die Hüften stemmte und sich neben sie stellte.

Moody erhob sich langsam und bückte sich, um Schmutz und Sand von seiner Hose zu klopfen. Während seine Gefährten den näherkommenden Maschinen entgegensahen, ging er zu den zusammengekoppelten Spinnern hinüber, blickte in die Tiefen des Bildschirms und betrachtete nachdenklich das zentimetergroße Bild der Unendlichkeit. Wenn er den Fuß hob und darauf trat, würde er dann hineinfallen, für immer hineinfallen? Oder würde etwas materialisieren, um seinen Sturz aufzufangen?

Er kniete vor dem Monitor nieder und sang ihm vor. Als der dunkle Display durch ein Sandbild ersetzt wurde, war er entzückt. Er bewunderte einen Augenblick lang seine Regelmäßigkeit, die ordentlichen Linien und die klaren Schemata. Dann fuhr er mit dem Finger Umrissen nach und nickte befriedigt, als sich die Eidechsen bewegten und der Bildschirm leer wurde.

Er schaltete zuerst Grayhills Spinner und dann den seines Partners ab. Der Monitor ließ sich leicht zusammenklappen. Eine Bewegung mit einem Finger koppelte die Einheiten voneinander ab. Er kehrte mit einem Spinner in jeder Hand zu seinen Gefährten zurück. Das Schnurren der Helikopter schwoll an zum Knattern.

Grayhills übernahm ihren Spinner wortlos. Moody wandte sich seinem Freund zu und übergab ihm den zweiten. Die beiden Männer blickten einander an und nickten wortlos. Paul Ooljee drehte das Gerät zwischen den Fingern, untersuchte es, schätzte es ab. Über sein Gesicht breitete sich ein Lächeln. Es war nicht so breit und offen wie bei Grayhills, aber es war da.

Während sie zusahen, wie die Maschinen herabsanken, stand der Sergeant neben dem großen Mann aus Florida und befestigte das Universum an seinem Gürtel.

ANMERKUNGEN DES AUTORS

Obwohl die Schreibweise *Navajo* im Südwesten weit verbreitet ist, wird auch *Navaho* akzeptiert. Ich habe letztere verwendet, weil die richtige Aussprache ›Nah-vah-hoh‹ und nicht ›Nah-vah-jo‹ lautet.

Sandmalerei wird oft als ›Trockenmalerei‹ bezeichnet. Der erste Ausdruck ist eine wörtlichere Beschreibung dieser einmaligen einheimischen amerikanischen Kunstform. Lesern, die ausgezeichnete Beispiele moderner und traditioneller Sandbilder samt Begleittext sehen möchten, empfehle ich folgende dünne Bändchen:

Reichard Gladys *Navajo Medicine Man Sand Paintings.* New York, Dover Publications, 1977.

Joe, Eugene Baatsoslanii (mit Mark Bahti), *Navajo Sandpainting Art,* Tucson, Ariz., Treasure Chest Publications, 1978.

McCoy, Ronald, ›Summoning the Gods‹, *Plateau* Magazin des Museums von Nordarizona, Flagstaff, Ariz., Bd.59.

Der Navaho-Satz ›*doo ahashyaa da*‹ bedeutet ›Ich bin dumm.‹

HEYNE BÜCHER

Neuland

Heyne Science Fiction Band 2000
Autoren der Weltliteratur schreiben über die Welt von morgen.

Die Zukunft hat schon seit jeher die besten Autoren der Weltliteratur fasziniert. Gerade in jüngster Zeit hat sich dieses Interesse deutlich verstärkt. Etablierte Schriftsteller wie Doris Lessing, Patricia Highsmith, Fay Weldon, Lars Gustafsson, Friedrich Dürrenmatt oder Italo Calvino haben sich ebenso mit der Welt von morgen auseinandergesetzt wie die führenden Kultautoren der jüngeren Generation, z. B. Ian McEwan, Paul Auster, Martin Amis, Peter Carey oder T. C. Boyle.
Der vorliegende Sammelband bietet erstmals einen repräsentativen Überblick über einen bisher, sehr zu Unrecht, wenig beachteten Bereich der Weltliteratur. Erzähler aus Australien, Brasilien, Deutschland, Großbritannien, Italien, Kanada, Rußland, Schweden, der Schweiz und den USA versammeln sich hier zu einem Gipfeltreffen literarischer Imagination. Neuland – in jeder Beziehung.

Karl Michael Armer/Wolfgang Jeschke
Neuland
06/5000